Reçu de Raynaud
le 7/01/2001.

DERRIÈRE LA COLLINE

DU MÊME AUTEUR
AUX ÉDITIONS BELFOND

Manière noire, 1995, prix Alain-Fournier 1996 et prix Girondes 1996.

De secrètes injustices, 1998, prix Michel-Lebrun 1998, prix RTBF des Auditeurs 1998 et prix de la Ville de Bruxelles 2000.

XAVIER HANOTTE

DERRIÈRE LA COLLINE

belfond
12, avenue d'Italie
75013 Paris

Cet ouvrage revendique tous les droits de la fiction. Toute ressemblance avec des personnes existantes ou ayant existé serait donc purement fortuite.

Si vous souhaitez recevoir notre catalogue
et être tenu au courant de nos publications,
envoyez vos nom et adresse, en citant ce livre,
aux Éditions Belfond,
12, avenue d'Italie, 75013 Paris.
Et, pour le Canada, à
Havas Services Canada LTEE,
1050, bd René-Lévesque-Est,
Bureau 100,
Montréal, Québec, H2L 2L6.

ISBN 2-7144-3680-3

Pour Paul-L. Hanotte,
honnête homme et meilleur ami.
Papa, autrement dit.

Your love was light
And darkness close.

Nicholas Parry, *Berenice.*

PREMIÈRE PARTIE

If you had known how passion grieves
And discovered you loved not,
Perhaps then, sweet Berenice,
Could you speak of the suffering
You fight against with others' hearts
Under Honesty's torn colours.

Nicholas Parry, *Severance from Things Lost*
Dug Out Poems, ed. 1920

Si tu avais su comme la passion blesse
Et compris que tu ne pouvais aimer,
Alors peut-être, douce Bérénice,
Pourrais-tu parler de cette souffrance
Que tu combats avec le cœur d'autrui
Sous la bannière en loques de l'Honnêteté.

Nicholas Parry, *Ce qui était perdu*
Poèmes retrouvés, éd. 1920
(trad. Barthélemy Dussert)

Authuille, Somme, mercredi 30 juin 1948

Pourquoi te parlerais-je de mon passé, puisque trente ans durant, ma vie n'a tendu qu'à une fin : le supprimer ? Oui, j'ai voulu oublier. Mes origines, ma famille – si tant est qu'on puisse parler de famille –, ma patrie, jusqu'à ma langue : toutes, je les ai reniées, refoulées, contraintes. Avec le temps, le français m'est devenu presque aussi naturel qu'à toi, mon fils, qui tapes sur ton ballon au fond du jardin et dont, ce soir davantage peut-être que tout autre soir, la belle insouciance me fait envie. Aussi pourquoi la troublerais-je ? Et de quel droit ? Car quel bénéfice tirerais-tu d'une telle confession ? Le temps, dit-on, érode les douleurs et dissout les vieilles hontes. Il y a du vrai là-dedans, sans doute. Entre l'homme mûr parvenu au seuil de la vieillesse et le blanc-bec que, faute de photographie, il m'arrive encore de revoir en songe, la tête pleine d'espoirs immenses à la mesure de ses déceptions, quelle commune mesure ? Aucune, sinon cette mémoire que j'aurais préférée morte ou, à tout le moins, abolie.

Têtue, persistante mémoire…

Or si, à force de volonté et de discipline, je puis malgré tout l'occulter, l'assigner à résidence dans quelque obscur réduit de mon âme, puis-je t'en priver toi, mon fils, sans te voler ainsi un passé qui, ma tranquillité dût-elle en souffrir, t'appartient presque autant qu'à moi ? Quand cette question aura trouvé une réponse, peut-être liras-tu ces lignes. Pourtant rien n'est moins sûr.

Vois-tu, je ne suis pas homme de plume. Ce n'est pas un hasard si les gens d'ici m'appellent « monsieur Sale-Terre ». Bêche, râteau, sarcloir... Mes outils à moi sont moins nobles, plus frustes mais aussi plus francs : ils ne mentent jamais. J'en veux pour meilleure preuve qu'en ce moment même je suis en train de me payer de mots. Et puis, par où commencer ?

Puisque la vie a triché avec moi, je me suis longtemps cru autorisé à lui rendre la pareille. Peut-être y avait-il là, dès l'origine, un singulier alliage d'arrogance et d'aveuglement ? Je ne sais pas. Je ne saurai jamais. Et à vrai dire ce n'est là que justice : car au fond je n'ai jamais voulu savoir – tout juste vivre... Avais-je d'ailleurs d'autre choix ?

*Dehors s'achève une journée vibrante de chaleur et de lumière. Au bord des chemins, une fine poussière a blanchi les herbes cuites par le soleil. Réfugiés dans les branches des arbres, les oiseaux fatigués accordent leurs instruments, préludent une symphonie qu'ils ne joueront pas. Un merle siffle en haut du cerisier. Des berges sinueuses de l'Ancre s'élève une brume légère, comme un voile de buée posé sur la vitre du ciel. Derrière elle monte le murmure des eaux, et des souvenirs. En contrebas de Sinclair Road (encore un nom d'*alors*, stupide manie), l'auberge du pont doit faire le plein de promeneurs qu'attire la fraîcheur humide de la rivière.*

Non loin de là, massive sentinelle juchée au sommet de la colline, le Monstre dresse son chef de brique rouge et de pierre blonde. De notre chambre je ne puis l'apercevoir, d'autres collines m'en séparent. Ce n'est pas nécessaire. À cette heure, le soleil couchant doit dorer sa carcasse de sphinx au repos. Plus de trente ans maintenant que je vis dans son ombre, où que j'aille. Mais je ne vais jamais bien loin. À quoi bon ? Mon monde est ici, désormais, entre ces bois, ces prés et ces villages : un univers circulaire, immobile, dont le Monstre forme le moyeu rouillé. Un domaine très précisément borné où chaque repli de terrain, chaque bosse, chaque sentier revêt pour moi un sens particulier. Toute fuite m'y ramènerait bon gré mal gré, je le sais bien. Aussi n'ai-je jamais songé à fuir. Pourquoi recommencer, en effet ? N'est-ce pas déjà une sorte de fuite qui m'a mené ici ? Non, cette fois, j'ai posé mes valises – ou plutôt mon barda. Pour de bon.

Demain, comme chaque premier jour de juillet, j'irai hanter ce lieu dont j'ignore encore s'il fut ma chance ou mon infortune. Oh, je n'irai pas pour comprendre – non, c'est inutile –, ni pour me souvenir – le paradoxe aurait de quoi faire rire. Pour me recueillir, peut-être ? Parce qu'après tout ce lieu est devenu mon lieu, *celui qui m'a vu naître une seconde fois ? N'en serais-je pas, d'une certaine manière, le dernier propriétaire ? Ou le régisseur ?*

Aujourd'hui, je ne suis pas allé travailler. Tout à l'heure, quand Raymond est passé pour me prendre, j'ai demandé à Jacqueline d'aller lui ouvrir. Elle n'a posé aucune question, et lui a dit que j'étais malade – comme elle le fait chaque année aux environs de cette date. Il n'a pas insisté. Il est parti chercher les outils dans la resserre. La tondeuse probablement, pour les pelouses de Lancashire Dump. Par la fenêtre entrouverte, j'ai entendu craquer les vitesses de la vieille Juvaquatre dans la côte des Ruelles.

Je l'aime bien, Raymond. D'abord parce que c'est mon filleul, évidemment. Ensuite parce que je préfère travailler avec des Français – fussent-ils à moitié britanniques. Mais peut-être surtout parce qu'en lui je retrouve un peu de cette candeur désabusée qui, à l'époque, m'a fait quitter ma petite vie pour ce coin perdu de Picardie. Le dimanche, quand il va à la grand-messe, sa croix de guerre toute neuve pendouille au revers de son veston. Moi, depuis bien longtemps, je me contente du ruban tricolore de ma Military

Medal. *Jacqueline s'obstine à le recoudre. Les autres décorations, je les ai rangées au fond d'un tiroir, avec les quelques menus objets qui me restent encore de cette époque. À Authuille, on m'appelle toujours « l'Angliche ». C'est un surnom affectueux, je le sais, mais qui m'agace un peu. À ce jour, « Rosbif » m'a été épargné – encore une chance.*

Derrière les toits, vers l'ouest, le soleil achève de se consumer. Pierre est rentré. Dans quelques instants, comme chaque soir, Jacqueline va m'appeler pour le dîner. Sa ponctualité m'irrite et m'apaise tout à la fois. Elle n'en ignore rien. Elle sait aussi que grâce à elle, ma vie a retrouvé un rythme, s'est structurée autour du vide au point de lui donner une consistance. Elle se méprend seulement sur la nature de ce vide. Bientôt, elle va crier mon nom au bas de l'escalier. Je l'attends.

Voilà, ses talons résonnent entre les murs du vestibule. Un pas jeune encore. Le pas volontaire d'une femme de trente-huit ans. Entre nous, la différence ne me fait plus peur. Dans l'escalier monte un parfum aigre de soupe au cerfeuil. Je n'aime pas trop la soupe au cerfeuil. Allongé en travers du lit, les mains derrière la nuque, je regarde le plafond blanc comme si mon nom allait s'y inscrire. Le silence se tend. Dehors, le merle s'est tu. Loin, très loin, le battement las d'un train de marchandises fait vibrer les collines. Je reconnais le bruit des wagons vides. Le convoi va dépasser Beaucourt. Il y a longtemps que les trains ne s'y arrêtent plus, que personne n'en descend.

Maintenant.

« William ! »

Je me redresse, boutonne mon gilet, jette un coup d'œil distrait à mon bracelet-montre. Le verre fêlé du cadran use la manchette gauche de mes chemises, mais je me refuse à le remplacer. C'est tout ce qui me reste de ce cher vieux Nigel.

« À table ! »

Mes pieds cherchent les pantoufles qui traînent sur la

carpette. L'une d'elles persiste à se dérober. En réalité, je tarde à dessein. Elle va le répéter.

« William ? »

Toujours aussi impatiente.

Je me lève. L'ombre d'un sourire glisse sur mes lèvres. Je le surprends dans le miroir ovale de la lingère.

« Voilà, voilà… ! »

Avec un soupir d'aise ou de lassitude, j'ouvre la porte.

D'aise, plutôt. Car marche après marche, je regagne un monde bien ordonné, où les lampes électriques brûlent au-dessus de tables dressées, où les serviettes amidonnées éclatent de blancheur et où la soupe fume dans les assiettes.

Et puis non. Je parlerai, mon fils.

Mais un autre soir.

Car en définitive, je ne suis pas davantage homme de parole que d'écriture. Et peu importe ce que j'entends par là.

CHAPITRE PREMIER

« Comprenez-moi bien, monsieur… »

Le trou. Un nom, c'est vite oublié, et il a déjà rangé ma lettre dans l'un des cartons marbrés qui décorent son imposant bureau. C'est un homme d'ordre et de méthode. Afin que nul n'en ignore, les attributs classiques du bon gestionnaire balisent les quatre coins de sa table selon une disposition géométrique davantage calculée en fonction de l'effet à produire sur le visiteur que d'une quelconque efficacité administrative. Sans hâte apparente, il fait mine de chercher ma prose, ouvre un classeur, puis un autre. Avec un bruit soyeux, les cartons glissent sur la feutrine verte que ne souille aucun pâté, aucune brûlure de cigarette.

« Parsons, monsieur. Nigel Parsons… »

D'une voix neutre, j'ai laissé tomber mon nom comme une cendre froide sur son bureau net. Presque déplacé dans le silence capitonné de cette pièce, où la fixité des choses proscrit le moindre bruit, le son de ma voix n'effraie que moi. Le directeur n'a pas levé la tête, il noue les rubans d'une chemise. De ma part, c'est une lâcheté de plus, voire une incorrection : j'aurais dû le laisser chercher. Mais ma lettre de candidature, peut-être l'a-t-il jetée dans la corbeille que le bureau me dissimule.

« Parsons, oui… Parsons. »

Il replace le dossier à sa gauche, en caresse la couverture d'un geste qui, cette fois, sent la diversion, sinon l'embarras.

« Comprenez-moi donc bien, Mr Parsons. Ce n'est pas que nous méjugions votre valeur ni votre diplôme. Votre personne n'est nullement en cause et croyez que j'apprécie votre démarche dans tout ce qu'elle a de flatteur pour nous. Mais précisément, un établissement tel que le nôtre… »

Sa main grise prend son envol, décrit dans l'air confiné un mouvement aussitôt brisé, puis s'abat sans bruit sur l'accoudoir. Un mince jet de poussière saupoudre la lumière dorée du contre-jour. Ainsi qu'on chasserait une mouche importune, il vient de balayer mon dernier espoir.

« Je serai clair… D'autres écoles constitueraient pour vous un terrain d'action naturellement plus approprié, où vous pourriez donner… »

Une hésitation, la première. Sur les mots, et rien qu'eux.

« Votre pleine mesure. »

La formule le satisfait. Cela me vaut un sourire.

Même si l'envie m'en taraude, la politesse m'interdit de tourner les talons pour battre illico en retraite. Je commence à m'habituer. En attendant le signal du départ, je ne regarde plus l'homme assis devant moi que lorsque la bienséance le requiert. Et encore, en ces instants-là mon regard le traverse, finit par se perdre derrière lui dans la jungle du papier peint, un sinueux vestige des *Arts & Crafts* presque incongru en ce temple de la rectitude et de la rigidité. Le calendrier détachable corrige un peu cette impression.

Jeudi, 6 août 1914.

À force de faire le tri, de guetter l'unique parole qui par extraordinaire ferait sens pour moi, je ne l'écoute pas vraiment non plus. Rien de grave : de toute façon cet homme n'a rien à me dire, il se contente de porter un discours comme d'autres une redingote – avec aisance il est vrai.

Non, la lumière du dehors me parle davantage, même si je ne saisis pas toujours la teneur de ses messages dont l'ironie n'est jamais tout à fait absente. Cela, c'est à peu près tout ce qui subsiste en moi de Nicholas Parry : plutôt que les bêtes ou les fleurs, cette manie chronique de faire parler les ciels. Ainsi, aujourd'hui, un soleil clair de vacances voudrait-il clamer à la face du monde, non seulement que le bonheur existe – sur ce point, on le croit volontiers –, mais encore qu'il n'y a qu'à se pencher pour le ramasser – là, tout de même, on demande à voir. Derrière le bureau, la fenêtre à guillotine encadre les toits luisants de Belgravia et, si loin qu'elles en paraissent irréelles, les premières frondaisons de Buckingham qui tremblent dans la touffeur d'août.

Le directeur achève le panégyrique de son école. Sans se départir d'une certaine retenue, il aborde la péroraison. Structure classique, éprouvée, prévisible. En fait nous nous ennuyons tous deux, mais c'est le prix à payer pour la liberté de chacun : lui dedans, moi dehors.

« Tout de même, ce n'est pas Eton, ici… »

Les mots m'ont échappé. Je l'ai interrompu.

« Sauf votre respect, monsieur le Directeur. »

Cette phrase de rattrapage, combien de fois ne l'avais-je pas surprise au magasin, dans la bouche de mon père, quand celui-ci contestait – avec la politesse requise mais en serrant les dents – le verdict injuste d'un client sur la qualité des cigares hollandais ou la fraîcheur des marmelades et des thés chinois. Comme les humbles dont il est l'apanage, le petit commerce possède lui aussi sa langue de bois.

J'ai souri dans le vide. Le directeur branle du chef, marquant par là un assentiment qu'il veut compréhensif, et un soulagement qu'il croit partagé. En corrigeant le tir, j'ai mérité son indulgence.

« Je comprends votre déception, Mr Parsons. Elle vous fait honneur. Nous sommes ici entre gens raisonnables… »

L'audience touche à sa fin. Pas plus qu'à son début, le directeur n'a rien à me dire. Il semble néanmoins content de sa prestation et j'en récolte le fruit en amabilités superflues. Pour quelques instants, chacun occupe encore la place qui lui revient : lui assis derrière son meuble de commandement, moi debout au centre du tapis, les pieds sur un motif d'allure vaguement persane – un lion à gueule de king-charles y croque une gazelle de bon appétit.

Le fauteuil grince. Le directeur se lève, va à la fenêtre, jette un coup d'œil dans l'avenue. Un fiacre passe avec fracas sur les pavés, puis une automobile à peine moins bruyante. Pour la forme, histoire de n'emporter aucun regret, je brûle ma dernière cartouche.

« Un poste de surveillant, alors ? »

Pas même répétiteur. Jamais je ne descendrai plus bas.

« Allons, allons Mr Parsons ! N'est-ce pas déjà la fonction que vous occupez dans l'école qui vous emploie ? Ni vous ni moi n'y gagnerions quoi que ce soit, convenez-en. Surtout, vous méritez beaucoup mieux… »

Il ouvre la fenêtre, passe la tête à l'extérieur, hume les senteurs de poussière brûlée et de goudron fondu.

« Quelle chaleur ! »

Pourtant il demeure sec, la peau mate, propre sur lui.

« Et il n'y a pas que le temps…, dit-il en se penchant. Les esprits aussi ! »

En bas, un groupe doit remonter l'avenue à l'ombre du long mur d'enceinte. L'absence de vent bride les sons qui stagnent sur la ville en flaques paresseuses. Par moments les voix assourdies bourdonnent, enflent, passent, s'éteignent. Vers Sloane Square, un trombone solitaire dérape dans l'air chaud, annonce l'arrivée d'une fanfare. D'autres se rassemblent un peu partout dans les rues et les parcs. Cela me rappelle Salford, les fêtes du patronage à St John's, les stands sous la toile blanche, l'odeur douceâtre de l'herbe foulée et des beignets trop cuits, Beatrice et ses élèves déguisés en pierrots et colombines, les cris qu'elle poussait, encourageant leurs jeux.

Je me secoue.

« Les esprits, disiez-vous ? »

Pas dupe, le directeur se retourne, me sourit.

« Ils s'échauffent », précise-t-il.

Son regard se fait aigu.

« Mr Parsons ? »

Surpris, déconcerté par la subite familiarité du ton, je laisse tomber un « oui ? » presque sincère.

« Dans un ou deux mois… »

Toujours aussi raide, j'avale ma salive.

« Revenez donc nous voir. »

Il referme la fenêtre.

« Du train où vont les choses, nous risquons d'avoir bientôt quelques places vacantes. Pour un temps du moins. À Noël, cette guerre devrait être terminée, je suppose. D'ici là… Beaucoup de nos professeurs sont jeunes encore et Lord Kitchener sait se montrer persuasif. Avez-vous vu les affiches ? *Votre Roi & votre pays ont besoin de vous.* Il y en a partout. Moi-même, si j'avais leur âge, je me demande… »

D'autres se jetteraient sur cette demi-promesse. Pour ma part je n'y vois qu'une manière adroite de me congédier.

« Parmi tous les sujets d'étude, quelque chose me dit que sous peu, la langue française va connaître un certain succès. Et puisque Jeanne d'Arc et Fachoda sont oubliés… »

Poussé par une vague curiosité, je m'approche de la fenêtre. Sur la moitié d'avenue que je puis observer, les groupes passent et se défont, de plus en plus nombreux.

En face, un cortège semble déboucher d'une rue adjacente, le trottoir déborde, les passants envahissent la chaussée. Taches claires sur le drap sombre des vestes, les journaux pliés dépassent des poches. J'imagine sans peine le ton belliqueux des manchettes. Perchés sur la galerie d'un omnibus bondé, des ouvriers en goguette secouent des drapeaux par brassées. Dans le tas, je repère un étonnant drapeau français, et un autre dont je ne reconnais pas les couleurs – noir, jaune, rouge. Plus loin, perdu dans la cohue des civils, un territorial en vareuse kaki tente de rejoindre sa caserne pour un exercice hebdomadaire qui, cette fois, risque de se prolonger – en témoigne une valise pansue, bourrée à éclater.

« Au revoir, Mr Parsons. »

Le directeur a ouvert la porte. Au moment de me retirer, les automatismes sociaux prennent le relais : je m'entends prononcer une formule, serre une main osseuse, renvoie un sourire et me retrouve dans l'antichambre. De l'espoir que j'y ai gaspillé, la pièce basse n'a conservé aucune trace, sinon un parfum aigre de vieux cuir et la gazette dont je n'ai pu lire le moindre article, tant les lignes dansaient devant mes yeux. Je la récupère. En haut de l'escalier monumental, je coiffe mon melon de chez Harrod's, vérifie l'état de ma mise dans le reflet d'un cadre.

Les sons de l'après-midi vibrent dans le grand hall désert. La chaleur remonte l'escalier d'honneur et vient à ma rencontre, me bouscule presque. En descendant le perron, il me semble plonger dans une eau tiède et poisseuse. Pourtant, enfin, j'ai l'impression de respirer. Marche après marche, mon masque d'aspirant professeur pèle et se fendille. Avec l'imposture, la tension reflue, se dissout. Satisfaction lâche. La foule m'attend derrière le portail. Plus que vingt yards à franchir et elle m'avalera. J'y serai enfin moi-même, à l'abri des regards puisque à eux livré, sans honte et sans remords. Moi-même. C'est-à-dire rien. Ou du moins pas grand-chose.

Rien, en tout cas, de ce que j'aurai rêvé.

Pas même Nicholas Parry.

Mais pour lui rendre justice, le directeur ne m'a pas déçu. On n'est jamais trahi, déçu que par ceux et celles en qui on a cru ou, pis encore, qu'on a aimés. Infiniment moins graves, les autres déconvenues de la vie sont à mettre sur le compte de nos inconsciences et de nos crédulités : on est à moitié coupable. À n'en pas douter, Beatrice m'a déçu. Le directeur, non. Sa réponse polie relevait d'un sens strict des convenances ; ma venue dans son établissement à seule fin de recueillir l'oracle, d'une curiosité aux lisières du malsain. Alors pas de regret.

Jamais plus de regrets. Non, jamais plus.

Ou alors un seul, peut-être. Si un exemplaire de la *Poetry Review* avait traîné sur un coin de son bureau, aurais-je eu l'audace – ou l'outrecuidance – de lui demander s'il avait lu, à la page sept, le bref poème en vers blancs de Nicholas Parry ? Mais non. Primo, aucune revue à prétention littéraire ne traîne jamais dans le bureau d'un homme sérieux. Secundo, personne ne connaît Nicholas Parry, même ceux qui prétendent l'avoir lu.

Ainsi je me demande encore ce qui me faisait plus mal : que Beatrice limitât ses commentaires à un large sourire et « Tu écris vraiment bien », ou qu'après le premier mois, prétextant d'éternels travaux du soir, elle eût systématiquement refusé d'apparaître aux rares réunions littéraires dont j'étais l'invité d'honneur. (Il ne fallait pas, sans doute, ébruiter notre relation. Cela, je pouvais le comprendre. Même à Londres où nous restions après tout de parfaits inconnus.)

Jusqu'à cette fameuse réception, à Brighton. À l'occasion de mon premier prix. Oh, un prix modeste bien sûr, loin des feux de la critique londonienne, pour le recueil inaugural de Nicholas Parry. Après une absence d'un mois dont j'avais barré chaque jour sur mon calendrier, Beatrice avait accepté de m'accompagner.

J'imaginais que les mondanités liées à l'événement, le défilé des personnalités, la curiosité bienveillante des lecteurs la raviraient, ou du moins l'amuseraient. Bien entendu, cela ne vaudrait pas un soir de première à Covent Garden – je n'avais ni l'entregent ni les relations sociales de Mallory.

Le surlendemain, nous devions partir pour l'île de Wight, où j'avais réservé au nom de « Mr et Mrs Parsons » une chambre dans le seul hôtel que me permettait mon modeste salaire de surveillant. De son côté, Beatrice ne pouvait m'aider : elle remboursait toujours sa petite maison d'Eccles, dans laquelle passait jusqu'au dernier penny de son traitement. Mais peu m'importait. La perspective de ces premières vraies vacances me réjouissait. Cinq jours rien que nous deux. Et le mariage au printemps suivant – elle avait convenu d'une date avec son curé irlandais. J'en oubliais presque l'apparente absence de plaisir que ma compagnie lui procurait.

Le moment venu, je lui avais dédié mon prix d'une voix émue. Au milieu des applaudissements, elle avait rougi, mais pas souri. Dans l'assemblée coincée entre les étagères de la librairie, des gens s'étaient retournés, lui avaient fait des signes d'intelligence, l'avaient félicitée, étaient venus lui parler.

Le bonheur se paye-t-il toujours ? Si tel est le cas, l'addition met rarement quinze jours avant de tomber. Au dîner, avant de quitter la table, elle m'avait glissé à l'oreille :

« Tu sais, Nigel, je suis peut-être une femme volage. »

Le sérieux de son regard m'avait échappé, son éclat sombre, d'une noirceur d'abîme.

À l'hôtel, n'y tenant plus, elle s'était décidée à m'ouvrir les yeux. Quand j'y repense, je me dis qu'il faut peu de temps pour changer le cours d'une existence. Une phrase peut suffire. Jamais je n'oublierai cette chambre proprette aux rideaux cramoisis. Un réverbère brûlait dans la cour, derrière les carreaux embués. Tandis que nous nous déshabillions, elle m'avait demandé de me retourner. Un peu irrité, j'avais obtempéré : chez elle pareils caprices n'étaient pas rares, et j'avais fini par leur trouver du charme.

Étendu sur le lit à côté d'elle, j'avais caressé la courbe de son épaule. Elle regardait le mur.

« Je ne veux pas que tu me touches. »

Dans sa voix, soudain, la colère.

« Mes sentiments pour toi ont changé, Nigel. »

L'espace d'une seconde, j'eus l'impression que mon cœur s'arrêtait.

« Je n'ai plus pour toi aucun sentiment amoureux. »

Elle avait dit cela d'une voix lasse, adoucie.

À partir de là, j'avais passé la nuit à tenter de comprendre ce qui arrivait, et elle à éluder les explications.

Le lendemain fut atroce. Je devais dédicacer mon recueil à quelques amateurs enthousiastes, distribuer les sourires à ces inconnus bienveillants et heureux de rencontrer, enfin, leur fournisseur en suppléments d'âme. Pendant ce temps, Beatrice promenait son ennui entre les Piers et les minarets blancs du Pavillon royal, puis repassait d'heure en heure à la librairie où, à chacune de ses apparitions, elle lissait la nappe sur ma table, vérifiait le bon état des livres, leur orientation par rapport à l'entrée, déplaçait le vase de fleurs ou le bristol qui portait mon pseudonyme calligraphié.

« Voilà. C'est mieux ainsi, tu ne trouves pas ? Il faut vraiment tout faire ici. Si ça ne tenait qu'à moi… Veux-tu que je t'apporte un thé, *darling* ? »

Je ne comprenais pas, ne comprenais plus.

Vers la fin de l'après-midi, elle avait ramené un gros sac en papier dans lequel se trouvait un dictionnaire.

« Tu as vu ? Gagné à un sweepstake, c'était rigolo ! »

Elle ignorait que, profitant d'un des nombreux temps morts à la librairie, incrédule encore, j'étais parti à sa recherche dans la foule bigarrée du front de mer et, contre toute attente, l'avais retrouvée dans un salon de thé voisin. Caché derrière un écran de plantes vertes, j'avais pu l'épier à loisir.

Un concours avait lieu au jardin d'hiver. Assise à une table parmi d'autres candidats, elle levait la main avec enthousiasme, notait les questions de l'animateur, complétait son bulletin, s'inquiétait du résultat, mordillait son crayon, comparait les réponses, riait avec des inconnus. En retirant son prix au vestiaire, elle ne songeait pas à dissimuler sa joie, légère, enfantine. Son corps parlait pour elle, me hurlait ce que je ne voulais ni croire ni entendre.

Elle ne m'aimait plus.

Après avoir balancé entre espoir et doute, j'avais renoncé à notre séjour à Wight. Dans le train du retour, assis en face d'elle, j'avais essayé de dormir. À Londres, je lui avais demandé de partir devant, de me laisser, d'être logique avec elle-même – de réfléchir encore... Je sombrais à mon tour dans les contradictions. Prévenu par câble, Benjamin, mon meilleur ami, était venu me chercher à Waterloo Station. Seul, dans l'énorme labyrinthe qu'était devenue la ville, j'eusse été incapable de retrouver le chemin de ma soupente.

J'avais fui Beatrice. Je ne désirais pas entrer dans son club d'ex-amants – c'eût été reconnaître la trivialité de notre histoire. Un mois plus tard, je reçus une lettre de six pages, pleine de justifications incohérentes et d'aveux inattendus – pourtant prévisibles pour tout autre que moi. Oui, elle avait revu Mallory au théâtre, et décidé le soir même de « prendre de la distance » par rapport à un amour qu'elle jugeait désormais – ô pléonasme – « trop exclusif ». À quelques mois du mariage, après avoir tout reçu d'elle sans jamais avoir eu à le mendier, je voulais subitement « tout, tout de suite ». Non, elle ne m'avait pas trompé – même si pour elle le sens du mot demeurait nébuleux : « Qu'est-ce que c'est, tromper ? Coucher avec un autre ? » D'ailleurs, elle se sentait « un peu trop aimée par un peu trop de gens » – moi dans le tas. Enfin, en guise de conclusion, elle m'interdisait de souffrir et clôturait son épître sur une exhortation rien moins que biblique : « Lève-toi et marche ! »

J'en ai toujours les jambes coupées.

Accompagné de Lawrence, mon autre frère d'élection, Benjamin avait fait le voyage de Salford dans une camionnette du ministère, et rapporté d'Eccles les affaires qui m'appartenaient en propre. Pour éviter les ragots, mes passages là-bas avaient toujours eu lieu dans la discrétion. Mais en prévision de notre mariage, j'y avais apporté quelques pièces de vaisselle et de mobilier offertes par mon père. Tristes dépouilles d'une débâcle intime. Je n'avais pu me résoudre à ouvrir les caisses avant le nouvel an.

Ainsi, du jour au lendemain, le futur avait-il cessé d'exister pour moi. Nicholas Parry, aussi, était mort. Fatigué de sa propre naïveté, mon double éthéré s'était assis au bord du chemin et m'avait attendu : pour son suicide, il avait choisi de redevenir Nigel Parsons. Car depuis la nuit de Brighton, plus aucune strophe lisible n'était venue sous sa plume.

Pourtant, jusqu'à l'irruption de Beatrice dans ma vie, la poésie avait représenté pour moi la plus efficace des consolations. La douleur de mes échecs en avait formé le moteur secret. Mais cette fois, l'excès même de la peine, la brutalité de son avènement étouffaient mes moindres velléités d'écriture, paralysaient mes idées qui, toutes, tournaient maintenant autour d'un amour défunt. La réalité ne se laissait plus capter, forcer : elle était devenue dure et cassante. S'alimentant à sa propre source, la douleur ne créait plus rien qui se détachât d'elle-même et permît de la dépasser.

Toutefois, le comportement de Beatrice – dont les échos me parvenaient jusqu'à Shepherd's Bush par toutes sortes de capillarités improbables autant que blessantes – aurait dû me guérir assez vite. Désormais, comme avant ma brève incursion dans sa vie, la petite institutrice de Salford s'étourdissait aux premières théâtrales, soupers fins, bals costumés, réunions sportives, présentations de mode, fêtes de bienfaisance où elle promenait ses étonnements forcés de petite fille, ses rires de gorge à tête renversée et ses déhanchements prudes de fausse ingénue. Et le reste du temps, avec une ferveur dévote, elle courait aux services du *Brompton Oratory* satisfaire l'impérieux désir d'un absolu où se dissoudre et se perdre dans un oubli de soi au goût d'absolution.

La chasser de ma mémoire... C'était l'unique issue. Sans doute y serais-je parvenu si j'avais possédé cette raison qu'elle me prêtait, si j'avais été capable de haïr. Mais en moi le sentiment de la perte, énorme, brutale, oblitérait encore tout ce qui n'était pas lui. En équilibre au bord du vide, je n'avais plus songé qu'à me maintenir pour ne pas tomber, au mépris du monde qui m'entourait. L'immobilisme était devenu, sinon ma religion, du moins mon mode de fonctionnement. Ainsi croyais-je éviter d'agacer une blessure dont la cicatrice tardait à apparaître, peut-être parce que la volonté de guérir, au fond, me faisait défaut.

Puisque amour, profession et poésie avaient abouti – peu importe dans quel ordre de chronologie ou de causalité – aux mêmes culs-de-sac, ma vie semblait s'être figée pour un temps indéfini. Lui manquait, avant tout, l'élan. Car à force de n'aller nulle part, de ne promettre qu'une suite prévisible de jours plus ou moins semblables, mon existence s'ancrait davantage dans un présent éternel où la tombée de la nuit, seule, réveillait parfois l'espoir d'une révolution que le songe, par charité sans doute, prenait sur lui de relayer – pourvu que Beatrice en fût absente.

Un homme pressé me bouscule, s'excuse. Distrait, je ne lui réponds pas. Sans y prendre garde, j'ai suivi la foule qui marche vers Piccadilly. Devant, une fanfare invisible massacre *Rule Britannia* avec force couacs et grosse caisse à contretemps. Hilares ou solennels, quelques badauds adoptent le rythme, histoire de voir à quoi ça ressemble. Ils rient de leur maladresse. C'est vrai qu'ici, en dehors des casernes maintenant désertées par l'armée de métier, personne ou peu s'en faut ne sait marcher au pas cadencé. Bientôt, certains reprennent en chœur :

« Britons ne-e-e-e-e-ver shall be slaves[1]*… »*

C'en est assez. Profitant d'un intervalle entre deux groupes, je m'engouffre dans Hyde Park. Mais décidément, impossible d'échapper à la fièvre patriotique. Envahies par la foule, les pelouses grouillent de citadins endimanchés. L'atmosphère dégage on ne sait quoi de martial, qui tient peut-être à une volonté, un assentiment qu'on sent généraux et qui, de ce fait, imprègnent jusqu'aux propos les plus anodins. Les cannes et les ombrelles prennent soudain des allures de fusils pointés. Même les canards de la Serpentine portent le kaki. Une section de palmipèdes frôle le bord d'un bassin – quart de tour à droite, droite ! – puis s'éloigne en ordre parfait, la tête haute et le col raide.

Je décide d'aller voir ailleurs si la guerre n'y est pas. À Kensington, les attroupements se raréfient. Quelques gandins en costumes et canotiers crème échangent leurs points de vue par-dessus les gazettes. Ceux-là, je le parierais, n'iront pas de sitôt faire la queue à Scotland

1. Les Britanniques jamais ne seront esclaves…

Yard, ni devant aucune caserne. Partager leur apparente indifférence ne me procure guère de plaisir. Pourtant moi aussi, parvenu à leur hauteur, je pêche le journal dans ma poche et, même s'il doit faire de moi un provincial monté à la capitale, le déplie à grand bruit.

Un ciel brûlant pèse sur mes épaules. Mon costume sombre absorbe la chaleur de la chaussée. À ma droite s'ouvre le minuscule royaume vert de Holland Park. Inutile d'aller plus loin. J'y trouverai un banc et du silence. Pour l'heure, cela suffira à mon bonheur.

Géographiquement parlant, Londres se divise pour moi en zones plus ou moins fréquentables, plus ou moins dangereuses selon les réminiscences que j'y associe. J'ai appris à éviter certaines d'entre elles, fût-ce au prix de sérieux détours. Car s'il existe des cartes du Tendre, j'ai tracé pour ma part celle du Transi, dont les itinéraires tortueux déterminent mes allées et venues à travers la ville. Ainsi, en matière de souvenir, Holland Park constitue-t-il un territoire neutre. En clair : nous n'y sommes jamais entrés ensemble, Beatrice et moi. Au printemps comme en été, j'apprécie le spectacle chatoyant des jardins floraux au pied du grand manoir. Ma place varie selon les saisons. Un banc solitaire situé à l'angle de l'orangerie accueille mon oisiveté des après-midi d'août, quand l'école ferme ses portes. Jusqu'à l'an dernier, Nicholas Parry avait coutume de m'accompagner ici. Son carnet de notes ne quitte jamais la poche intérieure de ma veste.

Devant moi, le parc étend ses parterres chamarrés où roses et iris forment le gros des troupes et s'opposent en manœuvres lentes au rythme des années et des floraisons. Depuis fin juillet, les grands iris ont baissé pavillon, perdu leurs cimiers bleus. Aussi les roses ont-elles le triomphe facile. Un parfum tantôt fugace, tantôt pénétrant vague par les allées où marchent des couples effacés. Après m'être assis, je déboutonne les deux premiers boutons de mon gilet.

Comme les quotidiens nationaux, le *Salford City Reporter* garnit ses colonnes de proclamations guerrières et d'appels vibrants au patriotisme. Mais contrairement à la presse populaire de Mr Bottomley, il recourt davantage aux guillemets. Et il donne même la parole aux leaders syndicaux. À l'échelle de ma ville natale, toutes les contradictions du Nord industrieux illustrent en filigrane, pour quiconque sait les lire, les pages du quotidien. J'y reconnais la marque de Salford, son scepticisme d'exploités qui ont beaucoup trop cru et espéré pour gober sans broncher n'importe quel boniment concocté à Manchester, de l'autre côté du canal, dans les bureaux feutrés des grandes compagnies.

Salford... Combien de temps, déjà ?

J'ai repoussé le melon sur ma nuque, posé le journal ouvert sur mes genoux, fermé les yeux.

Combien de temps, oui... Combien de temps pour arriver ici, dans ce parc londonien, muni d'un diplôme inutile et d'une gazette locale vieille de plusieurs jours ? Combien de temps pour comprendre à quel point je me suis trompé ?

Ai-je dormi ? Je l'ignore. En tout cas je n'ai pas rêvé. Mais un bruit régulier m'a réveillé. Intrigué, je tends l'oreille. C'est comme un grattement sec, ou le chant d'un grillon solitaire parmi les herbes hautes. Le soleil m'éblouit. Immobiles dans la houle fleurie qui ondule en contrebas, deux taches bleues émergent. Un duo de jardiniers s'active au milieu des rosiers. L'un d'eux redresse l'échine, remonte la bretelle de sa salopette, s'essuie le front avec un large mouchoir blanc. L'autre – on ne voit que son dos – continue de gratter la terre. Je tourne une page de mon journal, commence un nouvel article. Il y est question d'émeutes anti-allemandes.

Dans les parterres en face, le bruit se rapproche. Les deux hommes – je les distingue très bien, à présent –

attaquent un massif de roses rouges. Il y a un vieux à cheveux blancs, et un jeune d'à peu près mon âge. Sans baisser mon journal, je me mets à observer leurs gestes précis, routiniers, où n'entre rien de gratuit. Seule les intéresse la progression d'une besogne dont l'utilité immédiate échappe à tout autre qu'eux, mais dont personne n'oserait mettre en doute la nécessité.

Autour d'eux, le temps de la ville demeure sans objet, coule du rien au rien, ses petites impostures ne les concernent pas. De plate-bande en parterre, ils se contentent de faire leur œuvre, ou de perpétuer celle de leurs ancêtres oubliés. Car il y a gros à parier que cent ans plus tôt, les jardiniers de Lord Holland ne traitaient pas les roses différemment.

Au moment d'aborder la chronique sportive, un sentiment étrange me force à lever les yeux. Cela ne dure qu'un instant. Il est là, en face de moi, de l'autre côté de l'allée, debout dans un massif blanc de gardénias. C'est le plus jeune. Cinq yards à peine nous séparent.

La casquette au ras des paupières, il m'observe d'un regard à la fois calme et clair, sans appréhension. Du coup c'est moi qui baisse les yeux, je ne saurais dire pourquoi. Quand je les relève, il est déjà accroupi, me tourne le dos. En fait de sarcloir, il maniait une sorte de râteau à trois dents – il l'a déposé derrière lui, dans le gazon un peu jauni de la bordure.

In Holland Park the gardens flow
With white gardenias in a row.
We are the groundskeepers…

Toujours accroupi, l'homme n'a pas bougé. Moi non plus – pas même un battement de cil. Aucune brise n'a secoué les frondaisons, aucun vent n'a effleuré les pétales des roses. Non, les vers sont venus tout seuls, comme une évidence. Si je ne craignais pas de les perdre, j'aurais envie de dire « revenus ». Et Nicholas avec eux.

Le carnet a bondi hors de ma poche. Les doigts de ma main droite cherchent le crayon mâchonné qui accroche la couture de mon gousset. Noter cela, vite...

In Holland Park the gardens flow...

« Bonjour. »

With white gardenias in...

Éberlué, je redresse la tête.

« Bonjour. »

Mû par un vieux réflexe, j'ai soulevé mon melon.

« Sauf votre respect... », reprend le jardinier.

J'ai prononcé la même phrase, une heure plus tôt, dans le bureau du directeur.

« Vous ne seriez pas de Salford ? »

D'un signe de tête, il désigne mon journal.

« Moi j'en suis, dit-il. Alors je me demandais... »

D'une main maladroite, je reboutonne mon gilet.

« Donc vous êtes de Salford ? »

Ma remarque me frappe par sa bêtise.

« Ça fait un bout de temps que j'en suis parti. Vous aussi, on dirait. Vous n'avez pas l'accent.

— L'accent ? Je l'ai perdu. »

Il rit. Moi aussi.

« Et comme ça, vous trouvez le *Reporter* ici ?

— Non, ce serait difficile. Mon père me l'envoie.

— Ah, d'accord. »

Il recoiffe sa casquette, désigne la place libre à côté de moi.

« Faites. »

Il s'assied.

« Pour être précis, je suis d'Eccles. Mais j'ai surtout habité à Pendleton, quand mes parents vivaient encore. »

Eccles. J'ai sursauté.

« Mon père tient un petit commerce dans le centre, dis-je. L'épicerie Parsons. Vous connaissez peut-être ? »

Un large sourire découvre ses dents presque blanches.

« Parsons ? Tabacs, thés et produits fins ? Si je connais ! Le paternel disait toujours que pour les cigares, il n'y avait pas mieux à Manchester. Alors à Salford, vous pensez bien… »

Il s'interrompt, plisse les yeux.

« Mais je ne me suis pas présenté : William Salter. Je suis jardinier ici.

— Enchanté. Nigel Parsons… »

Au dernier moment, je retiens le « professeur de français » que j'utilise dans ma correspondance avec mon père.

Le carnet toujours ouvert semble l'intéresser.

« Vous écrivez ? »

Je hausse les sourcils, cherche une réponse.

« Bon, je vais être honnête avec vous, poursuit-il. Ça fait longtemps que je vous ai repéré. À cause des journaux bien entendu, mais surtout, les gens qui écrivent en plein air dans des carnets, ça ne court pas les parcs. Et comme ni les oiseaux ni les fleurs ne semblent vous intéresser… Sans parler des femmes.

— Vous avez remarqué ça, aussi ? »

Je vais de surprise en surprise. J'ai d'ailleurs un peu honte. Car même en fouillant une mémoire que j'ai toujours voulu croire excellente, son visage ne me rappelle rien.

« Des poèmes, hein ? »

La tête de guingois, les yeux mi-clos, il considère les trois vers que je finis de noter.

« En effet, des poèmes. Du moins je l'espère. Ce n'est jamais gagné d'avance. Ni même après. »

Toujours ce large sourire, sous un regard clair.

« Vous avez de la chance. »

Pas possible. Je m'insurge pour la forme.

« De la chance ? Vraiment ?

— Oui. Dire les choses, c'est une chance.

— Les vivre, c'est encore mieux. »

J'ai marqué un point. Il opine.

« Ça dépend de ce que vous entendez par là. »

Il recoiffe sa casquette.

« À propos, ça va peut-être vous embêter... »

J'ai repris le carnet, relu les trois vers.

We are the groundskeepers...

« Mais ce ne sont pas des gardénias...

— Ah ?

— Ce sont des amaryllis. Plus costauds. Les gardénias, c'est bon en serre, dehors ça ne tient pas bien. Du moins ici. Enfin, ça dépend de la variété.

— Ah ? »

Il a un nouveau sourire.

« Mais pour votre poème, ça n'a aucune espèce d'importance. Ils sont très bien, ces gardénias. »

C'est à mon tour de sourire. Avec ses manières simples et sans chichis, ce type me plaît.

« Vous aimez la poésie, je vois ? »

J'ai failli dire : « Vous faites un drôle de jardinier. »

Il se gratte le menton, détourne le regard.

« À ma façon. »

Pendant quelques secondes, un nuage égaré voile le soleil.

« Il va pleuvoir », dit-il.

Incrédule, j'observe le ciel moi aussi.

« Vous croyez ?

— Je vous en fiche mon billet. À vrai dire, ce n'est pas plus mal. Les plantes ont soif. Les gens aussi. Ça va rafraîchir les pauvres types qui font la queue devant Scotland Yard. Vous avez vu la foule, là-bas ?

— Non. »

Il renverse la tête, étend ses longues jambes.

« On dirait que tout le monde veut partir la faire, cette fichue guerre. Qui aurait pu prévoir ça, il y a un mois...

— En effet. La chaleur doit y être pour quelque chose.

— C'est comme les fleurs...
— Les fleurs ? Quel rapport ?
— Aucun. Je pensais à votre question. Sur la poésie... Pourquoi j'aime lire des poèmes. En fait je ne sais pas trop. C'est comme les fleurs. Ça me parle. Comment vous dire... ? Une langue que je n'ai pas besoin de comprendre. »

J'ai entendu des définitions plus idiotes, dans la bouche de gens plus cultivés. Il se racle la gorge.

« Dites donc ?
— Oui ?
— Vous en faites quelque chose, de vos journaux ? »

Je me dispose à lui répondre qu'une fois lus, ils me servent à récolter les épluchures et, en hiver, à démarrer mon poêle, quand une voix geignarde se fait entendre.

« Hé, Bill ! C'est pour aujourd'hui ou pour demain ? Ramène ta fraise au lieu de tirer au flanc ! On n'a pas fini... »

Les poings aux hanches, le vieux attend. Une sourde méfiance ternit son regard. William Salter hausse les épaules.

« Arrête de râler, Barnes ! C'est mauvais pour ton ulcère. De toute façon, on ne fera plus grand-chose aujourd'hui. »

Le vieux a ramassé son râteau, le met sur son épaule.

« Mon œil ! Reste tout Dutch Garden à nettoyer... »

Puis il s'éloigne en bougonnant. Salter se lève, défroisse la toile de son pantalon.

« Pour les journaux, je vous donne mon adresse ? dis-je.
— Bien aimable. Vous habitez loin ?
— Non, pas très. À Shepherd's Bush.
— Je connais.
— J'ai un appartement près d'Uxbridge Road. »

Terme bien prétentieux pour une chambre de bonne sous les combles.

« Passez quand vous voudrez. En soirée par exemple.

— Demain, ça vous arrange ? »

Dans le carnet de Nicholas, j'ai griffonné mon adresse sur la page aux gardénias-amaryllis. Derrière, il y a un poème que Beatrice n'a jamais lu. Pas eu le temps. Un acrostiche. Le papier se déchire proprement, à la pliure du cahier.

Il m'arrête d'un geste.

« Hé ! Votre poème… Il partait bien…

— Vous trouvez ? Raison de plus pour vous l'offrir.

— Mais… Et vous… ?

— Ne vous en faites pas. Je l'ai en tête. Et je conserverai les gardénias. Soit dit en passant, un de mes amis vous doit une fière chandelle. Vous l'avez sûrement croisé, lui aussi. Un jour peut-être, je vous présenterai. »

Il ramasse son râteau, rajuste sa casquette.

« Pour les journaux…, dit-il.

— Oui ? »

Il hésite un instant, ses lèvres esquissent une moue.

« N'allez surtout pas vous engager avant que je passe chez vous. J'ai *vraiment* envie de les lire. »

Abasourdi, je fronce les sourcils.

« M'engager ? Moi ? »

Il opine, son sourire s'estompe.

« Oui, vous. Qui d'autre ? »

L'espace d'un instant, mes pensées se figent.

« M'engager ? Moi ? »

Je me suis répété. Pour gagner du temps.

« Là, mon vieux, vous m'étonnez ! Et selon vous, pourquoi diable ferais-je cela ? »

Il prend du recul, me considère.

« Notez, je peux très bien me tromper. Je ne vous connais pas. Mais vous le ferez, je prends le pari. Peu importe la raison. C'est un peu comme la poésie : pas besoin de comprendre. On le fait, un point c'est tout. Et dans votre style, vous êtes un gars bien.

— Je pourrais vous retourner l'argument, et le compliment.

— Peut-être, en effet. Peut-être…

— Vous allez vous engager, vous ? »

Il a un rire silencieux, contemple la pointe de ses bottines.

« À vrai dire, je ne sais pas encore. Mais si c'est le cas, ce sera différent de vous, je crois. Plutôt pour faire comme tout le monde, suivre le mouvement. Question de caractère. Après tout, les fleurs suivent les saisons, n'est-ce pas ? Mais si j'y vais, il faudra d'abord terminer Dutch Garden. Alors seulement, oui, je pourrais partir. Dans les parcs, le mois d'août est calme pour les jardiniers, et mon collègue se fait vieux.

— Par précaution, passez donc demain soir, alors… »

J'ai dit cela en plaisantant. Il ne rit pas. À son tour, il s'éloigne dans l'allée, vers le manoir. Le vieux, lui, a disparu.

« Je tiendrai jusque-là, promis ! »

Il m'a entendu. Avant de s'esquiver entre deux lauriers-roses, il se retourne, me fait signe.

« À demain, monsieur le Poète ! »

J'ai soulevé mon melon. Je l'agite comme sur un quai. Les premières gouttes d'une pluie tiède pointillent les allées.

L'averse n'a pas duré longtemps, trop peu pour alléger l'atmosphère oppressante de cette fin de journée. Mon veston a séché sur moi. J'ai mal aux pieds. Au moment d'introduire ma clef dans la serrure, je regarde le ciel. La brume s'est évaporée, et les derniers rayons d'un soleil fauve satinent le ventre de lointains cirrus.

Oui, Nicholas est revenu.

Dans le vestibule obscur, au pied de l'escalier, Mrs Holloway vient à ma rencontre, remorquant derrière elle l'odeur écœurante de ses cactus nains. Elle brandit un pli entre deux doigts, pour ne pas le froisser.

« Mr Parsons ! Du courrier pour vous ! »

Vu la couleur de l'enveloppe, il ne peut s'agir du chèque de Salford. Depuis le temps, je sais aussi que Beatrice ne m'écrira plus – elle respecte mon vœu, ce qui doit peu lui coûter, j'imagine. Quant à Lawrence, il est venu hier me serrer la main et boire un dernier porto avant de rejoindre son bataillon des *Post Office Rifles* [1] – ils l'ont nommé capitaine sans le consulter, l'obligeant à fixer quatre *pips* supplémentaires sur les épaulettes et les manches d'un uniforme incomplet, devenu trop étroit. De toute façon, il ne m'écrit jamais que des cartes postales.

« Merci, Mrs Holloway.

— Pas de quoi, Mr Parsons. Pas de nouvelle d'Eccles ? »

Quand elle me pose cette question, je ne rougis plus – je me contente de transpirer, ce qui se voit moins, mais me coûte plus cher en blanchisserie.

« Non, Mrs Holloway. Aucune. »

Pour bien faire, je devrais ajouter « malheureusement », mais n'y parviens pas. Elle secoue la tête, joint les mains.

« Comme c'est dommage. »

En un sens, elle a sûrement raison.

Le dos un peu plus voûté qu'à mon arrivée, elle regagne son minuscule salon du rez-de-chaussée. Les suffragettes la font rêver. Je ne m'en suis pas toujours plaint.

« Bonne soirée, Mrs Holloway.

— Bonne soirée, Mr Parsons. »

Les carreaux de la porte vitrée tintinnabulent. La soirée commence vraiment. Nous retournons chacun à notre solitude. Enfin, presque. Car je n'attends pas d'être chez

1. Fusiliers de la Régie des Postes.

moi pour décacheter l'enveloppe. Cependant je me ravise et, pour mieux en profiter, décide de ne la lire qu'installé à ma table, près de la fenêtre. Simple question d'ambiance.

Quand je la pousse, la porte de ma mansarde émet son habituel grincement de vieux galion au mouillage – du moins me plais-je à le définir ainsi. Un courant d'air dolent gonfle le voilage de la fenêtre qui donne sur la rue. Une mouche découragée bourdonne contre le carreau sale de la tabatière.

Au terme d'une jolie courbe, mon melon va garnir le sommet du portemanteau. J'ôte veste et gilet puis, soucieux de me rafraîchir, écarte le paravent et verse dans la bassine de ma table de toilette le contenu d'un broc. L'eau a tiédi. J'y plonge le visage et, d'un coup, les fatigues de la journée semblent abolies, renvoyées à un lointain passé. Me voici revenu dans ma chambrette de Salford, au-dessus du magasin, assis dans le tub en tôle, avec papa qui me frictionne le dos et m'enturbanne la tête dans une immense serviette.

« Elle reviendra, maman ?

— Pas tout de suite, Nickie. Les trains ne vont pas au ciel. Pas encore. Alors revenir de là-bas, ce n'est pas facile. »

Sur la tablette de faux marbre, la brosse lui appartient – un article pour dames qui fait bizarre ici. Je caresse le manche patiné. Jailli de la tabatière, un reflet irisé allume soudain un long fil doré, souple et ondoyant, pris entre les poils raides. Du pouce et de l'index, j'attrape le cheveu. Beatrice en a laissé d'autres un peu partout dans les deux pièces de mon antre. J'en retrouve de moins en moins.

Le reflet s'est éteint. Dehors l'obscurité, peu à peu, tombe. Je lâche le cheveu. J'aurais préféré ne pas le voir.

Pantoufles aux pieds, je me suis assis à ma table, près de la fenêtre ouverte. Les bruits de la rue rôdent jusqu'à mon étage, s'élèvent à mesure que l'ombre croît. Non loin, un train roule vers Paddington, scande la lente mélopée qui annonce toutes les nuits à venir. La guerre n'y changera rien.

La lettre de Benjamin tient sur un unique feuillet.

Mon cher Nigel,

Comme tu peux le constater, je prends la plume. Et en couchant ces quelques mots sur le papier, je réalise que, bien que nous nous connaissions maintenant depuis des années, nous nous sommes peu écrit. Peut-être est-ce d'avoir beaucoup parlé ? Je ne sais pas. Je ne sais pas beaucoup de choses d'ailleurs – si ce n'est que la vie est compliquée et parfois dure à assumer. Mais ça, tu le sais aussi bien que moi.

Avant d'entrer dans le vif du sujet, j'aimerais, fidèle à mon habitude, parler de choses et d'autres. Mais malheureusement le temps me manque. Demain, je pars. Non pour une contrée lointaine comme j'en ai parfois rêvé mais pour le continent : France ou Belgique pour être plus précis. L'idée me trottait en tête et, il y a deux jours, j'ai pris ma décision – ou plutôt elle s'est imposée à moi. Je pars comme sous-lieutenant aux Civil Service Rifles[1] *du London Regiment. J'ai souvent cherché ma place, je l'ai rarement trouvée mais ici je sais que j'en aurai une : auprès d'hommes que je ne connais pas encore et qui – pour les avoir vus à l'œuvre au bureau de recrutement – font preuve d'un bel enthousiasme. Je ne le partage pas car, même brève, cette guerre est une guerre. Si j'y vais, c'est parce que je sais qu'il faut que j'y aille, parce que s'il y a une seule chose que j'aurai choisie, ce sera du moins celle-là.*

J'aurais voulu t'écrire encore mais ce sera pour mes prochaines lettres – car il y en aura d'autres. Je pense à toi, je revois ton regard à Waterloo Station. Crois-moi : tu

1. Fusiliers de l'Administration.

trouveras le courage d'affronter la vie. Tu l'oublieras. Il le faut parce que c'est la seule solution.
À bientôt. Je suis à tes côtés.

Ton ami Ben

P.S. : Dès que j'obtiendrai l'adresse de mon affectation, je te la ferai parvenir.

Et voilà. Benjamin aussi. C'est une épidémie. Je ne puis me dissimuler une certaine tristesse, voire un mauvais pressentiment. Car sans doute cette guerre est-elle pareille aux autres : les balles y sifflent, vrillent les chairs, les obus sèment la mitraille et les éclats – bref, on y meurt. Pourtant cette guerre est différente : on ne se contente plus d'y envoyer Mr Tommy Atkins, spécialiste payé un shilling la journée au nom du Roi d'Angleterre.

J'ai replié la lettre et l'ai glissée dans mon portefeuille. Heureusement, si je ne m'abuse, Benjamin comme Lawrence font partie de bataillons territoriaux. En théorie, la première ligne n'est pas pour eux. D'ailleurs Ben se trompe s'il croit partir bientôt. À supposer que les journaux disent vrai, seuls les réguliers vont d'abord traverser la Manche. En attendant, les soldats du samedi après-midi resteront au pays.

En bas, dans la rue, un tumulte confus résonne entre les façades obscures. Des types braillent en tapant du pied sur les trottoirs. Des engagés, à n'en pas douter. Trois d'entre eux arborent à la boutonnière des Union Jacks en papier, tandis qu'un quatrième a jeté un drapeau à croix de saint Georges sur ses épaules de boxeur. Cela gesticule, cela chante, cela crie. N'était la hauteur des étages, on sentirait la bière jusqu'ici. Je repense à certains soirs de Coupe, près de Queen's Park. Les guerres alors duraient quatre-vingt-dix minutes et se déroulaient sur une pelouse rectangulaire. Les civières n'emmenaient que des gars en short, cheville foulée ou muscle froissé. Pour être différents, les drapeaux, les écharpes et les fanions ressemblaient fort à ceux-ci.

Mais cette fois, tout le monde peut monter sur le terrain, les entraîneurs engagent. Ça rapporte un shilling par jour avec, en prime, l'aventure, le voyage. Pour ces jeunes ouvriers, la première et la dernière fois qu'ils traverseront le Channel – dans un sens, en tout cas. Ils marchent dans la nuit tombante vers un but qu'ils croient connaître, pour des raisons qu'ils croient comprendre. Ils ont signé, ils ont choisi. Mais en fin de compte le but leur importe peu. Même allongée d'alcool, ils ont la foi. Et surtout, l'élan. Cela seul compte.

Et puis, de toute façon, ils n'auront peut-être pas le temps de la connaître, cette guerre.

« À Noël, cette guerre devrait être terminée. »

Le directeur lit les journaux, lui aussi.

Sur la table, j'ai repris le carnet toilé de Nicholas Parry, le ressuscité. Je l'ai ouvert, j'ai taillé son crayon. À la lueur jaunâtre de la lampe à pétrole, il a parlé de nuages, de parcs et de gardénias.

In Holland Park the gardens flow
With white gardenias row on row
That make bright lace ; and in the sky
Clouds, though still, like passers-by
Pace slowly above the men, far, far below.
We are the groundskeepers[1]...

1. À Holland Park les jardins débordent
De gardénias blancs, en rangs
De claire dentelle ; et dans le ciel
Les nuages, pourtant immobiles, tels des badauds
Passent lentement au-dessus des hommes, loin, loin dessous.
Nous sommes les jardiniers... *(Trad. B. Dussert.)*

J'ignore si c'est bon. Ça vient, c'est tout.

Vers onze heures, j'ai éteint la lampe, tiré le rideau.

Dehors, la rue a perdu ses voix. Les réverbères ont entamé leur longue veille silencieuse et blafarde. Avant de me mettre au lit, j'ai rassemblé les exemplaires du *Salford City Reporter* dont je dispose encore. Puis je me suis déshabillé, le dos tourné au lit, tâchant d'oublier qu'elle n'y était pas, n'y serait plus jamais – avait choisi de ne plus y être, et cela depuis bien plus longtemps sans doute que je ne l'imaginais.

« Sensiblerie », aurait-elle dit.

Non, on ne perd pas vraiment qui nous a déjà quitté. On perd juste le bonheur. Et à la longue, jusqu'à l'idée qu'on s'en était faite. On perd son avenir, aussi. Et la foi qu'on avait en lui. Restent le vide et le silence.

Retrouver l'élan…

Le sommeil est venu très vite.

Comme une délivrance – ou comme une lâcheté.

CHAPITRE DEUX

Derrière la vitre aussi sale que les nuages, les eaux grises du canal semblaient épaisses et lourdes comme un ciel de neige. Au pied du talus, un vent mêlé d'une pluie intermittente couchait les hautes herbes et mouillait les graviers du ballast. La tête rentrée dans les épaules, le chef de train remontait le convoi au petit trot, vérifiant la fermeture des portières. Les battants claquaient l'un après l'autre. Entre chaque détonation, les semelles de l'homme crissaient sur la pierraille humide. Malgré le vent, on percevait à travers les rafales le lent halètement de la locomotive.

Aussi loin que portait le regard, friches et bois avaient dépouillé les ultimes parures d'un automne flamboyant, presque trop riche. Partout, la nature se préparait à souffrir le premier hiver d'une guerre qui, ici, lui restait étrangère. Serait-ce aussi le dernier ? Après la glorieuse retraite de Mons – avec ou sans le concours des anges –, et malgré le vrai miracle de la Marne, le doute devenait permis. En ce début de novembre, deux mois à peine nous séparaient de Noël et, sur le continent, la guerre s'enlisait quelque part dans les Flandres, autour d'une petite ville dont j'oubliais le nom. Le directeur s'était trompé, les journaux aussi.

Dans un registre comparable, j'étais peut-être sur le point de commettre une erreur autrement plus grave, sans parvenir toutefois à m'en inquiéter le moins du monde. Non, au contraire, depuis que William avait su ébranler mon inertie, je vivais dans le sillage d'une joie sourde, irraisonnée, presque extérieure à ma personne – une joie fragile dont, par peur de la perdre au moment de la découvrir, je me refusais à sonder l'origine.

L'eussé-je fait, j'aurais alors été capable de laisser William seul dans cette voiture à moitié vide et de descendre à la prochaine halte pour reprendre le premier train vers Londres. Profitant d'un des multiples arrêts dont s'émaillait notre périple, j'aurais même pu quitter le train en rase campagne, comme ici, sans remords véritable puisque après tout ma vie était en jeu. Mais au fond de moi, une petite voix susurrait qu'il était trop tard, beaucoup trop tard pour ajouter une reculade à ce qui, tout bien considéré, constituait déjà un grand retour à la case départ.

Je n'avais pas quitté ma place. J'étais resté assis bien sagement, attendant la suite et le départ du train. Ainsi la résignation prend-elle parfois le masque de la volonté.

Parallèle aux voies depuis quelques kilomètres, le canal de Manchester courait au-devant d'un horizon bouché d'où n'émergeait, vers l'est, qu'un bouquet isolé de cheminées industrielles. Tout à l'heure, avant Warrington, un convoi militaire nous avait dépassés. Vu l'encombrement général du réseau, dont l'armée chamboulait les horaires à coups de réquisitions, les trains roulaient à petite vitesse et empruntaient toutes sortes de détours, parfois fort conséquents. Afin de laisser passer la troupe, notre convoi civil s'était rangé sur un épi. Alternant avec les wagons fermés où l'on devinait la présence des chevaux, de longues plates-formes emmenaient les silhouettes imprécises de canons bâchés. La toile humide luisait sous la lumière blême.

Assis sur leurs paquetages, l'air morne et nonchalant, de jeunes artilleurs emmitouflés dans leurs capotes kaki me regardaient sans me voir. Quelques yards à peine les séparaient de ma fenêtre, et il semblait déjà que nous n'évoluions plus dans le même univers. Pendant une, deux secondes, chaque homme m'apparaissait dans son irréductible individualité. Je tâchais d'en détailler les traits, de fixer au passage l'une ou l'autre physionomie. Pourtant, les visages se brouillaient vite dans ma mémoire pour ne plus laisser place qu'au reste, à l'envahissante uniformité d'attitudes résignées, où se lisaient fatigue et ennui. Sous ma défroque de civil cravaté, survivrais-je moi-même plus longtemps dans leur souvenir, sinon comme fugitif objet d'envie, d'indifférence ou de mépris ?

Leur convoi venait de Liverpool. À en croire les journaux, on avait déjà levé là-bas trois de ces « bataillons de copains » chers à Lord Derby. Mais ceux-ci étaient des réguliers, artilleurs issus des dépôts ou – le hâle des visages en témoignait – rapatriés dare-dare de l'une ou l'autre colonie subtropicale. Ils allaient faire leur boulot, respecter un contrat. Cette guerre finie, ils iraient ailleurs encore.

La chaleur d'août en plus, j'imaginais les mêmes visages harassés, les yeux rivés aux pavés des chaussées autour de Mons, en marche vers Le Cateau, la France, le sud. Une armée de professionnels en retraite dont l'ordre masquait mal le désarroi. Une armée talonnée par l'ennemi, prenant de trop rares repos au bord des routes et, pour agrémenter la poussière, mangeant ce qu'elle trouvait à grappiller dans les maisons, les champs et les vergers abandonnés.

Une armée de vaincus.

Mais une armée protégée par saint Georges et les anges, rien de moins ! Répandue par quelques pisse-copie en quête de sensationnel, cette rumeur idiote n'avait eu aucun mal à emporter l'adhésion d'un certain public.

Pour ma part, si l'on écartait *a priori* un taux exceptionnel d'insolations parmi les troupiers recrus, le succès de ce bobard demeurait inexplicable. Des anges ! Il ne manquait plus que cela : un authentique Lourdes guerrier. Selon les plumitifs de service, des bataillons entiers de Bernadettes à moustaches avaient vu les divins volatiles fondre en essaims depuis les hauteurs célestes et darder aussi sec de traits brûlants les hordes germaniques sur le point d'enfoncer leurs lignes.

N'en déplût aux théologiens, Dieu avait donc reconnu les siens, Britanniques et anglicans – presbytériens à la rigueur. Incrédule, j'avais dû relire les entrefilets de deux gazettes différentes pour me convaincre que je ne rêvais pas. Mais non. Ni les conditionnels d'usage ni les démentis plus ou moins officiels n'y avaient rien fait. Au contraire, avec un retard qui eût dû paraître suspect à n'importe quel homme un peu sensé, des blessés – retrouvés dans divers hôpitaux de campagne par de vaillants échotiers – avaient appuyé de leur témoignage la fable mystique. Ainsi, nés d'une bataille perdue, les Anges de Mons faisaient-ils la nique aux esprits forts. Et ce n'était encore que le début, je le sentais. Comme quoi, si ce pays avait perdu la tête en août, il perdait maintenant son âme. Car le miracle est chose si peu anglaise… Autant que l'on sût, les Français se passaient bien, cette fois, d'une Jeanne d'Arc. Par politesse à notre égard ?

Non, le véritable prodige de cette guerre était l'œuvre des masses. Le journal traînait sur la banquette, plié à la bonne page. Toujours en manque de lecture quand il ne feuilletait pas l'un de ses deux traités d'horticulture – il ne s'en séparait jamais, leur format de poche le lui permettait –, William l'avait ramassé à Warrington, au buffet de la gare. Dans une version que n'autorisait aucun guillemet, j'y avais lu la fameuse déclaration de Lord Derby.

« On m'a fait la suggestion suivante : beaucoup d'hommes, employés d'administration ou de commerce,

désirent servir leur pays. À cette fin, ils seraient prêts à s'engager dans un bataillon de la Nouvelle Armée de Lord Kitchener, pourvu qu'assurance leur soit donnée de pouvoir servir en compagnie de leurs amis, et non au sein d'un bataillon avec de parfaits inconnus pour compagnons. »

Merveilleuse et terrible puissance des mots : une simple suggestion avait suffi à mettre en branle une mécanique humaine complexe, dont l'apparente unanimité recouvrait une multitude d'histoires divergentes et de destins contraires. Montée en première ligne, la classe moyenne avait ouvert la voie avec enthousiasme et l'on avait vu naître un peu partout, sous le patronage actif de diverses entreprises, des bataillons aux noms improbables, censés conférer un lustre soudain à des métiers aussi modestes que wattman, agent de change ou commis de grand magasin. D'autres unités se rangeaient plus volontiers sous la bannière d'un sport, d'une école ou d'une association. Ainsi le *Middlesex Regiment* comptait-il déjà, par exemple, deux bataillons de footballeurs.

Dans la foulée, l'esprit de clocher s'était réveillé et, sans qu'on sût vraiment à qui en revenait l'initiative, les villes, grandes et petites, avaient décidé de former, nourrir et équiper leurs propres contingents. Les comités locaux laissaient ensuite au Ministère le soin de régler l'intégration au sein de l'armée des unités qu'ils lui offraient gratis. Dans l'aventure, une seule consigne valait : faire mieux que le voisin. Par endroits, les campagnes de volontariat viraient au concours. À Salford, la volonté de lever un deuxième *pals battalion* [1] n'était pas étrangère au fait que déjà, le grand voisin de Manchester en affichait pas moins de quatre. Tant qu'à s'incliner – comme à l'accoutumée –, autant le faire avec style, après avoir épuisé toutes les ressources disponibles, quitte à battre pour cela le rappel des bourgades voisines. Parmi celles-ci, Eccles s'était fait

1. Bataillon de copains.

fort de fournir la compagnie B du *16th Lancashire Fusiliers (2nd Salford Pals)*. William avait repéré l'annonce dans le journal que je continuais à lui passer. Quant à moi, je ne le lisais plus depuis le retour de Nicholas, préférant me noircir les doigts à la mine de ses crayons plutôt qu'à l'encre d'un canard qui, comme tous les autres, avait fini d'abord par me lasser, ensuite par me décevoir.

Je n'entendis pas le coup de sifflet du garde. Après dix minutes d'arrêt sans raison apparente, le train repartait dans un lamento de grincements. Rabattus par le vent, les crachats de fumée noire se remirent à souiller en cadence le paysage qui fuyait le long des voies. Le train avait pris de la vitesse, s'écartait du canal.

Contrairement au paysage, le temps, lui, ne fuyait plus. À chaque tour de roue, à chaque râle de la chaudière, bref à mesure que nous approchions de Salford, j'avais l'impression qu'il s'abolissait ou, mieux, que les horloges de mon petit monde se mettaient à reculer, me ramenant bon gré mal gré au point d'où j'étais parti cinq longues années auparavant.

Mes retours ponctuels ne comptaient pas : une parenthèse se fermait comme elle s'était ouverte, sans progrès notable. Je n'avais pas changé, je n'avais rien appris. J'avais beaucoup rêvé, trop espéré. Si vieillir c'est mûrir, je n'avais pas vieilli – seulement perdu quelques années, quelques cheveux et une brassée d'illusions. Non, en rentrant au bercail, j'avais juste échangé l'appréhension de l'incertain contre la nostalgie de choses et d'images à jamais enfuies.

Assis à ma droite, la joue appuyée contre la panse de son sac, William dormait toujours. Les tressautements des bogies au passage des aiguillages, les virages serrés, les longs coups de freins laissaient son sommeil intact. Ouvert sur ses genoux, un des traités – celui à couverture jaune – glissait lentement vers le siège en bois de la banquette. Une planche hors-texte (en noir et blanc, consacrée à la

Rosa floribunda) illustrait la page que marquait son doigt. Pour un jardinier, il possédait des mains d'une étonnante finesse, auxquelles les ongles cassés, souvent noirs semblaient des ajouts maladroits, mis là pour mieux donner le change.

Comme moi, en ce grand jour, il aérait les plus belles pièces de sa garde-robe. À côté de lui, je passais pourtant pour le bourgeois que je n'étais pas – ma présence en troisième classe en disait long à ce sujet. Sa casquette grise répondait à mon melon, et son col mou sans cravate rendait plus ridicule encore le montage rigide en celluloïd qui me coupait la gorge. Je ne pouvais m'empêcher de l'envier. Lui, du moins, n'aurait pas à crâner parmi des officiers souvent issus de familles riches, nobles, en tout cas respectées sinon respectables. Ces derniers temps, en prévision de ce qui m'attendait, je revoyais avec ennui mes souvenirs du collège où, seules, mon imposante carcasse, ma nature effacée et, surtout, mon assiduité au travail m'avaient épargné les vexations réservées d'habitude aux rares élèves dont le pedigree faisait tache aux yeux de la future gentry. Croire que la guerre pouvait changer cela n'avait aucun sens, je le savais. Dans ce pays, elle n'était après tout, et sûrement pour ces gens-là, qu'un nouveau genre de sport. Pour les autres, le seul voyage qu'ils feraient jamais hors de leurs comtés. Mais par respect pour mon père, je n'envisageais pas de me dérober à ce que je percevais encore, une fois ma décision prise, comme une obligation d'état et un devoir filial. Puisque officier il fallait être, officier je serais.

Aussi redoutais-je déjà le moment de la séparation. Car en deux mois de temps, le jeu des attractions avait opéré. Quelques jours avaient suffi quand souvent, une vie entière ne rend pas justice aux deux ou trois rencontres qui compteront pour nous, et dont le hasard se montre si avare à mesure que passe le temps. Malgré nos différences, William Salter était devenu un ami comme il en est peu, et j'avais la faiblesse de croire qu'il partageait mon sentiment. Dans notre réunion, les circonstances exceptionnelles n'avaient joué qu'un rôle mineur. Sans doute la guerre nous avait-elle aidés à dépasser plus vite les faux-semblants de nos conditions. William avait appris son métier à Kew, dans les serres royales, et nourrissait des ambitions modestes en rapport avec ses connaissances. Surtout, il écoutait comme Lawrence, comprenait à demi-mot comme Benjamin. Soir après soir, en discutant autour d'un verre de bière d'un poème ébauché ou d'un article de journal, nous nous étions découvert d'autres passions communes, d'autres complicités.

Déjà, j'avais tendance à oublier les détails précis de notre première rencontre. Les véritables amitiés se passent fort bien de comptables et de mémorialistes : aussi longtemps qu'elles vivent, elles ne réclament ni bilans ni chronologies. Ainsi, parfois, j'oubliais que William n'avait pas connu Beatrice. Ce matin encore, j'avais parlé d'elle avec nostalgie, ressassant un vieux souvenir – le voyage de Brighton, pour être précis –, sollicitant ses avis bien plus que son approbation. Il écoutait beaucoup et parlait peu. De sa vie à lui, de son passé surtout, il se bornait à me révéler le strict nécessaire, sans pour autant laisser l'impression qu'il celait de la sorte quelque vieille blessure. De même, les raisons profondes de son futur engagement me demeuraient obscures – peut-être parce que trop évidentes. Je respectais sa discrétion. C'était ainsi. L'amitié se tisse aussi de silences.

J'avais donc sérieusement songé à m'engager ailleurs – à Manchester par exemple, où j'avais gardé quelques relations parmi mes anciens condisciples. Car en signant à Eccles, voire à Salford, je courais le risque d'avoir un jour à lui donner des ordres – perspective désagréable entre toutes, inhérente à un grade de sous-lieutenant pour lequel, en définitive, je me sentais mal taillé. Avant tout, un commandement honnête n'exige-t-il pas de croire en soi ?

Aux petites haltes de campagne avaient succédé les gares du Lancashire industrieux. La voie croisait à nouveau le tracé du canal. Les wagons bringuebalaient sur les rails d'un viaduc. En provenance de Salford, un cargo rouillé descendait sur Liverpool – les fumées se mêlèrent un instant, train et bateau. Depuis Warrington, c'était à peine le deuxième navire que j'apercevais. Le trafic commercial avec la haute mer avait beaucoup diminué et à Salford, l'emploi commençait à s'en ressentir. De nombreux dockers ne travaillaient plus que sur préavis de quelques heures et les marchandises inutiles pour l'effort de guerre arrivaient au compte-gouttes, ce dont mon père omettait de se plaindre, même si l'épicerie tournait au ralenti.

Le rayon fin, orgueil du magasin, ne devait sa survie qu'à la fidélité des beaux messieurs de Manchester, qui eussent jeûné plutôt que de se priver de figues égyptiennes et de cigares cubains. En conséquence, par crainte d'effaroucher cette clientèle d'audacieux habitués – affronter la canaille et la misère des quais tout proches exigeait d'eux suffisamment d'efforts –, mon père hésitait à augmenter la part des conserves dans le chiffre d'affaires.

Heureusement pour les comptes de fin de mois, Barney, le vieux commis, était parti avec les territoriaux de Cross Lane, en qualité de sergent-chef. Au lieu d'engueuler la mule dans les côtes de Swinton, il devait maintenant donner de la voix dans la cour d'une caserne, et inculquer à d'autres le sens de l'obéissance et du travail bien fait. Sa moustache cirée me manquerait tout à l'heure, à la gare. À chaque retour du collège, il m'attendait au bout du quai, et nous finissions ensemble la tournée des clients. Il me laissait prendre les rênes de la livreuse et en profitait pour rouler une mince cigarette, non sans déplorer chaque fois mon refus de l'imiter. Dans sa collection de certitudes soigneusement étiquetées, la virilité liée au tabac figurait en bonne place. La mollesse des intellectuels aussi.

À l'avant, le sifflet du train poussa sa longue plainte aiguë. Malgré le chahut, William roupillait toujours. Depuis un bon moment, les banlieues brunâtres de Manchester égrenaient leurs chapelets d'usines, leur monotonie de cités ouvrières et de taudis que cassaient çà et là une église à tour carrée ou la géométrie prétentieuse d'un édifice public. Nous avions dépassé Irlam. Salford n'était plus loin.

Quand les chevalements jumeaux de Pendleton pointèrent leurs cages noircies par-dessus les toits, et qu'aux nuages bas se mêlèrent les fumées rousses des teintureries Britannia, je faillis me lever. Si j'avais baissé la vitre, j'aurais humé avec le vent, avec la pluie les remugles à la fois doux et fétides de l'Irwell qui, par comparaison, faisaient de la Tamise un fleuve parfumé. Je me souvins de mes promenades dans le coude du champ de courses, de mes explorations le long des berges où les épaves éventrées de vieux fauteuils, les roues cassées de charrettes et autres bidons bosselés abandonnés par les crues mettaient mon imagination au défi de leur inventer une histoire longue et compliquée.

« On arrive », dis-je.

William se frotta les yeux, étira ses longs bras.

« Déjà ? Quelle heure peut-il bien être ? »

Le soleil absent rendait vaine toute supputation.

« Onze heures ? »

À son tour, il jeta un coup d'œil à l'extérieur.

« Midi », corrigea-t-il.

Sur le chapitre de l'observation céleste, je lui reconnaissais volontiers une indiscutable supériorité. Nicholas travaillait par ventriloquie ; William, lui, se contentait de traduire avec l'économie de moyens qui seyait le mieux à son goût pour la précision.

Tandis que le train freinait, je coiffai mon melon et attrapai la poignée de ma valise coincée dans le porte-bagages. Le contrôleur traversa le couloir, nous prit pour des habitués de la ligne et négligea d'annoncer le terminus.

Les voyageurs ne se pressaient pas dans le hall, ni les proches à la sortie des quais. Aujourd'hui, personne n'attendait personne. D'un pas rapide, je fis le tour du grand bâtiment, gagnai une construction annexe embusquée derrière un jardinet. J'avisai une fenêtre du rez-de-chaussée. Deux coups contre le carreau suffirent : une femme replète écarta le rideau et entrouvrit la croisée. La pluie avait cessé.

« Bonjour, Mrs Glover ! »

L'air suspicieux, la matrone fit glisser sur son nez une paire de besicles aux verres épais.

« Monsieur Nigel ! Vous voilà enfin ! On ne vous attendait plus. Avec tous ces retards... Mais vous devez être affamé. Entrez donc : pour le moment, mon mari est occupé à régler une histoire d'aiguillages défectueux, du côté des voies de service, il n'a pas encore déjeuné. Une omelette au bacon, ça vous dirait ? »

Derrière mon dos, William toussa.

« C'est bien aimable à vous, Mrs Glover, mais nous aimerions régler au plus vite les formalités de notre engagement. À ce qu'il paraît, il faut faire la queue... »

Un peu déçue, Mrs Glover dodelina du chef.

« Oh, d'après mon mari, ce n'est plus comme avant. C'est retombé. Faut comprendre les gens. Mais ça ne va pas tout seul pour autant, vous avez raison.

— Une autre fois..., proposai-je.

— Notre porte vous est ouverte.

— Je vous remercie. La voiture est dans la resserre ?

— Comme d'habitude, monsieur Nigel. Votre papa l'a amenée lui-même ce matin. Vous le saluerez de ma part, et puis tant que j'y suis... »

Elle parut hésiter, se lança.

« Profitez-en pour lui demander s'il a en cave le même porto que l'année dernière, et à quel prix. Mon mari a ouvert la dernière bouteille dimanche, pour la visite du chef de district. Du pareil, vraiment, on n'en trouve que chez vous. Et cette fichue guerre n'arrange rien.

— Je n'y manquerai pas, Mrs Glover. »

Le soupir d'une locomotive, derrière le bâtiment, ne me permit pas d'entendre sa réponse. Sur un large sourire, elle referma la fenêtre et tira le rideau.

« Les œufs commençaient à brûler, observa William. Mais j'aurais bien mangé un bout… »

La resserre tenait autant de la grange que du garage. Une demi-pénombre poussiéreuse y disputait l'espace à la lueur jaunâtre de carreaux fêlés, doublés de toiles d'araignées. Bâche montée, la livreuse rendait exigu un lieu étrange, peuplé d'outils hétéroclites et de meubles mis au rebut. L'un d'eux, une vieille garde-robe souillée de fientes, avait dû servir de poulailler.

« Bonjour, Lucy. »

La mule ne tourna pas la tête. Je lui flattai l'encolure, respirai la bonne odeur d'écurie qui suintait de son poil luisant. Elle baissa les oreilles puis se remit à mâcher en silence le picotin d'avoine contenu dans sa musette.

« *Paul Parsons & Son*, lut William, en arrêt devant le tapecul. Dommage que tu n'aies pas eu de frère. Pour la rime.

— Pas que pour la rime.

— Si je lis bien, tu es associé dans l'affaire ?

— À la longue, je finirai par le croire, dis-je. Mais non. Mon grand-père s'appelait Paul, lui aussi. C'est lui qui a fondé le magasin. Si tu as faim, tu ferais mieux de monter devant. Jette un coup d'œil sous le siège… »

Il avait balancé son sac à l'arrière du véhicule. À mon tour, j'enjambai le tapecul et déposai ma valise. Deux colis trônaient derrière la banquette du conducteur.

Calligraphiés au crayon à l'aniline, je pus lire sur les étiquettes les noms de deux vieux clients. Ils habitaient à Eccles, non loin de l'hôtel de ville. Je sautai à terre, fis le tour de la voiture.

William avait trouvé le panier. Tandis que Lucy finissait son avoine, nous fîmes un sort au repas froid préparé à notre intention. Mon père n'avait pas lésiné sur les quantités, et même prévu des serviettes – celles qu'il réservait d'habitude aux pique-niques, à petits carreaux rouges et blancs.

« Il y a des cigarettes », remarqua William.

J'avais oublié de lui écrire que, comme moi, William ne fumait pas. Je desserrai le frein. Il cala ses chaussures contre le repose-pied, tira sur la visière de sa casquette.

« Dis donc, tu passes ta vie à dormir ?

— J'en profite tant qu'il est temps.

— Quand tu seras mort, tu t'emmerderas. »

Son sourire ne m'était pas destiné. Quand nous sortîmes la voiture de la resserre, un soleil pâlot faisait brasiller l'herbe mouillée du petit jardin. Dans le parterre central, de grosses fleurs jaune vif égayaient la verdure.

« Qu'est-ce que c'est ? », demandai-je.

Il avait baissé les paupières, croisé les bras.

« Les fleurs, là ?

— Oui.

— Des dahlias pompon… »

Lucy renâclait un peu. Je tirai sur les rênes.

« Si on ne revient pas avant janvier, ils seront fanés. »

Après un bref coup d'œil à gauche, j'engageai la livreuse dans la grand-rue. Lucy se mit au trot.

« Pour peu qu'on parte… », dis-je.

À Salford même, ce furent les derniers mots que nous échangeâmes. Il se rendormit au sortir de la gare.

Comme mon père me l'avait annoncé dans sa dernière lettre, un nombre important de départs au sein du personnel roulant avaient quelque peu désorganisé le service des trams entre Salford et Eccles. Peu de voitures à impériale croisaient notre chemin, et je pouvais donc laisser Lucy adopter l'allure et la trajectoire que lui dictaient son humeur fantasque et sa nature obstinée. Accrochés aux fenêtres et aux balcons, les drapeaux d'août ajoutaient une touche de couleur inédite aux façades grises des édifices. En trois mois, la pluie avait délavé certaines confections artisanales dont les bandes décousues s'effilochaient avant de tomber.

Peu à peu, le petit soleil de notre arrivée gagnait en assurance. Ses rayons risquaient de prudentes excursions dans le no man's land d'usines et de pâtures qu'offraient au regard les lisières incertaines de la ville. Une campagne déchue venait y mourir sans dignité entre deux dépotoirs.

« Hé ! Mon prince ! Vous allez à Eccles ? »

Assis dans l'herbe du bas-côté, un petit bonhomme râblé, la casquette à carreaux vissée sur le crâne, me faisait de grands signes. Il avait des oreilles décollées. Une dent absente divisait en équipes inégales ses incisives jaunes.

« Oui », dis-je.

Mais il n'avait pas attendu ma réponse pour embarquer à l'arrière. Pleines à craquer, ses deux valises en carton atterrirent sur le plancher.

« C'est chic, dit l'homme. Je m'appelle Bates. Frank Bates. »

Il avait une voix traînante, à la limite du nasillard.

« Vous n'êtes pas d'ici… », observai-je.

Il se gratta la nuque, ferma un œil.

« Et pourtant si, mon prince ! Un vrai de vrai ! »

Aussitôt, il partit d'un rire sans retenue.

« Vous alors, on peut rien vous cacher ! Allez, z'avez raison. Rapport à la jactance, vous êtes dans le bon. Je reviens d'Australie, voilà… J'ai dû y laisser mon accent, avec tout mon fric. Et jugez si je suis con : j'aurais pu revenir gratis en m'engageant là-bas, sur place, avec les

Diggers. Au lieu de ça, je me tape le bateau à mes frais, avec tout ce qui me reste – c'est pas bien lourd, ça tient dans votre charrette. Alors parole, je vous garantis que les Jerries, ils vont me le payer, le voyage, ces enfants de salauds !

— Vous allez vous engager ? »

Je retins le « vous aussi » qui me brûlait la langue.

« Quand même, pour être honnête, je suis pas fâché de rentrer au bercail. C'était l'occasion ou jamais. L'Australie, c'est un pays de merde, si vous me le demandez. Du soleil toute l'année, ça oui, mais pour le reste, rien que des bouseux et des sales bêtes, avec des noms à coucher dehors. Et ce qu'on s'y fait chier. Mais alors chier ! Vous n'avez pas idée... »

Il fouilla les poches d'une veste où manquaient plusieurs boutons.

« N'auriez pas une sèche ? »

Trop heureux d'endiguer ses bruyantes confessions, je lui tendis le paquet préparé par mon père.

« Putain de wombat ! Des Abdullah ! Vous vous refusez rien, mon prince ! Jusqu'ici, le mieux que j'ai fumé, c'étaient des Player's et des Navy Cut. Du temps où la patate marchait. Je peux m'en garder une ? C'est toujours ça de pris sur l'ennemi, pas vrai ?... »

Une tige blanche ornait déjà le sommet de son oreille.

« Gardez le paquet. »

Une allumette craqua. J'avais vu juste. Il fuma la cigarette en connaisseur. Et surtout en silence.

« Alors vous aussi, comme ça, vous allez casser du Hun ? », s'enquit-il après un temps.

Il comprenait vite. Je me contentai de hocher la tête.

« Entre nous, il est temps qu'on y aille. Les Français sont des nuls. Courageux, mais nuls. Y a que les Gallois pour être plus mauvais. Ceux-là, à part jouer de la flûte et chanter des chansons dans leur baragouin. Z'êtes pas gallois, au moins ?

— J'en ai l'air ?

— Pas vraiment. Vous n'êtes pas bavard. »

Au lieu d'épiloguer, je préférai changer de sujet.

« Je vous dépose à l'hôtel de ville ? C'est là qu'on engage.

— Oui. Et c'est là qu'on se sépare.

— Qu'on se sépare ? »

À nouveau, il éclata de rire.

« Putain de wombat ! Mais c'est écrit sur votre beau costume, mon prince ! Vous verrez : vous n'aurez qu'à compter les étoiles. Celles qu'ils vous colleront sur la manche. »

À côté de moi, William toussa, redressa l'échine.

« Pas facile de dormir, avec vous », bougonna-t-il.

Bates eut un sourire chevalin. En plus de l'incisive, il lui manquait encore une canine.

« J'allais justement m'y mettre, ricana-t-il. Dans un fossé, pas moyen de pioncer. Alors si vous permettez… »

Il enleva sa veste, la roula en boule, s'en fit un oreiller et s'allongea sur le plancher.

« Réveillez-moi quand on y sera ! »

William me regarda, creusa ses joues. Avec un soupir désabusé, j'ôtai du siège le mégot de cigarette encore fumant puis, d'une pichenette maladroite, l'expédiai sur la chaussée. Devant moi, la croupe de Lucy ondulait en cadence, ses sabots tintaient contre les pavés. Ils auraient bercé le sommeil de n'importe qui. Frank Bates compris.

Pour dégager les colis, j'avais dû réveiller Bates. Surpris, il avait été à deux doigts de me décocher un uppercut d'anthologie. Si vous teniez à votre portefeuille, les longues traversées en bateau devaient vous enseigner ce type de réflexe. Pas un instant il ne songea à s'excuser.

Sous mon déguisement de notaire – selon William, il n'y manquait que la chaîne de montre –, aucun des vieux clients ne me reconnut. Je me souvenais pourtant fort bien que l'un d'eux avait coutume de m'offrir des biscuits au gingembre, et l'autre un verre de rhum à Barney – lequel, prudent, croquait toujours un grain de café avant de rentrer à l'épicerie.

William m'avait donné un coup de main. Quand nous regagnâmes la livreuse, Bates avait disparu, ses valises aussi.

« Drôlement pressé, le gaillard..., fit William.

— Il a peut-être peur de rater le bateau. »

Pour le prix d'une pièce, je confiai la garde de la voiture à deux gamins qui traînaient aux abords de la place.

En dépit de sa modestie, l'hôtel de ville d'Eccles obstruait le débouché de plusieurs rues commerçantes. D'habitude, on passait devant lui sans lever la tête sur son architecture plutôt quelconque. Il abritait les bureaux feutrés de fonctionnaires grisâtres, ainsi qu'une perpétuelle odeur de peinture fraîche et de vieille mitraille. On y pénétrait par une porte à double vantail, qui donnait accès à un hall ni vraiment vaste, ni vraiment pompeux selon les standards du temps. William connaissait les lieux. Je le suivis. Un peu partout, des affiches patriotiques tapissaient les murs. Comme à Londres, elles illustraient le martyre de la Belgique – une vestale bien en chair aux vêtements déchirés – ou appelaient tous les hommes valides du pays à combler l'unique trou dont s'ornaient les rangs kaki d'une armée symbolique, rangée pour la parade. L'image revenait sans cesse. Seule la légende variait :

Il reste une place pour VOUS dans le rang.
La remplirez-vous ?

Si l'affiche ne mentait pas, vingt-neuf des trente types qui faisaient le pied de grue ici pouvaient rentrer chez eux. Pour boucher le trou, Bates ferait l'affaire – dans le cas contraire, il risquait d'avoir entrepris le voyage d'Australie pour des clopinettes. Assis sur ses valises, il nous fit un petit signe d'intelligence.

Un sous-officier d'âge canonique gardait la porte close. On pouvait supposer que celle-ci s'ouvrait à heures fixes sur l'univers mystérieux des vertus guerrières. En attendant, à l'extérieur, le monde des civils gardait tous ses droits : ça papotait comme dans un pub, avec le même mélange de petits bourgeois, d'ouvriers et de paysans.

« Je vous demande pardon, Sir… »

La visière au ras des yeux, le sous-officier me montrait un escalier.

« Pour les officiers, c'est à l'étage. »

Je demeurai sans réaction.

« À l'étage…, répéta-t-il. Première porte à gauche. »

La panique s'empara de moi. Je cherchai une échappatoire. Autour de moi, le silence était tombé. William me considérait avec un sourire plein de commisération. Les autres – tous les autres, me sembla-t-il, sauf Bates qui pérorait – regardaient ailleurs. Incapable de prononcer un mot, je hochai la tête puis, d'un pas mal assuré, me dirigeai vers le ficus en pot qui coiffait le pilastre de la rampe. Ensuite, la nuque raide, j'empoignai la main courante et me mis à gravir lentement, marche après marche, l'escalier qui, par fenêtres interposées, me rapprochait d'un ciel dont je ne voulais pas.

Dans le couloir chichement éclairé, une porte était entrebâillée. J'entrevis une pièce toute en longueur, dont le parquet ciré, aux lames en chevrons, brillait sous la caresse du soleil. Un rayon fureteur rendait opalescentes les vitres de la fenêtre, derrière laquelle ondoyait un orme maigrichon. Posé en travers de cette lumière fragile – elle glissait entre ses armoires de piétement comme entre les pylônes d'un arc de triomphe –, le bureau ministre occupait une position centrale. Derrière lui, la chaise était vide. Vers la gauche, un coin de tapis persan supportait deux bottes à éperons luisantes comme le parquet, prolongées vers le haut par un nombre égal de jambes de pantalon. Un postérieur rebondi couronnait l'ensemble. Le reste du corps demeurait invisible. L'homme devait être penché sur une table que j'imaginai couverte de cartes et de plans – cartes de visite de gentlemen et plans de mobilisation avec quotas. Avant d'entrer dans ce saint des saints, j'ôtai mon melon, cherchai mes gants. Ils étaient restés dans ma valise.

Je frappai. La porte n'émit aucun grincement. Il n'en allait pas de même pour le parquet. Je sursautai, me figeai sur place. L'homme, lui, n'avait pas bougé. Un toussotement brisa le silence. Puis les basques d'une élégante vareuse voilèrent le postérieur de l'officier. Une pénétrante odeur de tabac blond saturait la pièce.

« Oui ? »

Une voix sèche, teintée d'impatience.

Je reculai d'un pas.

« Oui ? », répéta la moitié d'homme que je ne voyais pas.

L'impatience se muait en contrariété. Mais l'occupant du bureau demeurait immobile. Le cuivre d'un éperon lançait des éclairs. Sur le coin du tapis, un tigre obèse plantait ses griffes dans le dos d'une antilope anorexique.

« Excusez-moi, c'est une erreur », fis-je.

Et sans plus attendre, je refermai la porte.

Quand je rejoignis le groupe qui attendait au fond du hall, personne ne fit attention à moi. Il y avait de nouvelles têtes. Toujours aussi raide qu'à notre arrivée, le vieux sous-officier ne cilla pas. Comme je m'y étais attendu, William ne montra aucune surprise – seuls ses yeux brillèrent.

Les conversations allaient bon train. La plupart tournaient autour des dernières péripéties de la guerre sur le continent. On jugeait la conduite des opérations, partageait les rares informations glanées en filigrane de certaines correspondances avec des frères ou des amis, comparait les mérites des différents régiments. Les batailles se commentaient comme des matches de cricket – on se serait cru dans la buvette du club local. Bates jouait volontiers les arbitres, dispensant verdicts péremptoires et avis autorisés, chacun appuyé d'un clin d'œil entendu. Sans le lui envier, j'admirai son aplomb.

Tous les quarts d'heure, la porte pivotait sur ses gonds et un jeune sous-lieutenant à leggins demandait au vieux sous-off amidonné d'introduire un volontaire. Entre-temps, d'autres candidats étaient venus grossir notre assemblée. Beaucoup sortaient visiblement de table. Un type avait une tache de sauce sur le col de sa chemise. Vers deux heures, un fermier des environs amena ses trois valets, leur serra la main puis s'en alla en grommelant que les bêtes attendaient, « fallait bien que quelqu'un s'en occupe ». Je me demandai s'il s'engagerait, lui aussi. J'en doutai. C'était un voisin des Thorncroft, réputé pour son caractère taciturne et violent. Il ne m'avait pas reconnu. En son temps, espérant sans doute accroître ses terres, il avait courtisé Beatrice avec des grâces de gros blaireau. Le refus de celle-ci n'avait pas suffi à le décourager. L'importunait-il toujours ?

Après une heure d'attente, William avait fini par entrer. Dans la file, mon détour par l'étage m'avait fait perdre quelques places. Bates, lui, venait de sortir, l'air mécontent.

« Putain de wombat ! On n'est même pas logé en caserne ! Faut se démerder avec une allocation… C'est un monde ! »

Un des valets observa que c'était tant mieux : ils seraient payés pour rester chez eux.

« Parle pour toi, connard », râla Bates.

Il empoigna ses deux valises.

« Putain de wombat ! »

Avant qu'il ne disparaisse, je lui posai la question qui, depuis le début de l'après-midi, me taraudait l'esprit.

« C'est quoi, ce juron ? »

Il leva la tête, me jeta un regard perplexe. Malgré sa taille médiocre – à Londres, on l'aurait sûrement refusé –, il avait l'air de me toiser.

« Juron ? Quel juron ? »

Sur quoi il se ficha au coin de la bouche une des cigarettes que je lui avais données, l'alluma, et partit sans se retourner.

« Quelle tête de lard ! », s'esclaffa un des valets.

Même en sous-effectif, le personnel du bureau prenait son temps. Ici, l'urgence proclamée sur les affiches du hall perdait soudain en pathétique ce qu'elle gagnait en méthode. Selon un rite que l'on sentait immémorial, elle se déclinait en formulaires à remplir et déclarations à signer, le tout au son des tampons. Voler au secours du droit n'autorisait nullement qu'on fît des ratures et des pâtés.

« Parson, donc… »

En traçant chaque lettre avec soin, pénétré de l'importance de sa tâche, le caporal tirait la langue.

« Parsons, rectifiai-je. Avec un "s". Parson'sss… »

Il acquiesça, poursuivit :

« Bon… Votre profession, et ça ira… »

Du coin de l'œil, j'observais depuis cinq minutes le jeune sous-lieutenant qui, assis dans un fauteuil près de la fenêtre, feuilletait une revue. De temps en temps, ses yeux quittaient la page qu'il lisait et s'arrêtaient sur moi. Nos regards se croisaient. J'avais peine à soutenir le sien, où je croyais déceler un intérêt sans objet véritable.

« Votre profession… ? Revenez parmi nous, mon vieux ! »

La plume en l'air, le caporal attendait.

« Jardinier », répondis-je.

Pourquoi pas, après tout ?

« Eh bien, c'est le jour des jardiniers, plaisanta le caporal. Vous êtes le deuxième cet après-midi…

— Vraiment ?

— Puisque je vous le dis. Mais si vous croyez que là-bas, c'est une vallée de roses, vous allez être déçu. Dans la salade, vous trouverez surtout des limaces en plomb…

— J'apprendrai.

— Vous avez intérêt. »

Il me tendit la plume.

« *Pour la durée de la guerre.* C'est la mode, on dirait. Signez là. Et là. Attention, la plume arrache un peu. »

Ma main tremblait. Pour achever le trait final de mon paraphe, l'encre manqua.

« À propos…

— Oui ?, dis-je.

— Wombat, vous savez ce que ça veut dire ? »

Je haussai les épaules.

« Bien sûr… Vous êtes du coin ?

— Pas depuis longtemps. Je suis né à Liverpool.

— Ça ne me surprend pas. »

Il récupéra la feuille, l'examina d'un œil critique.

« Parfait. Bienvenue au club, soldat Parsons. Avant de sortir, n'oubliez pas de saluer le lieutenant. L'officier payeur vous réglera quand vous aurez vu le médecin. Si vous n'avez pas menti, ça ne devrait poser aucun problème.

— Merci.

— Merci… *Caporal* ! »

Je me levai, repoussai la chaise et allai me planter devant le fauteuil. Le sous-lieutenant se leva aussitôt. Il avait déposé sa revue ouverte sur l'accoudoir. Avec étonnement, je reconnus le frontispice de la *Poetry Review.*

« Avant le salut, commencez par le repos, dit-il.

— Nigel Parsons, mon sous-lieutenant.

— *Soldat* Parsons ! corrigea le caporal sans cesser de tamponner des formulaires. Et on dit *mon lieutenant* ! »

L'intéressé leva les yeux au plafond.

« Vous m'emmerdez, Clarke… Faites plutôt entrer le suivant.

— À vos ordres, Sir. »

L'officier me tendit la main – une main blanche et lisse où seul le cal jaune au majeur, près de l'ongle, trahissait l'usage régulier d'une plume ou d'un crayon.

« Lieutenant Burrell, fit-il en souriant. Alfred Burrell. Nous sommes appelés à nous revoir, Mr Parsons. »

Devant mon mutisme, il crut bon de préciser :

« *Revoir* est le mot. J'ai l'impression de vous avoir déjà rencontré quelque part. Vous travaillez à la Compagnie du Canal ? »

Je fus certain de le décevoir.

« Peu de chance, mon lieutenant. Je reviens de Londres et je suis jardinier. »

Il plissa les yeux, son regard s'attarda sur moi.

Sur mes mains, me sembla-t-il.

« Beau métier… », dit-il.

J'opinai.

« Pour ma part, je préfère les chiffres. Chacun ses goûts, n'est-ce pas ? Moi aussi, vous savez, sous l'uniforme je suis un amateur. Ne le sommes-nous pas tous ?… »

Derrière son dos, le caporal fit la grimace.

« Enfin, presque tous… », corrigea-t-il.

Le lieutenant Burrell sourit, consulta son bracelet-montre.

« Vous pouvez y aller. Le médecin vous attend. »

Au moment de franchir la porte, je croisai un des valets.

« Casquette ! » rugit le caporal.

Une heure plus tard, nous nous retrouvâmes à dix chez un vieux médecin du centre-ville. Comme la salle d'attente s'avérait trop exiguë, l'esculape nous avait ouvert les portes de son salon. Les valets de ferme s'asseyaient du bout des fesses sur le bord des chaises et des fauteuils chippendale, tandis que William examinait de près une série de gravures botaniques. Plus pragmatique, Bates fit ample provision des cigarettes que le praticien mettait gratuitement à la disposition des volontaires.

Après un examen aussi rapide que sommaire – taille, tour de poitrine, dentition, vue, ouïe, plante des pieds – et un interrogatoire succinct visant à déterminer si nous avions souffert par le passé de l'une ou l'autre maladie gênante pour l'armée de Sa Majesté, nous fûmes tous renvoyés « dans nos foyers ». Le docteur s'était contenté de tiquer sur l'âge annoncé par un des valets de ferme. Sa suspicion n'avait pourtant pas franchi le stade de la remarque. Sur le chemin du retour, le gamin nous déclara en riant qu'il les avait bien eus : pour fêter les dix-neuf ans prescrits par le règlement militaire, il lui manquait huit mois.

Une fois encaissés les quelques shillings d'allocation destinés au couchage et aux vivres de subsistance, la petite bande se sépara. William m'accompagna jusqu'à la voiture. Comme convenu, il ne rentrait pas à Salford mais prenait le tramway jusqu'à Patricroft, où habitait sa vieille tante, la seule famille qu'il lui restait.

« Tu aurais pu être officier... », dit-il.

Je me hissai à bord de la livreuse.

« J'aurais pu, oui... »

Il ne chercha pas à en savoir davantage.

« Ça t'ennuie ? »

Il fixa la pointe de ses souliers.

« Tu sais ce que tu fais. »

Il me tendit la main. Je la serrai.

« À demain, alors ?

— Oui, dis-je. Tu peux passer à l'épicerie quand tu veux. Mon père sera ravi de faire ta connaissance.

— Peut-être. On verra bien... »

À l'arrière de la voiture, il récupéra son sac.

« À propos, Bates m'a raconté...

— Raconté quoi ?

— Son histoire de wombat. »

J'avais décroché les rênes.

« Ah ? Et alors ? Ça veut dire quoi ?

— En Australie, c'est une espèce de gros rat.

— Mais encore ?

— Ils ont saccagé ses champs de patates. Un vrai désastre, à ce qu'il prétend. Paraît que là-bas, dans le Queensland, ces bestioles adorent les légumes.

— Tu sais où il loge ? demandai-je.

— Du côté d'Agecroft. Il a des parents au charbonnage.

— Il aurait pu m'attendre.

— T'inquiète pas. Il trouvera bien une autre poire. »

Sur un clin d'œil et un signe de la main, il s'éloigna. Au centre de la place, il s'arrêta, se retourna.

« Je te dois une bière ! »

Quelque part dans la ville, une cloche solitaire sonna la demie. Temps de rentrer. Le soir tombe vite en novembre.

« Allez, Lucy, on est partis. »

La mule dressa les oreilles et, à la première injonction, s'engagea sur la chaussée, évitant les rails du tram.

Tandis que je prenais la direction de l'est, une grande fatigue m'accabla. Les conséquences de mon geste me laissaient encore en paix, et j'attribuais donc mon abattement aux péripéties du voyage et à la foule des souvenirs qui m'assaillaient. Puisque Lucy connaissait le chemin du retour, la conduite ne réclamait de ma part qu'une attention réduite. Un petit coup de rênes aux carrefours, un petit mot de réprimande ou d'encouragement quand le rythme baissait, la mule n'en demandait pas plus.

Nous abordâmes bientôt les derniers chemins véritablement campagnards qui sillonnaient encore les terres agricoles. Repu d'images nouvelles ou retrouvées, de voix éparses et de propos divers, mon esprit commençait à faire un tri prudent. Trop uniforme, la vie à Londres entre l'école et mon terrier de Shepherd's Bush m'avait mal préparé à affronter pareille abondance. Je n'en éprouvais ni plaisir ni désagrément. Simplement, il me fallait trouver les bons réglages pour aborder la vie qui m'attendait. Puisqu'en signant mon engagement j'avais abdiqué l'indépendance du corps, il me restait à apprendre comment préserver celle de l'esprit.

J'en étais à ce point de ma réflexion quand l'absence de cahots me tira de ma torpeur. Arrêtée au bord d'un talus, la voiture n'avançait plus. Lucy se désaltérait à l'eau verdâtre d'un abreuvoir.

« Eh bien, Lucy ? On ne se gêne plus. »

Devant la voiture, la route pavée gravissait la pente douce d'une colline. Une herse en avait peigné les flancs. La terre noirâtre, mêlée de tourbe, achevait de boire les pluies des dernières semaines. Plus loin, au-delà du sommet, on apercevait le toit gris d'une ferme, que ne perçait aucune lucarne.

La routine n'est pas le propre des humains. Sur ce chapitre, les mules se défendent fort bien. Cette ferme, je la connaissais. De même ce chemin pavé dont l'herbe verdissait les interstices dès le début de mars.

Alors seulement, je m'avouai l'avoir guettée. Je n'avais pas cessé une minute d'espérer cette rencontre et de la redouter. Tout à l'heure, sur le chemin d'Eccles, la silhouette d'une femme à vélo m'avait fait tourner la tête et rechercher la conversation de Bates. J'avais entendu grelotter le timbre cristallin de la sonnette.

Avant de reprendre le chemin de Salford, j'observai une dernière fois le sommet de la colline. La ferme Thorncroft se cachait derrière, ramassée autour de sa cour carrée. Plus loin encore, vers Worsley, se dressait la maisonnette de Beatrice. Je me demandai si, déjà, elle m'avait remplacé. Pour cela, elle aurait dû sacrifier une parcelle de sa liberté. Mais non, les gens du hameau n'auraient pas accepté. Entre Londres et Eccles, il y avait bien davantage que des kilomètres.

La route était étroite. J'éprouvai quelques difficultés à faire demi-tour. Pendant la manœuvre, le garde-boue droit accrocha la pierre de l'abreuvoir. Trop nerveuse, Lucy dérapait dans la glaise molle et je dus descendre pour la guider. Derrière la colline, le soleil se couchait, allongeant sur les hachures des guérets l'ombre portée des haies vives.

Un peu avant la grand-route, une fille à vélo déboucha d'un tournant. La pèlerine en étendard, elle pédalait contre le vent. Elle leva la tête, me salua au passage.

Je ne la reconnus pas.

Quand j'arrivai au centre de la ville, le carrefour de Regent Road avait allumé ses lampadaires dans la fraîcheur humide du soir tombant. Plus que jamais, j'abandonnais à Lucy l'initiative des opérations. Depuis que nous avions laissé derrière nous les derniers prés d'Eccles et leurs tentations fourragères, elle avait décidé de rallier au plus vite l'écurie et sa ration d'avoine. Les sabots sonnaient en cadence sur les pavés du boulevard, ponctuant le bruit continu de caisse vide et de ferraille secouée qui rebondissait entre les façades.

Par couples, des piétons traversaient Cross Lane, se hâtaient vers l'entrée illuminée du théâtre. Écharpes et demi-saisons étaient de sortie. Sans doute donnait-on une pièce en fin de carrière à Manchester, ou un concert au profit de soldats blessés. Portée par le vent du soir, la rumeur des cuivres et des percussions viendrait-elle bercer mon sommeil comme durant les nuits de mon enfance ?

Lucy tourna dans Myrtle Street. L'écurie et les stocks occupaient le rez-de-chaussée et le sous-sol d'une ancienne maison de rapport. Une mangeoire pleine attendait la mule. Le temps d'extraire la clef de ma poche, Lucy piaffait déjà. Heureusement, j'avais serré le frein.

Après un petit tour par les caves, histoire de respirer leur bonne odeur de liège et de cire – prisonnier de ses fûts, le porto de Mrs Glover vieillissait en quantités respectables –, je pris congé de Lucy plongée dans ses agapes, éteignis la lampe à pétrole et verrouillai la porte.

À l'angle de la rue, je tirai sur les plis de mon costume, et essuyai du coude la coiffe défraîchie de mon melon. Le ciel virait à la pluie. Plus bas, bien plus bas, Cross Lane hésitait entre sommeil et veille. Tandis qu'une queue se formait à l'entrée du théâtre, les boutiquiers baissaient leurs volets. Les pubs, au contraire, profitaient du coup de feu – la cloche retentirait bientôt. Derrière les vitres enfumées de l'un d'eux, j'aperçus un des trois valets de ferme. Sans doute liquidait-il en chopines sa première solde au service du Roi.

À travers les rues soufflait maintenant un vent à retourner les parapluies. Pourtant je ne me hâtais pas. De la main gauche, je contrariais les velléités de fuite de mon chapeau. La droite serrait la poignée de ma valise. J'y étais presque.

Malgré l'heure avancée, mon père n'avait pas rabattu les volets. Sur les grands carreaux de la vitrine, on lisait les mêmes lettres peintes en vert. Chaque printemps, Barney rafraîchissait les inscriptions. Avec les années, sa touche perdait en assurance et en netteté : le deuxième S de Parsons me semblait un peu raté.

Le cœur à l'étroit sous ma chemise, je négligeai la chaîne de la cloche, préférant toquer au carreau. Aussitôt, deux carrés jaunes s'allumèrent à l'intérieur, puis la porte de l'arrière-boutique dessina un grand L inversé dans l'obscurité du magasin. En dépit du vent qui fouettait la rue, il me semblait entendre le frottement des galoches sur le carrelage.

Un visage barbu parut, deux yeux myosotis. Et sous la

moustache blanche, à peine jaunie par le tabac, ce sourire dont l'ironie masquait mal la tendresse. La clef tourna dans la serrure.

« Bonsoir fiston. Alors ? Ça s'est bien passé ? »

Je ne répondis pas, déposai ma valise sur le comptoir.

Nous nous embrassâmes. Ses bras de déménageurs pesèrent sur mes épaules.

« Tu aurais pu utiliser ta clef. Viens. »

La boutique fleurait toujours aussi bon. Tabacs, thés et cafés s'y livraient leurs éternelles joutes olfactives. Quant aux bouteilles, leurs formes diverses, exotiques parfois, proposaient les mêmes leçons de géographie à l'enfant que je n'étais plus : whiskies écossais, irlandais, schnaps allemands, autrichiens, xérès d'Andalousie... Le moment était venu d'aller voir ce qui se passait derrière certaines étiquettes. Sur le rayon du haut, mon père exposait les bières de Belgique et d'Artois que lui envoyait un confrère boulonnais.

Dans la cuisine, je manœuvrai la pompe et remplis la bassine pour me laver les mains. Au salon, mon père finissait de dresser une table modeste, où la simplicité des plats tempérait l'irréprochable qualité des ingrédients. En matière culinaire, il avait toujours eu deux mains gauches. Avec le temps, j'avais fini par saisir que son refus d'apprendre correspondait au prolongement d'un deuil. À l'en croire, jusqu'à sa mort, ma mère avait été un authentique cordon bleu.

« J'ai fait du bœuf aux carottes, ça te va ? »

Il déboucha une bouteille d'ale, prit place à table.

Durant tout le repas, entre deux bouchées, il me posa des questions brèves sur la vie à Londres, l'état des chemins de fer, mon boulot à l'école. Les mots n'étaient pas ses meilleurs alliés. Je lui répondais avec la même parcimonie. Pour l'école, je mentis avec beaucoup de conviction.

« Alors, dit-il. À Eccles, ils l'ont, leur compagnie ?

— Presque… Il ne manque plus grand monde. Encore un peu, et je devais m'engager à Manchester. »

Trop cuites, les carottes s'écrasaient contre le palais. Le bœuf, par contre, était parfait, pas trop sec.

« Tu as revu Beatrice ? », demandai-je à brûle-pourpoint.

Il ne leva pas la tête. Sur son crâne rose, les taches de vieillesse semaient leurs premières tavelures.

« Non… »

Je me versai un verre de bière.

« On ne la voit plus beaucoup, à Salford. »

Ma main tremblait à nouveau. Je vidai mon verre.

« C'est peut-être mieux », dis-je.

Nous nous regardâmes. J'eus le sentiment que mon visage se fermait. Je m'en voulus. Il ne m'en tint pas rigueur.

« Pourtant, ça n'a jamais jasé. Si les gens avaient su…

— On a tout fait pour éviter ça, dis-je. Ici, en tout cas. À Londres, tout le monde nous croyait mariés. De toute façon, à quelques mois près, ce n'était même pas un mensonge… »

À son petit doigt brillait la chevalière d'or qu'il me faudrait porter un jour, après sa mort – il avait bien trop de pudeur pour oser me le demander, mais cela faisait partie de ces choses que je savais sans qu'il eût à ouvrir la bouche, de ces choses qui passaient en un seul de ses regards.

Alors j'eus envie de tout dire. De lui avouer à quel point je désirais me montrer digne de son amour bourru, aussi énorme qu'il exigeait peu. Mais comme toujours, je renonçai. Car mon père se méfiait des mots, des grands discours et des savantes explications. Il leur préférait la parole : celle qu'on donne et qu'on ne reprend pas.

« Je vais chercher le dessert », dit-il.

Tandis qu'il s'affairait dans le cellier, je regardai autour de moi. Rien n'avait bougé depuis mon dernier séjour.

À un détail près : sur la tablette du vaisselier, le petit médaillon avait disparu. En son temps, il avait contenu un portrait de Beatrice, celui que je préférais, avec la petite robe noire. Sinon, à la lueur incertaine de la lampe à pétrole, j'avais toujours l'impression que sous le verre de son cadre, ma mère m'observait avec une tendresse amortie par les ans. Je l'avais si peu connue. Malgré l'ombre qui régnait ici de nuit comme de jour, la photographie avait pâli. Au coin du cadre, une fine poussière faisait grisailler le ruban de crêpe.

Chargé d'une grande casserole, mon père remonta de la cave. Avant de déposer le plat sur la table, il sortit de sa poche un petit paquet oblong.

« Tiens, fiston. C'est pour toi. »

Soudain inquiet, j'hésitai à le prendre.

« Un cadeau ? »

Pour le dessert, il avait fait de la compote de prunes.

« Quand tu seras là-bas, le fils Glover dit que ça devrait te servir. À propos, sais-tu qu'il a reçu sa commission de sous-lieutenant ? »

Pendant que je déchirais le papier brun, il versa la compote dans deux assiettes creuses. J'eus bientôt entre mes mains un élégant étui de cuir. Imprimé en creux, il portait la griffe d'un célèbre horloger suisse. Je l'ouvris. Posé sur un écrin de tissu soyeux, un superbe bracelet-montre étincelait sous la suspension.

« J'ai pris du solide, dit mon père. Il faudra veiller à ternir le boîtier et la boucle, si j'ai bien compris ce que m'a dit le vendeur. En campagne, les reflets peuvent être dangereux. »

D'un coup, je désirai violemment revenir en arrière, remonter le temps comme on pouvait remonter cette montre.

« Papa… »

J'avalai ma salive. Il fronça le sourcil, me regarda.

« Oui, fiston ? »

Je soupirai, déposai la boîte devant moi, sur la serviette.

« C'est… C'est un cadeau magnifique. »

Sous la moustache, le sourire tardait à apparaître.

« Tu as regardé derrière ? »

Avec mille précautions, je soulevai la montre hors de son écrin, la retournai au creux de ma paume. Une inscription en belle cursive barrait le fond du boîtier.

« Gravée à mon nom. Il ne fallait pas… »

Cette fois, mon père rayonnait.

« Pour le grade, je n'étais pas sûr, alors… »

Le sang me battait les tempes. Je déposai la montre sur la nappe, pliai, dépliai ma serviette pour m'occuper les mains.

« Papa…

— Oui ? »

Je cherchai les mots. Aucun ne me satisfaisait.

« Il faut que je te le dise… »

Il déposa sa cuiller, redressa le buste, caressa son bouc. L'inquiétude se lisait au fond de ses yeux.

« Voilà… Je ne serai pas officier. »

Il demeura silencieux, accusant le coup. L'espace d'une seconde, son regard parut s'assombrir. Il se frotta le front, lissa sur son crâne chauve la longue mèche qu'il avait coutume d'y chasser, souvenir de l'abondante crinière qu'on lui voyait sur les photos de sa jeunesse.

« Pas officier… Ah ? »

Il secoua doucement la tête.

« Pas officier… », répéta-t-il.

Le silence redouté ne fut pas long.

« Ça ne fait rien, fiston. »

Dehors, le vent fit claquer un volet. Ce soir, des branches mortes voleraient, il faudrait veiller à protéger la devanture.

« Je deviens vieux, on dirait. J'avais cru comprendre… »

Ses lèvres dessinèrent une moue.

« Mais bah ! Elle te servira bien de toute façon, cette montre, non ? À propos, elle te plaît ?

— Beaucoup.

— C'est le principal. Essaye-la ! »

L'œil gourmand, il me regarda faire. Avec gaucherie, je bouclai le bracelet autour de mon poignet droit, manœuvrai le remontoir, puis réglai l'heure d'après le carillon Westminster posé sur la commode.

« Tu ne préfères pas la porter à gauche ? »

Il avait raison. Je changeai le bracelet de poignet.

« Après le dessert, veux-tu un thé, fiston ?

— Volontiers. »

Nous attaquâmes la compote. De lourdes gouttes s'écrasaient contre les carreaux de la fenêtre.

« Fichu temps…, dit-il.

— En effet », approuvai-je.

Pourtant j'aimais la pluie. Surtout quand, comme ce soir, elle soulignait le silence.

« Tu pars quand ? demanda mon père.

— Bientôt, je suppose… À vrai dire je n'en sais rien. »

Il hocha la tête, inclina son assiette.

« Pas tout de suite, à mon avis, fit-il. On manque de tissu kaki. Du coup, le premier bataillon se balade en bleu – du moins ceux qui ont déjà un uniforme.

— *Kitchener's blue*, je sais…

— À ce qu'on prétend, Lord Derby va venir, ajouta-t-il. Demain ou après-demain. Le temps d'un discours à l'*Hippodrome* pour soutenir le recrutement. Paraît que le Comité a fait installer un camp au pays de Galles. Le premier bataillon doit s'y entraîner. Le 15ᵉ, c'est ça ?

— Oui. Nous, ce sera le 16ᵉ. *16th Lancashire Fusiliers.*

— À la mairie, ils parlent déjà d'en lever un troisième. Je me demande s'ils y arriveront. Ça me paraît beaucoup pour une petite ville comme la nôtre. Ce n'est pas Manchester, ici.

— Question nourriture et couchage, ils donnent une allocation. Ça devrait intéresser les chômeurs.

— Il y en a pas mal, au port. »

Sa cuiller raclait le fond nervuré de l'assiette.

« Tu en veux encore, fiston ?

— Merci, oui. Elle est très bonne.

— Celle de ta mère, c'était autre chose. »

Nous vidâmes le plat dans un silence renouvelé. Avant de servir le thé qui chauffait sur le poêle, dans la cuisine, mon père me regarda.

« Tu sais, fiston… »

Quelque chose le tourmentait. Soucieux de me rendre utile, j'empilais les assiettes avant de débarrasser la table.

« Tout à l'heure… »

J'aurais dû l'aider. J'attendais.

« Je ne voulais pas dire… »

Il poussa un soupir à fendre l'âme d'un canon.

« Enfin… Tu sais bien… Ne t'en fais pas, voilà… »

Il se leva, me prit les assiettes des mains.

« Pour devenir officier… », commençai-je.

Il m'arrêta d'un geste.

« Aucune importance, fiston. Simplement… »

Il s'était réfugié à la cuisine.

« Oui ?

— Quand tu seras là-bas… »

Il se retourna, déposa la vaisselle dans la bassine, pompa un peu d'eau, ôta la théière de la plaque.

« Fais attention à toi. »

La journée m'avait épuisé – les émotions, surtout. À cet égard, j'étais décidément moins costaud que je ne l'avais espéré. Après le thé – un Royal Ceylan parfumé et goûteux –, je ne fus donc pas long à me retirer. Habitué à veiller tard, mon père s'était installé avec un livre de comptes dans le vieux crapaud bleu. Sur la petite table basse à côté du fauteuil trônait, bien en vue, le recueil de

Nicholas Parry. Jamais il ne l'ouvrait en ma présence – même si, je le savais, il ne comprenait pas toutes mes images, parfois alambiquées. La couverture était cornée aux coins, le papier un peu gris à la place des pouces. Il avait chaussé ses lunettes.

Je me penchai pour l'embrasser.

« J'ai préparé ta chambre, Nickie.

— Merci, papa.

— Tu trouveras tout comme tu l'as laissé. Je n'ai touché à rien. Ah si, quand même : j'ai mis des boules de naphtaline dans ton placard. Pour les mites. »

Pour mes peluches, surtout. L'ours George, le chien Puck et le lapin Peter. Pour les petits-enfants qu'il n'aurait jamais.

« Tu as bien fait.

— J'ai aussi rajouté une couverture.

— C'est parfait. Bonne nuit, papa.

— Bonne nuit, fiston. »

À mi-chemin de l'escalier, je criai.

« Papa, avant que je n'oublie…

— Oui ?

— Tout à l'heure, en revenant d'Eccles, j'ai faussé le garde-boue de la livreuse.

— Fort ?

— Non, pas très.

— Alors pas de problème, je verrai ça demain. »

Au moment d'éteindre la lumière et de guetter les premiers bruits de la nuit, je me souvins de l'époque où, avant de rabattre la couverture, j'improvisais une petite prière censée me mettre en règle avec les autorités célestes. Un verset de l'Évangile m'avait toujours obsédé : « Tu ne tenteras pas le Seigneur ton Dieu. » Aussi demandais-je peu. Après tout, si d'aventure je L'avais déçu, il existait de par le monde suffisamment de saints et de saintes anxieux de Le satisfaire.

Sur cette terre, pour frôler leurs rêves, d'autres par contre ne pouvaient compter que sur moi. Sans doute ne me demandaient-ils pas grand-chose, sinon leur rendre un peu de cette chaleur qu'ils me donnaient sans arrière-pensée. Pour autant, je ne voulais pas les priver de ce qui leur revenait de droit. Serais-je un jour à la hauteur de leurs attentes ? C'était mon vœu le plus cher, quoi qu'il pût m'en coûter.

Immobile sous les couvertures, j'attendis longtemps l'écho de son pas sur les dalles du trottoir. Puis viendrait le grincement des charnières, le fracas des ferrures entrechoquées et enfin, en coda, le cliquetis des chaînes et du cadenas. Dehors, mon père fermait les volets de la devanture.

Je pouvais dormir, maintenant. Il me protégeait. Il l'avait toujours fait. L'idée qu'un jour il ne serait plus là me fut soudain insupportable.

On ne devrait jamais grandir.

Authuille, Somme, jeudi 1er juillet 1948

Vers l'ouest, au-dessus de Martinsart, le soleil commence à décliner. La chaleur de midi peu à peu desserre son étreinte. Sur l'autre rive de l'Ancre, les arbres du bois d'Aveluy respirent…

Nigel aurait écrit quelque chose d'approchant, j'imagine. Il aurait parlé de « nuages qui éteignent l'incendie à l'horizon », par exemple. C'était son style. Mais inutile d'essayer, je ne pourrais qu'en donner de mauvais pastiches. Non, dommage qu'il ne soit plus là pour le voir, ce ciel, lui qui les aimait tant. Pour y chercher refuge, il lui suffisait de lever la tête. Le reste coulait de source.

À cause de nous, la terre était si moche en ce temps-là, si abîmée, si peu hospitalière. Elle ne portait plus nos rêves, mais engloutissait nos carcasses avant même que nous ne fussions morts. Nous vivions dedans, pas dessus. Par comparaison, le ciel semblait si propre, si vierge, si libre. Lui, du moins, n'a pas changé d'aspect : la folie a pris fin, mais sous ses multiples visages il demeure celui que j'ai connu il y a trente ans. Les hommes varient, les paysages aussi – les ciels, non. Pourtant, depuis que Nigel est mort, les ciels ne sont plus tout à fait les ciels. Car désormais, il leur manque un témoin – et partant il leur manque du sens. Aussi est-ce par des fins de journées semblables à celle-ci que le souvenir de Nigel me hante le plus.

Alors pour lui rendre une voix, je relis ses poèmes : la plaquette qu'il m'a donnée à Conway, et le recueil posthume. Tout à l'heure, comme chaque premier jour de juillet, j'irai lui rendre une petite visite au Connaught Cemetery, à l'orée du bois de Thiepval. Pas besoin de faire un détour, c'est sur mon chemin.

Après seulement, je gravirai la colline.

À cette heure, les cérémonies sous le Monstre doivent être terminées, les derniers visiteurs partis – les officiels, eux, ne restent jamais longtemps : à Albert les attend un dîner au Grand Hôtel de la Paix. Il y a deux ans, j'ai reçu une invitation. D'abord réticent, j'y suis allé pour faire plaisir à Jacqueline.

Plus jamais. Je me suis dit que bientôt, le cliquetis des dentiers remplacerait celui des décorations. Le tintement des fourreaux de baïonnettes contre les lames des pelles, plus personne ne l'entend depuis longtemps. Pas étonnant : les tranchées, on les a rebouchées, idem pour les entonnoirs. Régulièrement, la herse d'un fermier du coin accroche un cadavre, ou plutôt un squelette habillé : un de ces morts sans nom qui resteront éternellement plus jeunes que nous. La terre rejette les corps étrangers. Ces corps qui sont sa mémoire.

Mais voilà… Entre-temps une autre guerre est venue. Elle ne ressemblait pas à la nôtre. À tel point que la nôtre, beaucoup de jeunes l'ont trouvée mesquine, moyenâgeuse, presque ridicule.

Et en plus, elle n'avait servi à rien.

À rien…

Nous aurions dû parler. Les mots nous ont manqué. Et le propre des morts, c'est de se taire. Nigel aurait peut-être pu, lui ?

Bref ce soir-là, après le dessert et le pousse-café, nous avons repris nos vélos, Jacqueline et moi. Tandis que je pédalais, l'estomac presque aussi lourd que le cœur, j'ai siffloté Pack up your troubles. *Par bravade ? Ça m'a rappelé certain jour de juin, à la sortie de Bouzincourt. Quand je m'en suis rendu compte, le mal était fait : la certitude d'avoir trahi m'est tombée dessus. Je les avais trahis, tous, entre la poire et le fromage. Rien que d'y penser, l'envie de vomir m'a retourné le ventre. À choisir, j'aurais d'ailleurs mille fois préféré bouffer du corned-beef Maconochie arrosé de thé de troupe – seul menu acceptable en pareil jour.*

Alors, n'y tenant plus, je me suis mis à rouler comme un forcené – derrière moi, Jacqueline avait peine à suivre. Aucune voiture ne remontait vers Aveluy, il faisait noir et sur les pavés, le pinceau jaune de mon phare tremblotait. Je n'y voyais plus bien, j'ai dû mettre pied à terre. Jacqueline m'a rejoint. D'un revers de manche, je me suis essuyé les yeux. J'ai prétendu que c'était à cause du vent. Tout le temps qu'a duré cet arrêt, elle n'a rien dit. Elle s'est approchée, m'a pris la main, c'est tout.

En refermant la porte de la grange, j'ai tâché d'être discret. Mais Jacqueline a l'ouïe fine, rien ne lui échappe. Surtout, elle connaît par cœur jusqu'à la moindre de mes manies. Quand je passerai devant la fenêtre de la cuisine en poussant mon vélo, elle me demandera où je vais – même si elle le sait très bien.

J'essaie de croire que cela m'agace. Ça me rassure plutôt.

« William ? »

Voilà. La fenêtre était ouverte. Assise sur une chaise devant le fourneau éteint, elle me guettait. Il fait encore trop chaud pour cuisiner. Elle se lève, s'appuie des deux mains à la barre de fer.

« Tu pars ? »

Chaque fois, cette question me surprend, m'inspire une vague anxiété. Car si Jacqueline connaît les lieux de mes errances, on dirait que l'avenir l'inquiète. Comme si je risquais de disparaître du jour au lendemain, sans la moindre raison. Comme si j'allais acheter des allumettes au village et m'évanouir dans l'air léger du soir. J'ai tiré sur mes yeux la visière de ma vieille casquette grise.

« Juste un tour des plantations. Voir ce que donnent les fairies et les floribunda. Vérifier si les phlox tiennent le coup, aussi. Le soleil a tapé dur, faudra peut-être arroser…

— Tu crois ?

— Je n'en sais rien. J'irai jusqu'à Mill Road. Et tant qu'à faire, je passerai aussi par Lancashire Dump.

— Raymond y est allé, hier. Il a tondu les pelouses.

— Je l'aurais parié. Bon, dans ce cas je m'abstiendrai. »

Elle prend son air soucieux que j'aime bien – ça lui chiffonne le nez, qu'elle a petit et retroussé. Certains soirs, malgré les premières rides, j'ai l'impression que le temps ne l'atteint pas, qu'il la rajeunit presque. La mémoire me joue des tours. Je me souviens si bien de la petite Jacqueline qui, sous le regard attentif du grand-père, vendait des œufs aux tommies sur la route de Senlis.

« Douillou ouante ex, mystère ? Zeille are véri goude. »

Si seulement je pouvais l'aimer comme elle m'aime.

Elle a froncé les sourcils, pincé les lèvres.

« Je suppose que tu vas encore là-bas, *hein ? »*

J'ai baissé la tête, pour dissimuler un sourire – à moins que ce ne soit une grimace. Je fixe les pointes de mes chaussures. Elle va me poser la question, je le sais.

« Tu ne veux pas que je t'accompagne ? »

La réponse, il y a longtemps qu'elle la connaît. Je secoue la tête. Elle n'insiste jamais.

« Bon, comme tu voudras… Seulement, ne rentre pas trop tard pour le dîner. J'ai invité Raymond. J'ai bien fait ?

— Oui, oui. Bonne idée.

— Il y aura du ragoût. Comme tu l'aimes. »

Avant que je ne lui tourne le dos, elle m'arrête d'un regard.

« William… ?

— Oui ? »

Une hésitation. Puis elle se ravise, hausse les épaules, s'essuie les mains à son tablier à fleurs.

« Je... Oh, rien... Allez, va... Ne te mets pas en retard. »

Cette fois c'est elle qui m'a tourné le dos.

J'aurais peut-être dû rester.

Pour gagner le premier cimetière de ma tournée, inutile d'enfourcher le vélo : l'Authuille Military Cemetery s'étend juste derrière la ferme, cinquante yards en contrebas, sur une pente convexe qui file vers la rivière. En fait nous sommes voisins. Si je me penche à la fenêtre de notre chambre, je peux apercevoir l'enclos – ou du moins la dernière rangée de tombes. Depuis qu'on a fléché l'accès, les quelques visiteurs que j'y rencontre dès les premiers beaux jours s'accordent à lui trouver un charme étrange. D'aucuns le disent « bucolique », d'autres « propice à la méditation ». Parce que sous l'impeccable ordonnance architecturale, l'intimité – et par là l'émotion – ont subsisté. Bien davantage qu'un champ de mort, c'est un petit jardin retiré du monde que l'on découvre ici. Mais cette explication vaut ce qu'elle vaut.

Il faut préciser que le cimetière a gardé ses dimensions d'origine, avec son éventail de tombes étagées en gradins clairs. Malgré moi, je pense souvent à la salle d'un théâtre silencieux où le programme ne changerait jamais : pluies, nuages, soleil, étoiles, rivière, arbres. Et le train qui passe de temps en temps au fond de la vallée, sur le remblai de la voie ferrée – sans oublier les quelques vaches qui traînent leur ruminante philosophie sur les pâtures près des berges, au-delà du muret. En 28, quand les gens de Londres ont bâti le Monstre et déplacé pour cela quelques cimetières de Thiepval, les maîtres d'œuvre ont jugé inopportun de reléguer ici un de ces jeunes morts en fin de bail. Simplement, il n'y avait plus de place.

Nigel était du nombre.

Je descends le sentier ombragé, laisse le vélo contre le parapet de pierre beige, puis pénètre dans l'enceinte. Depuis le raid du 10 mars, j'ai l'ouïe un peu faible, mais j'entends tout de même le chuchotement proche de la rivière et le friselis du vent dans les frondaisons basses. Je lève la tête. Sur la croix du sacrifice, le glaive de bronze brille au soleil. Dans le patelin, les ferrailleurs nocturnes n'ont pas encore sévi : le cimetière est trop près des maisons. Mais tout de même, mieux vaut prévenir que guérir : je me hisse sur la dernière marche du piédestal et contrôle le boulonnage. À première vue, rien de suspect.

Au moment de fouler la pelouse, j'ôte ma casquette. Vieille habitude. Ce n'est pas que je leur doive le respect : à mon avis, les morts n'y ont pas droit pour la seule raison qu'ils sont ce qu'ils sont. Mais moi, ces morts-ci, je les connais. Oh, pas tous, loin s'en faut, mais beaucoup. Comme le caporal Dawson, par exemple, enterré à mi-pente, un gars du troisième bataillon, plutôt sympathique, tué quinze jours avant la Grande Offensive de juillet. Un obus de 77, si j'ai bonne mémoire, un petit whizz-bang *de rien du tout. Pourtant j'ai peur de ne plus distinguer son visage, ou de le confondre avec celui d'un autre disparu.*

Sur sa tombe pousse une touffe de violettes à éperons. Elles tiennent bien, les violettes, jusqu'au cœur de l'hiver. J'en plante donc autant que je peux. Mais Raymond ne partage pas ma prédilection pour les basses tiges : lui aussi préfère les roses. Pour être honnête, je dois avouer que les fairies sont magnifiques cette année – même si elles développent une fâcheuse tendance à prendre trop de hauteur, et à masquer ainsi les épitaphes gravées à la demande des familles. Mais bon, rien à faire, je préfère les fleurs modestes, qui ne se poussent pas du col. Les millepertuis, par exemple, ou les orpins.

En tout cas, ici, les plantations se portent à merveille. Ce serait plutôt le gazon qui m'inquiète. Par endroits, l'herbe roussit. Va falloir surveiller ça.

Selon la lettre du règlement, la partie proprement minérale du cimetière ne tombe pas sous ma juridiction, mais relève du service « travaux » et de ses délégués. Vu la présence régulière qu'assurent les jardiniers, il est néanmoins entendu que nous leur signalons toute apparition de dégâts, à charge pour eux d'intervenir dans les meilleurs délais. Rien qu'en France, pour tenir à l'œil le petit demi-million de pierres tombales britanniques confiées aux soins de la Commission, ils ne s'en sortiraient pas sans nous.

Sur la pierre taillée, un œil exercé parvient à lire l'heure. Simple question d'angle. Le matin, les rayons du soleil ratent le cimetière et ses tombes, passent au-dessus sans les atteindre, comme les tirs allemands qui, à l'époque, partaient de Thiepval. N'arrivait jamais ici que l'un ou l'autre 77 égaré, tiré à l'aveuglette histoire de gêner les corvées de ravitaillement. À midi, une lumière verticale éveille la tranche supérieure des stèles, creuse les volumes des écussons sculptés, avive les arêtes de chaque lettre sur la pierre dont le contraste assourdit le grain clair. L'après-midi, au contraire, la blancheur retrouvée irradie jusqu'à l'incandescence. Tout devient flou, vibrant, éclatant, les pierres s'imprécisent sur le vert des pelouses. Pour distinguer les noms, les dates et les régiments, il faut alors s'approcher, parfois s'accroupir devant chaque tombe.

Quelques copains sont enterrés ici, morts pour beaucoup avant le premier juillet, durant le raid de mars si néfaste à mes tympans – pour nous, je m'en souviens, un avant-goût de l'enfer qui se préparait. Ah, qu'il était loin tout d'un coup, le temps de Conway, des manœuvres sans fusil à travers la lande galloise, quand faute de pièces en état, la section des mitrailleurs croyait mimer le bruit des « machines à écrire » en faisant tourner des crécelles dans l'air vif.

Ici, on trouve aussi pas mal de types du York & Lancaster

Regiment – des territoriaux de Sheffield. Ceux-là sont morts en septembre 16, du côté de North Bluff. Bref, nous ne les avons pas connus de très près. Le premier juillet, ils sont restés à l'arrière, en réserve devant Aveluy. Quand je pense que ce jour-là, ils ont dû nous envier... Tout le monde voulait y aller, au casse-pipe.

« Une balade de santé », on nous l'avait assez répété.

J'aime bien leur écusson, avec le petit tigre sous la rose couronnée. Les gosses du village sont du même avis. Est-ce la raison ? Quand je lisais à Pierre les aventures de Mowgli, il n'arrivait pas à croire que Shere Khan pût être méchant. C'est vrai que l'homme l'est infiniment plus. Au début, je ne voulais plus entendre parler de Kipling, ses poèmes surtout : « If », *et toutes ces crétineries édifiantes pour boy-scouts exaltés. « Tu seras un homme, mon fils »... Ces grands mots creux qui ont assassiné ma génération.*

Puis un soir, dans une revue, j'ai découvert les Épitaphes *du vieux Rudyard. Pour son fils John ? Deux vers simples, définitifs.*

If any question why we died,
Tell them, because our fathers lied [1].

Nigel aurait aimé, je crois.

Tandis que je remonte la pente, un détail attire mon regard. Je m'approche d'une tombe, m'agenouille devant elle. Bien ce que je craignais. Une plate-bande d'orpins et de renouées masque les plus gros dégâts. Cet hiver, la pierre a souffert du gel. La petite fissure de l'an dernier s'est élargie : en grattant un peu, je puis maintenant y glisser l'ongle. Je me relève, enjambe la rangée. Au revers de la pierre, je découvre un nouvel éclat, que prolonge une brisure

1. Si d'aucuns vous demandent pourquoi nous sommes morts
Dites-leur : parce que nos pères nous ont menti.
(Epitaphs of the War – Common form).

nette. Il y a du Raymond, là-dessous : un coup de tondeuse malheureux, j'en mettrais la main au feu. Pourtant je ne lui dirai rien. C'est vrai que la nature déclive du cimetière rend ardue la tonte des pelouses. Et sa patte folle n'arrange rien. Sa « carte postale de Bir Hakeim », comme il dit.

De la poche de ma veste, je sors mon calepin et le petit crayon. Sur une page blanche, je note la lettre de la rangée, le numéro de séquence – H.4 –, des fois que je ne serais pas là quand passeront les gens d'Arras.

Cimetière : Authuille Military. H.4.
Nature du dommage : pierre fêlée à la base.
Cause probable : infiltration d'eau, gel.
Légende : – 4484 Private W. Traynor
— York & Lancaster Regt
— 14th september 1916
Épitaphe : aucune.
Badge : circulaire, voir catalogue.
Pierre : Portland standard.

La dernière rubrique m'arrache un sourire. Pour notre fils, Jacqueline prétend que le choix du prénom Pierre *n'avait rien de gratuit. L'idée me déplaît, mais elle a peut-être raison.*

Bien, j'ai vu tout ce qu'il y avait à voir. Avant de partir, je jette un ultime coup d'œil au paysage qui s'étend sous le cimetière, au-delà de l'Ancre. Chaque fois, quel que puisse être le temps – particulièrement lorsqu'il pleut – j'ai peine à me défaire de l'impression que rien, au fond, n'a changé ici. Vers la gauche s'étirent toujours les abris de Black Horse, cité troglodyte creusée dans les hautes berges de la rivière. En 16, le cimetière existe déjà. Les Français y ont enterré quelques-uns des leurs, tombés dans le coin avant que nous ne reprenions le secteur. Ici, pas moyen d'appliquer la procédure habituelle : la fosse, huit pieds de long, six de large, deux de profondeur ; les morts, six tête-bêche, chacun emballé dans sa toile de sac ; dessus, la baïonnette, la plaque d'identité et le casque en attendant la croix de bois – dans les dépôts, les menuisiers ne suivent pas. Les pierres viendront bien plus tard. Combien en ai-je enterré, comme ça ?

Aujourd'hui, il fait plus chaud qu'il y a trente-deux ans. Dans le cimetière, les Français sont partis, les rosbifs sont restés.

Mais non… Ce matin, nous sommes sortis de Black Horse avec tout le barda et des munitions supplémentaires. Le reste du matériel – pelles, barbelés, pieux, grenades, etc. –, on nous le mettra sur le dos dans le bois de Thiepval, à hauteur de Johnstone Post. Après, ce sera le boyau de communication, puis les tranchées de support…

Bientôt, la majorité d'entre nous seront morts.

Simple question de minutes.

Qui aurait dit un jour que nous le regretterions, notre vieux Salford sale et puant, où la plupart devaient se battre pour manger ? Pourtant oui, nous l'avons regretté. Il ne nous a fallu que quelques heures, ce premier juillet de l'année 1916.

Moi, c'est fini maintenant. Il y a belle lurette que je n'ai plus de regrets. À quoi bon ?

C'est comme dans la chanson :

What's the use of worrying ?
It never was worthwile[1].

La suite du refrain me revient, après tout ce temps.

So, pack up your troubles in your old kit-bag
And smile, smile, smile[2].

Pêle-mêle, je crois entendre le bruit sourd des brodequins qui tapent sur les pavés, le cliquetis des boucles, des gourdes,

---

1. À quoi bon se faire du souci ?
Ça n'a jamais servi à rien.
2. Alors fourrez vos problèmes dans votre vieux sac
Et souriez, souriez, souriez.

des gamelles, des pelles et des baïonnettes secouées par la marche, les coups de gueule des sous-officiers. Cela sent la poussière brûlée d'été, la boue collante de novembre, la serge trempée de sueur. Cette vieille scie, vous autres qui restez ici, lequel d'entre vous ne l'a pas chantée le long des routes de Picardie ?

Tout de même, demain je passerai par la mairie. Un coup de téléphone est vite donné. Car si la pierre vient à casser, Traynor va se retrouver tout nu. Ça m'ennuierait.

Je pourrais tricher, aussi, et faire rajouter sur la pierre le prénom entier : William. Comme moi, tiens. Ce serait mieux. J'ai vérifié dans le registre. Et son âge, pourquoi pas ?

Dix-neuf ans.

Il fait chaud, je recoiffe ma casquette. Encore deux cimetières à visiter avant ce soir. En remontant le chemin d'accès, j'ai siffloté Pack up your troubles. Ça faisait longtemps. Les paroles, je les ai gardées pour moi. Et pour eux.

Les vivants ne pourraient pas comprendre.

Ils ne pourront jamais.

CHAPITRE TROIS

À cette distance, même par temps clair, on percevait rarement les départs d'obus. Venu de l'est, le roulement monotone et continu de l'artillerie noyait les rumeurs du front dans un magma sonore dont n'émergeaient par quintes que certaines arrivées de gros calibres. Mais à la sortie de Bouzincourt, sur le chemin de Martinsart, nous ne courions aucun risque excessif. Comme les bus amenant les relèves s'arrêtaient à Englebelmer, les troupes à pied engorgeaient les chaussées alentour. Depuis la fin mai, quantité de bataillons faisaient mouvement sur les routes aux environs d'Albert.

Chargée de rations supplémentaires achetées à Salford par le comité de soutien municipal, notre carriole avançait au petit trot entre deux passages de colonnes. Sur la feuille de route, le sergent Daniels nous avait accordé quatre heures pour rejoindre la compagnie avec les précieuses caisses, et puisque nous avions de l'avance sur le programme, il n'entrait pas dans mes intentions de faire mentir ses calculs. À l'étroitesse étouffante des tranchées et des abris de première ligne, je préférais la relative liberté des paysages lunaires de l'arrière, où les ciels gagnaient en ampleur et en profondeur.

Nous parlions peu, William et moi. Pas bien loin, sur Mesnil, quelques obus tombaient sans qu'aucun de nous ni personne à proximité songeât à tourner la tête. Seuls les vrais bleus – tel ce peloton de Highlanders au repos, agglutiné dans une prairie autour d'une cuisine roulante – courbaient l'échine à chaque sifflement.

Pourtant les anciens ne se moquaient pas. Ils étaient passés par là, ils connaissaient. Dans quelques jours, les nouveaux venus perdraient eux aussi ce réflexe de civils sensés, brutalement débarqués d'un monde normal où les pubs enfumés accueillaient les habitués en quête de chaleur, où les parapluies fleurissaient à la moindre averse et où les autobus à impériale roulaient entre l'East End et Kensington plutôt qu'entre Boulogne et Saint-Omer.

Ici, ce monde-là semblait n'avoir jamais existé. Les bleus apprendraient vite à se sentir nus sous les shrapnells et les obus. La musique des sphères n'aurait alors plus aucun secret pour eux : ils en posséderaient tout le répertoire, jusqu'à la moindre nuance, du canon lourd au mortier de tranchée.

Car dans cette guerre étrange qui ressemblait si peu à celle des livres – moins encore à celle des journaux populaires –, la mort avait ses aboyeurs. Mieux valait comprendre leur langage. Ainsi, rien de commun entre le bref hurlement d'un 77 et le paresseux flap-flap d'une torpille. Moins impressionnante, la deuxième se révélait cependant, à l'usage, bien plus redoutable.

Sur ce chapitre, nous touchions à la fin de notre apprentissage. Dans les tranchées, le soleil de juin commençait à durcir la boue grasse de la mauvaise saison. Le niveau de gadoue baissait de jour en jour. On pouvait maintenant parcourir les boyaux les plus humides sans risquer d'y laisser ses cuissardes, ses molletières et son pantalon.

Depuis notre premier passage par le secteur G2, sous Authuille, cinq mois s'étaient écoulés. C'était peu, c'était beaucoup. En presque deux ans de vie militaire, jamais encore nous n'avions escaladé les parapets comme les réguliers à Neuve-Chapelle ou les territoriaux à Loos. On nous le promettait pour bientôt. Lassés de moisir sur pied dans leurs terriers suintants, la majorité des volontaires de 14 n'attendaient rien d'autre.

Ici, à la hauteur de *Knight's Redoubt*, quatre miles environ nous séparaient des premières lignes, au-delà de l'Ancre. Les replis de la rive droite et les vestiges des bois environnants masquaient les vues à l'ennemi. Par mesure de saine prudence, il fallait juste ne pas s'attarder aux carrefours, cibles régulières des obus en maraude. La police militaire y veillait, engueulant les traînards à grands coups d'expressions choisies et chassant les conducteurs de caissons vers leurs pièces sans cesse à court de munitions. À la première déflagration cependant, les *red caps* s'évanouissaient dans la nature, pour mieux reparaître aux abords immédiats des Q.G. et des estaminets où d'autres tâches urgentes, d'intérêt fort probablement stratégique, réclamaient leur présence. Aujourd'hui encore, les cognes justifiaient leur réputation de pragmatisme : pas l'ombre d'une casquette rouge en vue. On pouvait donc en déduire qu'il y avait de l'obus dans l'air.

La mule pila, dressa les oreilles. Les miennes sifflaient un peu. William repoussa son casque, leva la tête.

On finissait par les sentir avant même de les entendre : un long chuintement mouillé, comme d'un patin sur de la glace, puis le hurlement d'un rapide au passage d'une gare.

« Un *Jack Johnson*, commenta William. Du 105, au moins.

— Pas pour nous », marmonnai-je en tirant sur les rênes.

L'explosion retentit, molle, presque décevante. Le sol vibra plus longuement qu'à l'accoutumée. Par-dessus les cimes brisées du bois d'Aveluy monta un champignon de fumée, entre le noir et le gris. Vu d'ici, à peine un jet de poussière. Puis un nouveau chuintement déchira l'air.

« C'est *Brock's Benefit* qui prend, fit William. Pour la 36e. Ou pour les artilleurs, derrière eux...

— Oui, on dirait. Durera pas... »

Nouvel impact, plus vers la gauche. Nouvel écart, proche de la ruade. Je jurai.

« Si ça ne tient qu'à moi, cette mule non plus d'ailleurs ! »

Affolé, l'animal s'agitait entre les brancards, malmenait les traits. Derrière nous, les caisses de rations tapaient contre les ridelles de la voiture.

« Bon Dieu, je me demande où Daniels a bien pu dégotter cette rosse, maugréai-je. Pas moyen de la tenir.

— Dans une boucherie, probable. Les Français en bouffent.

— La boucherie ? C'est ici, j'aurais cru. »

Là, j'exagérais. Pour nous, le raid du 10 mars mis à part – seize morts, une trentaine de blessés et huit disparus au bataillon –, le secteur d'Authuille s'était révélé « calme », selon la terminologie réductrice des communiqués. Ainsi Bouzincourt, que nous venions de traverser, ressemblait-il encore plus ou moins à un village. L'observateur attentif pouvait reconstituer le tracé approximatif des rues et des places, et on trouvait au centre du patelin, autour de l'église au clocher étêté, un nombre appréciable de maisons dont les charpentes supportaient un lambeau de toit – ce qui, nonobstant la relative proximité du front, rendait la localité presque attrayante dans l'éventualité d'un cantonnement.

En outre, la guerre n'avait pas totalement vidé la région de ses habitants. Quelques Picards opiniâtres, fermiers pour la plupart, s'accrochaient aux rares biens qui leur restaient, les vieilles personnes préférant s'installer dans les caves de leurs foyers branlants et mourir au milieu de leurs meubles. Comme la majorité des tommies ne possédaient du français que de fort vagues notions, un sabir était né sur les gravats de l'arrière, langue commerciale entre toutes dès lors qu'elle ne servait d'autre but que débattre le prix de la bière, du café et de l'omelette dans les établissements montés de bric et de broc par les gens du cru, ou encore à conclure des accords ponctuels visant à loger chez l'habitant hommes et officiers – les premiers dans les granges, les seconds dans les maisons.

Ravi de pouvoir utiliser mes connaissances linguistiques pour ce type d'exercice dans lequel il excellait peu, le lieutenant Burrell m'avait légué, par esprit de plaisanterie, le répertoire officiel de phrases françaises censé dépanner les guerriers de Sa Majesté dans leurs rapports avec l'indigène. Hors la phonétique point de salut : l'humour involontaire de certaines transcriptions avait de quoi susciter l'hilarité des puristes. Entre toutes, celle que je préférais était :

« Don-nay mwah kel-kun poor may-day ah lozhay X ohm. »

Ou peut-être :

« Lay zohm peuve dor-meer seur ler plongshay. »

Assis au chaud devant le poêle de son bureau londonien, le rédacteur n'avait pas prévu la disparition des lattes dans les braseros, ni leur recyclage en mobilier de cagna par quelques menuisiers débrouillards. Une phrase résumait bien cet état de fait :

« Say lah gayre. »

Mais celle-là ne figurait pas dans le répertoire.

« Vise un peu… ça chauffe pour les Ulstermen… »

Sur Mesnil, dont on apercevait le moignon de clocher, les obus éclataient maintenant en chapelets serrés, sans discontinuer. Les deux champignons de tout à l'heure essaimaient, les volutes noires jaillissaient en bouquets éphémères, chassaient à travers un ciel d'aquarelle la salissure de leurs fumerolles. Un instant suspendu, le tumulte des arrivées et des explosions parvenait avec quelques secondes de retard. De loin, les gerbes de terre soulevée faisaient songer à des éclaboussures, le paysage devenait liquide. Face à pareil spectacle, on oubliait presque qu'il y avait des hommes, là-dessous.

« Les artilleurs d'en face doivent être bavarois, plaisantai-je. Les catholiques règlent leurs comptes.

— On n'est pas à Dublin.

— Encore heureux. »

Nous n'aimions pas tellement les gens de la 36ᵉ division, tous ou presque membres de l'ordre d'Orange. Nous n'étions pas en France pour les mêmes raisons qu'eux, leur idéal n'était pas le nôtre. Une intuition maligne me soufflait même que, si on le leur avait demandé, ils eussent combattu avec autant de hargne nos alliés du jour, papistes devant l'Éternel. Beaucoup, officiers comme soldats, ne se séparaient jamais de leur écharpe distinctive – à croire qu'ils dormaient avec. Et surtout, nous comptions dans nos propres rangs pas mal de dockers et de mineurs dont les grands-parents étaient jadis venus de la verte Érin avec pour tout bagage leur estomac creux et leur rosaire.

« Ta Beatrice, elle était catholique ? »

Cette fois la mule se cabrait. Je sautai à terre, l'attrapai par le mors, lui caressai le chanfrein.

« Elle l'est toujours, je suppose... »

La bête cherchait à se libérer. Mes semelles raclaient la pierraille du bas-côté.

« Calme... Calme... »

Mais elle ne m'écoutait pas, tremblait comme une feuille. Je dus me suspendre à la bride.

De plus en plus proche, clair et rythmé sur la basse continue du pilonnage en cours, un chœur d'hommes montait derrière nous. La troupe apparut bientôt au carrefour du cimetière. En rangs par quatre, une colonne d'infanterie sortait de Bouzincourt, colonel en tête. Malgré les pavés, les brodequins par centaines soulevaient un nuage de poussière blanche. Dessous, énorme chenille kaki, le bataillon avançait, épousant les courbes de la chaussée, étirant son long corps souple aux formes irrégulières et changeantes. Pour se donner du cœur au ventre en dépit de la fatigue, des crampes et des ampoules aux pieds, les gars chantaient à l'unisson.

William m'avait rejoint. Conjuguant nos efforts, nous tirâmes la mule sur l'accotement. Nous n'étions pas trop de deux. Plus rétif que jamais, l'animal tapait des sabots, secouait la voiture. Les roues chassaient. À cause d'une ornière dissimulée sous les hautes herbes, la carriole faillit verser. Aussitôt, William lâcha son fusil, s'arc-bouta contre la ridelle. Il était temps. Le cheval du colonel, un percheron davantage fait pour les labours que l'équitation, passa à notre hauteur. La moustache blanche en bataille, le vieil homme nous jeta un regard mi-amusé, mi-apitoyé. Quand nous voulûmes saluer, il nous indiqua d'un geste de sa main gantée que nous avions mieux à faire.

Les hommes suivaient. Le casque repoussé sur la nuque, ils avançaient au pas cadencé, les traits tirés, le regard éteint et la poussière collée au front. Ils beuglaient à pleins poumons une scie que nous connaissions tous.

« *Pack up your troubles in your old kit-bag…* »

William ramassa son fusil, inspecta le verrou, fit la grimace. Ce matin, il avait oublié de tirer une vieille chaussette sur le canon. De la terre était entrée par là.

« *And smile, smile, smile…* »

« Tu as vu leurs badges ? dis-je. C'est quelle division ? »

« *While you've a lucifer to light your fag*[1]*…* »

« Hé, vous venez d'où, les gars ? »

« *Smile, boys, that's the style*[2]*…* »

« Lincolnshire… », lança un petit moustachu.

---

1. Tant que vous avez une allumette pour allumer votre sèche…
2. Souriez, les gars, voilà ce qu'il faut faire…

« What's the use of worrying ?... »

« Ouais, le 10ᵉ ! », ajouta un caporal.

« It never was worthwile... »

« On vient tous de Grimsby, cria un troisième. Sur la Humber. Les *Grimsby Chums* [1]. 34ᵉ division. Et vous ? »

« So... ! »

« Nous ? Salford. Près de Manchester. *Salford Pals*. 32ᵉ. »

« Pack up your troubles in your old kit-bag... »

Un jeune sergent imberbe fermait la marche du dernier peloton.

« On va leur botter les fesses, aux Jerries ! cria-t-il. Pour le match retour, c'est gagné d'avance... On y est presque ! »

« And smile, smile, smile ! »

« Et ensuite, on rentre à la maison ! conclut le sergent.

— Ouais ! », renchérit tout le dernier rang, d'une seule voix.

À l'évidence, ils avaient eu le temps de roder leur numéro. William hocha la tête, les suivit du regard. Le dernier couplet expédié, les *Grimsby Chums* reprenaient leur souffle. On n'entendait plus que le battement des semelles, le cliquetis des équipements, le brouhaha de quelques conversations. Les mitrailleurs et les ordonnances venaient après les fantassins, poussant ou tirant sur des charrettes à bras leur fourbi de romanichels. Un grand dégingandé aux molletières mal ajustées me héla.

« Hé, mec ? T'aurais pas une sèche ? »

Quand arrivaient les colis envoyés par les familles, tout le monde partageait avec les copains de sa section. D'habitude, je gardais mon lot de cigarettes – fort recherchées – en vue de futurs échanges. J'en pêchai une dans ma poche, la lançai au grand mitrailleur qui s'en saisit au vol.

« J'ai pas les allumettes, dis-je. Comme dans la chanson.

1. Les copains de Grimsby.

— Fait rien, mec. Ça m'empêchera pas de sourire. Merci ! »

Devant, les fantassins avaient arrêté leur choix. Pour la suite du récital, nous avions droit à un autre classique.

« *We are in Kitchener's army, we are the ragtime infantry*[1]… »

La musique adoucissait-elle les mœurs ? J'étais près de le croire : la mule semblait enfin calmée. Sur Mesnil, le pilonnage avait cessé. L'artillerie allemande poursuivait ailleurs sa partie de cache-cache avec la nôtre. Le village brûlait. On ne distinguait pas les flammes, mais une traînée de fumée noire filait à l'horizon.

« *We cannot fight, we cannot shoot, what bleedin' use are we*[2] ? »

Sans mot dire, William avait repris place à côté de moi sur le siège du conducteur. Tandis que nous roulions, il avait extrait la tige métallique de la crosse de son fusil et, à grands gestes lents et appliqués, passait le canon à l'écouvillon.

« *And when we get to Berlin, we'll hear the Kaiser say*[3]… »

« Tout ça à cause de cette sale bête », ronchonna-t-il.

« *Hoch, hoch, Mein Gott, what a bloody rotten lot*[4]… »

Pendant une demi-heure, nous mangeâmes la poussière des Lincolns en route vers leur cantonnement, quelque part du côté de *Sausage Valley*. Puis nos chemins se séparèrent. Guidant la mule sur une voie encaissée qui rejoignait les berges inondées de l'Ancre, je bifurquai en direction d'Authuille.

« *Hoch, hoch, Mein Gott, what a bloody rotten lot*… »

William examina la culasse, la jugea présentable.

---

1. Nous sommes l'armée de Kitchener, l'infanterie ragtime…
2. Nous ne savons ni nous battre ni tirer, à quoi diable servons-nous ?
3. Et quand on sera à Berlin, on entendra le Kaiser dire…
4. *Hoch, hoch, mein Gott*, quelle fichue bande d'enfoirés…

« … are the ragtime infantry ! »

Juste avant de disparaître derrière le sommet d'une côte, le grand mitrailleur se retourna et nous fit un signe. Je soulevai mon casque, l'agitai au-dessus de ma tête.

« We are in Kitchener's army, we are the ragtime infantry… »

Très vite, les paroles s'émiettèrent dans l'air sec. La mélodie persista, nous poursuivit longtemps par bribes de plus en plus indistinctes, de plus en plus ténues, puis devint écho, se perdit à travers les campagnes où chantaient d'autres bataillons en marche. Ne demeura plus que la rumeur régulière et amortie des bombardements, dont la menace s'éloignait pour l'heure vers le sud-est, Fricourt ou Bois Français.

William sifflotait le refrain.

« We are in Kitchener's army…

— Dis donc, Bill ? »

Débouclée, la jugulaire de son plat à barbe oscillait à chaque secousse. Il ne m'avait pas entendu. Ça arrivait souvent. Jetée dans notre sape au début du raid, la grenade du 10 mars avait fait du dégât. Heureusement, les Jerries n'avaient pas terminé le boulot et étaient repartis vers leurs lignes en omettant de vérifier si nous étions bien morts. Sans doute avions-nous eu plus de chance que nos oreilles : l'explosion nous avait laissés à peu près entiers, mais sourds pendant deux jours. De mon côté, j'avais encore du mal à trouver le sommeil : des sifflements aigus me vrillaient les tympans dès que diminuaient les divers bruits du front, ou lorsqu'un brusque déplacement d'air annonçait l'imminence d'un impact. « Acouphènes », diagnostiquaient en chœur les médecins, apparemment satisfaits de pouvoir coller un nom savant sur ce qu'ils ne prendraient ni le temps ni la peine de soigner.

J'élevai la voix.

« Tu as quelqu'un, là-bas ? »

Jamais nous n'avions abordé le sujet, sinon par allusions

vagues, propices aux conclusions hâtives. Je croyais savoir alors que je ne savais rien. Aussi avais-je fini par craindre que ma discrétion passât pour de l'indifférence. Peut-être me trompais-je ? Un sourire glissa sur ses lèvres.

« Oui », dit-il.

Il baissa la tête, examina les pointes de ses brodequins.

« Ma tante. »

Puis il cala son fusil contre le repose-pied, sortit une gourde de sa musette, but à longs traits, me la tendit.

« Ce n'est pas ce que je te demande… »

Tandis qu'il revissait le bouchon, je l'observai à la dérobée. Les sourcils froncés, il avait l'air de réfléchir.

« Tu sais, Nigel… »

Il renifla, inspira profondément.

« Avec le temps, tu devrais essayer de l'oublier. »

Le soleil brillait haut dans le ciel. Ses rayons embrasaient les friches jaunes en lisière des bois. Malgré la toile dont je l'avais recouvert, il faisait chaud sous le casque. Contre toute prudence, je l'ôtai, cherchai derrière moi ma casquette accrochée au manche du frein.

« Je sais. Mon père dit la même chose. Je n'y arrive pas…

— Faudrait que tu le veuilles. »

Je haussai les épaules.

« Ce n'est pas si simple. »

D'avance, les mots me désespéraient. Avaient-ils jamais exprimé autre chose sinon la mesure de mon impuissance à émouvoir les gens qui comptaient pour moi ? Plaquée sur le silence et la surdité du monde, la parole ne sauvait rien ni personne.

« Si au moins je pouvais comprendre… Comment on peut cesser d'aimer après avoir été si loin… Comme ça… »

Je claquai des doigts.

« Alors oui, peut-être… »

Il dodelina du chef, croisa les bras sur sa poitrine.

« C'est normal, mon vieux. Que ça te plaise ou non, tu es du genre fidèle et sentimental. Raisonnable à l'extérieur, absolu à l'intérieur. Donc tu ne peux pas comprendre. Tu n'es pas équipé pour. Au contraire, ça te dépassera toujours… »

Il se tourna vers moi, me dévisagea.

« Pourtant c'est comme cette foutue guerre : ça existe. »

Je l'écoutais. Je me taisais.

« Tu sais, quand on n'a pas beaucoup d'amour à donner, il vaut mieux saupoudrer le peu qu'on a. Un petit coup par-ci, un petit coup par-là. Sinon ça finit par se remarquer et personne n'aime ça – on peut avoir le cœur comme un raisin sec, rarement s'en réjouir… Tu veux que je te dise ? Avec toi, ta Beatrice, eh bien elle a grillé toutes ses munitions en une fois. Alors un beau matin, elle a compris qu'il ne lui restait plus rien dans les cartouchières, et elle a commencé à se tailler. Voilà… C'est des choses qui arrivent, quand on n'a pas les moyens de ses ambitions… On laisse l'ardoise et c'est l'autre qui paye… »

Depuis quelques minutes, nous coupions par les sentes du bois d'Aveluy, leur réseau dense de dépôts éparpillés sous les grands chênes. Dans ce qui avait jadis été une clairière, nous traversâmes une position d'artillerie. À chaque retour de l'arrière, il me semblait que le nombre de pièces avait augmenté. À supposer que le phénomène persistât, on compterait bientôt dans ce bois plus de fûts en acier que de troncs véritables. Les canons s'alignaient roue contre roue, leurs bouches tournées vers le ciel. Pour l'instant ils ne tonnaient plus. Penchés sur leurs tables de tir, les officiers procédaient aux derniers calculs avant la prochaine salve. Torses nus, les mains dans les poches, les chargeurs désœuvrés fumaient assis sur des piles d'obus. Tout autour de la position, les amoncellements de douilles usagées élevaient leurs taupinières aux reflets dorés.

Entre deux arbres écorchés, j'aperçus un des bras scintillants de l'Ancre. Sur la passerelle de Black Horse, des pionniers du génie s'affairaient à consolider une travée.

« On est à l'heure, dit William. Les copains nous doivent une tournée. Les rations arrivent à temps pour la cuisine. »

Au moment d'aborder la passerelle, il se leva. La carriole tangua. Il appela un homme qui barbotait dans la rivière à quelques yards de la berge. La canne à bout de bras, le pêcheur casqué lançait une ligne. Il profitait de l'accalmie momentanée. Les jambes ballantes au-dessus de l'eau trouble, deux pontonniers l'observaient avec curiosité.

« Alors, mon lieutenant, ça mord ? »

Le lieutenant Burrell se retourna.

« Pas encore, Salter. Mais ça va venir, je le sens. Je vous tiendrai au courant. Allez, rompez ! »

William se rassit, nous traversâmes au pas. L'une après l'autre, selon une échelle chromatique à peine altérée par les nouveaux longerons, les bandages ferrés des roues faisaient sonner les planches du tablier.

« Beau temps pour la mouche, remarqua-t-il. À vue de nez, il doit y avoir du chevesne, dans le coin. Et les cuissardes qu'on nous a filées, c'est plutôt pratique pour taquiner le poisson. Un de ces quatre, j'essayerais bien… »

Derrière nous, dans le bois d'Aveluy, la batterie s'était remise à gronder. Nous ne savions pas encore que dans quelques semaines, les choses sérieuses commenceraient. On ne servait même pas les apéritifs.

Le coutumier chassé-croisé de conducteurs égarés, de corvées aux ordres imprécis et de tampons à la recherche de services pour leurs officiers régnait dans les lignes de transport. Campé devant son abri, le sergent Daniels nous guettait. Quand nous dételâmes, il quitta l'entrée de la cave qui lui tenait lieu de quartier général.

« Toujours à l'heure, Parsons. Je n'en attendais pas moins de vous. Aucune caisse ne s'est perdue en route ?

— Pas plus que d'habitude, sergent. On a juste mangé les pâtisseries et sifflé tout le brandy.

— Me voilà rassuré. »

De taille médiocre – pour parvenir à s'engager, il avait dû faire jouer ses relations –, le sergent Daniels affichait l'impeccable prestance de l'homme de goût qu'il était dans le civil. Sa vareuse n'avait pas un faux pli, ses bandes molletières auraient avantageusement illustré un cours de géométrie, et pour tout l'or du monde il n'aurait consenti à ôter l'armature de sa casquette afin de se donner cette allure « vieux briscard » fort prisée par beaucoup, mais dans laquelle il ne discernait qu'une déplorable affectation d'inélégance. À Salford, il avait longtemps rédigé les programmes du théâtre de Cross Lane et passait dès lors pour esthète – profession mystérieuse qui piquait la curiosité des troupiers.

Son horreur du désordre, son intransigeante probité et sa méticulosité de tous les instants lui avaient valu l'estime du capitaine et le poste de quartier-maître adjoint pour la compagnie. Le caporal Berryman, athlète moustachu aux pectoraux saillants, évoluait toujours à proximité, carnet de notes à la main et crayon à l'oreille. Comptable de son état, il avait lui aussi officié au théâtre et, depuis son arrivée en France, servait au sergent d'assistant, de secrétaire et de factotum. Ses performances d'avant-centre dans l'équipe du bataillon lui valaient de la part du groupe une sympathie sincère que tempéraient à peine certaines rumeurs quant à la nature prétendument peu militaire de ses rapports avec son supérieur.

À l'arrière de la carriole, il inspectait les caisses.

« Tout me semble en ordre, sergent.

— Parfait, messieurs, fit Daniels, caressant sa courte barbiche poivre et sel. Vous pouvez y aller. Je ferai décharger. »

Fidèle client de l'épicerie – le théâtre se trouvait à un jet de pierre de la maison et il adorait les cigarettes égyptiennes dont il fumait deux paquets par jour –, le sergent Daniels s'était souvenu de mes excellents rapports avec les mules en général, et avec Lucy en particulier. Chaque fois que l'opportunité s'en présentait, il ne manquait donc pas de faire appel à cette compétence. Nous y trouvions tous deux notre avantage : la caisse du bataillon s'épargnait une solde de conducteur, et j'y gagnais quelques heures d'évasion. Aussi souvent que possible et toujours avec l'assentiment du lieutenant Burrell, j'emmenais alors William comme convoyeur.

Cette nuit, le bataillon allait tenir la première ligne sous la colline de Thiepval. L'alerte du soir passée, les sentinelles se relayeraient aux postes d'observation par roulement de deux heures. C'était cela, la vie aux avant-postes. Jour et nuit, l'attente vide déroulait sa succession de non-événements – gardes, alertes, corvées, repos. Le rythme des inspections se relâchait. À intervalles réguliers autant qu'arbitraires, l'inévitable pilonnage exigeait son dû et ravivait les peurs. Mais le reste du temps, l'impression de routine gommait presque l'atroce réalité du danger. On s'y faisait.

Pour une large part, la lassitude et l'ennui expliquaient alors le défaut de vigilance de certaines recrues, sur lesquelles les tireurs isolés d'en face, maîtres incontestés du secteur, faisaient de fréquents cartons. De jour surtout, les relèves voyaient se reproduire les mêmes erreurs. Une seconde de distraction suffisait à tuer un homme. De nuit, le danger changeait de nature, se faisait à la fois plus diffus et plus foudroyant. Ainsi une cigarette allumée au créneau pardonnait-elle rarement – car à l'inverse de l'obus, la balle ne prévenait jamais.

La survie au front se plaçait sous le signe d'une répétition mécanique des instants et des actes. Le risque une fois compris et accepté, il fallait se plier aux règles sans pour autant céder à l'habitude. Au tableau général, la nuit ajoutait son lot d'épreuves spécifiques. Après l'ennui des gardes venaient le froid et le manque de sommeil. Si depuis peu l'avènement de l'été évitait au mercure de descendre trop bas juste avant l'aurore, on dormait toujours aussi mal et aussi peu dans les boyaux. Après une semaine à pareil régime, les hommes tenaient à peine debout. Aux longues nuits de veille immobile, à scruter en vain l'obscurité profonde des lignes adverses, ils finissaient par préférer les boulots de coolies dont l'appareil militaire se révélait grand producteur. En jouant les terrassiers d'occasion ou les porteurs de matériel, souvent jusqu'à l'extrême limite de leurs forces, ils ne risquaient pas la cour martiale pour s'être assoupis durant un tour de garde.

Dans l'attente du repas, puisque mon voyage à l'arrière m'avait fait omettre dans la distribution des corvées, j'avais droit à une petite heure de sommeil et étais résolu à profiter de cette aubaine. William, lui, faisait partie de l'équipe promise à l'épluchage des patates. Sa nuit se passerait ensuite à coltiner des pieux pour les pontonniers du génie occupés à renforcer les passerelles en aval de Black Horse. Avec un sourire plein d'ironie, il me souhaita le bonsoir. Je fis de même. Nous nous séparâmes au carrefour de Sinclair Road.

Quand je retrouvai ma section en première ligne, devant Bury Avenue, le silence habituel régnait dans la tranchée. On y attendait avec fatalisme le duel d'artillerie qui ne manquerait pas de clôturer l'après-midi. Quatre hommes jouaient aux cartes. Bates surveillait la partie et appréciait les coups. Le fusil calé dans une meurtrière, deux sentinelles comptaient les coquelicots du no man's land. Les autres somnolaient partout où ils pouvaient.

Le caillebotis ne m'inspirait guère : le passage y était constant, on pouvait se prendre à tout moment un brodequin dans le portrait ou le contenu d'un bouteillon de soupe – sans parler des shrapnells toujours possibles. Heureusement, il restait une petite place dans les niches creusées sous le parapet. C'était plus étroit, et un impact mal placé risquait de vous enterrer vivant, mais on y roupillait sinon à l'aise, du moins à l'abri du va-et-vient et des plus gros courants d'air. Pressé de m'installer, je déposai mon paquetage contre le montant de bois blanc, couchai mon fusil sur une toile cirée et m'allongeai à côté d'un dormeur roulé dans sa couverture. L'homme ronflait. Au son, je crus reconnaître Evans, le clerc de notaire de Clifton Junction.

« Hé, Parsons…

— Quoi, Bates ?

— On a eu du courrier, tout à l'heure.

— Ah ?

— Y avait une carte pour toi. »

Sa main droite plongea dans l'échancrure de sa vareuse. Il se gratta violemment, grimaça. La main reparut. Il l'examina de près, loucha dessus.

« Putain de wombat ! »

Quelque chose craqua entre deux ongles.

« Saleté de poux. Comment tu fais, toi ?

— Je ne fais rien, j'attends la poudre.

— Ça marche, ça ?

— Les poux, oui. La poudre, non.

— C'est con, ma sœur m'a envoyé du Klenzit Kleener.

— C'est celle qu'ils préfèrent… Alors ça vient, cette carte ?

— Une seconde… »

Il déboutonna une poche, puis une autre.

« Tu connais des officiers, dis donc ? »

Ma carte, il l'avait lue, bien sûr. Le contraire eût été surprenant. Lui-même n'en recevait que rarement. On n'écrivait pas beaucoup, chez les Bates. Ce devait être un message de Benjamin ou de Lawrence. Je me hissai sur un coude.

« Allez, donne.
— C'est vrai que Monsieur est de la haute...
— Vaut mieux entendre ça que d'être sourd. »

Et je parlais en connaissance de cause. Bates me tendit un carton imprimé de format standard. En séjournant au fond de sa poche le temps d'un après-midi, il avait pris une odeur aigre de transpiration et de vieux chou pourri. On se lavait peu, en première ligne, et Bates moins que les autres. Je retournai la carte. En plus des biffures autorisées, Lawrence avait ajouté un bref commentaire. Son grade le lui permettait : n'était-il pas son propre censeur ?

Salut soldat,

Bientôt dans le même merdier que toi, ou presque. « Quelque part en France », pour être imprécis. Franchement, j'échangerais volontiers les trois étoiles sur ma manche contre une chambre dans un hôtel de même catégorie. Mais j'ai sans aucun doute tort de me plaindre. Après tout, il suffirait de rajouter un toit au-dessus de nos têtes, d'augmenter le nombre des poêles et de rhabiller en bleu mes facteurs et mes guichetiers pour me croire revenu au bureau. Ah oui, peut-être faudrait-il demander aux voisins d'en face de cesser leurs jets d'objets divers ? C'est ennuyeux, à la fin...

En attendant de te retrouver devant un bon porto,

Lawrence

P.S. : Comment va Nicholas ? On ne le lit plus beaucoup.

Nicholas, justement, attendait l'obscurité. Il y écrivait sans crayon et sans papier. Les fusées éclairantes, leur lent ballet sous les étoiles, la fantasmagorie des lueurs blanches accusant le profil tremblé des crêtes, tout cela nourrissait l'ébauche d'un poème aux ambitions cosmiques dont Milton lui-même eût envié la force visionnaire.

« Hé, Parsons...

— Quoi encore, Bates ?

— Y avait du Maconochie, dans les rations ? »

Je déroulai ma capote, m'en couvris le visage et le haut du corps, recoiffai mon casque par-dessus.

« Non, du bacon, du thé et de la marmelade. Si j'ai bien vu. Maintenant fous-moi la paix, tu veux ? J'en ai à écraser.

— Des poux ?

— Ils attendront. Salut.

— Bonne nuit, mon prince. Faites de beaux rêves. »

À côté de moi, Evans grogna, cessa de ronfler.

Dormir, rêver peut-être... S'il avait connu Shakespeare autrement que de réputation, Bates aurait compris pourquoi, à certains moments, il m'arrivait de le détester. Cela ne durait jamais longtemps. Dans mon havresac, les deux volumes de Flaubert avaient glissé lors du dernier exercice et le coin d'une reliure me meurtrissait la nuque à travers la grosse toile. Mes oreilles sifflaient, mais je commençais à en prendre mon parti. Avec un peu d'habitude, on finissait par trouver du moelleux à cette terre battue humide et truffée de cailloux qui nous servait de matelas. Plus sèches, les planches du caillebotis étaient aussi plus dures, hérissées d'échardes. Quant à la paille, luxe ultime du fantassin, elle n'existait que dans les granges fabuleuses et lointaines de l'arrière.

Parfois, trop d'épuisement contrariait le sommeil. Je fermai les yeux. Deux ou trois obus éclatèrent assez près, sur la deuxième ligne me sembla-t-il. Des débris mous vinrent fouetter les parois de la tranchée. Un peu de terre dégringola dans la niche. Les joueurs de cartes commentèrent d'une voix blasée, puis l'un d'eux fit une annonce. Il ouvrait en carreau. Je me tournai sur le côté. Mon casque tomba, roula sur les planches du passage.

Enfoui sous ma capote, j'oubliai l'heure et le temps. Pour moi c'était la nuit, elle accouchait mes rêves et changeait mes soucis. Cette fois, Beatrice me laissa en paix, de même que l'idée de ma propre mort. Au lieu de cela, il me sembla que je revoyais Salford. Un Salford étrangement propre et policé, où roulaient d'inhabituels bus rouges à impériale bourrés de civils élégants, en chapeaux et redingotes. J'y possédais une grande maison aux pièces vastes et lumineuses, une bibliothèque pleine d'in-folio où il faisait bon lire près de la fenêtre. La guerre était finie depuis belle lurette. Le directeur s'était trompé. Elle n'avait pas duré jusqu'à Noël.

Au-dessus de Thiepval, suspendue comme le disque arrêté d'un gigantesque balancier, la lune creusait entre les nuées un long sillon de lumière. Une gerbe d'étoiles y semaient leurs graines pâles dans l'immensité bleue. Dessous, rien ne bougeait sinon les formes indistinctes que projetait l'esprit des hommes fatigués. Au bout de la nuit, on finissait par voir marcher la forêt de Dunsinane sur les pentes noires des collines.

Soudain je me raidis. Une détonation sourde, puis le chuchotement d'une mèche en train de flamber... Je guettai le ciel à travers la meurtrière. L'éclairante parut. Sur fond de ténèbres opaques, la fusée traçait un arc parfait, d'une blancheur aveuglante. Accrochée à son parachute, elle fouillait l'espace, dévoilait d'un coup, sans pudeur ni pitié, les chancres purulents du no man's land désert.

Le parados me protégeait contre les ombres portées, et je m'étais noirci le visage au bouchon brûlé. Pourtant je préférai me rencogner derrière la tôle épaisse du créneau, elle-même enfouie sous plusieurs strates de sacs. Dans ma musette, je cherchai le périscope individuel que mon père m'avait envoyé – un de ces « cadeaux utiles pour

Tommy » dont les journaux remplissaient leurs encarts publicitaires. Composé de deux minuscules miroirs jointifs, il se fixait à la baïonnette, elle-même montée au canon du fusil.

La traîne fuligineuse de l'éclairante se brouillait déjà. Elle avait dû aller mourir au fond d'un entonnoir. D'autres suivraient, les nôtres, les leurs, l'origine importait peu : la nuit confondait tout. Au petit matin, juste avant que ne paraisse le jour, quand même les canonniers se lassaient d'envoyer leurs obus trouer les nuages et les routes d'un pays invisible, l'impression naissait d'un grand désordre des choses, d'un chaos silencieux emportant tout dans sa lente dissolution. La sinueuse muraille des lignes ne contiendrait plus longtemps cette inexorable poussée. Pour quelques heures encore, les tranchées endiguaient les flots, contrariaient leur progression victorieuse. On y était sauf mais perdu, irrémédiablement, comme sur une frêle barrière d'îles plantées au milieu d'un océan de ténèbres, de doute et d'absurdité.

Je démontai le périscope et repris place au créneau. Une nouvelle fusée arrondissait sa courbe au-dessus de Thiepval. L'espace d'une seconde, je vis courir ses reflets blancs à travers un réseau de barbelés. Puis la nuit rentra dans ses droits. Une canonnade ininterrompue roulait au nord. Vers la gauche, une sentinelle nerveuse dut lâcher un coup de semonce – peut-être s'était-elle endormie sur son arme. Presque aussitôt la fusillade partit, s'amplifia, étendit son crépitement de feu de joie, mourut avant d'atteindre le poste de secours tout proche. En face, personne ne se donna la peine de riposter. L'heure était passée. L'officier de piquet serait bon pour aller aux nouvelles et revenir bredouille. Le tout occuperait une ligne dans son rapport. Routine…

When the Very-lights crackle in the sky
My heart remembers the bonfires you made

Alone in the brambles, whose flames burned so high[1]...

Rien de cosmique là-dedans. Pourtant c'était un bon début. À droite, quelqu'un toussa. Aussitôt, je fis sauter la sécurité de mon fusil. Avant que j'aie pu demander le mot de passe, il me fut donné d'une voix traînante et enrouée. Je reconnus un des valets de ferme d'Eccles. Il allait relever un de ses copains du poste d'écoute.

« Salut, Parsons, ça va ? murmura-t-il.

— Comme ça va, Gallagher. »

Il sortit d'une poche un carré de vieux rideau, se moucha.

« T'as encore des cibiches ?

— Oui.

— Des quoi ?

— Des Black Cat.

— T'as pas plutôt des Red Hussar, ou des Arf a Mo ?

— Non. »

Il soupira, réfléchit.

« Je t'en échange dix.

— Contre quoi ?

— Un crayon, ça te va ?

— Ça me va. En voilà déjà cinq. Le reste demain. »

Aussitôt, il s'en ficha une au coin de la bouche.

« Si tu l'allumes, j'aime autant que ce soit ailleurs.

— T'inquiète.

— C'était quoi, le raffut ?

— Le raffut ?

— Oui, à gauche. Ça tirait à tout va.

— Oh, ça... Pas de quoi fouetter un chat. Les *Tyneside Commercials* qui paniquent. C'est pas la première fois. On a dû leur faire une blague, je suppose. Ou un type aura vu

---

1. Quand les éclairantes crépitent dans le ciel
Mon cœur se souvient des feux de joie que tu faisais
Seule dans les ronces, dont les flammes brûlaient si haut.. *(Trad. B. Dussert.)*

un rat. Une chance qu'aucune patrouille n'était dehors. Ils les auraient flingués, ces cons.

— On a fait pire. Quand Bates voit des wombats…

— Ouais, concéda-t-il. Et plus on attend, moins ça va s'arranger. Il est grand temps qu'on y aille, si tu veux mon avis. Qu'on sorte de nos trous. Les rats le font bien…

— Pas évident, tout de même.

— On est venu pour ça, non ? »

Il mâchonnait le bout de sa cigarette. Par la meurtrière, je jetai un rapide coup d'œil aux alentours. Au-dessus de la colline, le ciel se purifiait. L'éclat vif de la lune ternissait les étoiles. J'aurais voulu connaître leurs noms. William, lui, les savait tous par cœur.

« Paraît », dis-je.

Gallagher prit sa cigarette entre le pouce et l'index, cracha par terre, découvrit ses dents grises.

« Parole, t'es vraiment un drôle de type, Parsons. Déjà que tu causes pas comme tout le monde… À t'entendre, on se demanderait presque ce que tu fous ici. »

Je ne répondis pas, me contentai de sourire.

« Ça m'arrive aussi, faut dire », murmura-t-il.

Une nouvelle éclairante jaillit, incendia la nuit.

« Surtout quand je pense à ma femme et mon gosse… »

Il regarda la fusée disparaître derrière un amas de décombres – l'ancien château de Thiepval.

« À propos, reprit-il. Le petit Egerton est mort à l'hosto.

— J'ignorais. Quand ?

— Hier. À Étaples, au camp de base. Ils n'ont pas pu le rapatrier. C'est le sergent Daniels qui me l'a dit. »

Il se tut, reprit sa cigarette.

« Ça me fait drôle, tu vois. C'est moche. Lui et moi, on bossait dans la même ferme. Je lui ai tout appris. Quand on s'est engagés, il n'avait pas l'âge légal. Enfin tu le sais, puisque tu étais là. On aurait peut-être dû le dénoncer au lieutenant, tu ne crois pas ? Dix-neuf ans, c'est tôt pour clamser.

— C'est toujours trop tôt – ou alors trop tard », murmurai-je.

Le petit Egerton, je revoyais sa bouille ronde et son sourire de gamin heureux – le reste s'estompait déjà. Nous revenions de la visite médicale. Il avait triché, il avait gagné, il avait payé. À cette heure, s'il en avait, ses parents ignoraient tout encore de sa mort sans gloire. Selon la procédure, le télégramme officiel du ministère devait être en route vers Eccles. La lettre personnelle du lieutenant Burrell suivrait.

Pour en avoir lu d'autres par-dessus son épaule, je pouvais en imaginer les termes. Deux semaines auparavant, Egerton avait pris une balle de shrapnell dans la cuisse à proximité des latrines, probablement repérées sur photographie aérienne par les artilleurs d'en face. Très vite, la gangrène s'était installée dans une blessure pourtant bénigne. L'amputation n'avait rien donné. Avant de passer l'arme à gauche, Egerton avait souffert le martyre des obscurs.

Gallagher s'éloigna en silence. Seul le clapotis de l'eau dans sa gourde en fer-blanc me permit bientôt de le situer. De même que la fumée grise de sa cigarette. Je n'avais pas vu la flamme de l'allumette.

En face rien ne bougeait. Le monde semblait pétrifié dans l'attente du jour. Là-haut, les éclairantes entretenaient l'illusion du mouvement. Souvent, faute de jamais l'apercevoir, j'imaginais un vis-à-vis terré lui aussi quelque part de l'autre côté des lignes, perdu dans les mêmes spéculations vaines. Que faisions-nous ici, par exemple ? Depuis la première mort dont j'avais été le témoin direct – un lieutenant des West Kents écrasé sous une poutre dans son abri –, je ne me posais plus guère cette question, ou alors pas comme cela.

Nous autres Britanniques étions là parce que nous

l'avions bien voulu, point. Personne ne nous y avait obligés. Les justifications abondaient, certes. Mais confrontées à la sordide réalité des tranchées, toutes se mettaient vite à sonner creux, souffraient soudain de leur cruel manque de chair. Il m'avait fallu du temps pour comprendre que cette chair, justement, c'était nous – et que nous devions désormais concevoir notre future existence sous cet angle unique. Nous étions devenus la chair de la guerre.

Car les idées, les grandes causes étaient loin. Après nous avoir attirés ici, elles avaient pris du recul, leurs représentants galonnés dînaient chaque soir dans les nombreux châteaux de l'arrière, redessinaient sur de belles cartes planes et lisses un monde où, en attendant, nous pataugions jusqu'à la ceinture. C'était la règle et nous l'acceptions. Avec des variantes, ne reproduisait-elle pas l'ordre social figé que nous avions toujours connu ? En quelques mois ce monde avait, il est vrai, fameusement rétréci : les miles – perdus, gagnés – avaient fait place aux yards – perdus, gagnés. Pourtant, à force d'élévation, les idées ne pouvaient comprendre qu'en bas la chair se fatiguât de souffrir sans résultat concret.

Sans doute, aucune véritable amertume n'affectait encore le moral du bataillon. Pour cela, nous n'avions pas pris assez de coups. En dépit des premières pertes, une sorte d'optimisme régnait chez les candides que nous étions. Depuis notre arrivée dans les tranchées de Somme, nous faisions contre mauvaise fortune bon cœur et, surtout, nous attendions. Bref, avec tous les bémols de rigueur, l'armée de Kitchener croyait en gros les promesses qu'on lui avait faites. Mais il n'en demeurait pas moins que pour nous, qui venions de l'autre côté des vagues, n'avions à défendre ici ni terre, ni famille, ni patrie mais l'honneur abstrait d'une couronne, les intérêts stratégiques de quelques puissants et, avant toute chose, une conception du droit aussi généreuse qu'elle était peut-être démodée, seules les idées – politiques, économiques, morales, juridiques – pouvaient justifier notre sacrifice. Pourquoi, en effet, avions-nous accepté de mourir en terre étrangère, sinon pour des idées ?

L'aventure aussi, était une idée.

Le devoir.

Et l'oubli, même.

Au fond je savais fort bien, moi, pourquoi j'étais ici. Je l'avais toujours su. Simplement, j'aimais mieux ne pas y songer. Si jamais je devais sortir vivant de cette épreuve, il serait alors temps de construire une version officielle à laquelle, avec un peu de volonté, je finirais par croire.

Montant du sol humide, le froid nocturne m'engourdissait les pieds. Soucieux de les réchauffer, je battis la semelle. Ensuite, pour tromper l'ennui, j'essayai de repérer la Grande Ourse entre les nuages.

Mon bracelet-montre indiquait minuit. Dans une heure, je pourrais me mettre en quête d'un abri, tâcher de dormir un peu ou, mieux encore, rechercher la chaleur d'un brasero et d'un quart de thé.

Des pas se rapprochaient. L'homme relevé par Gallagher arrivait déjà. Je jugeai inutile de jouer les cerbères.

Il s'arrêta à ma hauteur.

« Et la consigne, Parsons ? »

Emmitouflé dans la grosse peau de mouton qu'il préférait au mackintosh plus élégant mais moins chaud, le lieutenant Burrell me considérait d'un regard où la sévérité sentait la commande. En deux pas, il me rejoignit.

« Belle nuit, n'est-ce pas ?

— En effet, mon lieutenant. »

Il scruta l'obscurité, sourit.

« Rien à signaler, je suppose ?

— Non, mon lieutenant. À part une fusillade, à gauche.

— J'ai entendu. Comme d'habitude, personne ne sait

qui a commencé. Les Tynesides prétendent que c'est nous. »

De la main droite, il tassa un sac, s'assit.

« Voulez-vous un coup de rhum ? Mon oncle me l'expédie de la Jamaïque. En plus de réchauffer, il a bon goût.

— Meilleur que le S.R.D. [1] ?

— *Seldom Reaches Destination* [2]… Pas bien difficile, vous en conviendrez. Et celui-là, nous en boirons toujours assez tôt.

— Oui, au pied des échelles, avant d'y aller… »

Il fronça les sourcils.

« Vous les avez vues, au dépôt de menuiserie ?

— Tout le monde les a vues, mon lieutenant. D'après le sergent Daniels, ce seraient des éléments de passerelles.

— Et vous ne le croyez pas ? »

Je me contentai de secouer la tête.

« S'il n'y avait que les échelles… »

Il me tendit un petit flacon métallique.

« Servez-vous, ne vous gênez pas. Personne ne nous voit.

— Merci. »

L'alcool brûlait d'abord la gorge, saturait ensuite le palais d'un parfum de cannelle.

« Mon père en vendrait volontiers », dis-je.

Un moment, je crus m'être trahi. Mais je me rappelai que Burrell était de Manchester : il ne connaissait pas l'épicerie.

« Je vous donnerai l'adresse », fit-il.

Il revissa le bouchon, glissa le flacon dans une poche de sa vareuse.

« Dites donc, Parsons ?

— Oui, mon lieutenant ?

---

1. *Service Rum Diluted.*
2. Parvient rarement à destination.

— Vous êtes-vous déjà demandé comment c'était, *là-bas* ? »

Je hochai la tête.

« Là-bas ? »

Il se leva, rajusta son baudrier.

« Derrière la colline », précisa-t-il.

Le temps d'un bref regard, il empoigna la base d'un piquet, passa la tête par-dessus le parapet.

« Pas prudent, mon lieutenant. Il y a de la lune. »

Burrell descendit, alla se rasseoir.

« C'est quand même formidable, Parsons... Nous croyons connaître le ciel, nous donnons des noms savants ou poétiques à des centaines, à des milliers d'étoiles que nous n'atteindrons jamais, qui sont d'ailleurs peut-être déjà mortes... »

Il renversa la tête et contempla la voûte céleste.

« Quelle arrogance... »

Au coin des lèvres, un pli amer éteignit son sourire.

« Eh bien, derrière cette fichue colline, c'est exactement pareil. Chaque jour que Dieu fait, je reçois des photos aériennes du secteur. Vous ne croiriez pas les détails qu'on peut y voir : le moindre boyau, le plus insignifiant dépôt, la feuillée la mieux camouflée, tout est visible d'en haut... »

Il écarta les bras.

« Et pourtant, Parsons... Et pourtant... Au-delà de cette colline commence une contrée inconnue, un pays interdit auquel nous n'avons pas accès. Au moment où je vous parle, la Chine est plus proche de nous que l'autre versant de cette colline. Quant à Bapaume, dont il m'étonnerait fort qu'on ne nous la donne pas bientôt pour objectif, c'est carrément Golconde – une cité chimérique, un pur fantasme. Que savez-vous de la Chine ?

— Ce qu'on trouve dans les livres, mon lieutenant.

— Rien, en un mot. Et de Thiepval, je ne sais pour ma part que ce qu'on trouve sur les cartes et les photos, voire ce qu'on en dit dans les communiqués. Guère plus en réalité... Tenez, vous savez quoi ?

— Non, mon lieutenant.

— Certaines nuits. Des nuits comme celles-ci... »

Son regard brillait d'un feu étrange.

« J'ai parfois l'impression que de l'autre côté, derrière cette colline... Eh bien qu'il n'y a *rien*. Absolument *rien*. Et surtout rien de ce que prétendent les cartes et les photos. Un peu comme si nous montions la garde au bord d'un gouffre béant, sans fond. Tenez, chaque fois que j'étudie à la loupe une de ces photos, un de ces plans millimétrés, je me dis que peut-être, Descartes avait raison.

— Descartes ?

— Oui, Descartes. »

Il appuya son dos contre la paroi de sacs.

« Vous ne connaissez pas Descartes, évidemment. »

Il me jaugeait. Je gardai le silence.

« À votre aise, Parsons. J'ai mon opinion. »

Un instant, son regard disparut sous l'ombre du casque.

« En notre qualité d'êtres rationnels, nous voulons croire que la raison et l'observation rendent compte de tout. Descartes nous dit que oui... Sauf si...

— Sauf si ?

— C'est là l'astuce... Sauf si un *malin génie* se met en tête de nous cacher la vérité, obscurcit la lucidité de notre jugement et de nos sens. Par jeu, ou pour toute autre raison indiscernable. Singulier, vous ne trouvez pas ? Reconnaître cela, c'est admettre l'irruption de l'inexplicable au cœur même de la logique, avouer que le ver était dans le fruit, et depuis le début... Rien de moins. Beau sujet de méditation, non ?

— Ça sent un peu le truc, mon lieutenant. Votre philosophe s'en sort à moindres frais. »

Il haussa les épaules.

« Bien vu, Parsons. Et après ça, vous espérez encore me faire croire que seule la botanique vous intéresse ?

— Les lieux s'y prêtent peu.

— Un point pour vous. Moi, ces dernières semaines, je relis beaucoup de philosophie. Étrange, pour un ingénieur. Il faut vous dire que je dors peu, et mal. Ça m'aide à tenir le coup. Je ne veux pas mourir idiot. Connaissez-vous Kant ?

— Pas personnellement, mon lieutenant. »

Maladroit, pensai-je. Ou très habile de sa part, au contraire. Ma réponse ne le surprit ni ne le vexa.

« Moi, je le redécouvre sous un nouveau jour. Curieusement, cet homme a beaucoup à nous apprendre. Ainsi, je me suis longtemps demandé, *après*, pourquoi je m'étais engagé. La guerre est pourtant une immonde saloperie, Parsons. Et dans le style, celle-ci va dépasser toutes les autres. Alors ? »

Il se tut, posa son menton sur ses mains gantées.

« C'est tout simple, reprit-il. Kant appelle ça *l'impératif catégorique*. Un devoir qu'on ne s'explique pas, mais qui *est*.

— On ne sait pas pourquoi on le fait, mais on le fait...

— En quelque sorte. »

Le violent flash d'une éclairante illumina son visage glabre. Il ne cilla pas, se leva.

« Tout à l'heure, quand vous aurez terminé, passez donc par mon abri. J'aurai un service à vous demander.

— À vos ordres, mon lieutenant. »

Je saluai. Il me rendit mon salut.

Très vite, la tache grisâtre de sa peau de mouton se fondit dans la nuit. J'avais envie de dormir.

Pour battre le sommeil en brèche, j'entrepris de retrouver les noms des rues qui, à Salford, menaient de Regent Road aux quais du dock 8. Mes années londoniennes avaient effacé nombre de plaques. Une fois de plus, je fus incapable de dépasser le carrefour de Melbourne Street. Dommage qu'on ne puisse oublier avec la même facilité certains visages, certaines promesses, certains sourires.

Une nouvelle fusée creva la nuit. Je m'écartai de la meurtrière, attendis qu'elle s'éteigne. Vers la gauche, un battement confus de semelles ébranlait le caillebotis. Une corvée de transport remontait la tranchée. Elle apportait du thé chaud et des munitions.

Un rai de lumière filtrait sous le rideau anti-gaz. J'entrai à l'heure dite, sans m'annoncer. Penché sur une table minuscule coincée entre deux bat-flanc couverts de cartes, le lieutenant Burrell lisait à la lueur d'une lampe-tempête. Creusé dans la ligne de soutien, l'abri affichait le confort plus que sommaire réservé aux officiers subalternes. Burrell le partageait souvent avec le lieutenant Caton-Jones, son alter ego à deux étoiles, qui regrettait amèrement la cavalerie et les chasses au renard.

En plus des sommiers en treillis et de la table de bois blanc, on trouvait là un mobilier fait de cageots récupérés et de bidons vidés de leur contenu. Histoire de décourager les rats les plus corpulents ou les moins agiles, un sac à provisions était pendu au plafond.

« Prenez un siège, Parsons. »

Sur la table, une pipe achevait de s'éteindre dans un vieux casque allemand. Il avait refermé son livre, un mince volume recouvert de papier gris.

« Je vous dirais bien de vous mettre à l'aise, mais si un de mes collègues venait à entrer, nous ne verrions pas de sitôt la fin de nos ennuis. Vous surtout, j'en ai peur.

— Ça ne me dérange pas, mon lieutenant.

— Vous avez tort. »

Cherchant le meilleur endroit, je déposai mon fusil contre le montant d'un lit, m'assis prudemment sur un bidon. Au-dessus de la table, une étagère de fortune supportait un phonographe et deux bouteilles. Le lieutenant en prit une et deux gobelets en fer.

« Revoilà le rhum de mon oncle. Je n'aime pas boire seul. »

D'une main sûre, il nous servit.

« À la santé du Roi, Parsons… »

Nous trinquâmes.

« Sauf votre respect, vous aviez un service à me demander, mon lieutenant ? »

Son regard s'assombrit.

« N'en faites pas trop, Parsons. Quand nous sommes entre nous, laissez donc tomber le grade et les respects, voulez-vous ? À moins que jouer au petit soldat ne vous amuse ? Je ne le crois pas. Moi, sachez-le, ça me casse les pieds. Si je respecte la mission, l'étiquette me fatigue. »

Il eut un geste d'impatience, posa son gobelet sur la table. Je me demandai s'il n'était pas ivre, décidai que non.

« En effet, j'ai un service à vous demander. »

Il se leva, régla la molette de la lampe-tempête, diminua la flamme, se rassit.

« Voilà, Parsons. Il faut que vous sachiez. Je viens d'une famille aisée. Très aisée, même…

— Je ne l'ignorais pas.

— On échappe difficilement à sa condition. Dans notre pays surtout. Mais passons… Vous devez savoir que j'ai toujours mis un point d'honneur à ne dépendre de personne. De personne, vous m'entendez…

— Je vous entends.

— Il y a là-dedans une part non négligeable de vanité, je vous le concède bien volontiers, mais je suis né ainsi. Ça ne m'empêche pas d'apprécier le travail d'équipe. Dans mon métier, il est d'ailleurs indispensable. Enfin, pour ce qui nous occupe… Bref… »

Il reprit le gobelet, le fit tourner dans sa main.

« Bref, ma situation ici n'est plus tenable. Et encore, j'ai de la chance. J'imagine que chez les réguliers, on m'aurait déjà rétrogradé pour moins que ça. Ce n'est pas que les autres officiers soient des crétins, non. Loin de là. Disons qu'ils se font une idée de l'armée qui n'est pas la mienne et que, d'une certaine manière, je leur reproche de singer les culottes de peau qu'ils ne seront jamais. On parlera du poids des traditions, de l'importance des symboles pour l'autorité. Bref... »

J'eus l'impression que ses épaules retombaient.

« Voilà... Il me faut une ordonnance... »

Il croisa les bras.

« Et j'aimerais que ce soit vous. »

À ma place, d'autres auraient sauté de joie. Je demeurai collé à mon siège. Le rebord du bidon me rentrait dans les fesses et je ne bougeais pas.

« Mais que ceci soit bien clair... »

Il se leva, enfonça ses mains dans ses poches.

« Je refuse absolument que vous fassiez mon ménage, ciriez mes chaussures, prépariez ma tambouille et portiez mes valises. Officiellement, oui, vous le ferez. Vous serez mon ordonnance pour la galerie. Je ne vous sépare d'ailleurs pas de votre section. Vous pourrez partager mon gourbi si vous le souhaitez. L'ordonnance de Caton y répand déjà son odeur de pieds. Alors si vous supportez, j'aurai peut-être la chance de profiter de votre conversation. Par des nuits comme celle-ci, c'est un privilège, croyez-moi. »

Punaisé au bat-flanc, un plan accapara son attention.

« Ça me changera les idées. J'en ai besoin... »

Un crayon pendait à une ficelle. Il le prit, éprouva la pointe du pouce, la mouilla et ajouta un cercle bleu sur le plan.

« Vous ne devinez pas à quel point. »

Repoussant le bidon, je me levai à mon tour. Avec un tintement mat, mon casque heurta la lampe-tempête pendue à une solive.

« Vous acceptez ? »

Il me tournait le dos. Quelques secondes s'écoulèrent. Au nord, la canonnade grondait toujours. Plus près de nous, je comptai trois explosions. Le rideau anti-gaz claqua, laissa passer un brusque courant d'air.

« Je ne vous oblige pas, Parsons. »

Je récupérai mon fusil, le mis à la bretelle. Au-dessus de ma tête, la lampe-tempête oscillait toujours, jetant de longues ombres émaciées à travers le réduit.

« J'accepte, mon lieutenant. »

Je m'étais mis au garde-à-vous. Il me tendit la main. Après une hésitation, je la serrai.

« Je vous remercie. »

Cette fois, je saluai.

« Puisque vous y tenez… »

Il salua lui aussi.

« Vous pouvez disposer. »

Je tournai les talons, écartai le rideau.

« Ah, Parsons, avant que je n'oublie…

— Oui, mon lieutenant ?

— Quand vous verrez Salter, remerciez-le pour le tuyau. »

J'opinai sans poser de question.

« Le coin était très bon. S'il veut m'emprunter ma canne un de ces jours… »

Il eut un sourire fatigué.

« Discrètement, bien sûr. »

Des 77 éclataient pas très loin. J'inclinai mon casque.

« Vous avez appris, pour Egerton ?

— Oui, mon lieutenant.

— Il n'avait pas l'âge, n'est-ce pas ?

— Peut-être bien que non, mon lieutenant.

— C'est dur, d'écrire ce genre de lettres.

— Bonne nuit, mon lieutenant.

— Si vous avez fini, moi pas. Bonne nuit, Parsons. »

Je sortis. Le rideau retomba, et le froid du dehors. Dans le boyau, un groupe de brancardiers passa en courant. Loin, très loin, quelqu'un tapait sur une douille d'obus : alerte aux gaz. Je ne cherchai pas mon masque, la sentinelle que je croisai non plus. Le vent s'était levé : il soufflait vers la colline.

Les batteries d'Aveluy ripostèrent pendant quelques minutes, puis se turent. Le feu se déplaça ensuite vers Crucifix Corner. D'autres obus secouaient la terre plus au sud, en aval de Black Horse. Un madrier sur l'épaule, William devait marcher quelque part là-bas dans l'obscurité humide des berges. Pour lui, le soleil mettrait encore longtemps avant de se lever. Pour d'autres, il ne se lèverait plus jamais.

Se levait-il aussi, derrière la colline ?

Sans doute. Oui, sans doute…

Je regardai ma montre.

En Chine, il devait saigner sur des pagodes d'or.

CHAPITRE QUATRE

Devant nous, la campagne picarde ondulait à l'infini, égrenant au long des chemins ourlés d'arbres ses chapelets de villages, de bourgs et de hameaux. Les bois épars coiffaient les collines et grignotaient les pourtours des champs. Dans les prés jaunes, occupées à rentrer les foins, des femmes en foulards blancs suspendaient un instant leurs gestes sur notre passage. Certaines mettaient une main à la hanche, s'essuyaient le front et nous suivaient des yeux. D'autres agitaient leur mouchoir et nous leur répondions par des compliments qu'elles ne comprenaient pas. Nous chantions, aussi. Je pensais au Sussex vu du train de Brighton, ou à quelque paysage du Devonshire. Jamais je n'aurais cru qu'un jour la vieille Angleterre me manquerait à ce point.

Plus nous avancions, plus le roulement des explosions faiblissait, s'apaisait, se muait en rumeur d'orage emportée par les vents. D'aucuns prétendaient que certaines nuits, quand les girouettes regardaient vers l'est, on entendait jusqu'à Londres la sourde colère des canons. Plongée dans l'obscurité, la ville s'endormait alors, bercée par le battement lointain de ses illusions, ou de ses remords.

À mi-chemin de Bouzincourt, nous avions enfin reçu l'ordre tant attendu. La zone dangereuse était franchie. Avec soulagement, chacun avait ôté son plat à barbe et coiffé sa casquette. Ainsi le soleil accablait-il moins notre troupe en marche dans la chaleur de juin. Malgré les pauses toutes les cinquante minutes, la sueur perçait les vareuses sous les paquetages, les fronts ruisselaient, les pieds souffraient. En plus de mes effets, je portais le fusil à lunette du lieutenant et l'étui en cuir bouilli de sa canne à pêche. La valise suivait en fin de colonne, dans la voiture du quartier-maître. À part la bouteille de rhum et deux disques de Schubert, elle ne contenait rien de précieux. Quant au phonographe entrevu dans l'abri, il appartenait au lieutenant Caton-Jones.

Sur notre gauche, la ville d'Albert s'éloignait. On n'en apercevait plus guère que le campanile de la basilique Notre-Dame émergeant par-dessus la brume. Au sommet du clocher constellé d'impacts, suspendue dans le vide à l'horizontale, la Vierge d'or semblait figée dans un plongeon de gardien de but. Les bras jetés en avant, elle attrapait de justesse l'Enfant Jésus. La statue tenait ainsi depuis plus d'un an. Selon la légende répandue dans toute l'armée, sa chute annoncerait la fin de la guerre. Estimant la période très mal choisie, le génie français avait renforcé l'ancrage du socle à l'aide de poutrelles.

Mais aujourd'hui personne ne tournait la tête pour vérifier si la statue tenait encore. Au contraire, nous marchions droit devant nous, sans souci du lendemain. Aucun encouragement n'était requis. Fatigués eux aussi, sergents et officiers gardaient le silence ou chantaient avec nous. Entre chaque traversée de village, la chaussée avait beau dérouler son ruban de pavés, nous avalions les miles avec une énergie décuplée et quatre poumons au moins.

Car en quittant Authuille pour rejoindre l'arrière, nous laissions le front, son cortège de misères et de peurs. Surtout, nous étions vivants. Et en descendant la route de

Bouzincourt, nous mettions entre nous et la guerre cette brève semaine de rémission qui ne suffirait pas à nous la faire oublier, non, mais juste à la rendre tolérable le temps d'un repos, jusqu'au prochain retour en ligne – qu'on n'évoquait jamais un jour de départ, fût-ce en termes voilés.

Depuis Lancashire Dump, où nous avions formé les rangs, je fixais la nuque d'Evans, son col chiffonné, trempé de sueur, la boucle libre de son sac qui sautait à chaque pas. Lui aussi supportait mal le casque, cet accessoire encore neuf de notre garde-robe militaire. À chaque arrêt, il sortait son portefeuille, regardait longuement une photo de sa petite fille, puis relisait les dernières lettres de son épouse Nellie, qui travaillait à la poste d'Eccles et profitait du moindre loisir pour lui écrire sur papier bleu. Evans avait mon âge. En mon for intérieur, je ne pouvais m'empêcher tout ensemble de le plaindre et de l'envier. Depuis que la conscription avait été votée au Parlement, du moins ne devait-il plus regretter sa décision.

William marchait à ma gauche, Bates à ma droite. Tous deux chantaient faux – Bates quand il ne grillait pas une des nombreuses cigarettes dont il délestait ses voisins à longueur d'étape. Moi, j'attendais les refrains : les paroles des couplets changeaient si souvent que je les oubliais.

Précisément, on y arrivait.

« It's a long way to Tipperary,
It's a long way to go.
It's a long way to Tipperary,
To the sweetest girl I know[1]*… »*

Chaque fois, je m'étonnais de constater qu'un chœur si disparate pût sonner si juste. Chaque fois aussi, je m'inquiétais de sentir monter en moi une exaltation sauvage, contagieuse, à laquelle j'avais scrupule de

1. La route est longue jusque Tipperary
Et la plus douce fille que je connaisse.

m'abandonner, contre laquelle je devais donc me défendre. Elle prêtait corps à une force brute, indépendante de ma volonté, qui émanait du groupe et le soudait, j'en étais sûr, dans l'ivresse que procure la découverte d'un pouvoir nouveau. Porté, poussé, entraîné par cette force, on se sentait sinon meilleur, en tout cas plus dur, soudain capable de tous les exploits gratuits, de toutes les bravoures insensées, des noblesses les plus pures et peut-être aussi – pourquoi le nier ? – des pires exactions. Le monde résonnait à nos accents, prolongeait leur écho. En chantant d'une seule voix, nous l'emplissions jusqu'au ciel de notre présence dilatée, conquérante, irrésistible. Tout cédait devant nous. Tout devenait possible. C'était beau et terrifiant.

Les chansons, pourtant, n'avaient rien de martial.

« *...Good-bye Piccadilly,*
Farewell Leicester Square[1]*...* »

Ainsi *Tipperary*. La plupart des chanteurs, moi le premier, ne savaient pas où se trouvait ce patelin, ni à quoi il pouvait ressembler. Mais cela n'avait aucune espèce d'importance. Tipperary, c'était le passé pour les uns, l'avenir pour les autres. Une longue route les en séparait, pavée de souvenirs ou d'espérances. Quant aux couplets du jour, plutôt niais dans leur genre, ils parlaient d'un certain Paddy O' et de ses tribulations londoniennes d'Irlandais borné.

« *... It's a long, long way to Tipperary,*
But my heart lies there[2] *!* »

Et mon cœur à moi, où était-il ? Contrairement à ceux qui m'entouraient, peut-être ici, après tout, et dans les quelques lettres que je recevais de Salford et du front. Aux

1. Au revoir, Piccadilly
Adieu Leicester Square...
2. La route est longue jusque Tipperary
Mais mon cœur est resté là-bas.

dernières nouvelles, faute de main-d'œuvre masculine, mon père avait dû engager deux demoiselles pour tenir l'épicerie. Blessé à Loos devant les crassiers, à la tête de son peloton, Benjamin avait été rapatrié et réformé du service actif. Il se remettait lentement, apprenait à écrire de la main gauche – et abrégeait ses missives en conséquence. De son côté, Lawrence réinventait l'âge des cavernes avec sa compagnie dans les tunnels humides de Vimy. Plus préoccupant, le vieux Barney avait disparu à Gallipoli. On était sans nouvelle de lui.

Après Aveluy, la route plus sûre devenait aussi moins attrayante. Les villages méfiants, jaloux de leur tranquillité, se retranchaient à distance, déléguaient quelques bâtisses aux carrefours des voies. Bates avait grillé sa dernière cigarette. À court de combustible, il braillait *Tipperary* dans l'une de ses multiples variantes plus ou moins paillardes. Le cœur y perdait la vedette en même temps que le patelin lui-même.

« *It's the wrong way to tickle Marie,*
It's the wrong way to kiss[1] *!...* »

William s'était tu. Du coin de l'œil, il surveillait le lieutenant qui, mal à l'aise sur son vieux canasson de réquisition, se dressait à tout bout de champ sur ses étriers et consultait sa montre.

« On va pouvoir souffler, me dit-il. Pas besoin de regarder ta toquante. »

Le pronostic se révéla exact. Presque aussitôt, imité par les autres officiers de la colonne, Burrell emboucha son sifflet, leva un bras et lâcha deux coups stridents. Soudain ragaillardis, les hommes sautèrent clôtures et fossés, se précipitèrent dans les pâtures alentour.

« Dix minutes de repos ! Libérez la route ! »

On forma les faisceaux, puis chacun s'assit dans l'herbe

---

1. C'est pas comme ça qu'on chatouille Marie,
C'est pas comme ça qu'on l'embrasse.

ou s'allongea contre son havresac. J'aidai William à défaire le sien. Les plus prompts accaparèrent le couvert d'une charmille. Les autres s'abandonnèrent aux rayons du soleil.

« On a deux minutes d'avance », observai-je.

Mis en appétit, Bates ouvrait une boîte de singe.

« Pas étonnant, dit-il. Regarde ce qui s'amène. »

Sous l'enfilade des peupliers, un énorme nuage de poussière balayait la route. Des formes sombres s'y dessinaient.

« De l'artillerie, tu paries ?

— Non, fit William. On dirait des camions. »

Il leva un doigt, nous fit signe de prêter l'oreille. Il n'était pas sûr de son fait. Mais Bates confirma.

« T'as raison, Salter. Sûrement du matériel pour l'avant. On va encore en croiser quelques-uns, aujourd'hui...

— On aurait dû prendre la route de Martinsart, dis-je.

— Pas plus mal, fit Bates. Tant qu'on marche, pas de corvée, pas d'inspection, pas de conneries, et on peut fumer. »

Le grondement des moteurs faisait vibrer le sol, envahissait l'atmosphère, oblitérait les autres bruits. Un premier véhicule bâché creva le nuage au sommet d'une côte. Perchés sur les marchepieds, des permissionnaires en fin de congé profitaient de l'aubaine pour rallier les lignes sans se fatiguer.

« Vernis, ceux-là, marmonna Bates. Les camions, c'est toujours pour monter, jamais pour descendre.

— À choisir, je préfère ma place à la leur », dit William.

Evans nous rejoignit, un quart plein à la main.

« Ils servent le thé, aux roulantes.

— Vrai ? s'écria Bates, la bouche pleine. Je ne vais pas rater ça. Surveille mon singe, Evans. J'ai craché dedans. »

Evans déboucla son sac, s'assit, renifla la boîte ouverte, la laissa tomber dans l'herbe et posa son casque dessus.

Puis il se mit à siroter son thé, le regard perdu au loin. Sur la grand-route, les poids lourds se succédaient maintenant à un rythme soutenu, dans un vacarme assourdissant. Les vitesses craquaient, les odeurs d'essence et d'huile imprégnaient les parfums de terre sèche et d'herbe écrasée.

« Ça n'arrête pas de défiler, remarqua Evans. Depuis qu'on est en France, je n'en ai jamais vu autant...

— Moi non plus, dis-je. C'est le huitième convoi qu'on croise ce matin. À mon avis, le grand show est pour bientôt.

— Tu crois ? Et la crise des munitions ?

— C'est fini, ça crève les tympans », intervint William.

Assis à côté de moi, il louchait avec insistance sur le grand étui de cuir bouilli. La curiosité le démangeait. Une fois de plus, Evans sortit son portefeuille, prit la photographie.

« Elle a quel âge, ta fille ? demandai-je.

— Six ans à la Chandeleur. »

Evans était le seul catholique de la section.

N'y tenant plus, William avait ouvert l'étui.

« Je peux jeter un coup d'œil ? »

Burrell n'y verrait aucun inconvénient, je le laissai donc faire. Avec des prudences d'artificier, il sortit d'abord le talon de la canne, puis le mince scion, siffla.

« Bambou refendu, avec cœur en acier... Le lieutenant sait choisir son matériel... »

Il soupesa les pièces d'une main experte.

« Alors, Salter ? Vous comptez nous améliorer l'ordinaire ? »

Flanqué du caporal Berryman, le sergent Daniels faisait la tournée des popotes. Les verres ovales de son lorgnon brillaient sous la visière de sa casquette.

« Si vous m'en donnez l'ordre, sergent, j'y réfléchirai.

— Avec un petit *beurre blanc*, ma foi, une belle truite... »

Esthète jusque dans l'assiette, Daniels appréciait la

cuisine française. Ses descentes épisodiques à Amiens, au restaurant Godbert, faisaient jaser les officiers, peu habitués à y rencontrer des sergents, même d'extraction bourgeoise.

Bates nous rejoignit.

« Y a encore de l'artillerie qui arrive, cria-t-il.

— En effet, dit Daniels. Cette halte risque de se prolonger au-delà des dix minutes réglementaires.

— Personne ne s'en plaindra, sergent. On est bien ici, non ? »

Bates récupéra sa boîte de singe sous le casque d'Evans, y piqua une fourchette.

« Dites donc, sergent. Vous qui savez toujours tout…

— Vous me flattez, Bates. »

L'autre lui fit un clin d'œil.

« Ce putain de grand show… C'est pour bientôt ? »

Le dernier camion avait disparu. Répandue dans l'air, la poussière retombait déjà. Cela ne dura pas. Le convoi d'artillerie annoncé débouchait, plus bruyant encore. Les attelages allaient au trot. Caissons et canons tressautaient avec fracas. Par centaines, les sabots ferrés claquaient sur les pavés.

« Si je le savais, Bates… Mais comme vous, j'ai deux yeux et deux oreilles. Nous recevons beaucoup de matériel, ces derniers temps. Et là-dedans, davantage de cartouches et de grenades que de pelles ou de barbelés. À vous d'en tirer les conclusions qui s'imposent. Pour moi c'est assez clair. Si j'avais un seul conseil à vous donner… »

William n'écoutait plus. Il vissait les douilles de la canne, en testait l'équilibre, la souplesse du moulinet. Daniels ôta sa casquette, lissa sur son crâne sa courte chevelure. Le soleil avait tanné son front dégarni.

« … Profitez bien de ce repos, messieurs. »

Sur ces mots, il s'éloigna, le couvre-chef à la main. Toujours muet, le caporal lui emboîta le pas.

« Ça promet », grommela Bates.

En quatre coups de fourchette, il expédia le reste de son corned-beef. La boîte vide alla terminer sa carrière dans un fossé de drainage. À contrecœur, William démontait la canne, la replaçait dans son étui.

« Tiens, dit-il. Voilà le Père Caubert et son épicerie de campagne… M'est avis qu'il a senti le pognon frais. »

Authentique célébrité locale, Anselme Caubert comptait au nombre des civils qui, le temps aidant, avaient su discerner dans la guerre autre chose qu'une calamité. Fermier du côté de Senlis, il avait d'abord vu la moitié de ses terres disparaître sous la luzerne faute de bras disponibles, et la quasi-totalité de ses vergers mis en coupe réglée par des tommies affamés, friands de desserts gratuits.

Depuis lors, il avait remonté la pente. Contre espèces sonnantes et trébuchantes, la ferme servait maintenant d'hostellerie et de dortoir aux unités de passage, les états-majors de bataillons au sein desquels abondaient les ruraux lui prêtaient volontiers des effectifs pour les travaux des champs, et il vendait le long des routes les produits d'un poulailler dont il assurait l'inviolabilité en dormant lui-même parmi la volaille – aujourd'hui encore, une plumette blanche ornait le dos de sa veste noire qui sentait la fiente et la paille fraîche.

Comme à chacune de ses coutumières apparitions, il poussait devant lui un landau antédiluvien, racheté pour une croûte de pain à des réfugiés belges ou lillois. La marchandise y demeurait à l'ombre dans l'attente du client.

« Il a amené sa progéniture, dis donc. »

Vêtue d'une petite robe à rayures et sans col, une fillette aux cheveux de jais accompagnait le vieux fermier. Au bout d'une bretelle, elle portait une caisse plate aménagée en présentoir, garnie d'œufs bruns et blancs.

« Progéniture ? s'étonna Bates. Sa petite-fille, oui…

À part ça, j'achèterais bien un œuf. Tu as de la monnaie, Parsons ? »

Nous venions de toucher notre solde en billets de cinq francs, coupures peu pratiques pour les menus achats et les commandes dans les cafés. À défaut de pièces devenues rares, la monnaie circulait sous forme de tickets plus ou moins officiels. Souvent, les vendeurs répugnaient à se séparer de leur petite réserve, et il fallait ruser pour se faire servir dans les quantités souhaitées.

« Ho, petite ? Viens donc par ici. »

Caubert connaissait un peu d'anglais et, surtout, avait assez le sens du commerce pour interpréter les mimiques les plus explicites. D'une tape entre les omoplates, il poussa la fillette dans notre direction. Réticente, elle hésitait. Le vieil homme insista, répéta son geste. Enfin, elle consentit à s'approcher.

« Douillou ouante ex, mystère ? Zeille are véri goude. »

Elle avait ânonné la phrase très vite, les yeux baissés sur ses sandales. Bates, comme de juste, n'avait rien compris.

« Comment tu t'appelles ? », demandai-je.

Étonnée d'entendre un Anglais parler sa langue, la fillette ouvrit des yeux ronds, profonds, entre le bleu et le vert.

« Quel âge as-tu ? »

Inquiète, elle prit une mine soucieuse, tourna la tête, chercha son grand-père. Plus loin, avec force gesticulations qui lui tenaient lieu de vocabulaire international, le vieil homme marchandait le prix d'un poulet rôti avec une section.

« Six ans, dit-elle avec un regard par en dessous. *Et toi ? »*

J'éclatai de rire.

« Beaucoup plus que toi : trente ! »

Elle eut une moue de dédain.

« Mon grand-papa, lui, il en a soixante ! »

Alléché, Bates couvait les œufs du regard.

« Demande-lui s'ils sont durs. »

La petite recula, le toisa.

« Zeille are véri goude ! »

Je sortis mon livret de solde, l'ouvris, comptai les billets.

« Ils coûtent combien, tes œufs ?

— Trente centimes la pièce, m'sieur. »

Je traduisis.

« Trente centimes ! siffla Bates. Eh ben il s'emmerde pas, le vieux saligaud ! C'est trois fois le prix d'un café !

— Tu iras moins chez les putes, grinça Evans. À force, tu vas choper la chtouille et pisser des casques à pointe.

— J'en mangerais bien, moi, des œufs », dit William.

Entre deux doigts, je pris un billet.

« On t'en achète huit. Mais on se sert tout de suite. Va demander la monnaie à ton grand-père. Tu sais déjà compter ?

— Jusqu'à dix.

— Tu feras une bonne épicière. »

William parlait mal le français, mais comprenait.

« Et il sait de quoi il parle... », plaisanta-t-il.

Le billet serré dans son poing, la fillette le regarda, sourit.

« *Qu'est-ce qu'il dit ?* demanda-t-elle.

— *Rien*, répondis-je. *Allez, va.*

— *Il s'appelle comment, lui ?* »

William se redressa, tira sur la visière de sa casquette.

« *Moi ? J'appelle moi William*, dit-il.

— *Je m'appelle William*, corrigeai-je.

— *William ? Comme les poires ?* »

Nous échangeâmes un regard perplexe.

« Depuis que mon papa il est parti tuer des Prussiens, on n'en a plus à la maison, des williams. Les poiriers ont gelé cet hiver. On n'a plus que des cuisses-madame. Elles sont bonnes aussi, mais elles sont pas encore mûres que les Anglais les mangent déjà toutes. Pas des comme vous. Des qui ont des jupes... »

Elle fit un pas, s'arrêta à côté de notre faisceau. Nettoyés ce matin avant le départ, les fusils sentaient la graisse.

« C'est avec ça que vous les tuez, les Prussiens ?

— On essaie, petite. On essaie. »

Les armes lui faisaient peur mais, au même moment, elle brûlait d'envie de les toucher.

« T'en as tué beaucoup ? »

Question délicate. Comment lui avouer qu'en presque une année de front je n'avais encore jamais vu d'Allemand, ni de près ni de loin, même le soir du raid – et que tout bien considéré, je n'étais nullement pressé d'en rencontrer un ?

« Jacqueline ! Qu'est-ce que tu fabriques ? »

Sa marchandise écoulée à bon prix – toujours plus bas cependant qu'il ne l'espérait –, le Père Caubert s'impatientait. Car si la journée s'était avérée propice au négoce, elle convenait tout autant à l'agriculture. Les hommes absents, le patriarche faisait travailler les femmes de son clan. Guerre ou pas guerre, la terre n'attendait pas, les bêtes non plus.

« Tes œufs, tu les as vendus ? »

La petite courut jusqu'à lui, s'accrocha aux basques de sa veste, nous désigna du doigt. Le vieil homme vint à nous.

« Alors, Père Caubert, you maquereau aussi, now ? »

Ravi d'avoir pu aligner quelques mots, Bates s'esclaffa.

Evans lui jeta un regard noir.

« Parle pas comme ça d'une gosse. »

Bates leva les yeux au ciel. Caubert me tendit le billet.

« Vous n'auriez pas plus petit ? s'enquit-il. *J'ai pas beaucoup de monnaie, alors vous comprenez…*

— Non, je n'ai pas plus petit », répondis-je.

Le vieux me considéra d'un regard aigu.

« La petite avait raison, je vois. Vous parlez français.

— On ne peut rien vous cacher », dis-je.

Il ferma un œil, parut réfléchir.

« *Pour la monnaie, laissez tomber. J'ai mieux à vous proposer. Je vous rends votre billet, et vous me donnez un coup de pouce.* »

Intrigué, je me levai, récupérai mon argent.

« *Voilà*, dit-il. *C'est simple. Ce matin, les Écossais qui logeaient à la ferme ont levé le camp, et personne n'est venu les remplacer.*

— *Je crois que je comprends. Où est-elle, votre ferme ?*

— *Entre Senlis et Millencourt. Ça cantonne pas mal dans le coin. Des fois, vous et vos copains, vous n'iriez pas de ce côté ?*

— *Je l'ignore, mais je peux m'informer.* »

Un nouveau convoi hippomobile roulait sur la chaussée. La poussière de la route commençait à blanchir les pâtures et les haies. À l'écart, assemblés sous un bouquet de noisetiers, les officiers de la compagnie tenaient conseil autour du capitaine. Burrell demeurait debout. Ses leggins luisaient, impeccables. Il avait tenu parole. Jamais je n'avais eu à les cirer.

« *Je peux prendre quatre officiers et cinquante hommes*, poursuivit le fermier. *Peut-être même plus, faut voir. Et c'est propre : avant les Écossais, j'ai eu des artilleurs, des gens très bien. Et au village, il y a de la place pour loger tout votre bataillon.*

— *Bien. Je vais voir ce que je peux faire. Je ne vous promets rien.* »

J'agitai le billet sous son nez.

« *Aucun regret ?* »

Il eut un sourire édenté, fit non de la tête.

Avant que j'aie pu solliciter une audience auprès des gradés, une petite main agrippa une jambe de mon pantalon.

« *Et toi, comment tu t'appelles ?* »

Je m'accroupis.

« *Nigel.*

— *Naille-gèle ?*
— *C'est comme ça que je m'appelle, oui.*
— *C'est un drôle de nom.*
— *Tu peux m'appeler Nicholas, si tu préfères.* »
Elle prit un air soucieux, chiffonna son petit nez.
« *Nicolas ?*
— *C'est ça.*
— *Comme le saint ?*
— *Le saint ? Sans doute, oui.* »
William nous observait. Evans avait l'air sombre. Tirant la langue, Bates pelait son œuf avec méthode.
« *Et lui, là, William... C'est ton ami ?*
— *Bien vu.*
— *Il est beau. Et il est gentil.*
— *Évidemment, sinon il ne serait pas mon ami.* »
Elle ferma un œil, réfléchit.
« *Tu as raison.* »
Elle lâcha mon pantalon, me fit un large sourire
« *Vous allez venir à la maison, alors ?*
— *On verra, Jacqueline. On verra...* »
Le grand-père attendait. Elle détala.
William s'était levé. Il me rendit l'étui.
« Tu as fait une touche, mon vieux, dis-je.
— Vraiment ? Je suis gâté.
— Tu t'y connais en fruits, aussi ?
— Ce n'est pas ma spécialité. C'est peut-être la tienne ?
— Très drôle.
— Ce sont les *cuisses-madame* qui t'intéressent, hum ?
— Joli nom, tu ne trouves pas ?
— Oui. Très français. »
Il alla se rasseoir.
« À la place d'Adam, j'aurais mangé une poire, dis-je. Si je me souviens bien, la Bible n'est pas très claire à ce propos. »
William haussa les épaules, ferma les yeux.

« Pomme ou poire, il s'en est mordu les doigts. De toute façon, ce n'est pas une variété de chez nous. »

La visière de la casquette effaça son regard.

Dès qu'il m'aperçut, le lieutenant Burrell vint à ma rencontre. Dans un bataillon régulier, pareil court-circuitage de la chaîne hiérarchique était tout bonnement impensable. Chez nous, pourvu qu'on n'en fît pas une règle, ce type d'infraction au code militaire n'indisposait encore que les rares obsédés du grade et de la discipline pour la discipline. Je me mis au garde-à-vous, saluai. Distrait, Burrell faillit me serrer la main, conclut son geste avorté en rajustant son baudrier.

« Repos, Parsons. Eh bien, quoi de neuf ? »

Sans plus attendre, j'entamai alors ma plaidoirie en faveur du Père Caubert. Très vite, je compris que la proposition du fermier tombait en terrain favorable, et que j'aurais gain de cause. Après m'avoir demandé de préciser certains points de détail, le lieutenant me laissa, alla parler au capitaine Tweed.

Celui-ci opina.

Pour huit œufs, c'était bien payé.

Assis dans l'herbe contre son landau vide, le vieux fermier comptait les billets en s'humectant l'index.

Strié de longs nuages effilés, le ciel rougeoyait à l'occident. Minuscules points noirs, les martinets volaient très haut, en cercles concentriques brisés de brefs plongeons. Plus bas, le soir tombait sur la cour carrée de la ferme, dont une moitié baignait dans l'ombre douce des étables, l'autre dans la lueur fauve du soleil couchant. C'était un de ces soirs champêtres, improbables par leur merveilleuse banalité, quand la basse obsédante du front ne distrayait pas l'oreille des autres sons, qu'on écoutait sans penser à la mort proche les aboiements des chiens solitaires, et qu'on entendait le vent chuchoter dans les trembles sans se demander pourquoi les barbelés ne chantaient plus, ni les fils du téléphone.

Notre peloton avait trouvé le gîte à la ferme Caubert. Malgré l'interdiction, les flammes des chandelles et des réchauds à alcool perçaient de leurs feux follets l'obscurité de la grange. Les hommes y faisaient leur ménage – épouillage, nettoyage, raccommodage ou cirage. Au-dessus du corps de logis, la cheminée fumait doucement. Une lampe à pétrole brûlait derrière la fenêtre sans carreaux. Près de la porte, l'arôme du café noir se mesurait aux remugles de purin.

Installés sous un appentis, une dizaine d'hommes jouaient à *couronne et ancre*, espérant y gagner les quelques francs qu'ils dépenseraient en bières – deux sous le verre – à l'estaminet du village. Il fallait se dépêcher : comme en Angleterre, les établissements fermaient à huit heures trente, sur ordre des autorités militaires. Quelques solitaires écrivaient sur leurs genoux, le dos calé contre la brique encore chaude d'un mur où le soleil venait de s'éteindre. Evans était parmi eux.

« Il m'inquiète, fit William.

— Mets-toi à sa place, dis-je.

— En cas de coup dur, j'aimerais pouvoir compter sur lui. »

Nous nous tûmes. Vers Albert, la canonnade enflait soudain, éclatait en pétarades rapprochées.

« Ils commencent à mettre le paquet, on dirait.

— Tu crois ? »

La rumeur refluait, s'atténuait. Puis elle revenait de plus belle, dans un mouvement de ressac lointain, lancinant, monotone comme la pluie.

« Franchement, Bill…

— Oui ?

— Tu crois que cette fois, c'est la bonne ?

— Je n'en sais rien, Nickie.

— Ça te fait peur ?

— Bien sûr. Pas toi ? »

Je gardai le silence. Longtemps, nous écoutâmes sans rien dire l'orage métallique, ses collisions de marteaux de forge.

« J'ai écrit des lettres, commençai-je. Pour le cas où. »

Sur le mur d'en face, l'ombre bleue montait lentement.

« Elles seront dans ma poche gauche. »

William évita mon regard, opina.

« Il y en a trois, continuai-je. Pour mon père et deux amis. Les adresses sont dessus. Il te suffira de les poster… »

Dans une métairie voisine, de l'autre côté de la route, un chien mélancolique aboyait.

« Pour toi, ce ne sera pas nécessaire. »

Je l'entendis qui riait. Ses yeux, pourtant, exprimaient une sorte de tristesse résignée. Lui aussi écoutait le chien.

« Allons boire un café », dit-il.

Ensemble, nous traversâmes la cour. Avant d'entrer, je me retournai, observai la boule rouge du soleil posée en équilibre sur le faîtage de la grange. Sa lumière déclinait.

« Il fera beau demain », murmura William.

Je poussai la porte et le laissai passer.

Chichement éclairée par un quinquet posé sur un buffet, la grande salle me rappelait certaines scènes de genre telles qu'on pouvait en voir à la National Gallery. Silence compris, on entrait dans un tableau vivant inspiré des petits maîtres hollandais. Assis autour de la longue table à tréteaux, près du poêle sur lequel suait une cafetière noircie, le clan Caubert au complet – belles-filles, petites-filles et petit-fils – pelait les pommes de terre du souper. Une dizaine de tommies les regardaient faire, la pipe au bec pour certains, le sourire aux lèvres pour tous, heureux de redécouvrir cette normalité domestique qui leur manquait trop pour qu'ils pussent deviner la vraie raison de leur plaisir. De temps en temps, l'un d'eux se levait, prenait son quart et allait le remplir à la cafetière.

Installé dans un fauteuil voltaire dont le crin crevait la tapisserie, le Père Caubert lui signifiait son accord d'une inclinaison de tête. L'homme se versait alors un jus noir et fumant, puis regagnait sa place. Personne ne parlait. On n'entendait que le cui-cui du canari dans sa cage, et le plouf des patates pelées dans la bassine en zinc.

William s'était servi, avait rempli mon quart. Nous ne buvions pas. Une chaise craqua. Son châle serré autour de ses épaules, une des brus s'était levée, avait ouvert la porte du poêle en tôle. Je m'étais assis en tailleur sur le sol de terre battue et William m'avait imité. La femme tisonnait les bûches. Aimantés par la lueur, nos regards plongeaient dans le feu. Les flammes rouges dansaient dans tous les yeux. Combien de temps demeurâmes-nous ainsi, immobiles et suspendus, abandonnés aux caprices de la mémoire, à une marée montante de souvenirs impossibles à partager comme nos enfances disparues ? Le futur n'avait pas sa place ici, il commençait de l'autre côté de la porte. Nous l'avions congédié. Chacun, pourtant, savait qu'il se vengerait.

La porte du fond grinça sur ses gonds, s'ouvrit sur une chambre éclairée. Presque dérangeante, une bouffée de musique pénétra dans la pièce. Quelqu'un toussa. Le lieutenant Burrell apparut à contre-jour, les bretelles défaites, en bras de chemise et nu-tête, la chevelure ébouriffée. Il déposa un broc vide sur le buffet, prit un seau rempli d'eau.

« Vous tombez bien, Parsons, dit-il en m'apercevant. J'allais justement vous faire appeler. »

D'une traite, j'avalai le reste de mon café. Le breuvage amer m'arracha un frisson. Je me levai, suivis le lieutenant dans l'étroite buanderie qui lui servait de chambre. Les deux lits étaient préparés pour la nuit, les couvertures kaki tirées sur les paillasses.

« Asseyez-vous, Parsons. Il est buvable, leur café ? »

Une tasse refroidissait sur l'appui de la fenêtre. Il n'y avait pas touché. Je pris place sur le deuxième lit, écoutai la musique.

« C'est beau », dis-je.

Il souleva le bras du phonographe, régla le pavillon, donna quelques tours de manivelle et remit l'aiguille au début du morceau.

« *La Jeune Fille et la Mort*, andante con moto. Le seul disque qui me reste. *La Truite* s'est cassée ce matin, durant le trajet. Je profite de l'absence de mon collègue pour m'offrir une petite consolation. Caton n'aime que la musique légère, Ivor Novello, Gilbert et Sullivan... Chacun ses goûts, n'est-ce pas ? Vous jouez d'un instrument ?

— Non, mon lieutenant.

— Moi non plus. Encore un regret. »

Sur la cloison de torchis, il avait punaisé une carte d'état-major. Elle ressemblait à celle que j'avais entrevue dans l'abri. Son réseau complexe de droites, de courbes, de cercles embrouillés pouvait représenter n'importe quel secteur du front. Burrell prit sa tasse, but une gorgée de café. Cracha.

« Infect... »

Il ouvrit la minuscule fenêtre qui donnait sur la route en contrebas et jeta le reste du liquide. La nuit était tombée. Tous phares allumés, une colonne de camions passait en grondant, petit godet de l'immense noria qui alimentait la guerre, là-bas, à l'est. Dans les prés environnants, le service médical installait un centre de tri. Les cloches blanches des tentes éclairées semaient à travers les pâtures leur floraison pâle. Burrell referma la fenêtre.

« Ils n'en monteront jamais assez », dit-il.

Fatigue ou désintérêt, le sens de sa remarque me demeura obscur. J'écoutais la musique, sa mélodie simple, épurée, qui parlait au cœur en négligeant l'esprit. Elle avait des accents à la fois sobres et pathétiques.

Entre-temps, Burrell avait hissé sa valise sur son lit, en fouillait les entrailles. Il en extirpa la bouteille de rhum presque vide et les deux gobelets.

« Tout a une fin, Parsons. Même et surtout les bonnes choses. Achevons-la. »

Il me tendit un gobelet.

« À la santé du Roi ! »

On frappa. Prudent, je me levai, rectifiai la position. Fausse alerte : le sergent Daniels passa la tête par l'embrasure.

« Mon lieutenant ?

— Oui, sergent ?

— Dans une heure, briefing du colonel, à la mairie.

— J'y serai. Vous pouvez disposer. Je préviendrai Caton. »

Le sergent s'éclipsa.

« Ça s'agite, en haut. Leur heure de gloire est arrivée.

— Vous aviez besoin de moi, mon lieutenant ? »

Les coudes sur les genoux, Burrell regardait devant lui.

« Oui, Parsons. Foutre oui… »

Je me levai.

« Restez assis. Je ne serai pas long. »

J'obtempérai. Pensif, il déplaça la lampe-tempête.

« Ça ne va pas, mon lieutenant ?

— Au contraire, fanfaronna-t-il. Je me sens en pleine forme. La vie est belle, vous ne trouvez pas ?

— Question de point de vue…

— Exactement, Parsons. Vous m'ôtez les mots de la bouche. Question de point de vue… Dommage que ceux qu'on paye pour voir ne voient jamais. Rien n'a changé. Comme au bon vieux temps ! Parce que Wellington était un crétin têtu, nos gouvernants n'aiment les militaires que bornés. Ils croient encore qu'on gagne les guerres en fermant les yeux… »

D'un geste brusque, à deux mains, il arracha la carte du mur, l'étala sur son lit.

« Je suis ingénieur, Parsons. Avant de travailler au Canal, j'ai longtemps bossé chez Knowles, à Agecroft.

— Au charbonnage ?

— J'en suis parti, heureusement. Je n'ai jamais pu supporter le travail bâclé. Mais le problème n'est pas là… »

À mon tour, je bus une gorgée de rhum.

« Il y a cinq ans, j'ai effectué un stage en Allemagne, dans les mines de Sarre. Très intéressant. Croyez-moi, ces gens-là savent creuser une galerie. Profondes, solides, bien équipées. À côté d'eux, nous sommes de pitoyables amateurs. »

Il reprit la carte, la plia en deux.

« Si nous devons attaquer là… »

Sur le plan, son index écrasait un arc de courbes bleues.

« Tous les canons du monde ne suffiraient pas à réduire cette fichue colline. Je vous parie mes galons que c'est un gigantesque gruyère de tunnels et d'abris. Ça fait deux ans qu'ils creusent, alors vous pensez bien… Non, les huiles de l'état-major se fourrent le doigt dans l'œil. Vous verrez, Parsons : au premier obus, les Jerries descendront dans leurs trous, puis ils en remonteront frais comme des gardons, prêts à nous tirer dessus. Ils s'entraînent déjà. Si les barbelés ne sont pas coupés… »

Il s'interrompit, secoua la tête.

« La Grande Offensive ? risquai-je. Cette fois, c'est sûr ? »

Son silence m'inquiéta. J'avalai ma salive.

« Nous en sommes ? », continuai-je.

Fraîchement repassée par une des belles-filles Caubert, sa vareuse pendait à un cintre. Il remonta ses bretelles, l'enfila.

« Je ne peux pas vous le dire, Parsons. Mais j'imagine que vous avez deviné : c'est un secret de Polichinelle. À l'heure qu'il est, le dernier planton d'en face doit être au courant. Les seules questions qui subsistent concernent la date, l'heure et les objectifs initiaux. Les Français demandent que nous agissions vite. Ils ont raison. Si Verdun craque, tout est foutu… »

Je séchai mon gobelet, m'essuyai la bouche.

« Mais je ne vous ai pas menti, Parsons. À part écouter mes jérémiades, j'ai une chose précise à vous demander. Ou plutôt non : considérez cela comme un ordre anticipé… »

Ses doigts tremblaient. Il n'arrivait pas à fermer son bouton de col, s'énervait en conséquence.

« Ce jour-là, si par malchance nous faisons partie de la première vague… Quand nous sortirons de la tranchée… »

Son visage me parut livide.

« Restez toujours *derrière moi.*

— Derrière vous ? Mais…

— J'ai dit *derrière*, Parsons. Toujours derrière. Ni devant, ni à gauche, ni à droite. Non : derrière… »

Le bouton sauta, fila sous le lit. Il jura.

« Laissez, j'ai encore le temps de le recoudre. Je ferai ça tout à l'heure. De toute façon, avec la cravate, on ne verra rien. Et avant, il faut que je récupère Caton. Ce qui me déprime devrait le réjouir. Je dramatise sans doute. Mais je vous le répète : *derrière moi*… Vous m'avez compris ? »

D'une main ferme, il enfonça son revolver dans sa gaine, boucla le rabat de cuir. L'aiguille du phono tournait en ronflant dans le dernier sillon. Il alla soulever le bras, retira le disque et le rangea dans sa pochette en papier. Puis il coiffa sa casquette, caressa la visière et sortit sans un mot. Avant de m'éclipser moi aussi, je m'approchai du phono, lus la notice imprimée sur la pochette.

Schubert. C'était un disque allemand. Le phono, lui, était anglais. J'aurais voulu repasser l'*andante con moto*, mais je ne m'étais jamais servi d'un phonographe et redoutais une fausse manœuvre. Le titre me laissait rêveur.

La Jeune Fille et la Mort.

Peut-être après tout ne faisaient-elles qu'une ?

Dans la salle mangée de pénombre régnait le même silence recueilli. Les fermiers avaient terminé leur souper. En plus du café, cela sentait la patate cuite et la bière éventée. Toujours calé dans son voltaire, le vieux Caubert dormait la bouche ouverte – c'était le moment de visiter son poulailler. Assise à table, une de ses belles-filles cousait un galon neuf sur la manche d'un promu. La porte du poêle était toujours ouverte et les braises jetaient leurs reflets sur les visages. William n'était plus là.

Avant de rejoindre ma section dans les combles de la grange, histoire de m'aérer un peu, je fis quelques pas dans la cour déserte. Un air vif, pénétrant, fleurant le purin, les foins coupés et la bouse de vache me picota les narines. La fraîcheur du soir invitait à la promenade. Je passai sous la voûte de l'entrée charretière, scrutai le paysage endormi, son horizon d'ombres chinoises découpées dans du carton noir. La lune brillait au centre d'une poussière d'étoiles.

Les paroles de Burrell m'avaient ébranlé. Je m'assis sur la pierre encore chaude d'un des deux bouteroues. Au-delà du village, aussi loin que portait le regard, les rideaux d'arbres balisaient les chaussées. Les phares de camions y clignotaient en processions presque inaudibles. Loin, très loin, l'artillerie tonnait, préparait le terrain à ces milliers d'hommes qui, pour oublier, dormaient ou commandaient une ultime bière. Dans les champs, les grillons se fichaient bien de ce qui nous arriverait. Comme chaque été, ils donnaient le même concert en l'honneur des belles nuits de juin.

Un instant, les accords tristes de l'*andante con moto* chantèrent dans mon cœur. Mon regard se voila.

Il me restait une lettre à écrire.

Pour le cas où.

« *T'es tout seul ?* »

Je ne l'avais pas entendue venir.

« *Pas encore au lit ?* »

Elle mit un doigt sur sa bouche.

« *Chut... Maman croit que je dors. J'y arrive pas. Les gros camions font trop de bruit sur la route.*

— *Et les canons, ça ne te dérange pas ?*

— *Oh non, on est habitués.*

— *Vous en avez, de la chance.* »

Elle s'assit dans l'herbe, à côté de moi.

« *Toi non plus, tu dors pas ?*

— *Comme tu vois.* »

Je sortis mon carnet, le feuilletai.

« *Tu écris ?*

— *Parfois.*

— *Des lettres ?*

— *Parfois.*

— *À ta fiancée ?* »

Je secouai la tête.

« *Ma fiancée, c'est toi.* »

Elle fronça les sourcils.

« *Ah non, alors !... Moi, c'est William que j'épouserai !* »

Voilà qui était clair.

« *Il me l'a promis...* »

Elle se leva, fit bouffer sa robe.

« *Quand je serai grande, et s'il ne meurt pas.* »

Je fermai mon carnet, le glissai dans ma poche de poitrine.

« *Bon choix*, approuvai-je. *Vous m'inviterez à votre mariage ?* »

Son sourire me fit du bien. Elle prit du recul, me regarda.

« *Tu sais que vous vous ressemblez ?* »

Je m'étonnai.

« *Vraiment ?* »

Elle se rapprocha, m'examina avec sérieux.

« *Vous avez les mêmes yeux* », dit-elle.

Je renversai la tête, regardai les étoiles.

« *Le même regard triste…* »

Quelque part dans les ténèbres, le chien solitaire s'était remis à aboyer. J'avais l'impression qu'à part moi – et la lune peut-être, moins indifférente qu'il n'y paraissait – personne ne se souciait de lui, personne n'entendait sa complainte.

« *Il est triste, le chien ?* »

Jacqueline grimpa sur mes genoux. Je me laissai faire de bonne grâce. Elle me chipa ma casquette, l'essaya.

« *C'est trop large*, fit-elle, déçue.

— *Tu veux voir la photo de mon papa, et de son magasin ?* »

À l'intérieur de mon portefeuille, je cherchai le cliché.

« *Il est triste, le chien, tu crois ?* »

Je tendis l'oreille.

« *Oui, il doit être très triste* », décidai-je.

Elle frissonna.

« *Peut-être que lui aussi, il a perdu son papa ?*

— *Peut-être, oui…* »

Un peu distraite, elle regardait la photographie prise trois ans plus tôt, devant l'épicerie. Mon père au centre, souriant ; Barney et Lucy sur le côté, très sérieux. Portant chapeau, mon père arborait son long tablier bleu. Barney, lui, avait sorti son meilleur gilet, celui des dimanches, avec les rayures grises. Pour l'occasion, il avait ciré ses moustaches. En trois ans, le cliché avait pâli. Mon père me l'avait envoyé à Londres, avec ses félicitations pour l'obtention de mon nouvel emploi.

Professeur, enfin. Il fallait fêter ça.

À l'époque, je prenais encore Beatrice pour ce qu'elle était vraiment. Malgré ses avances à peine déguisées, je ne la désirais pas. Mais un jour, par curiosité sans doute, elle avait lu mes poèmes. Étonné, j'avais alors baissé la garde et un instant, derrière les apparences qui jouaient contre elle, j'avais cru entrevoir une promesse. On paye toujours le prix de ses faiblesses, puis de ses erreurs. Il y a tant de bonheurs à perdre, sur cette terre. Peu importe qu'ils soient vrais ou faux.

CHAPITRE CINQ

« Mais non, pas comme ça... Tu confonds semer et enterrer, mon vieux. On est dans un cimetière, d'accord, mais si je te laisse faire, elles ne vont jamais germer. Donne-leur une chance. Tiens, regarde... »

Toujours aussi patient, William s'agenouilla à côté de moi, s'humecta l'index et, une à une, récupéra les petites graines.

« Pour les bisannuelles et les vivaces, c'est très simple, elles poussent toutes seules ou à peu près : il suffit de gratter la terre, surtout si elle est légèrement humide... »

Avec la pointe de sa baïonnette, il traça un mince sillon, juste derrière les delphiniums en fleur. Une brise tiède rôdait entre les tombes. De l'autre côté de la rue, un volet battait en grinçant le crépi lépreux d'une façade dont les fenêtres béaient sur le ciel. L'eau brune des trous d'obus se plissait de vaguelettes. Au bord de la chaussée, les pattes raides tendues au-dessus du caniveau, un cheval mort, déjà gonflé, achevait de dégoûter les amateurs de steaks.

Pour le rabiot, les mouches se montraient moins difficiles : seconde peau grouillante, mobile, tenace, elles butinaient les chairs pourrissantes à grand renfort de bourdonnements que même la déflagration ininterrompue des canons de huit pouces ne parvenait pas à couvrir. En première ligne, si on en souffrait plus, on les entendait moins. À l'arrière, l'air vibrait au son de leurs festins d'ordures et de cadavres. À choisir, beaucoup préféraient encore les rats, qui mangeaient en silence, volaient rarement sans le secours d'un obus, attendaient poliment que vous fussiez mort avant de visiter vos narines et, entre autres techniques utilisées, se chassaient à la baïonnette ou au manche de pioche, à l'affût comme au rabat. Pareilles en cela aux poux, les mouches, elles, résistaient à tout. Je plaignais d'avance les hommes qu'on désignerait pour évacuer cette charogne. Le soleil de midi rendrait la tâche ingrate.

Contre toute attente, il avait plu hier, vers la fin de la nuit. Les corvées de transport s'étaient terminées aux petites heures sous une violente averse d'été. Puisque capotes et toiles cirées étaient restées à la ferme Caubert, dans les paquetages et au fond des cantines, nos vareuses percées, froides et lourdes, dégageaient une odeur automnale de moisi et de boue remuée. Elles séchaient sur nos épaules. Derrière nous, par-dessus les échines des toits crevés et des charpentes mises à nu, le clocher de la basilique présentait au soleil sa longue pèlerine de brique effrangée aux angles par les impacts. Les tuiles mouillées fumaient dans la lumière tremblante de l'avant-midi. Jetés tels des écharpes autour des abat-son, les encadrements de pierre à rayures rouges et blanches donnaient à l'édifice les allures d'un Alhambra ruiné, déposé par erreur dans les rues d'une ville morte, à jamais maudite, dont nous n'étions que les visiteurs en transit, étrangers absolus, nomades indifférents, pressés de repartir vers d'autres horizons.

« Puis tu sèmes… Bien régulier… Tu y vas mollo… »

Par petites pincées, William libérait les semences, guidant leur chute entre le majeur et l'index tendus. Geste précis, minutieux : il me faisait songer à Mr Andrews, notre pharmacien, occupé à peser des poudres sur sa balance chromée.

« Surtout, ne sème pas trop serré. Sinon les tiges prennent de la hauteur et on dirait de la mauvaise herbe. D'ailleurs pour bien faire, ces fleurs-là, je devrais les semer en taches, pas en ligne. Comme les orpins, là… »

Au pied de la croix de bois, des touffes de verdure sombre entamaient la nudité de la terre tassée.

« Ils fleuriront quand ? »

William acheva de recouvrir son sillon.

« Les orpins ? À ton avis ? »

Il se redressa. Au fond de ma musette, j'avais emporté le traité à couverture jaune – histoire de pouvoir potasser entre deux inspections. Mais avant de l'ouvrir et d'avouer ma défaite, je voulais épuiser les ressources de la mémoire. C'était vexant. La page qui m'intéressait, je la voyais pourtant, avec ses tables chronologiques de semis et de floraisons. Les chiffres se mélangeaient, me narguaient.

« C'est toi qui les as plantés, non ?… », fit William.

Voilà, j'avais fini par me rappeler. Mais une sorte de tristesse gâtait mon plaisir. Une fois de plus, je devais constater que chez moi, l'intelligence des choses passerait toujours, peu ou prou, à travers les mots, les caractères imprimés. J'avais trouvé, en effet, la bonne ligne, la bonne case du bon tableau sur la bonne page – illustrée si possible de la bonne gravure. Bien sûr, depuis que le lieutenant Burrell nous avait suggéré d'entretenir les tombes des quelques gars du bataillon enterrés au cimetière communal d'Albert, j'avais accompli de notables progrès. Je ne confondais plus les tagètes et les soucis, par exemple. William m'aidait du mieux qu'il pouvait. Mais à l'instar de ces cuisiniers qui, à chaque repas, redécouvraient leurs plats pour le plaisir de gastronomes plus ou moins raffinés, les vrais jardiniers se passaient de traités. Jamais je ne parviendrais à cette connaissance harmonieuse à laquelle j'aspirais. Tout au plus pourrais-je un jour mettre en équation une infime partie de la nature et quelques schémas glanés dans des manuels.

« Entre août et octobre », dis-je enfin.

Prenant garde de marcher dessus, William avait fait le tour de la tombe, pesait des deux mains sur les branches de la croix, la redressait, l'enfonçait plus profond dans la terre encore meuble. Il acheva sa besogne à coups de bêche. Le fer de la lame sonnait clair sur le poteau de bois.

« Juste... Août et octobre. Tu as de la mémoire... »

Le casque rouillé retrouva sa place au sommet de la croix. Ainsi protégé, le bois blanc pourrissait moins vite. Vissée au croisement des branches, la petite plaque métallique résistait mieux aux intempéries. *James Street, 16 LF, 15216, 19-12-1915.* Un parcours de vingt-six ans résumé en trente caractères grossièrement poinçonnés. C'était peu, tout de même.

« À part ça, ne compte pas trop sur les bouquins, poursuivait William. Ce qu'on leur demande se cache souvent entre les lignes. À toi de remplir les blancs. Arrête-moi si je dis des conneries, mais depuis que l'homme gratte du papier, on a sûrement dû pondre des traités de poésie au quintal. Et malgré ça, il y a sûrement plus de mauvais poètes que de mauvais jardiniers. Pas vrai ? »

Il détacha une motte, l'émietta entre ses doigts.

« Ces fleurs..., dis-je. Rappelle-moi leur nom ? »

William se frotta les mains, les essuya avec une touffe de chiendent.

« Tu ne devrais pas l'oublier...

— Ah oui ?

— En français, on appelle ça des *œillets de poète.*

— Sans blague. Et en anglais ? »

Il récupéra son fusil accroché à une croix voisine, le mit à la bretelle.

« Ils fleuriront l'année prochaine. Après, ils seront épuisés, on pourra les retirer, ils ne donneront plus rien.

— L'an prochain, seulement ?

— Déjà, plutôt. Le monde ne s'est pas fait en un jour, mon vieux. Les fleurs non plus. La seule chose qui m'ennuie... »

Il s'interrompit, contempla les pointes de ses brodequins.

« C'est que nous ne serons plus là pour les bichonner. Et certainement plus là pour en replanter.

— Plus là ? »

Il leva la main, fronça les sourcils. Nous nous tûmes. À la basse pesante de notre artillerie, un sifflement strident arracha soudain une écharde sonore. Aussitôt, mus par l'instinct, nous nous allongeâmes de part et d'autre de la tombe, face contre terre. Les pouces sur les oreilles, j'ouvris la bouche et fermai les yeux. Le 105 brisant alla secouer le pâté de maisons en face.

La terre trembla, l'explosion effaça tout, les mouches firent silence. Puis quelques briques essaimèrent un peu partout dans le cimetière, cognant au vol croix et pierres tombales. Bruits de chutes, dégringolades... Quand le bourdonnement des insectes redevint audible par-dessus la canonnade, nous sûmes que le danger était passé. Imperturbable, l'artillerie continuait de tirer selon le rythme prescrit par l'état-major, en un crescendo que gommait à mesure la succession monotone des heures et des jours. Quand il atteindrait son apogée, ce serait à la piétaille d'entrer en scène, personne ne l'ignorait. Chaque départ d'obus rapprochait cette échéance.

« Plus là..., reprit William. Plus loin, ou alors... »

Il eut un geste désabusé, laissa sa phrase en suspens.

« En tout cas, les orpins, eux, ils tiendront le coup... »

Nous nous étions relevés. Il secoua la tête.

« S'il ne devait rester que cela de notre passage... »

À mon tour, je ramassai mon fusil, puis l'arrosoir et la binette que nous planquions dans un caveau voisin.

« Ce ne serait déjà pas mal », remarquai-je.

Depuis quelques instants, je le trouvais maussade.

« Tu le connaissais bien, Street ? »

Il me considéra d'un regard à la fois las et étonné.

« Si je le connaissais ? »

Un peu de terre lui collait au front. Il l'essuya.

« Drôle, que tu me poses cette question… À vrai dire, je ne sais pas trop. Difficile de répondre. Les vivants, on croit les connaître, bien ou mal. Mais les morts ? On ne connaît jamais les morts, Nickie. Jamais. Ils s'en vont avec les clefs des coffres qu'on n'a pas pris la peine d'ouvrir. C'est peut-être pour ça qu'on les regrette le plus ? Pour ça aussi qu'on se sent un peu coupable, un peu floué quand ils nous laissent tomber ? Mais oui, en un sens je le connaissais… Plutôt bien, même. »

De mon côté, j'avais vu son petit portrait bordé de noir sur la page du *Salford City Reporter* réservée aux exploits, faits et gestes, heurs et malheurs des quatre *pals battalions* parrainés par la ville. Le contraste appuyé et l'impression baveuse sur mauvais papier accentuaient le malaise : avec son col mou immaculé, sa cravate bien droite d'employé modèle, sa raie sage sur le côté et son visage lisse de garçon poli et distingué, le James Street de la gazette ressemblait si peu au matricule 15216 qu'il m'était arrivé de côtoyer en de multiples occasions, comme tant d'autres inconnus aux traits entre-temps devenus familiers – près d'une roulante, la gamelle de singe à la main, ou une caisse de cartouches sur le dos, pendant la énième corvée nocturne, ou jouant des coudes à la distribution des lettres et des colis, ailleurs encore…

« Tous dans la même merde, hein ? Vivement chez nous ! »

J'avais dû lui dire ça, je suppose. Ou lui répondre d'un sourire entendu. Je ne sais plus. Les morts vont vite.

En silence, nous gagnâmes la sortie à travers l'enchevêtrement de croix qu'était devenu le cimetière d'Albert. Puisque mur et portail n'existaient plus qu'à l'état de gravats éparpillés dans les herbes folles, nous aurions pu nous épargner ce petit détour. J'y voyais un dernier réflexe de civils, une bienséance dérisoire autant que gratuite. Jour après jour, les obus semblaient s'être acharnés sur les sépultures des bourgeois locaux, leurs stèles massives, leurs ferronneries ostentatoires, comme pour mieux railler une si vaine aspiration à la permanence. Dans ce qui avait dû être le carré des enfants, couché sur un monticule de terre retournée, un angelot joufflu pleurait des larmes de faïence et de rosée. Elles ne coulaient pas dans le même sens. Les vraies allaient se perdre dans la boue.

Je repoussai mon casque sur ma nuque et scrutai le sommet de la basilique. Sur la statue suspendue à angle droit, les vestiges de dorure ouvraient des plaies claires dans le métal noirci. Bientôt, la Vierge d'or d'Albert ne serait plus qu'un lointain souvenir d'avant-guerre, un sujet de carte postale jaunie pour historiographes indigènes.

« Elle a bougé, on dirait. »

William ne broncha pas, décrocha sa gourde.

« Elle tiendra, tu crois ? »

De ma part, ce n'était pas là une véritable question – juste une manière de renouer la conversation.

« Trop longtemps pour nous... », marmonna-t-il.

Il renversa la tête, but à longs traits, s'aspergea le visage. Il avait raison : sur le trajet du retour, nous croiserions un point d'eau. Nous pourrions en profiter pour faire le plein. En ces journées de grandes soifs, les pompes du génie ronronnaient du matin au soir. Envoyées par les unités de première ligne qui cuisaient à feu doux dans les tranchées peu profondes de l'avant, les corvées d'eau faisaient la file, harnachées de gourdes et de bidons en grappes qui leur donnaient l'air de plantureuses divinités crétoises.

« Je me demande d'où provient cette légende de la Vierge... Elle ne ressemble à aucune autre. Placer tout son espoir dans la chute d'une image, ça me paraît bizarre.

Pourquoi pas l'inverse ? Par exemple : tant que la statue se maintient là-haut, la guerre a une bonne chance de finir... Si par contre elle tombe... Ce serait plus naturel, non ? Un peu comme ces histoires de flammes sacrées, qui doivent continuer à brûler sous peine de grand malheur.

— Bah... La première fois qu'ils l'ont vue, nos gars ont dû se dire qu'elle ne tiendrait pas dix jours, cette statue. C'était plus un vœu pieux qu'un pari, si tu veux mon avis. On se rassure comme on peut. Mais dans un sens comme dans l'autre ça ne change pas grand-chose. Un obus bien placé, une charge de dynamite dans le socle – et hop, on n'en parle plus : envolée, ta Vierge. Quant à croire que la guerre finira du même coup, c'est beaucoup demander. Vois-tu, je me méfie des légendes qu'on peut truquer. C'est trop facile : il y a tromperie sur la marchandise.

— Un obus ? dis-je. Mouais. Faudrait tirer drôlement juste.

— Pour *eux*, ce n'est pas un problème...

— Et si l'obus venait de chez nous ? »

Il haussa les épaules, éclata d'un rire mauvais.

« N'y avais pas pensé, tiens... »

Une ombre passa dans son regard.

« Ce serait ça, le miracle... »

Tandis que, gourdes pleines, nous reprenions en sens inverse la route de Millencourt, William sembla retrouver un peu de sa bonne humeur. Après notre passage aux pompes, j'avais respecté son silence. À la sortie d'Albert, nous avions marché d'un bon pas, les yeux fixés sur l'horizon. La proximité des canons, leur ahurissante concentration, le battement assourdissant des tirs de quadrillage, les brusques déplacements d'air chaud et l'incessant va-et-vient des caissons attelés entre les pièces et les dépôts de munitions inhibaient toute velléité d'échange, inclinaient au fatalisme et à l'apathie. On se sentait si petit dans ce monde tout entier organisé autour de sa mécanique. Petit, inutile, négligeable.

Pour exister contre le vacarme, la parole exigeait alors un effort qui en soulignait la cruelle futilité. À quoi bon parler, en effet ? C'était déjà bien assez de vivre. Tous, nous connaissions ces moments de lucidité aiguë où soudain la réalité tombait le masque, où la complète disparition de l'avenir au profit d'un présent chichement compté nous dévoilait le vide vertigineux d'une existence précaire jusqu'à l'insupportable.

Cela vous prenait d'un coup, sans prévenir. Puis, l'habitude aidant, le train-train du front, ses menus incidents, ses horizons bouchés endormaient la peur une fois de plus, tuaient l'imagination et le respect de soi. Le jour passait, la semaine, le mois, l'année. On finissait par ne plus attendre que les repos et les permissions.

« J'ai relu ton recueil, hier soir », déclara William.

À Conway, au camp d'entraînement, je lui avais offert le dernier exemplaire de ma plaquette – dont le faible tirage assurait à brève échéance le statut de rareté pour bibliophiles.

« Vraiment, je préfère ce que tu écris maintenant.

— Ah ? J'aurais parié le contraire.

— Le contraire ?

— Que tu préférerais les poèmes du recueil... »

Les sourcils froncés, il attendait une explication. Avant de poursuivre, je pris le temps de la réflexion.

« Il y a beaucoup d'*elle*, dans les derniers textes.

— De son absence, tu veux dire ?

— Je ne sais pas si c'est le mot...

— Certaines absences prennent beaucoup de place. »

Elle ne les lirait jamais, ces poèmes. C'était sans doute mieux ainsi. Pour la beauté du son, je lui avais inventé une sœur jumelle : Berenice. Quant à Titus, j'avais eu l'intuition qu'il valait mieux le laisser au vestiaire, tant ce nom évoquait pour moi quelque bellâtre à péplum de satinette et couronne de lauriers en papier crépon.

« À mon avis, on parle bien de ce qu'on perd, remarqua William. Dans la vie, la parole a sans cesse une longueur de retard. Elle fait du neuf avec du déjà vieux... C'est normal, note, puisque tout fout le camp, toujours et tout le temps.

— Oui. Il faudrait pouvoir prendre de l'avance...

— Prendre de l'avance ? Faut voir ce que tu entends par là. Ce n'est pas sans risque. Parfois, ainsi, on court à la rencontre du train qui va nous écraser. Dans ce cas-là, on peut préférer la marche. Ou se tirer vite fait dans l'autre sens.

— Ou s'asseoir sur la voie et attendre, aussi.

— De toute façon, un jour, d'où qu'il vienne, le train nous rattrape. »

Vers l'ouest, le ciel s'étendait vaste et bleu, faufilé de longs cirrus blancs, altiers, immobiles. À pleins baquets, les rayons du soleil aspergeaient champs et pâtures d'une lumière liquide, chatoyante, qui chassait les ombres devant elle comme une écume, avivait au passage les jaunes, les marrons et les ocres avant d'aller se perdre dans la fraîcheur sombre des bois, sur les crêtes des collines.

« J'aurais cru que ça t'emmerderait, dis-je.

— Quoi ?

— Cette absence, cette présence... »

D'un coup de reins, il remonta son sac.

« Le deuil n'a rien de honteux. Il y en a de nobles – il y en a d'abjects aussi. Mais tant que ça fait de bons poèmes...

— Bons, c'est vite dit.

— Sincères, alors.

— Je préfère.

— Sincères, vécus, c'est des mots, tout ça... Ce qui compte, c'est qu'en les lisant d'autres que toi puissent les vivre comme s'ils les avaient écrits eux-mêmes. Le reste… »

Le ton s'était soudain durci. Il avait eu un geste un peu brusque, puis feint de fouiller une de ses poches. Quelque chose le préoccupait.

« Tiens, puisqu'on parle de vécu… »

Très haut, minuscule point noir perdu dans l'infini du ciel, un biplan d'observation bourdonnait avec l'entêtement stupide d'un insecte collé sur du papier tue-mouches.

« Le seul que je trouve mauvais – mais alors là très, très mauvais – c'est ton truc sur les Anges de Mons.

— *Talk of Angels*[1] ?

— C'est ça… Il sonne faux. Ou plutôt non, même pas faux : creux. Ça se veut drôle alors que c'est seulement mesquin.

— Léger, je veux bien. Mais mesquin ? fis-je, piqué.

— Si, si… Mesquin.

— Explique-toi.

— Ça crève pourtant les yeux. Tu juges, tu railles, bref tu te mets sur un piédestal… Le mépris qu'il y a là-dedans ! Si encore ça te ressemblait, je pourrais essayer de comprendre. »

Un instant, nous gardâmes le silence. J'éprouvais une gêne à la mesure de mes incertitudes. Les Anges de Mons… La présomption, la naïveté, l'exploitation criminelle des crédules… Sur le moment, la colère que j'avais éprouvée… L'idée du poème m'était venue dans le train de Salford. M'inspirant de quelques articles publiés par la presse populaire, j'avais pondu une épopée grotesque imitée de Dryden. Après quelques strophes, la composition s'en était vite avérée laborieuse, pour un résultat médiocre. J'aurais dû le détruire. Mais on s'attache parfois à ses ratés.

---

1. *À propos d'anges* (poème perdu).

« Tu n'étais pas à Mons, que je sache !

— Et alors ? Je parierais que les inventeurs de cette rumeur n'y étaient pas davantage que toi et moi... »

Il renifla bruyamment. Il avait l'air fâché.

« Ho ? Bill ? Tu ne vas pas me dire...

— Te dire quoi ? »

J'ôtai mon casque, m'essuyai le front d'un revers de manche. Sous l'enfilade des peupliers, la route blanche tremblait dans la chaleur. Affalés le long des fossés, une compagnie de Royal Fusiliers marquait la pause. Certains fumaient. Beaucoup somnolaient.

« Que tu y crois, à cette histoire d'anges ? » repris-je.

Il changea son fusil d'épaule, soupira.

« Je n'étais pas là... »

Pour un peu, il m'aurait inquiété.

« C'est tout ce que je dis », conclut-il.

L'amertume perçait dans sa voix. Distrait ou préoccupé, il gardait son casque vissé sur le crâne. La sueur lui dégoulinait dans le cou. De mon côté, n'y tenant plus, j'avais changé de coiffure. La visière de la casquette soulageait mes yeux fatigués, mais la nuque me cuisait. Midi approchait. Le biplan tournait toujours là-haut, cloué en plein soleil.

« Sinon, tu as raison. Je crois que j'aime mieux les poèmes où elle n'apparaît pas, ta Beatrice.

— Lesquels ?

— *Holland Park* est très bien. Entre autres.

— Malgré les amaryllis ?

— À cause des gardénias. Mais mon préféré, c'est *Behind the Hill*. Les images qu'il y a dedans. Sombres, lumineuses, enfin je me comprends. Même si justement, on ne pige pas tout, et tant mieux. Les gens qui prétendent tout piger sont les pires crétins que je connaisse. »

Aussitôt, d'une voix égale, il se mit à déclamer.

« *Behind the hill our future waits,*
Void to be filled with many fates ;

And still for us there's no prize there
Save dreams undreamt and things untold.
Behind the hill our lives unfold
On the cold bed of Age's gutter[1]. »

Je n'en revenais pas.

« Tu as lu toute la nuit, ou quoi ?

— Ça t'épate, hein ? »

Plutôt. Moi qui n'avais jamais été capable de citer correctement à la suite deux vers de Shakespeare.

« Pour la fin de cette strophe, j'hésite encore, dis-je.

— Ah ?

— J'ai pensé à une autre version. Quelque chose comme :

Behind the hill our eyes behold
The death of Hope in moving flares[2]. »

Je fermai les yeux. En plein midi, je revoyais devant moi la colline de Thiepval, ses pentes obscures, son profil nocturne auréolé de clarté lunaire, sa luisante chevelure de barbelés où s'accrochaient les lentes traînes des éclairantes. Et au-delà, sur l'autre versant, inaccessible, hors de portée, un autre monde, banal peut-être, banal sans doute, mais qui n'en défiait pas moins l'imagination.

Derrière nous, un grondement de moteurs annonçait le passage d'un convoi automobile. La route vibrait. Nous dégageâmes la chaussée et montâmes sur l'accotement.

« Je devrais dédier ce poème au lieutenant... », dis-je.

Il me lança un regard étonné.

« Au fond, l'idée vient de lui », précisai-je.

---

1. Derrière la colline notre avenir attend,
Les destins qui combleront son vide ;
Pour nous, là-bas, rien à gagner
Sinon des rêves jamais rêvés, des choses jamais dites.
Derrière la colline nos vies éclosent
Sur le lit froid des égouts du Temps. *(Trad. B. Dussert.)*

2. Derrière la colline nos yeux contemplent
L'espoir qui meurt en mouvantes lueurs. *(Trad. B. Dussert.)*

Le camion de tête arrivait. William ôta son casque, fit signe au conducteur de ralentir. Peinte au centre d'un disque blanc, une énorme croix rouge ornait le toit de la cabine.

« Des infirmiers ! cria William. Ça tombe bien : ils crèchent derrière la ferme, dans les prairies du Père Caubert. Amène-toi, Nickie. On va s'offrir le retour en ambulance ! »

Frappant d'une main la tôle de sa portière, le convoyeur nous invitait déjà à grimper en marche et balancer nos fusils à l'arrière.

« Debout et sur les marchepieds, ça me va ! criai-je.

— Surveille quand même tes poches ! RAMC[1] ! »

Je manquai de peu me faire écraser. Ma musette me gênait pour courir et surtout, j'avais oublié qu'ici on roulait à droite. D'un bond, William se hissa à côté du chauffeur tandis que le convoyeur m'attrapait par une bretelle.

Au lieu de nous vider les poches, les ambulanciers se disposaient à nous les remplir. Ils avaient écumé les dépôts de l'arrière-pays avant de rejoindre le front. Des boîtes de marmelade, des rations de corned-beef et des barres de chocolat traînaient sur le plancher, parmi les paquets de pansements et les flacons d'alcool médicinal. Par la fenêtre de la cabine, le convoyeur fit passer une bouteille de gin. C'était sa manière à lui de fêter son arrivée dans la Somme. Nous ne nous fîmes pas prier.

Le convoi roulait depuis trois jours. Il descendait d'Ypres. « Une saloperie de secteur pourri », affirmait le convoyeur, que l'arrivée proche mettait en veine de causette. Entre deux couinements de ressorts à lames et trois craquements de vitesses, nous apprîmes ainsi qu'avant la guerre il avait exercé le métier de taxi à

1. *Royal Army Medical Corps.* Par plaisanterie : *Rob All My Comrades* (je dépouille tous mes copains).

Birmingham, du côté de New Street. Puisque les chauffeurs de bahuts n'avaient pas réussi à former ensemble un bataillon distinct, il s'était engagé au service de santé. « C'est toujours un genre de taxi, non ? » Après une année complète dans les Flandres, il se réjouissait de découvrir la France où, à ce qu'on prétendait, les filles valaient le détour. Le conducteur, lui, souriait mais ne disait rien. Une alliance brillait à sa main gauche.

Solidement campé sur le marchepied, j'avais ôté ma casquette. Le vent me rafraîchissait les tempes. Nous traversâmes Millencourt. Encore invisible derrière un repli de terrain, la ferme Caubert nous attendait pour les dernières heures d'un repos qui, peu à peu, se transformait en compte à rebours. Malgré cela, pour la première fois depuis mon arrivée en Picardie, j'avais l'impression de rentrer à la maison. De l'autre côté de la cabine, William me souriait. Je lui rendis son sourire. Le chauffeur changea de vitesse, ralentit puis, au pied de la dernière côte, ouvrit enfin la bouche.

« Votre ferme, elle est encore loin ? »

William fit non de la tête.

« Droit devant, cria-t-il. Pouvez pas la manquer. Vos copains ont monté leurs tentes derrière, dans les pâtures. »

Le chauffeur donna des gaz. L'ambulance ahanait.

« Derrière la colline, alors ? »

Pour toute réponse, William opina.

Quand on poussait la porte, grossier assemblage de planches dont la plupart portaient encore, peints au pochoir, des fragments d'inscriptions déclinant leurs diverses provenances, vous sautait aux narines un air épais, rance, brouillé par la fumée des pipes et des cigarettes. Ce soir, l'atmosphère empestait aussi le créosol dont, après le bain collectif, l'intendance avait généreusement arrosé vareuses et pantalons dans l'espoir toujours vain d'exterminer les poux. Les soupiraux occultés de la vieille cave maintenaient au-dehors la lumière du soleil couchant. Malgré l'affluence, il régnait entre les murs nus une fraîcheur bienfaisante. Accrochée à la voûte blanchie de salpêtre, une lampe à pétrole brûlait tel un fanal perdu dans la brume d'un port.

À la suite de Bates, nous avions pénétré dans l'estaminet. Plusieurs unités cantonnées aux environs fréquentaient son enseigne. Avec autorité, le petit homme se frayait un passage entre les tables bondées et les groupes de buveurs. La bière coulait dans les verres, échauffait les gosiers avant les esprits. Faute de glacière, les exploitants la servaient à une température qui rappelait les ales du pays. Avec la bière, on buvait donc aussi de la nostalgie et on chantait pour la combattre ou mieux s'en saouler. Nous avions atteint le centre de la salle quand un grand diable de Royal Fusilier monta sur un banc et attaqua un refrain fort apprécié : à certains moments connus de tous, le chœur s'interrompait et chacun était prié de frapper la table ou le plancher dans un ensemble parfait.

« Cassidy, Private Michael Cassidy
He's of the Irish nationality
He's a lad of wonderful audacity,
Private Michael Cassidy...
(Chahut général.)
... V.C.[1] *! ! ! »*

Bates avait gueulé avec les autres. Moins fort, je l'avais imité. Evans nous rejoignit. Il ne restait plus de place

1. Cassidy, soldat Michael Cassidy
De nationalité irlandaise
Un type d'une audace incroyable
Soldat Michael Cassidy... Croix de Victoria ! ! !

qu'au bar, terme impropre pour désigner le bricolage de planches et de tréteaux qui barrait le fond de la salle et l'entrée du cellier. Un dragon femelle en tablier bleu y officiait, débouchant les bouteilles à tour de bras qu'elle avait musclés et passablement velus. Ses deux filles évoluaient dans la salle comble, transportant en sus des boissons des rondeurs qu'on pouvait frôler avec tout sauf les mains, sous peine de se prendre illico un aller et retour sonore.

L'aînée semblait particulièrement experte en cet exercice, à tel point que dans les verres posés sur son plateau, la bière tremblait à peine lorsque partait la gifle. Moins adroite, la cadette l'imitait de son mieux – quand on les ouvrait, il y avait juste un peu trop de mousse dans les canettes. Comme aucune des deux ne comprenait un traître mot d'anglais, les paris allaient bon train quant à l'usage qu'elles faisaient des sous-vêtements. Car la plupart des tommies vivaient dans la certitude que les Françaises entretenaient avec la lingerie intime les mêmes rapports que les Écossais. Les plus dégourdis – ou les plus vantards – se targuaient d'avoir vérifié.

Pour simplifier les transactions, nous avions fait pot commun – et donc crédit à Bates qui, fidèle à ses principes d'économie domestique, se trouvait une fois de plus sans un rond. Élu trésorier à la majorité moins une voix – la sienne –, Evans déposa un billet sur le comptoir et je commandai la bière. Le cerbère tire-bouchon fit disparaître l'argent sous son tablier, puis remplit sans piper mot des verres malpropres qui, dans une vie antérieure, avaient dû servir de bocaux à confitures ou à cornichons.

« Alors comme ça, Salter, paraît que tu crois aux anges ? »

Bates m'adressa un clin d'œil. Si j'en avais douté, les oreilles du bonhomme ne lui servaient pas qu'à ranger mes cigarettes. Tout à l'heure, tandis que nous graissions nos fusils après l'exercice – une fois de plus, la prise et la reprise de la même tranchée, en suivant les bandes de papier qui balisaient nos progressions méthodiques et au pas –, le sujet était revenu sur le tapis entre William et moi. Mon amour-propre avait revu ses prétentions à la baisse. En gros, j'avais reconnu la validité de ses objections – pour le style du moins.

« Faut voir ce que tu entends par là », grommela-t-il.

Dans la cave, les chœurs s'étaient éparpillés, puis éteints, pour faire place aux exclamations des joueurs de cartes. On pouvait causer presque normalement.

« Qu'en pensent les catholiques ? », fit Bates, taquin.

Evans haussa les épaules.

« Les catholiques t'emmerdent. »

Il descendit sa bière d'un trait, cul sec. La vieille le resservit aussitôt. Nous avions payé pour la soirée. Prix de groupe. Elle ne perdait pas au change.

« Moi, déclara Bates, sentencieux, les anges, la seule question que je me pose à leur sujet… »

L'aînée des filles passa derrière lui, son plateau chargé rasant les briques de la voûte. Il la suivit un instant des yeux.

« C'est si oui ou non ils ont une culotte ! »

À son tour, il leva son verre.

« Ça vous intéresse tant que ça, les anges ? »

Bates sursauta, avala une gorgée de travers. Intrigué, je tournai la tête. L'homme qui avait parlé se tenait à ma droite, perché sur une caisse et accoudé au bar. La planche pliait sous son poids. Il avait tout entendu.

« C'est beaucoup dire, répondis-je. Pourquoi ?

— Oh, comme ça… »

Sa patte d'épaule portait l'insigne de cuivre des Royal Fusiliers. Avec un tel accent cockney, rien de surprenant.

« Ça t'intéresse, toi, les anges ? s'enquit Bates.

— Moi, non. Mais mon copain, oui. Faut dire qu'il les a vus de près. Si du moins on croit ce qu'il dit.

— Ah bon ? Et il est où, ton copain ? »

L'homme s'écarta. À sa droite, les bras croisés sur le comptoir, la tête sur les bras et la casquette de guingois sur la tête, un vieux caporal roupillait. De la mousse séchait sur sa moustache. Une bouteille vide lui tenait compagnie.

« C'est un *vieux méprisable*[1], dit l'homme. Il a fait Mons, Le Cateau, la Crête d'Aubers… Avant qu'on ne le verse chez nous, il était du 4e.

— Sont pas tous morts, ceux-là ?

— Pas tous, pour sûr. Mais lui, il picole. Ça conserve. Même si c'est mauvais pour le grade : il est devenu deux fois sergent, trois fois caporal. Et c'est pas fini. »

Sans autre forme de procès, il empoigna le vieux soldat et lui secoua l'épaule. La casquette glissa. Sa tête grise roula de gauche et de droite.

« Réveille-toi, Eddie. Ces messieurs te demandent. »

Grognant et pestant à mi-voix, l'autre ouvrit un œil.

« Fous-moi la paix, Charlie… Ou alors file-moi une bière. »

Le nommé Charlie nous interrogea du regard. Evans comprenait vite : il fit un signe à la patronne, qui déposa devant nous une bouteille d'un litre. Aussitôt, le caporal ouvrit un deuxième œil, son regard s'alluma, il redressa un buste où brillaient deux décorations et cracha par terre.

« Qu'est-ce qu'ils me veulent, les bleus ? »

D'autorité, Charlie avait rempli les verres en commençant par le sien. Il gardait à la main celui de son copain.

« Ils s'intéressent aux anges, Eddie. »

Le vieux soldat guigna le verre, puis nous examina l'un après l'autre, avec une méfiance non dissimulée.

« Des Lancashires ! On les a pas beaucoup vus quand ça bardait, ceux-là. À Mons, à part nous et les Middlesex… »

1. *Old contemptible* : surnom ironique adopté par les réguliers anglais de 1914, suite à la déclaration de Guillaume II (« une méprisable petite armée… »).

D'autres buveurs formaient cercle autour de nous. Dans la cave, le brouhaha baissait de volume. Un auditoire improvisé se constituait. Eddie n'en ignorait rien, j'en aurais mis la main au feu et je me fis la réflexion qu'il ne devait pas en être à son coup d'essai. Il lâcha un rot majestueux, essuya sa moustache, décolla son derrière de la caisse sur laquelle il était assis, posa ses deux mains devant lui, à plat sur le comptoir.

« Mons, donc... Ha ! Vous voulez savoir comment ça s'est passé, hein, bande de lopettes ? »

Les rires qui fusèrent semblèrent lui suffire.

« Alors donnez-moi mon verre ! Fait soif, ici... »

Goguenard, Charlie s'exécuta.

« Bon... Par où je commence ? »

La question le préoccupait. Il en oubliait de boire, regardait la lampe comme s'il en attendait d'autres lumières que celle, avare, dont les reflets animaient son verre plein.

« À ce moment-là, commença enfin Eddie, l'armée anglaise, ça voulait encore dire quelque chose. Y avait pas de mauviettes dans les rangs : on était tous des pros. Tenez, moi, comme vous me voyez là, j'ai cassé du mahdiste et du Boer avec le vieux Kitch'. Sont avec nous, maintenant, mais ça n'a rien à voir. Où j'en étais ?...

— Tous des pros..., souffla un grand rouquin.

— Ah, oui, des pros. On savait se battre, quoi. Au fusil, personne ne nous arrivait à la cheville. Quinze pruneaux dans une cible, en une minute, qu'on mettait ! Avec trois clips de cinq cartouches. Essayez voir, petits rigolos... Nous, on démontait un *smelly* [1] dans le noir et on le remontait les mains dans le dos ! Ouais... ça, c'était une armée... Même les cuisiniers tiraient mieux que des amateurs dans votre genre... »

Il porta le verre à ses lèvres, y trempa sa moustache.

1. *Puant.* Désignation plaisante du fusil Lee-Enfield SMLE.

« Ça, une armée ? Laissez-moi rire ! Des boy-scouts, oui ! »

Des murmures agacés s'élevèrent dans l'assemblée, mais personne n'osa l'interrompre.

« Bref, à Mons, on avait pris position derrière un canal. On devait défendre une saloperie de pont de chemin de fer. Les Middlesex couvraient notre droite. Dans notre dos, y avait un petit patelin où perchait l'état-major du bataillon : Nimy, qu'il s'appelait. De Mons, on voyait juste une sorte de grand clocher sans église, entre les noisetiers de la berge. Un beffroi, je crois. Mais on n'avait pas trop le temps de se retourner pour zieuter le paysage, parce qu'en face les Jerries se pointaient, et ils ne venaient pas pour prendre le thé... »

J'avais la gorge sèche. Dans mon verre, la bière s'éventait.

« Ce qu'il y en avait, bon Dieu ! Ça déboulait de partout. À croire qu'ils avaient laissé en Allemagne un concierge pour faire la bouffe à Guillaume, et que tous les autres nous tombaient sur le paletot... Ils attaquaient en masses, par vagues, comme une horde de Zoulous. Jamais vu un truc pareil. Pour ça, rien à dire, des couilles, ils en avaient... Du coup, y avait pas trente-six solutions : on n'a pas pris le temps de viser, on a tiré dans le tas, en feu rapide. On déchargeait nos flingues plus vite qu'au stand, à devenir sourdingues. On marchait sur les douilles, et ça schlinguait la cordite à ne plus savoir respirer. Mais on avait beau remettre des clips dans nos chargeurs et les vider aussi sec, il en arrivait toujours, des Jerries. À la longue, on avait l'impression de descendre les mêmes, toujours les mêmes. Fallait les tuer deux fois. Paraît qu'ils ont cru qu'on avait des mitrailleuses...

— Vous n'en aviez pas ?

— Tu parles, qu'on en avait... Une seule ! Elle tirait depuis le pont. Les servants étaient tous morts ou esquintés, alors le lieutenant les a remplacés, avec Godley, un copain à moi.

— Godley ? Celui qui a eu la *Victoria Cross* [1] ?

— Lui-même, ouais. Ils l'ont eue tous les deux, la V.C. Mais les Jerries les ont eus aussi, alors à choisir, moi… »

Il se retourna, récupéra la bouteille sur le comptoir, se versa un nouveau verre.

« Ils étaient trop nombreux. Malgré la mitrailleuse, ils ont franchi le pont. Le lieutenant a été tué, Godley s'est fait choper – ils étaient restés jusqu'au bout, pour nous couvrir. On a commencé à reculer. C'était pas de la tarte, je vous le garantis ! Les berges étaient plates et y avait pas beaucoup d'arbres. Vous voyez le topo : pas moyen de s'embusquer, pas le temps de creuser des trous. Alors on courait comme des dératés, puis on faisait face. Ran ! Dix pruneaux sur les Jerries, puis salut la compagnie… Courir, s'arrêter, tirer ; courir, s'arrêter, tirer… À force, les lignes se sont mêlées, les artilleurs faisaient le coup de feu avec nous. Ça pétait de tous les côtés. On avait perdu presque tous nos officiers…

— La déculottée, quoi ! », plaisanta Bates.

Le regard perdu au fond de son verre, Eddie ignora sa remarque. Il secoua la tête.

« On avait atteint les premières maisons de Nimy, quand je me suis fait avoir. Par-derrière. Une balle a ricoché contre un mur. Je l'ai prise dans le poignet gauche. »

Du doigt, il indiqua l'endroit. On admira la cicatrice.

« Alors je me suis dit : mon vieux Eddie, tu as fait plus que ta part, faut trouver du secours. C'est pas en saignant comme un cochon que tu vas te rendre utile. Bref le moment était venu de dégager. J'ai coupé à travers une

---

1. Croix de Victoria – en abrégé : V.C. La plus haute distinction militaire britannique, décernée en nombre restreint, selon des critères extrêmement stricts.

prairie, mais je n'y voyais plus bien : j'ai trébuché sur le fil d'une clôture... »

Sans se retourner, il attrapa une canette sur le comptoir, fit sauter le bouchon de porcelaine. L'air absent, Evans sortit un nouveau billet. La tenancière le happa au vol.

« C'était pas bien brillant... J'étais couché dans l'herbe au milieu des bouses. Des copains blessés passaient en traînant la patte. J'avais l'impression qu'ils ne me voyaient pas. Des 77 éclataient devant. Et on n'allait pas tarder à ramasser sur la cafetière nos propres obus. Alors je me suis dit que mon compte était bon. Ils nous avaient foutu la raclée, y avait pas à sortir de là. Et si ça continuait, on allait tous y rester... »

Cette fois, Eddie tenait l'auditoire à sa merci. Les regards brillaient. Beaucoup de cigarettes s'étaient éteintes. Les pipes charbonnaient. À peine entendait-on encore, de temps en temps, l'annonce d'un des joueurs de cartes.

Dans la salle, les deux filles évoluaient entre les tables avec davantage d'aisance et de liberté – car on n'arrêtait pas de boire, Eddie moins que les autres.

« J'en avais marre. J'étais crevé. Quand j'ai été sûr que pour moi, la cause était entendue, je me suis couché sur le dos, j'ai attendu, et alors... »

Il respira profondément, ferma les yeux. La lumière jaune de la lampe délayait le teint rouge de ses joues.

« Alors je les ai vus. »

Personne ne demanda « qui ? » Tout le monde savait.

« Je les ai vus, oui. Pas tout de suite... D'abord, le ciel s'est comme ouvert, les nuages se sont écartés. Je vais vous dire : si j'avais pas eu la trouille de ma vie, j'aurais trouvé ça beau. Au milieu, une brèche aveuglante jetait de la lumière, une lumière qui... Je ne sais pas, moi... Une lumière qui ressemblait à de la musique. C'est tout à fait ça, oui : de la musique. Pourtant je n'entendais rien, juste le vent qui soufflait dans les herbes et les feuilles des noisetiers… Tout le reste s'était tu, canons, fusils. En face, les Jerries avaient dû s'arrêter, on n'en voyait plus la queue d'un. Mais je ne les ai pas cherchés longtemps. C'était là-haut que les choses se passaient… Oui, là-haut. Je les ai vus… Je les ai vus comme je vous vois. »

J'avalai une gorgée de bière. Elle était tiède et plate.

« Ils glissaient lentement par-dessus les nuages. La lumière qui m'éblouissait venait de leurs cuirasses. Elles étincelaient, oh, elles étincelaient… De vrais petits soleils. Dessous, ils portaient de longues aubes blanches, immaculées. Ils ne bougeaient pas, comme les statues dans les églises. Ils flottaient au-dessus du canal, dans un silence écrasant. J'avais l'impression que leurs mains nous bénissaient, nous faisaient signe d'approcher. Certains brandissaient des épées de feu… »

Les yeux exorbités, Eddie fixait la lampe à pétrole. Pour lui, nous n'étions plus là.

« Ils ne bougeaient pas, pourtant ils avançaient. Leurs longues ailes blanches rayonnaient. Moi, je crevais de frousse, j'aurais pissé dans mon froc. J'allais mourir, ils venaient me chercher, je ne voulais pas. Pourtant je n'arrivais pas à me relever pour fuir. J'étais cloué là, impuissant. J'aurais voulu crier, appeler à l'aide. Mais rien… Aucun son ne sortait de ma gorge. Et eux, ils avançaient, ils avançaient… »

Il avala sa salive, porta la main gauche à son cou.

« Alors, d'un coup, j'ai compris… J'ai compris qu'ils ne me voulaient aucun mal. La lumière s'est adoucie, est devenue plus belle encore. Puis l'un d'eux m'a souri, a posé un doigt sur ses lèvres. Ils étaient à la fois très loin et très près, c'était à n'y rien comprendre. Ils bougeaient, ils ne bougeaient pas… J'ai mis ma main devant mes yeux, je me suis agenouillé puis, enfin, j'ai réussi à me hisser sur mes guibolles. Mon poignet ne saignait plus, je n'avais pas mal. Là-dessus, un des anges a levé la main : je pouvais y aller. Il ne me chassait pas, non. Je pouvais y aller… Mon tour n'était pas venu. Son regard était doux, très doux…

« Alors j'ai laissé là mon fusil, mon paquetage, et je suis parti vers l'église de Nimy, en me guidant sur le clocher. Des maisons brûlaient dans le village. Je n'osais pas me retourner. Ils étaient là, je sentais leur présence silencieuse. J'ai marché comme cela pendant des miles. D'abord seul, puis avec des copains. On ne parlait pas. Il me semblait impossible qu'ils n'aient rien vu. Sur la route de Mons, j'ai dû perdre connaissance. Les copains m'ont ramené dans nos lignes. Enfin, je suppose. Car je me suis réveillé sous une tente, quelque part au sud de la ville, dans un poste du RAMC… »

Il renversa la canette, suivit du regard les dernières gouttes de bière qui s'écrasaient sur le sol de terre battue. J'avais oublié l'heure. Faisait-il nuit ou encore jour ? Je n'en avais pas la moindre idée.

« On m'a bandé le poignet, fait boire un gin, collé un nouveau fusil entre les pattes et j'ai marché comme ça avec les autres jusqu'à la Marne, en passant par Le Cateau… »

Un instant, le vieux caporal me dévisagea.

« Dans les journaux, ils ont prétendu que les anges avaient arrêté les Jerries, qu'ils étaient venus à notre secours. C'est des conneries. Ils n'étaient pas venus pour ça… Non… »

Une porte claqua, des pas résonnèrent. Des hommes descendaient l'escalier de la cave.

« Ils étaient venus pour tout autre chose… Pour emmener des types… Les faire passer de… de l'autre côté ! »

Il tira une caisse à lui, s'assit lourdement dessus.

« Un jour ils viendront pour moi, j'en suis sûr maintenant… À Mons, on a pris rendez-vous… »

Quelqu'un toussa. Je me retournai. La silhouette du sergent Daniels se découpait dans l'entrée.

« Ils viendront pour vous aussi… Pour vous tous… »

Au hasard, son doigt tendu désignait l'un, puis l'autre. Le grand rouquin devint tout pâle. Derrière nous, les pieds des bancs raclaient la terre, des hommes se levaient. On fermait. Nous n'avions pas vu le temps passer. Les paupières lourdes, Eddie terminait son soliloque.

« L'heure est proche, maintenant… »

Il leva la main, tendit l'oreille.

« Très proche… Vous entendez les canons ? »

Machinalement, plusieurs hommes opinèrent.

Mais plus personne ne l'écoutait vraiment.

« Quand ils se tairont… »

Sa tête retomba contre sa poitrine.

« L'heure sera venue… »

Charlie lui toucha l'épaule. Il sursauta, le considéra d'un regard apeuré, presque enfantin.

« Allez, Eddie, on y va. »

Obéissant, le vieux se leva. Charlie récupéra sa casquette, qui était tombée par terre, la lui remit sur le crâne. Il nous sourit, comme pour l'excuser. Nous les laissâmes partir.

« On ferme, Messieurs ! », fit le sergent Daniels.

Comme il détestait élever la voix, il avait attendu, montre en main, que la salle se vidât d'elle-même. Accroché à l'épaule de son camarade, Eddie passa devant lui.

« Ça, un sergent ? marmonna-t-il. Si c'est vrai, je suis corbeau à la Tour de Londres… »

Daniels ne broncha pas, ordonna au piquet d'évacuer les derniers ivrognes.

« C'est pas un sergent, c'est un esthète », murmura Bates.

L'intéressé avait d'aussi bonnes oreilles que l'Australien.

« Mettons que l'esthète n'ait rien entendu, Mr Bates.

— Vraiment rien ?

— Je ne vous suis pas… »

Bates prit une cigarette dans ma poche, l'alluma.

« Ben, cette histoire d'anges ? »

Le sergent haussa les sourcils, sortit un paquet de cigarettes égyptiennes. Bates lui présenta une allumette.

« Théologiquement suspect..., dit-il en soufflant devant lui un rond de fumée. Narrativement convaincant.

— Oui mais, sans déconner ? », reprit Bates.

Le sergent eut l'air de réfléchir.

« Je ne sais pas, Bates. Pour ma part, je préfère les anges au petit format. Décorativement s'entend. On en fait de charmants putti. Pour le reste, je suis sans opinion... »

Un jeune caporal lui confirma que tout était en ordre et qu'on pouvait évacuer les lieux. Sur les tables, les trois femmes récupéraient déjà les verres et les cadavres de bouteilles.

« Quant à espérer de leur part une prochaine intervention en notre faveur..., continua Daniels. Eh bien, même si l'idée a de quoi séduire, elle ne me paraît pas réaliste à court terme. Croyez bien que j'en suis désolé. »

Dehors, une nuit profonde pesait sur la campagne L'artillerie y allumait des éclairs de chaleur. À l'ouest, un mince rai rose séparait encore la terre et le ciel. Le sergent avait pris les devants. En file indienne, nous nous engageâmes à sa suite dans la rue principale du village. On n'y voyait goutte. Presque malgré moi, je pressai le pas. Avec l'obscurité revenaient toutes les vieilles peurs, celles de l'enfance, des monstres sournois dissimulés derrière les portes ou tapis le long du chemin dans l'épaisseur des buissons.

« Hé... Parsons... Attends-moi... »

Quelqu'un essayait de me rattraper. Je ralentis l'allure. Une tache blanche émergea des ténèbres. Je reconnus le visage d'Evans. Il paraissait tendu, épuisé, hors d'haleine.

« Eh bien, dis-je. Ça ne va pas ? »

Il cligna des yeux, secoua la tête. Des perles de sueur coulaient sur son front. Il avait couru.

« C'est l'histoire du vieux, qui te met dans cet état ? »

Il haussa les épaules.

« Peut-être… », murmura-t-il entre ses dents.

Du coude, je lui administrai dans les côtes une bourrade amicale. Un sourire misérable passa sur ses lèvres.

« J'ai la trouille, Parsons. »

Je m'arrêtai, hochai la tête.

« Moi aussi, Evans. Tout le monde a les foies.

— Et puis…

— Et puis ? »

Il baissa les yeux.

« Je… »

Sa voix s'étrangla.

Il releva la tête, me dévisagea.

« Parsons ?

— Oui ?

— On ne va pas mourir, hein ?… »

J'aurais dû lui sourire. Il ne me demandait rien d'autre. Je n'y parvenais pas. Il soupira, ôta sa casquette, la recoiffa.

« Excuse-moi… », fit-il.

Nous arrivions au calvaire, à la sortie du village. Après la fourche, une voie charretière menait à la ferme Caubert.

« Pas de quoi, mon vieux. »

Sous la croix, le groupe nous avait attendus. Une silhouette s'en détacha, vint à notre rencontre. Je reconnus la démarche chaloupée de Bates, sa taille modeste et, surtout, le point rouge de son éternel mégot.

« Alors, vous contez fleurette, ou quoi ? »

Le point rouge disparut. Un juron partit.

« T'as pas une dernière cibiche, Parsons ? »

En tout et pour tout, il m'en restait deux. Je décidai de les lui donner séance tenante. Car le pressentiment m'était venu que bientôt, les échanges ne seraient plus de saison.

« Merci. T'es une mère pour moi. »

Aussitôt, une allumette craqua.

« Eh ben, Evans, t'en tires une tronche ! », s'esclaffa-t-il.

L'allumette s'éteignit. Il aspira la fumée avec volupté.

« C'est la bière qui ne passe pas ? Ou c'est le vieux cinglé ? »

Evans demeurait muet. Bates éclata de rire.

« Celui-là, il peut se vanter de nous avoir blousés ! »

Je voulais bien le croire. Car au bout de ses doigts, sous la flamme jaune de l'allumette, la cigarette avait tremblé.

« Eh, Parsons ? »

Soudain, Bates chuchotait. Ce n'était pas son genre.

« C'est quoi, son histoire de *puttee*[1], au sergent ? »

Je n'eus pas le loisir de lui répondre. Un peu plus loin, Daniels s'impatientait.

« Allons messieurs ! Ne traînons pas. À moins que vous ne vouliez finir la nuit chez les *red caps* ?

— À cette heure, ils pioncent, les cochons ! railla Bates.

— Avec les canons, ça m'étonnerait, observa William.

— C'est vrai, qu'on les entend jusqu'à Douvres ? fit Evans.

— J'irais volontiers, pour vérifier », remarqua le sergent.

Nous reprîmes le chemin de la ferme. Vers l'est, un brasillement d'explosions brèves clignotait au fond de la nuit. Des lueurs fantasmagoriques frôlaient le plafond bas des nuages. Là-bas, sous la pluie métallique, des hommes se terraient, dormaient, veillaient, rêvaient, priaient, espéraient peut-être. S'ils portaient en eux les mêmes peurs que les nôtres, ils ne portaient pas les mêmes uniformes. Pour l'heure, cela suffisait à les condamner. Ce soir la mort passait chez eux. Mais notre tour viendrait de

1. Mot anglais : bande molletière.

l'héberger. Très bientôt, maintenant. Nous allions lui mâcher la besogne. En escaladant les échelles, en franchissant les parapets de nos tranchées, nous marcherions à sa rencontre.

Malgré la partie de quilles célestes qui continuait à ébranler les campagnes, la ferme Caubert semblait endormie. Sous la porte charretière brûlait la lanterne bleue du poste de garde. En l'absence du piquet, Gallagher l'occupait seul, fort heureusement pour lui, car le local exigu avait servi avant-guerre de remise à outils et de niche à chien. Avant de regagner la grange pour une dernière nuit de sommeil digne de ce nom, je résolus de passer voir le lieutenant. Depuis ma désignation, j'avais pris mon rôle d'ordonnance très au sérieux. Il aurait peut-être un dernier service à me demander. Dans le cas contraire, je lui souhaiterais le bonsoir. Surtout, j'avais envie d'entendre l'andante mélancolique de *La Jeune Fille et la Mort*. Pourquoi ? Je n'aurais su le dire.

La porte du corps de logis couina sur ses gonds. Personne ne somnolait à côté du poêle éteint. Dans sa cage, le canari dormait. Le fauteuil voltaire était vide. Le Père Caubert devait être couché avec ses poules. Quant à ses brus, elles avaient dû se retirer dans leurs chambres, à l'étage. Seuls les fils veillaient, engoncés dans leurs vieux uniformes de pioupious à grosses épaulettes, derrière les verres des trois cadres qui pendaient aux murs. Deux d'entre eux étaient déjà tombés pour la France, le premier en Champagne, le deuxième à Verdun – le père de Jacqueline. Je m'approchai, examinai le portrait de plus près. Sous les traits figés, un peu flous, aucune ressemblance ne me frappa.

De la lumière suintait par-dessous la porte de la buanderie. Le gramophone tournait. Assourdie par le battant, une voix crachotante roucoulait un air léger, sirupeux. S'il avait poussé la chansonnette à l'intérieur de son quinquet, le génie d'Aladin aurait obtenu un résultat presque meilleur.

Heavy the sorrow that bows the head
When love is alive and hope is dead[1]...

Très vite, je reconnus une ballade tirée de *HMS Pinafore*, dont le lieutenant Caton-Jones passait et repassait le premier acte chaque fois qu'il avait cinq minutes de libres et aucun partenaire pour un bridge. Le disque était usé. Avant d'entrer, je frappai. En l'absence de réponse, je poussai la porte. Assis sur son lit de camp, sa vareuse déboutonnée mais néanmoins impeccable comme le reste de son uniforme coupé sur mesure chez un tailleur d'Oxford Street, le lieutenant Caton-Jones tournait les pages d'une revue illustrée.

« Bonsoir, mon lieutenant. »

Caton-Jones ne leva pas le nez, toussa.

« On ne salue plus ? »

Je claquai des talons, bombai la poitrine et portai la main droite à la visière de ma casquette.

« Repos. »

L'air éternellement las, le lieutenant Caton-Jones trouvait l'existence assommante et n'en faisait pas mystère. De son propre aveu, il s'était engagé par curiosité et, plus que tout, désirait en découdre avec des adversaires plus coriaces que les renards du domaine paternel. Chez lui, le courage trouvait dans un ennui profond matière à se renouveler.

« Vous cherchez le lieutenant Burrell, j'imagine ?

— Oui, mon lieutenant. »

Dans un cendrier, il récupéra son fume-cigarette.

« Vous devrez attendre. Après le briefing, il est allé se promener en première ligne. Tout à fait son genre. »

Caton-Jones cachait mal son mépris envers un officier si

---

1. Lourd le chagrin qui fait baisser la tête
Quand l'amour vit et quand l'espoir est mort...

peu soucieux de sa prestance et de sa classe, auquel la tyrannie du scrupule valait tant de mauvaises nuits. Qu'il lût Kant de préférence au *Daily Sketch*, plutôt que de passer pour un raffinement de bon ton, constituait selon lui une idiosyncrasie supplémentaire, indigne d'un homme d'action.

À l'approche de l'offensive, j'étais sûr que Burrell était allé reconnaître notre futur secteur – ce qu'il avait déjà fait, à n'en pas douter, plus que de nécessaire. Caton-Jones, lui, voyait dans le dilettantisme la véritable noblesse du guerrier, l'attitude confiante et détachée qui seyait aux êtres naturellement supérieurs. En d'autres mots, il estimait le professionnalisme au-dessous de sa condition.

« Puis-je disposer, mon lieutenant ? »

Il me chassa d'un geste. Avant de sortir, dans une boîte où Burrell m'autorisait à ranger quelques effets personnels, je pris deux feuilles de papier et une enveloppe.

« Que faites-vous ? »

Surpris, je me retournai. Il me fixait d'un regard hautain, où la sévérité masquait mal une foncière indifférence.

« Vous ne tenez pas un journal, j'espère ? »

C'était donc ça. Pour les hommes de troupe, consigner au jour le jour les réflexions que leur inspirait la vie palpitante des tranchées formait une infraction punie par le règlement. Plutôt laxiste sur le chapitre de la discipline, Caton-Jones ne sévissait jamais que lorsqu'il croyait découvrir chez ses subordonnés la moindre trace de faiblesse.

Écrire en faisait partie.

« Juste une lettre à rédiger, mon lieutenant. »

Mais il avait déjà rouvert sa revue, faisait mine de chercher une page. Pressé de changer d'air, je saluai et pris congé dans les règles de l'art militaire – ou du moins ce qui en tenait lieu dans un bataillon de service.

Quand je refermai la porte, un énergique chœur de femmes saluait l'entrée en scène du Premier lord de l'Amirauté.

Over the bright blue sea
Comes Sir Joseph Porter, KCB,
Wherever he may go
Bang-bang the loud nine-pounders go[1] *!*

À en juger d'après la vive cadence des départs d'obus, le puissant personnage devait avoir mis pied à terre en baie de Somme et visiter le secteur. Le pilonnage montait d'un cran. Jusque-là silencieuses, de nouvelles batteries ouvraient maintenant le feu du côté de Martinsart. Tous calibres confondus.

Sur le poêle éteint, le couvercle de la cafetière vide tremblait avec un petit bruit sec.

Je traversai la cour abandonnée. Tout à l'heure, j'avais glissé dans une poche de ma vareuse le traité à couverture jaune. Il me servirait de lutrin. Comme siège, un des bouteroues de l'entrée ferait l'affaire. Et la lanterne sourde du poste de garde éclairerait ma page.

Tandis que je franchissais la porte, je saluai Gallagher. Installé au milieu des faux et des râteaux, il s'était aménagé avec des caisses et quelques brassées de paille sèche un coin presque confortable. En l'absence du sergent, probablement appelé ailleurs, il surveillait pour la forme les allées et venues proscrites par le couvre-feu. Mais mon statut de privilégié me mettait à l'abri d'un fort improbable excès de zèle.

Je n'eus guère le temps de m'asseoir. Un ronron de machine à coudre remontait la route. Un phare jaune

1. Sur la mer claire et bleue
Voici venir Sir Joseph Porter, chevalier de l'ordre du Bain
Où qu'il aille
Boum-boum ! les gros canons de neuf pouces tonnent !

apparut au sommet de la côte. Quelques secondes plus tard, une motocyclette stoppait devant l'entrée. L'homme assis derrière l'estafette bondit à terre et la congédia sur un bref salut. Il défroissa ensuite les basques de son imperméable et recoiffa sa casquette. La moto redémarra en sens inverse, disparut.

« Bonsoir, mon lieutenant ! »

Sous la porte, un fracas d'objets divers m'apprit que Gallagher procédait à un réaménagement précipité de son cagibi.

« Bonsoir, Parsons. Pas encore couché ? Vous m'attendiez ?

— À vrai dire non, mon lieutenant.

— Vous me rassurez. Une lettre à écrire ? »

L'enveloppe m'avait échappé des mains, était tombée dans l'herbe. Plus prompt, Burrell se pencha, la ramassa et me la tendit. Avec un empressement un peu trop marqué, je l'empochai. Avant même mon arrivée en France, j'avais inscrit dessus, à l'encre bleue, le nom et l'adresse de la destinataire. Burrell souriait. Je me demandai s'il avait lu, et compris. Quoi qu'il en fût, il affichait une bonne humeur inattendue.

« Je ne suis pas censé vous le dire, mais... Avez-vous vu le lieutenant Caton-Jones ?

— Oui, mon lieutenant.

— Il devait tirer une drôle de tête, non ? »

J'hésitai.

« On peut dire ça, en effet.

— Pour le grand jour, nous ne serons pas de la première vague. Ceci explique cela. Mais gardez-le pour vous, d'accord ?

— Comptez sur moi, mon lieutenant. »

Il s'étira, s'adossa contre le mur.

« Nous assurons le soutien du *1st Pals* et des *Tyneside Commercials*. Ce sera dur pour eux. Pour nous aussi, contrairement à ce que pensent Caton et la majorité des collègues. Ils sont persuadés que l'artillerie aura tout nettoyé devant nous. J'aimerais pouvoir le croire. Si j'ai bien compris, on interdirait même aux hommes de courir... L'armée britannique sort en ligne et au pas, comme à l'exercice. Ça va leur rappeler les bataillons de Wellington. À ce propos, je serais curieux de savoir s'il se tenait au milieu de ses carrés... »

Il ne riait plus. Une série de puissantes déflagrations nous fit tourner la tête. Mais le ciel nocturne offrait son habituel spectacle, s'illuminait par en dessous des mêmes lueurs vagues, blanches, fugaces.

« Artillerie sur voie ferrée, commenta Burrell. Ils se déplacent de nuit. Et dire que le pilonnage proprement dit commence seulement dans quatre jours. Imaginez un peu ce que ça va donner. Après, ce sera à nous de jouer... »

Il se redressa.

« Je reviens de *là-bas*. Il ne fait pas bon y traîner. »

Il s'interrompit, me regarda, voulut me dire quelque chose, puis se ravisa, décolla son dos du mur.

« Souvenez-vous de l'ordre que je vous ai donné. »

D'un pas lent, il s'éloigna.

« Écrivez donc cette lettre, Parsons... »

Sous la lanterne, il s'arrêta.

« C'est le moment, croyez-moi. »

Un bref instant, ses pas résonnèrent sous la voûte. Je l'entendis qui souhaitait le bonsoir à Gallagher.

Quand il eut disparu, avalé par les ténèbres de la cour, j'eus soudain le sentiment d'être le dernier veilleur sur cette terre. Aucune angoisse n'accompagnait cette révélation. Là-bas, dans les campagnes désertes, les canons lourds tiraient tout seuls, obéissant aux lois obscures et immémoriales d'un univers où la race humaine s'était éteinte depuis longtemps sans laisser aucune trace sinon ses armes, sa formidable industrie de destruction. Inexorable et lente, la mécanique continuait de tourner à vide, son créateur absent. Il n'y avait pourtant plus personne à tuer. Sauf moi, peut-être ?

J'humectai la pointe de mon crayon et me mis à écrire.

Si tu reçois cette lettre, c'est que je serai mort. Elle sera donc doublement posthume, car la Beatrice que j'ai aimée n'a pas vécu longtemps. Quant à celle qui lui survit, je n'ai plus grand-chose à lui dire.

Une bonne fois pour toutes, j'ai cessé de chercher une réponse aux « pourquoi » dont tu as pourri mon existence. Cette réponse, toi seule la connais.

Une seule chose est sûre : je n'avais que du rêve à partager. Sans doute en fallait-il davantage pour te satisfaire et te retenir...

Il m'a fallu du temps pour le comprendre, mais tu fais partie de ces gens qui veulent « vivre beaucoup » parce qu'ils ne savent pas enchanter le quotidien. L'ennui est leur pire ennemi. Souvent, ce sont donc ceux-là qui veulent « aimer beaucoup » parce qu'ils ont moins de cœur qu'ils ne le voudraient. Mais à force d'effleurer le monde et les gens, ils changent en toc tout ce qu'ils touchent. La profondeur les effraie, ils ont peur de s'y perdre. Ce sont les rois Midas de la légèreté. Ils confondent amour et désir de plaire. Toute fidélité leur paraît une cage ; la passion de l'autre, une volonté de possession. Quand ils aiment, c'est sur convocation.

On les plaindrait volontiers s'ils pouvaient souffrir seuls de leur malédiction. Tel n'est pas le cas. Bien au contraire, ils ne gagnent ou ne perdent leurs combats contre eux-mêmes qu'aux dépens de ceux qui, imprudemment, les ont aimés – les seuls sans doute qui ne peuvent leur en vouloir, quand cela les sauverait.

T'aimer fut mon erreur.

Non, je ne t'en veux pas d'être des leurs. Tu as choisi ton camp – car on choisit toujours, même la fuite. Dommage qu'un moment tu aies douté de ton choix. Ce doute, ou ce mensonge, j'ai fini de le payer puisque tu lis ces lignes. De toute façon, n'étais-je pas, déjà, un peu mort ? Pour autant, je ne te hais pas. Je tenais à ce que tu le saches.

Mais que trouveras-tu au bout de ta fuite, Beatrice ?

Et entre-temps, combien de rêves briseras-tu ?

Je ne sais pas. Toi non plus sans doute. Aussi, je crains fort que tu ne fasses encore beaucoup de dégâts. Les naïfs dans mon genre ne manquent pas. Mais peut-être comprendras-tu un jour qu'on ne donne rien tant qu'on ne se donne pas, et que la liberté pour elle-même est un fruit sec. Tu sauras alors ce qu'aimer veut dire.

C'est tout le mal que je te souhaite. Cela valait bien une lettre.

Pour moi, il sera trop tard.

Je t'ai aimée, Beatrice. Ce n'était pas qu'un mot. Et même si c'en était un, il faut parfois leur faire confiance. Faire confiance à ceux qui les écrivent.

À travers la mince feuille de papier, sur la couverture toilée du traité, la pointe de mon crayon trébuchait dans les ornières du titre imprimé en creux. Je signai au bas de la lettre. Une grande lassitude m'était venue. J'avais tant de choses à dire mais, j'en étais sûr, si peu d'écoute et de compréhension à espérer – même après ma mort.

« On ne peut pas discuter, avec toi. »

Oui, décidément, je m'étais trompé. Le naturel des papillons, c'est de papillonner. Quoi qu'ils en disent et quoi qu'ils prétendent.

Je renonçai à me relire, pliai la feuille en quatre puis la glissai dans l'enveloppe, que je scellai. Je sortis les trois autres, leur ajoutai la quatrième et enliassai le tout avec une ficelle. Ensuite, je vérifiai que la poche ne contenait aucun autre objet, y replaçai le petit paquet de lettres et la boutonnai. J'étais paré, maintenant.

Ce qui devait arriver arriverait.

Avant de regagner ma paillasse dans la grange, je me souvins que j'avais oublié de vérifier un détail. Et justement, le traité que je tenais à la main devait contenir la réponse que je cherchais. Je l'ouvris et parcourus l'abondante table des matières. Bisannuelles... Voilà... *Cf. p. 158-165.* Une gravure illustrait la variété qui m'intéressait.

« Œillet de poète », avait-il dit.

Dans son genre, la version anglaise valait bien la française.

« Dianthus barbatus : *sweet william.* »

Un sourire aux lèvres, je refermai le volume.

Ça ne s'inventait pas, des choses pareilles.

Quand à mon tour je passai sous la porte, Gallagher somnolait déjà, la joue appuyée contre le canon de son fusil. Une trace d'huile lui maculait la tempe. La lanterne jetait un voile bleu sur son visage serein, apaisé. Ses rêves avaient peut-être la même couleur. Les miens étaient noirs comme une robe.

Qu'avais-je fait de cette photo ?

Thiepval, Somme, jeudi 1er juillet 1948

Après la montée du village – ce n'est certes pas le Tourmalet, la route s'élève en ligne presque droite, néanmoins je dois toujours abattre les derniers mètres en danseuse –, la brève descente vers Saint-Pierre me permet de reprendre haleine. Je profiterais bien de mon élan, trois ou quatre coups de pédale suffiraient pour filer d'une traite jusqu'au cimetière mais, en sueur comme je suis, je risquerais de prendre froid et Jacqueline ne manquerait pas de me faire une scène. Depuis quelque temps, elle s'inquiète pour ma santé. Après tout, puisqu'il faut en croire l'état civil, j'ai quand même cinquante-six ans. Alors à regret, je réprime mon envie de vieux gosse et je serre doucement les freins de la bicyclette.

Derrière moi, sous leurs faux airs d'indifférence, le Monstre et l'église de Thiepval observent mon crochet en direction des bois. Tous deux savent très bien que je m'éloigne pour mieux revenir. Ce n'est pas qu'ils s'émeuvent, non : on ne leur échappe pas si facilement. De toute façon, j'ai renoncé à leur fausser compagnie – à supposer que j'aie jamais voulu. De leur part, c'est juste un rappel à l'ordre : vois, nous sommes toujours là.

La route recommence à grimper, me voici parvenu à

destination. À gauche, le cimetière de Connaught ; à droite, invisible derrière la croupe rebondie du champ de seigle – on aperçoit juste la croix du sacrifice et quelques cimes d'arbres par-dessus les épis –, celui de Mill Road. Entre les deux, la distance qui séparait des nôtres les lignes allemandes. Un peu plus loin, bien visible à la ronde, la Tour d'Ulster dresse en plein vent sa silhouette de donjon triste. Le soir, elle semble sortie tout droit d'un gros roman de Walter Scott. Ici, au milieu de nulle part, il faut parfois faire un effort pour se rappeler qu'on est en France. Surtout quand, comme à cette heure, aucun fermier ne remonte les sentiers agricoles entre les champs et les cimetières, et que seule une brise errante court à travers la campagne.

Je dépose mon vélo contre un des pilastres de l'entrée puis, après m'être épongé le front avec mon mouchoir, je soulève la chaîne de bronze et foule l'herbe de la pelouse. Machinalement, je me penche, éprouve de la paume la sécheresse du gazon. Plus de peur que de mal : en profondeur, la terre a su préserver assez d'humidité. Les pelouses tiendront le coup sans arrosage jusqu'à la prochaine averse. Le seul endroit où elles poussent encore malgré le faible ensoleillement, c'est Lancashire Dump, à cause de la proximité du bois. Mais celles-là, Raymond les a tondues hier. Parfait.

J'ôte ma casquette puis, d'un pas décidé, me dirige vers la rangée de tombes qui m'intéresse : la quatrième. Déjà, d'un seul coup d'œil, j'ai pu évaluer avec précision l'état général des plantations. Toutes semblent avoir supporté la chaleur sans dommage apparent.

La pierre, on la repère de loin parmi les autres, grâce à la grande Croix de Victoria gravée en son milieu. À cette heure tardive, la lumière déclinante du soleil l'éclaire de biais, et donne au calcaire si rugueux un étonnant grain doux, rond, presque doré. Je m'approche doucement, comme si j'avais peur de réveiller quelqu'un. L'an dernier, j'ai fait retailler l'ensemble des inscriptions, et je m'en félicite : sur la V.C., on peut à nouveau lire la minuscule devise – FOR VALOUR[1]. *De même pour l'épitaphe que son père a fait porter au bas de la stèle : deux vers extraits du recueil posthume, dont la présence en ce lieu détourne un peu le sens.*

COME THE LONG NIGHT OF LOST LOVE,
ERE MORNING WHEN WE MEET AGAIN[2].

Il m'a fallu du temps pour réaliser que c'étaient là les deux dernières lignes d'un de ses acrostiches. (Les critiques, paraît-il, qualifient maintenant ces poèmes de « pré-brightoniens ».)

« Bonsoir, vieux camarade. »

J'ai parlé à haute voix. C'est plus fort que moi, je le fais chaque fois. Et chaque fois, même quand il pleuvine, je m'assieds en tailleur dans l'herbe, je pose une main sur la pierre, je souris et je ne fais rien. Je regarde le ciel, les nuages qui voguent vers l'Angleterre ou ailleurs, les ombres qui jouent sur les blés mûrs ou les prés labourés. Parfois, des gosses venus du village passent sur leurs vélos, freinent dans la descente et s'arrêtent à ma hauteur :

« 'jour, m'sieur Sale-Terre ! Vous allez bien ? »

Eux, du moins, ne s'étonnent pas de me trouver là sans sarcloir ni râteau. Qu'on puisse bavarder avec les morts, qu'on vienne leur tenir compagnie, ils trouvent la chose presque normale. De plus, tous me connaissent, ils sont habitués. Pour leur rendre justice, leurs parents non plus ne se formalisent pas. À leurs yeux, je ne passe pas encore pour un vieux fou. Malgré mon léger accent, je fais preuve de retenue et de bon sens quand je discute avec eux sur le parvis de l'église, ou quand j'accepte de boire une bière en leur compagnie à l'auberge du pont. Et puis, derrière mon dos,

1. Pour le courage.
2. Vienne la longue nuit des amours perdues
Avant le matin de nos retrouvailles. *(Trad. B. Dussert.)*

Jacqueline ne rate pas une occasion de leur expliquer mes lubies. Elle perd son temps, à mon avis. Car pour les gens du coin, qu'une fille aussi sensée qu'elle ait pu choisir de partager ma vie constitue, en soi, le meilleur des certificats.

Surtout, ils croient savoir ce que j'ai vécu. N'ont-ils pas tous un père, un oncle ou un cousin qui y est resté ? Pas ici mais à Verdun, au Chemin des Dames, aux Éparges, ailleurs encore – pour eux le choix est vaste. Si vaste qu'en dessous d'Amiens les Français nous ont oubliés. Parmi ceux qui en sont revenus, peu bavardent, même entre eux. Les autres, au contraire, ne parlent que de ça. En guise d'hommage, quand nous vidons ensemble une bonne bouteille, certains m'avouent parfois qu'à notre place, « si ça s'était passé chez vous, franchement, je ne sais pas si sous les obus, j'aurais été à dix mètres de Lancashire près ! » Je ne trouve rien à leur répondre. Simplement, j'ai envie de leur dire que je suis devenu français – même s'ils ne comprennent pas cette décision. Pour eux, quoi que je fasse, je serai toujours « l'Angliche », quelqu'un de différent.

Au pied de la tombe, j'ai planté des « pluies de feu », un type de saxifragacée qui, les bonnes années, fleurit jusqu'en septembre. Leur couleur d'un rouge profond me plaît, et la discrétion de leurs clochettes excuse leur hauteur. Les fleurs balancent dans la plus petite brise d'été, caressent les pierres sans les salir.

Avant de me relever, je sors mon couteau de poche et, avec la pointe, gratte une fiente d'oiseau logée dans la barre du A *de* PARSONS. *Voilà, c'est mieux ainsi. Quand je me hisse sur mes jambes, mon genou gauche émet un craquement sinistre. Le rhumatisme qui remet ça. Encore un souvenir de la boue d'alors.*

« Au revoir, vieux frère. Je reviendrai après-demain. »

Histoire d'aérer les plates-bandes. Ainsi, l'humidité du soir descendra plus profond, les plantes en profiteront mieux.

Avant de quitter l'enclos, je vais saluer Evans et ce

casse-pieds de Bates – mais au fond je l'aimais bien. Avec Nigel, on les a ramenés tous les trois du bois de Thiepval, pendant les concentrations et le nettoyage du paysage autour du Monstre. Dans ce cimetière bourré d'Ulstermen, Evans doit être le seul catholique. Je suppose que ça ne pose plus problème – ou alors c'est à désespérer de tout. Gallagher, lui, a disparu sans laisser de trace. Comme le caporal Berryman, le lieutenant Caton-Jones et tant d'autres encore dont on peut lire les noms sur les entrailles du Monstre. Pourtant, ils sont peut-être couchés ici, tout près, parmi les inconnus qui fournissent un bon tiers de l'effectif du Connaught Cemetery. Quant au lieutenant Burrell, il repose très loin de ses hommes, à Étaples, près de la mer, dans un immense champ de mort au portique solennel, dont le vent du large n'émeut pas les grands drapeaux de pierre. Les tombes y sont réparties par salles d'hôpital – officiers d'un côté, soldats de l'autre. Une fois par an, je fais une exception à ma règle, je prends le train et j'y vais. Jacqueline m'accompagne – et maintenant Pierre. La ligne longe la Canche. Avant Étaples, le train traverse la plaine humide du Bull Ring – de sinistre mémoire –, et on voit le cimetière tout blanc, comme un lotissement neuf dans les dunes. Après notre visite, nous poussons jusqu'au Touquet ou Stella-Plage. Nous y descendons les artères commerçantes, marchons dans les pinèdes ou sur les grèves de sable blanc. Debout les pieds dans l'eau, à la limite des vagues, Pierre me demande si c'est loin, l'Angleterre.

Rien à faire, chaque fois que je sors d'ici, je n'ose pas me retourner. J'ai l'impression de me défiler, de les abandonner à leur solitude. Lui surtout, évidemment. Puis je me dis que c'est inévitable. Et que je reviendrai. Tant que je pourrai. Je leur dois bien ça.

Derrière le cimetière, les rayons du soleil s'égarent entre les branches des grands chênes, ricochent de fût en fût. L'heure approche où ils renonceront à leurs incursions.

Bientôt le bois leur fermera ses portes jusqu'au lendemain. La fraîcheur tombe déjà.

Un coup d'œil au bracelet-montre de Nigel me convainc qu'il est temps d'y aller. Il ne faudrait pas que Jacqueline rate son dîner à cause de moi. J'irai jusqu'à Mill Road une autre fois. Mais avant de rentrer, il me reste un lieu à visiter. Le soleil rougit à l'horizon. Un chien aboie dans le couchant. C'est le moment.

Je recoiffe ma casquette et enfourche mon vélo. Au sommet de la côte, le village m'attend. La façade blanche d'une maison éclate dans les rayons qui frappent à l'horizontale. Je me dresse sur les pédales. La chaîne grince un peu, il faudra songer à la graisser.

Derrière moi, une petite fenêtre jaune s'est allumée en haut de la Tour d'Ulster. Elle brûlera toute la nuit.

DEUXIÈME PARTIE

Now far at last from Shepherd's Bush,
And sad memories of Brighton's Prom,
Here I'm waiting for the Big Push
And oblivion of a kingdom
That was to come and came to naught.

Nicholas Parry, *Before Going*
Dug Out Poems, 2nd edition 1922

Enfin, loin de Shepherd's Bush,
De Brighton et sa triste promenade,
J'attends ici la Grande Offensive
Et l'oubli d'un royaume
Qui devait venir et ne vint pas.

Nicholas Parry, *Avant d'y aller*
Poèmes retrouvés, 2e éd. 1922
(trad. Barthélemy Dussert)

CHAPITRE SIX

Nous n'avions pas atteint nos positions que déjà, il fallait crier pour s'entendre, hurler pour se comprendre. Mais chacun savait ce qu'il avait à faire. Les officiers avaient passé les consignes. Pour le reste, l'artillerie donnait le ton. D'un coup, notre sortie à l'air libre avait changé le battement sourd, presque régulier d'un cœur gigantesque au fond de la terre en ce déferlement irrésistible de matière retournée à l'état sauvage, cette frénésie barbare de sons et de lumières.

Je n'avais pas regardé mon bracelet-montre. En nous la curiosité s'était éteinte. Seul subsistait, pour quelques secondes encore – à peine le temps de soulever nos sacs et nos fusils –, le vague souvenir qu'il y avait ici un boulot à accomplir, que nous étions venus pour cela et que, Dieu merci, ce serait bientôt fini. Puisqu'il n'existait ni échappatoire ni recul possible, le plus tôt serait le mieux. Après, on verrait. Après, ce serait peut-être une virée entre copains à Calais ou Amiens – une première perme à Salford, pourquoi pas ?

Mais pour l'heure, *après* n'était qu'une fiction, une vue de l'esprit. Tandis que nous marchions, la réalité du monde s'arrêtait aux miles de tranchées à parcourir dans le noir, aux monstrueux coups de boutoir des tirs dont les vibrations sourdes pesaient sur les poitrines et, surtout, à cette fatigue qui tantôt berçait l'anxiété des hommes, tantôt l'exacerbait. Depuis que la compagnie avait laissé derrière elle les abris de Black Horse et quitté les rives de l'Ancre, chacun, vaille que vaille, tâchait de suivre la silhouette qui le précédait à travers les boyaux encombrés de troupes et de matériel.

En pleine nuit, ce n'était pas une mince affaire. Fourches et carrefours abondaient au long d'un dédale de voies dont les noms, souvent calqués sur des rues existantes, semblaient avoir été choisis pour confondre ceux qui, au pays, connaissaient les modèles originaux. Comme si cela ne suffisait pas, certaines tranchées étaient réservées au trafic des mules (on s'en apercevait vite avec force jurons), d'autres n'admettaient de circulation qu'en sens unique (jamais celui qu'on supposait a priori) et enfin, il y avait encore des culs-de-sac dédiés aux usages les plus divers (du dépôt de pelles au central téléphonique, en passant bien sûr par les feuillées).

Pour compléter le tableau, nous étions chargés comme des baudets. Rations et munitions lestaient les sacs d'ordinaire déjà bien garnis. En outre, chacun portait en double bandoulière cent cartouches de complément, et dans ses poches des grenades à stocker sur place une fois l'objectif pris – puisqu'il serait pris, aucune huile n'en doutait, on nous avait même précisé l'horaire à respecter. L'une d'elles froissait le paquet de lettres dans ma poche gauche.

De toute façon, si j'avais eu quelque chose à dire, de l'ordre du commentaire ou de la diversion – faute d'un vocabulaire approprié, rien d'autre ne se concevait –, mes oreilles m'en auraient aussitôt dissuadé. La densité inouïe des sons, leur puissance démultipliée saturaient le vacarme à un point tel qu'il crevait tous les plafonds connus, atteignait le niveau absurdement constant d'un silence parfait, mais inversé : trop de bruit annulait les bruits. Ou devenais-je sourd ?

La parole vous rentrait dans la bouche avant même que vous puissiez l'ouvrir. À force d'esquiver les obus, de fuir en tous sens malmené par les explosions, déchiré par les trajectoires et brûlé par les départs, l'air raréfié, presque solide se ramassait sur lui-même, pressait les tympans avec une violence accrue. Par moments, la douleur devenait si aiguë que je serrais les paupières et me figeais sur place. Seules les bourrades de William, dans mon dos, parvenaient alors à me faire repartir, poser un pied devant l'autre, rattraper Evans.

Pour autant, je ne paniquais pas. Au fil des minutes, la cadence venait. Evans marchait d'un pas mécanique. Mal accroché, son masque à gaz de réserve ballottait contre son épaule. Il priait tout haut, à pleine voix, insoucieux du tapage. Je ne m'en étais rendu compte qu'à l'orée du bois.

Au-dessus de nos têtes, la nuit avait pris feu. Les fusées s'entrecroisaient, dansaient, mouraient au bout de leurs vols de lucioles. Mais plus bas, l'obscurité régnait sans partage. À peine tolérait-elle quelques reflets furtifs sur le métal des casques et des fils barbelés. Quand nous avions traversé Authuille en flammes, le monde avait un instant repris forme et couleur. Il s'était vite éteint à l'entrée du bois. Le 16e Lancashire Fusiliers – 2e Salford Pals – gagnait ses positions de départ sans tambour ni trompette, dans l'anonymat presque total d'un paysage évanoui, inexistant.

Dans le bois, un brouillard épais accrochait ses basques aux fûts éclatés des grands arbres, bouchait les échappées et s'irisait de brefs halos jaunâtres selon qu'un obus tombait ou non dans les environs. Derrière les hachures des troncs, le no man's land s'illuminait de grands aplats blêmes, aux reflets de phosphore. Tout autour de nous, le monde se dissolvait en ténèbres et fulgurances, visages entr'aperçus puis gommés. Le reste n'était que cris, vociférations, plaintes, hurlements mêlés d'hommes et de projectiles, coups de massues formidables assenés à la terre, vibrations, colères, hoquets, secousses et tremblements... L'artillerie déchaînée plantait ses pieux d'acier au fond de l'enfer.

Rien ne semblait devoir dévier notre route, notre progression têtue vers la gueule ardente du grand fourneau. Nous marchions vers la lumière, devant, toujours devant. Soudain, je revis Salford, les longues soirées d'été dans l'arrière-cour de l'entrepôt quand mon père, Barney et Mr Glover goûtaient religieusement un vieux porto remonté de la cave, en appréciaient la robe rubis à la flamme du quinquet posé sur la table ronde. En marge de la fête, j'avais droit moi aussi à un petit verre. Mais plus que le vin, les moustiques me fascinaient, leur ballet empressé contre le manchon de verre, puis leur fin rapide, grésillante, incompréhensible au cœur de cette lumière qu'ils avaient tant désirée.

À la faveur de brèves rémissions, on percevait à travers le tumulte un cri clair, un ordre sec, les sabots d'une mule affolée contre le bois d'une passerelle ou le rire dément d'un homme dont les nerfs lâchaient.

« On demande un officier devant !... »

La file ralentissait. Evans s'immobilisa. Je donnai du casque contre la lame de sa pelle.

« On demande un officier devant !... »

Le coureur descendait French Street en bousculant la colonne montante. Puisque personne ne le voyait, personne ne s'écartait.

« On demande un officier devant !... »

Brusquement, une volée de petits calibres éclata tout près, sur la gauche, en cascade. Je tournai la tête. Un instant, le visage du coureur sortit de l'ombre, je vis sa bouche noire, ouverte sur une parole absente.

Presque au même moment, une vive lueur effaça la forme d'Evans, je me sentis soulevé de terre, perdis mon casque, allai buter contre William qui me suivait. Un souffle brûlant me cingla le visage, me plaqua contre la paroi de la tranchée. Un objet dur – manche de pioche ou crosse de fusil – me cogna la joue droite.

« On demande un officier devant ! On demande… »

Ce cri, l'entendais-je ou résonnait-il dans ma tête ? Impossible de savoir. J'étais tombé. Je ne voyais plus rien sinon des cercles et des croissants de couleur par centaines de milliers. Empêtré dans les sangles de mon équipement, la bretelle de mon fusil et mes deux cartouchières de réserve, cloué à terre par le poids de mon sac, je n'arrivais pas à me relever.

Après un temps qui me parut infini, deux masques cireux, énormes, surgirent de l'obscurité. Evans et William. L'air inquiet, ils criaient mais je n'entendais rien.

« … va ?… »

Ou alors des bribes de phrases.

« … un officier devant ! On… »

Qui se mélangeaient.

« … ckie … va ? »

« … devant !… »

Deux mains fermes m'agrippèrent sous les aisselles. Je me sentis hissé. Bourrée d'ouate, la tête me tournait. Mon casque flottait en l'air à la hauteur de mes yeux. Une paire de mains blanches me l'enfonça sur le crâne, tapa dessus pour s'assurer qu'il tenait bien. Puis on remit en place mes cartouchières défaites. Je me laissais faire. Des bruits confus surnageaient dans la bouillie sonore qui coulait autour de moi sans m'atteindre, sans percer la bulle de silence dans laquelle j'étouffais. Je serrai les dents, remuai mes bras engourdis. L'apathie refluait. Vers l'avant, j'entendis un type qui criait de peur ou de douleur. Un type, ou plusieurs ?

Plusieurs.

Un déclic se fit. L'ouïe revenait. Sur le coup, j'eus l'impression de sortir la tête de l'eau.

« Ça va, Nickie ? »

La voix de William. Oui, l'ouïe était revenue.

« Faut avancer », bredouillai-je, toujours groggy.

Je n'entendais pas ma propre voix, et pour cause. Poussant des hurlements sauvages, une meute de 77 saccageait les alentours, arrachait, brisait sur son passage les dernières ramures d'un bois de Thiepval squelettique, transformé en alignement de troncs nus, presque abstraits. Les éclats en bout de course allaient tinter sur les casques, les bidons, les cantines. Puis les sifflements s'essoufflaient, aussitôt relayés par de nouvelles explosions.

« Potter est mort ! », brailla quelqu'un.

La marche avait repris. Aiguillonné par la hantise du prochain obus, chacun forçait l'allure. French Street essuyait un tir d'enfilade. Flairant le coup fourré, Jerry avait décidé de prendre les devants et, pour gêner nos mouvements, arrosait les voies de communication. Un de ses obus était tombé sur le peloton qui nous précédait. Nous approchions du cratère.

Même percée d'éclairs, la nuit estompait l'atrocité du spectacle. Les flancs du boyau s'étaient éboulés, ensevelissant dans leur chute des hommes que leurs camarades se hâtaient de dégager à la pelle, au risque de les blesser s'ils n'étaient pas déjà morts. Partout, on trébuchait sur des débris de caisses, des claies arrachées, des planches de caillebotis, d'autres objets plus mous, auxquels on redoutait de donner un nom.

« Brancardier !... Par ici !... Brancardier !... »

Ça s'agitait de tous les côtés. Debout, sans arme ni équipement, un grand type tâtonnait à la ronde. Une fusée dévoila son visage ruisselant de sang, ses mains brûlées auxquelles manquaient des doigts, puis il disparut. La vague était passée. Les obus tombaient maintenant derrière le bois, suivant un axe qui semblait prendre la direction d'Authuille.

L'obscurité, la pagaille rapprochaient hommes et

officiers. À l'autorité visible et codifiée des grades succédait celle, plus diffuse, des caractères. Les deux n'allaient pas obligatoirement de pair. Faute d'ordres, la panique couvait très vite sous la cendre de volontés depuis trop longtemps brisées par le poids de la discipline. À nouveau, la colonne s'était immobilisée. Venus de partout, les bruits, les cris et les paroles fondaient sur moi. Chacun réclamait son dû. Là-dedans, je n'arrivais pas à faire le tri.

« Poussez pas, là-derrière !

— Avancez ! Avancez !

— Il faut déplacer ce tronc ! J'ai besoin de volontaires !

— Potter ! Potter a été tué !

— Vous, vous, vous, et vous ! Avec moi !

— Qui ?

— Potter ! Le gars de Pendlebury.

— Lieutenant Burrell ! Le capitaine vous demande !

— Mais avancez, quoi !

— Oui ! Vous, là !...

— Putain de wombat !

— Non, pas comme ça. À mon ordre...

— Le gars du charbonnage ? T'es sûr ?

— À la une... !

— *Hail Mary, full of grace*[1]...

— À la deux... !

— Potter ? Ben merde alors.

— Brancardier ! Par ici !... Brancardier !...

— Qui ?

— Sais pas.

— Moi non plus.

— Y a des morts ?

— *The Lord is with Thee*...

— Avancez ! Ne bloquez pas ce sacré boyau !

— À la trois ! *Go !*

1. Je vous salue Marie, pleine de grâce...

— On demande un officier devant ! On demande...
— Dégagez ! Y a un dépôt de *toffee apples*[1] à côté...
— Un *whizz-bang* là-dessus, et on est bons...
— Brancardier !... Bran-car-dier !...
— Merde, Gallagher, regarde où tu mets les pieds !
— Allez, encore un effort... On remet ça, *boys* !
— Brancardier !... Brancardier !... J' veux pas mourir !...
— Ça bouge pas d'un pouce, mon lieutenant !
— Pas mourir... ! Pas mourir... ! *Mummy*[2] *!*
— On demande un officier devant ! On demande un...
— Ça revient !...
— Magnez, bordel ! Ce coup-ci, c'est des *Jack Johnson* !
— *Blessed art Thou among women...*
— Et le génie ? Où reste la 206e ?
— Allez ! Encore un coup, *boys* ! On y est presque !
— Putain de wombat !
— Brancardier... Bran...
— Par ici ! Par ici ! Y a des blessés !
— Quoi ?
— Paraît qu'il y a un tronc qui bloque, devant...
— *And blessed is the fruit of Thy womb, Jesus...* »

Puis le cri. Le cri que tout le monde connaissait.

« *Jack Johnson !* À terre ! Tous à terre ! »

Il y avait beaucoup trop de monde coincé dans le boyau, aucun endroit pour se mettre à couvert. Je me laissai tomber à terre, les mains sur les oreilles, pelotonné sous mon casque. Abandonnant son matériel au pied des arbres, une section de téléphonistes sauta dans la tranchée, piétina des têtes et des dos. Les jurons fusèrent. Une semelle cloutée ripa sur la crosse de mon fusil. Quelque

1. Pommes d'amour (par analogie de forme : munitions de mortier).
2. Maman.

part, un blessé beuglait. Peut-être lui avait-on marché dessus ?

Les détonations couvrirent sa voix. J'eus l'impression que mes tympans se touchaient au milieu de mon crâne. Emportés par le souffle, des fragments de terre, de bois et de métal volèrent un peu partout, allèrent se ficher dans les parois, les sacs, les troncs d'arbres ou les chairs.

« *Woolly Bears !* Shrapnells ! Gardez vos casques ! »

Changement de registre : après la foudre, les grêlons. Parmi les hommes entassés les uns sur les autres, personne ne bougea, tout le monde fit le gros dos sous les shrapnells. Cette fois l'averse de fer dura une dizaine de secondes, puis cessa aussi subitement qu'elle avait commencé. Les dernières balles filèrent entre les chênes avec des vrombissements d'insectes. Le danger s'éloignait avec elles. À demi rassuré, on se releva, on remonta son barda, on rajusta son harnachement.

« Lieutenant ! Faites donc déplacer ce fichu tronc !

— On s'y emploie, mon capitaine !

— Debout ! Allez, debout ! Tous debout !

— Balancez les morts sur les parapets ! Les blessés qui peuvent marcher, signalez-vous à vos sous-officiers…

— Personne ne recule, *chaps*. Berlin, c'est par là !

— Et le cimetière, sergent ? C'est de quel côté ?

— On demande un officier devant ! On demande…

— Très drôle, Donnelly ! Vous demanderez à Jerry !

— J'ai mal… J'ai mal… Brancardier !

— Vous, là-bas ! Quelle unité ? 15e ?… 16e ?… Génie ?…

— *Mummy !… Mummy !…*

— Reculez ! Reculez, *damn it* !

— Attention, y a un blessé, ici ! Faites gaffe !

— *Holy Mary, Mother of God, pray for us sinners…*

— Tu vois pas qu'il est mort ? Avance. »

Les chuintements, à nouveau.

« Putain de wombat, ça recommence !

— À terre ! À terre ! Planquez-vous !

— Ah ouais ? Et où ça, connard ? »

Pêle-mêle, dans un désordre indescriptible, la compagnie se jeta contre la paroi de gauche. La forêt entrait en éruption. L'espace d'une seconde, je vis un homme qui courait en zigzag à travers le sous-bois. Le flash d'une explosion balaya sa silhouette, le souffle d'une autre emporta un dépôt de munitions. Au-dessus de moi, le piquet d'une ligne téléphonique se brisa net. Des barbelés en rouleau dégringolèrent dans la tranchée, des bidons pleins prirent le même chemin. Près d'un point d'eau, une conduite crevée vomissait des geysers.

Le barrage était passé. Méfiants, les hommes se relevèrent. Ça n'avançait toujours pas.

« Lieutenant, où en êtes-vous ?

— Ça se calme, on dirait...

— On demande un officier devant ! On...

— *Blast it !* Où reste le génie ?

— On l'a perdu, je crois.

— C'était un bras, je te dis...

— Allez, debout ! Debout !

— Je t'assure, Bailey... Il vivait encore...

— Le génie ? Avec la compagnie C.

— Éteignez cette lampe ! Vous voulez nous faire tous tuer ?

— Déjà devant ? Mais c'est impossible ! Les ordres...

— Comme si y avait besoin d'une lampe...

— Brancardiers ! Place ! Brancardiers !...

— Et pareil pour les clopes ! Éteignez-moi ça !

— *Bloody Hell !* Les ordres étaient formels ! »

Halé par une dizaine d'hommes, le tronc abattu avait fini par basculer hors de la tranchée. Posés de guingois sur les boyaux, les autres arbres déracinés par le pilonnage avaient jeté des passerelles sous lesquelles on se faufilait en courbant l'échine. Après vingt minutes d'une marche pénible, entrecoupée d'arrêts, de demi-tours, d'hésitations et de repérages hasardeux sur des cartes aux cotes imprécises, nous atteignîmes enfin Johnstone Post, la position de départ qui nous était dévolue à la pointe nord-est du bois.

Aussitôt, le capitaine Tweed donna ordre à la compagnie de s'installer partout où elle le pouvait, sans toutefois déboucler les sacs. Des officiers établiraient la liaison avec la première ligne, occupée par le *1st Pals* et les *Tyneside Commercials*. Débordée ou soucieuse de ne pas dévoiler inutilement ses batteries, l'artillerie allemande relâchait sa pression, espaçait ses tirs.

Profitant du répit, les sous-officiers tâchaient d'établir une liste provisoire de morts et de blessés. Au dernier décompte, la compagnie B déplorait quatre tués et sept blessés, dont deux lieutenants. De l'avis de tous, pour cette nuit du moins, le pire était passé. Nous allions attendre terrés dans la forêt de Dunsinane. Demain, à la première heure du jour, ses troncs se mettraient en marche. D'ici là, nous respirerions ses capiteux parfums de sève, guettant au pied des arbres mutilés l'arrivée feutrée d'un sommeil végétal et libérateur.

Je regardai ma montre. Un éclat divisait en deux le verre du cadran. Ensuite seulement, je remarquai la déchirure qui courait le long de ma manche gauche. Pris dans la doublure, un corps étranger me meurtrissait le coude. Je remuai le bras, recueillis au creux de ma paume une balle de shrapnell encore tiède. Elle avait ricoché sur le boîtier de la montre, qui fonctionnait toujours. Mon père n'avait pas menti : il avait choisi du solide. Presque invisibles sous la fêlure verticale, les aiguilles phosphorescentes indiquaient 0 h 5. Jusqu'ici, j'avais eu de la chance. Combien de temps cela durerait-il ?

Assis à côté de moi, les doigts serrés sur les grains de son vieux chapelet, Evans priait avec la même ferveur tranquille que sous les obus. Sa voix calme psalmodiait le

Notre Père. Davantage que les paroles, j'avais reconnu le rythme.

« Our Father, Who art in Heaven, hallowed be Thy name... »

Ainsi chacun s'occupait-il à sa manière, cherchant à tromper l'angoisse selon son tempérament ou son degré de nervosité. Quelques-uns fumaient malgré l'interdiction, d'autres regardaient des photos quand partait une fusée, relisaient des lettres, d'autres encore s'usaient les dents sur un biscuit de troupe ou faisaient claquer la culasse de leur fusil. Un coude posé sur mon sac, William, lui, défroissait un papier.

« Qu'est-ce que c'est ? »

Il me le montra.

« Un dessin. Jacqueline me l'a donné hier. Enfin, elle s'est débrouillée pour que Daniels me le passe. Gentil, non ? »

Vu de face, un personnage casqué, au visage rond et sans nez, brandissait un fusil.

« Tu as vu ? Elle a même écrit mon nom. »

En effet. Il y manquait un L. Sa mère avait dû l'aider.

« J'aurais cru que chez les Caubert, on commençait d'abord par le calcul », remarquai-je en lui rendant son cadeau.

Avec soin, il le plia et le glissa entre deux pages de son livret de solde.

« Avoir des enfants, ça doit être chouette », conclut-il.

Je l'enviais. Sur la feuille, il restait pourtant assez de place pour dessiner un autre soldat, calligraphier un deuxième nom. Mais voilà, je ne faisais pas rêver les gosses. Les femmes non plus d'ailleurs – ou alors pas longtemps. En outre, j'avais un prénom bien trop anglais pour qu'une petite Française fût capable de le retenir, *a fortiori* de l'écrire. Et puis quoi, les poires *nigel* n'existaient pas.

En face, le pilonnage baissait d'intensité. Petit à petit, le vacarme devenait supportable, on pouvait se remettre à penser plus loin que l'instant présent, envisager quelque chose qui ressemblât à un avenir, fût-il mesuré en minutes. Histoire de tuer le peu de temps qui nous séparait de l'heure zéro, je sortis mon carnet, mon crayon, trouvai une page vierge et me mis à écrire.

Les images défilaient, et les émotions. Il n'y avait qu'à les saisir au vol. Assez vite, je pus constater que sans la moindre rature, les phrases noircissaient le papier avec une déconcertante facilité. Aucun obstacle ne se dressait entre mes visions et les mots qui leur faisaient la traque. Je ne créais pas, je n'oubliais rien non plus, non, tout en demeurant présent au monde, je vivais pleinement mon écriture dans une sorte de transe froide, inconnue jusqu'alors. Réalité, fiction, poésie, ces termes avaient soudain perdu leur sens habituel. Ma main ne tremblait pas, aucun sursaut ne venait ralentir l'élan de mon crayon, pas même lorsque éclatait un projectile dans le voisinage immédiat du poste.

C'était incroyable, magique.

Au bout d'une vingtaine de lignes, dans la crainte peut-être d'épuiser trop vite un trésor à peine découvert, je m'interrompis, cherchai un titre provisoire à ce que je venais de jeter d'une traite sur les pages du carnet.

Tout de suite, *Before Going* me vint à l'esprit. Mais en matière de titres, je me méfiais des inspirations courtes, dont la prétendue spontanéité confinait souvent à la complaisance, quand elle ne masquait pas une éternelle répugnance à définir, à capter les choses par peur de les faner. Avec le recul, je finissais toujours par leur préférer des titres qui, en soi, constituaient des graines de poèmes – ou leur raccourci. Je notai le titre dans la marge et fermai le carnet.

Une photographie s'échappa d'entre deux pages, tomba sur mes genoux. C'était celle du magasin, avec mon père, Barney et Lucy. À Senlis, j'avais oublié de la remettre dans mon portefeuille. Le cœur serré, je la regardai, puis la glissai à l'intérieur du carnet. Le rouvrirais-je un jour ?

Imperturbable, Evans attaquait son acte de contrition.

« *O My God, I am heartily sorry for having offended Thee...* »

William dormait. Résolu à piquer moi aussi un dernier somme, j'inclinai mon casque et tassai ma musette sous ma nuque. Longtemps, je me laissai bercer par les prières d'Evans. La canonnade s'éloignait dans la nuit. La terre apeurée frissonnait encore, guettant les prochains coups. Au moment de sombrer, je me souvins des lectures de la Bible, des réunions dominicales au presbytère, des austères paraboles du révérend Watcombe et de mes angoisses de petit garçon trop raisonneur et scrupuleux.

Qu'avais-tu fait de ton denier, Nigel Parsons ?

Des petits poèmes. Pour le reste...

« Hein ? Quoi ? »

Avant de quitter mon rêve, je voulais me retourner, voir une dernière fois ma chambrette de Salford, au-dessus du magasin. Malgré les rideaux tirés, je distinguais très bien le mobilier. L'éclairage venait du palier. Mon père y avait laissé une veilleuse. Sur le dossier de la chaise, une petite robe noire était pliée. C'était absurde : elle ne pouvait pas se trouver là. Pour m'en assurer, j'avais envie de la toucher, d'éprouver du doigt le tissu soyeux comme une peau.

« Réveillez-vous, Parsons ! »

Le jour s'était levé. Les canons tiraient, mais la lumière retrouvée leur ôtait une bonne part de la terreur qu'ils inspiraient. Au sortir de la nuit, ils redevenaient ce qu'ils étaient : de vulgaires machines à détruire les choses et tuer les gens.

« Eh bien, Parsons ? »

Le lieutenant Burrell me secouait par le col de ma vareuse. J'ouvris les yeux. Evans ronflait. William feuilletait un de ses traités. Plus loin, Bates fumait une cigarette de Gallagher. Je redressai mon casque, serrai la jugulaire et me levai.

« Nous partons devant. Le *1st Pals* bivouaque à trois cents yards d'ici. Les téléphones sont coupés… »

D'un coup de reins, je remontai mon sac sur mon dos.

« Laissez votre paquetage. Prenez juste votre fusil et votre musette. Nous n'attaquons pas avec eux… »

La nervosité durcissait ses traits.

« Enfin, pas encore », précisa-t-il.

Il tourna les talons, je le suivis. Au-dessus des tranchées, aux quatre coins du bois, une brume basse brouillait les formes et amortissait les sons.

« Dépêchez-vous, Parsons… »

Burrell allongeait la foulée. Contrairement aux autres officiers, il avait plié dans sa valise son bel uniforme et portait un mackintosh fatigué, maculé de boue crayeuse. Des bandes molletières modèle standard avaient remplacé les leggins luisants. Et au stick de bambou, voire même au sabre, il avait préféré le fusil – la lunette télescopique sauvant la mise par l'allure de sportsman qu'elle lui conférait. (« Pour la chasse au tigre de Picardie », avait-il coutume de répondre lorsqu'on l'interrogeait sur son équipage.)

Très vite, nous parvînmes dans les lignes du *1st Pals*. Il y régnait une certaine effervescence. Les préparatifs de l'assaut allaient toutefois bon train. Burrell saluait l'un ou l'autre officier de ses connaissances, s'arrêtait pour serrer une main ou échanger quelques plaisanteries faussement détachées.

En face, de l'autre côté du no man's land, des cloches tintaient. Burrell regarda sa montre.

« On lâche les gaz… L'artillerie va mettre le paquet… »

Il était 6 h 25. Au sommet de la crête, les panaches fleurissaient à nouveau. Le sol vibrait sous nos pieds.

« Nous y voilà ! hurla Burrell. Attendez-moi ici ! »

Assis à l'entrée d'un abri, trois officiers consultaient une carte. J'aperçus les échelles dressées contre la paroi de la tranchée, les hommes accotés aux montants, prêts à sortir, le regard fixé sur le ciel blanc.

Les présentations expédiées, Burrell parlementait avec ses collègues. Leurs mains gantées évoluaient sur la carte, désignaient des points, mimaient des mouvements. À côté de moi, un téléphoniste à bout de nerfs répétait la même phrase en s'égosillant dans le microphone de son appareil. Les lignes devaient être rétablies.

« T'es d'où, toi, mon gars ? »

La pipe au bec, un grand sergent moustachu me considérait d'un regard rieur, débonnaire.

« Cross Lane, criai-je. Près du théâtre. »

Il hocha la tête.

« Me semblait bien t'avoir déjà vu quelque part. On est presque voisins. Je suis de Robinson Street.

— Robinson Street ? Près de l'usine à gaz ?

— J'y travaille depuis dix ans. Qu'est-ce que tu fous chez ces péquenots d'Eccles ?

— La même chose que toi, j'imagine.

— Tu t'appelles comment ?

— Parsons.

— L'épicerie ?

— L'épicerie.

— Mince… On a dû se croiser un tas de fois.

— Probable. Ton nom ?

— Robertson.

— Enchanté, Robertson.

— Ouais. Heureux de t'avoir connu, Parsons. »

Il me tendit une main dure, terreuse. Je la serrai.

Des gros calibres se mirent à miauler. Je rentrai la tête dans les épaules, me bouchai les oreilles.

« T'en fais pas, Parsons ! C'est les nôtres ! », cria Robertson.

Ce n'était pas une garantie. Tandis que la colline de

Thiepval encaissait une nouvelle bordée et recrachait sur nous les débris de ses fortifications, le lieutenant me rejoignit.

« Nous nous installons jusqu'à l'heure zéro ! D'ici là, tâchez de nous trouver une place dans leurs cagnas ! Nous ne sommes censés nous faire tuer ni ici, ni maintenant ! »

Très vite, il fallut déchanter. Dans les minuscules abris de la première ligne, vouloir dénicher un recoin libre tenait du vœu pieux. Conçues pour héberger des effectifs cinq fois moindres, les tranchées débordaient. Aussi Burrell décida-t-il de reculer vers Buchanan Avenue, non loin d'un dépôt du génie. Nous y découvrîmes un petit redan inoccupé, d'où la vue portait jusqu'à Thiepval et la lisière sud du bois.

« Dès que la compagnie peut monter en ligne sans risquer l'embouteillage, nous filons prévenir le capitaine.

— Et en attendant, mon lieutenant ?

— En attendant ? Nous vivons, Parsons. »

Le brouillard achevait de se dissiper. Devant nos lignes, sur la colline labourée par les obus, la fumée et la poussière soufflée par les explosions prenaient le relais.

« C'est le bouquet final », commenta Burrell.

Cette fois, on ne distinguait plus les impacts. La terre semblait gronder en continu, sous la pression fantastique d'une cataracte de feu. Je sortis le périscope de ma musette, l'accrochai à ma baïonnette. Même réduit à la surface exiguë d'un miroir, le spectacle défiait l'entendement. Aucune forme humaine ne peuplait un paysage mobile, secoué de spasmes et de soubresauts. La terre se hérissait d'une végétation fugace et protéiforme. Des bouquets, des haies, des massifs d'explosions noires poussaient, fanaient, disparaissaient en quelques secondes pour mieux rejaillir quelques yards plus loin, encore et encore.

Puis l'artillerie fit une nouvelle pause. Le vent se levait. Lentement, l'un après l'autre, il écartait les rideaux de brouillard, de gaz et de fumée, nettoyait de ses miasmes l'atmosphère épaisse du no man's land, ouvrait des trouées au fond desquelles sinuait la première ligne allemande, son ourlet blanc de terre crayeuse rejetée sur les parapets. Aussi loin que portait le regard, une vérole d'entonnoirs défigurait le paysage retourné par la charrue folle d'un géant.

Je ne pouvais néanmoins me défaire de l'impression qu'en réalité, malgré les tonnes d'obus déversées sur ses pentes, le panorama n'avait guère changé. Au faîte de la colline, les derniers vestiges du château avaient certes disparu. Sur son flanc, le tracé de l'ancienne route n'était plus visible. Mais ces profondes balafres ne devaient pas faire illusion : dans son expression, dans sa structure, le visage de la colline demeurait identique, pareil à celui qu'il avait montré dès le premier jour.

Au mépris des risques – éclats ou balles perdues –, Burrell contemplait la scène sans s'abriter derrière les sacs de terre. Il avait extrait ses jumelles de son étui, tournait la molette de mise au point. Un instant, je faillis lui demander le viseur télescopique de son fusil.

« Dans cette pagaille et cette fumée, je me demande bien ce que peut voir le général ! cria-t-il.

— Ça se lève, mon lieutenant !

— Dans son arbre à Englebelmer, je doute que ça fasse une différence ! Si les téléphones nous lâchent, il… »

Le reste m'échappa. Face au paysage, ma gêne subsistait. Outre les deux nids de mitrailleuses bien visibles, mais manifestement abandonnés par leurs servants, un autre élément m'incommodait sans que je pusse déterminer lequel. J'allais renoncer quand, à la faveur d'une éclaircie, un rayon de soleil se chargea de m'ouvrir les yeux.

« Mon lieutenant ! », criai-je.

Burrell se retourna.

« Là ! À gauche ! Devant Hammerhead ! »

Les fumées remontaient les pentes de la colline, laissaient à nu la désolation aride des terres en contrebas. On les voyait très bien : rectilignes et gris, scintillants par endroits, les barbelés épousaient le tracé de la ligne adverse. Je suais à grosses gouttes.

« Les barbelés, mon lieutenant !… »

Burrell opina, me proposa ses jumelles. Je les écartai d'un geste. À quoi bon m'assurer de ce que je savais déjà : en face de nous, les barbelés étaient intacts.

« Il y a deux ou trois trous, pas plus… », cria-t-il.

Entre-temps le pilonnage avait repris, énorme, impitoyable, démesuré. Et inefficace. À nouveau, la fumée brouillait les vues. Pourtant, derrière les volutes noires, nous devinions les barbelés comme on distingue longtemps encore, sous des paupières fermées, l'empreinte incandescente de la lumière qui nous a éblouis.

« Bon Dieu, il va falloir dégoter un téléphone qui fonctionne, et tout de suite !… Restez ici, Parsons… »

Burrell ôta son mackintosh, le plia en deux, me le confia.

« Je viens avec vous, mon lieutenant ! »

Pendant un bon quart d'heure, nous nous frayâmes un chemin à travers les boyaux surpeuplés. Personne ne savait où se trouvait le central du secteur. Après avoir fait par deux fois fausse route, Burrell me tira par la manche.

Debout devant l'entrée d'un poste de secours, flanqué de son ordonnance, un colonel dégustait une tasse de thé. Les parements rouges de sa casquette tranchaient sur les couleurs ternes du décor et des uniformes. Aussitôt, Burrell s'avança.

L'autre lui rendit son salut, puis l'écouta, marquant son intérêt réel ou feint par de petits mouvements de tête qui, chaque fois, faisaient briller la couronne d'or cousue sur la coiffe de son couvre-chef. Tout le temps que dura leur entretien, il conserva la tasse posée bien droite sur sa soucoupe. Quand Burrell eut terminé son rapport, le colonel monta au parapet, sortit d'une poche de son manteau une paire de petites jumelles et, suivant les indications du lieutenant, les braqua sur un point de la ligne ennemie.

« Regardez bien, Sir !

— Je ne fais que cela, lieutenant !

— Vous les voyez, là, vers la gauche ?

— Vers la gauche, dites-vous ?

— Oui… Et devant Maison Grise, c'est pareil, Sir !

— Maison Grise. Hum… »

Le colonel sourit, rempocha les jumelles, se lissa la moustache.

« Je ne vois rien, lieutenant ! »

Interdit, Burrell accusa le coup.

« Mais… »

L'ordonnance toussa.

« Votre thé refroidit, Sir…

— Merci, Sanders. »

Le colonel but une gorgée.

« Illusion d'optique, mon cher… Ou un leurre de quelque sorte. Jerry est très fort, sur ce chapitre… »

Son sourire se fit plus large encore.

« De toute façon, ces barbelés ne *peuvent* plus être là. »

L'ordonnance récupéra la tasse, qu'il rangea dans une petite mallette d'osier.

« Maintenant vous m'excuserez, lieutenant, mais j'ai à faire… Vous aussi, j'en suis sûr ! »

Burrell recula d'un pas, bomba le torse, salua. Le colonel fit de même et prit congé.

« Repos, soldat », dit-il en passant devant moi.

Son ordonnance faillit m'écraser les orteils.

Burrell était pâle comme un linge.

« Allons-y, Parsons ! », cria-t-il soudain.

Une salve de huit-pouces m'empêcha d'entendre son rire.

« Nous allons manquer le début ! »

Nous repartîmes vers l'avant. Tout à l'heure, j'avais coincé son trench-coat sous le rabat de ma musette. Il fit mine de vouloir le récupérer.

« Laissez, mon lieutenant. Ce n'est pas lourd.

— Bah… Je n'en aurai plus besoin, maintenant. Il a fait son temps. Débarrassez-vous-en dès que vous le pourrez. »

Quand nous rejoignîmes le redan, ma montre marquait 7 h 28. Devant nous, les hommes du *1st Pals* avaient mis baïonnette au canon et attendaient. Tout le monde se taisait. Sous les casques, beaucoup de têtes m'étaient connues. Je m'en avisais maintenant. Ainsi Fred Collins, le facteur de Cross Lane qui avait posté mon premier manuscrit, mais aussi Stephen Lealy, le contremaître du dock 8, chez qui nous dégagions chaque fin de mois les caisses de thé chinois, et sous sa vareuse un peu flottante de sous-lieutenant, le fils binoclard du vieux docteur Cavanagh, qui ne paraissait pas les dix-neuf ans de son état civil et maniait son stick flambant neuf avec toute la gaucherie d'un carabin essayant son premier scalpel.

« Cinquante secondes !… », fit Burrell.

Il ne criait plus. Notre artillerie s'était tue. La première compagnie se serra un peu plus au pied des échelles. Inimaginable quelques secondes auparavant, un silence surnaturel planait sur les tranchées, le no man's land et la colline de Thiepval. Vers le sud, une explosion retentit, faible, presque ridicule, comme un pétard de *Guy Fawkes Day*.

« Si on y allait, mon lieutenant ? »

Il ne se retourna pas, serra les poings.

« Vous ne voulez pas voir ce qui nous attend, Parsons ? »

Le regard rivé au cadran de sa montre, le fils Cavanagh leva le bras droit, se hissa sur un premier échelon.

Le coup de sifflet partit, strident, modulé. Aussitôt, sur toute la longueur de la ligne, une dizaine, une centaine d'autres lui firent écho. Une clameur énorme enfla, monta vers le ciel. Le bataillon prenait son élan, sortait de terre.

Cavanagh bondit hors de la tranchée. Son peloton le suivait de près. Au même moment, sur la colline, la première « machine à écrire » se mit à crépiter. Trois types s'étaient étalés devant le parapet, dans nos propres barbelés. Les autres les enjambaient sans oser les regarder. Déjà, une deuxième mitrailleuse joignait sa voix au concert. Les balles criblaient les sacs, fauchaient les herbes, brodaient sur les parapets des plumetis de poussière. Cueilli au sommet d'une échelle, un grand sergent lâcha son fusil, perdit l'équilibre et bascula en arrière dans la tranchée qu'il n'avait pas encore quittée. Avant qu'il ne disparaisse, je crus reconnaître la moustache rousse de Robertson.

Contrairement aux renseignements fournis, il n'y avait pas deux, mais trois mitrailleuses logées sur le flanc de la colline. Elles visaient d'abord les passages ouverts dans nos barbelés, puis ratissaient le terrain avec méthode, selon un plan de tir visiblement réglé à l'avance. Les hommes qui avaient réussi à franchir les premiers yards tombaient très vite, côte à côte, par rangs complets. Le poids des paquetages les couchait alors face contre terre. Pourtant, peu d'entre eux adoptaient le pas de course pour sauver leur peau. Ils marchaient en ligne et en cadence selon les ordres prescrits par le commandement. Déjà, je n'apercevais plus aucun officier en tête des compagnies. Le fils Cavanagh avait disparu de mon champ de vision.

Morts et blessés jonchaient le terrain. La plupart n'avaient pas franchi trente yards. Devant, plus chanceux, plus vifs ou moins disciplinés, quelques isolés bondissaient de trou en trou, cherchaient le couvert de l'ancienne route.

Derrière eux, les autres vagues d'assaut sortaient avec la même résolution, le même courage absurde. Lieutenants devant, hommes et sous-officiers derrière. La solidarité qui avait formé la pierre angulaire des *pals battalions* jouait à fond : puisque les copains avaient fait leur part, il était impensable de les laisser tomber au plus mauvais moment. Non, il fallait y aller à son tour, payer de sa personne.

Et ainsi, les compagnies sautaient hors des tranchées, marchaient, s'écroulaient. Certains, déjà touchés, se relevaient tant bien que mal, continuaient. Les blessés de la première vague abandonnaient leur équipement, rampaient vers nos lignes. À droite, les *Tyneside Commercials* se faisaient massacrer avec la même détermination. Je n'arrivais pas à en croire mes propres yeux. Je devais rêver. On ne mourait pas ainsi, avec tant de facilité. C'était impossible.

Derrière nous, dépêchés par la brigade, les servants d'une Vickers réglaient en catastrophe la hausse de leur mitrailleuse, s'apprêtaient à improviser un tir courbe pardessus les têtes des attaquants. Pour trouver leurs cibles, leurs vis-à-vis ne s'embarrassaient pas de techniques si sophistiquées. Bande après bande, ils déchargeaient leurs machines dans le tas, sur les rangs de tommies de plus en plus clairsemés.

Enfin, les hommes qui avaient traversé les vingt premiers yards se mettaient à courir comme des lapins, en ligne brisée, avec des arrêts brusques, souvent définitifs. Mais le poids de leur harnachement condamnait d'avance même les plus vigoureux. Vu la distance, je pouvais faire erreur, pourtant il me semblait que malgré la pluie de balles, certains avaient atteint la première ligne allemande. Ils n'étaient pas au bout de leurs peines. Le long des barbelés intacts, ils rampaient, cherchaient une brèche providentielle. En vain. Déjà, dressés sur les parapets, quelques Jerries faisaient des cartons sur les survivants. Le mutisme de notre artillerie stimulait leur audace – ils devaient se croire invulnérables. Aux propos désabusés qu'échangeaient entre deux rafales les servants de la

Vickers, je crus comprendre que les deux obusiers chargés de neutraliser les blockhaus de Thiepval avaient rendu l'âme coup sur coup.

Quant à la riposte censée venir de nos lignes, elle se faisait attendre. À juste titre, les mitrailleurs craignaient de toucher les camarades piégés dans le no man's land et d'entraver ainsi leur progression – ou leur éventuel repli. À cela venaient s'ajouter les nombreux blessés qui obstruaient les boyaux de communication et gênaient l'acheminement des munitions. Contraintes pour avancer de marcher à découvert, des compagnies de renfort se faisaient faucher sous les arbres avant d'atteindre leurs tranchées de départ. La nouveauté de la situation, dont personne en haut lieu n'avait envisagé qu'elle pût prendre pareille tournure, paralysait l'appareil militaire, qui ne parvenait plus à masquer son impuissance et cherchait dès lors son salut dans l'application scrupuleuse et méthodique de consignes déjà caduques.

« Allons-y, Parsons… C'est bientôt à nous. »

Avant d'emboîter le pas au lieutenant, j'eus le temps d'entrevoir une nouvelle vague d'assaut qui grimpait aux échelles. Les mêmes scènes se répétèrent. Les mitrailleuses arrosaient les parapets. Des hommes retombaient dans la tranchée au milieu de leurs camarades. Un caporal s'empala sur la baïonnette du type qui le suivait.

Burrell avait tourné le coude du boyau. Je courus pour le rattraper, bousculant une section de grenadiers qui montait en ligne. À un croisement, nous dûmes laisser passer un groupe de brancardiers qui amenaient au poste de secours les premiers blessés du *1st Pals*. D'autres, atteints à la tête, aux épaules ou aux bras, suivaient à pied. Certains d'entre eux, le corps agité de tremblements, avançaient sans rien voir, le regard vide. Ils ressemblaient à des petits vieux. Allongé sur une civière, un sergent moustachu fumait tranquillement. Un chiffon sanglant terminait son bras gauche à la hauteur du poignet.

Je regardai son visage souillé de boue et de poussière. Ce n'était pas Robertson.

« Trois mitrailleuses, fit Burrell d'une voix blanche. Et dans quelques minutes, ils vont nous envoyer les shrapnells. Bon Dieu, c'est pire encore que je ne l'imaginais... »

J'avais l'impression qu'il hâtait le pas à seule fin de fuir mon regard, ou de me dissimuler le sien. Jusqu'à Johnstone Post, nous n'échangeâmes plus un mot.

À l'entrée de la position, il me prit par l'épaule.

« Parsons !

— Oui mon lieutenant !

— Rappelez-vous...

— Quoi, mon lieutenant ?

— Vous m'emmerdez, avec vos *mon lieutenant...*

— Oui, mon lieutenant. »

Il eut un geste plein de lassitude, me dévisagea.

« Rappelez-vous mon ordre... »

Je soutins son regard, fronçai les sourcils. Dans ses yeux sombres, brillants, la tristesse affleurait.

« Derrière moi... Toujours derrière moi... Et surtout, si c'est possible, ne prenez pas de risques inutiles. »

Assez stupidement, je hochai la tête.

« Vous me le promettez ? D'homme à homme ? », insista-t-il.

Toujours aussi muet, j'acquiesçai.

« C'est bien... », dit-il.

Et il descendit dans l'abri du capitaine.

Je savais qu'il essayerait de le convaincre. Et que le capitaine ferait de même avec son major. Et que peut-être, après avoir beaucoup réfléchi, le major décrocherait son téléphone, demanderait à parler au colonel. Et que le colonel, qui passait pour honnête homme, informerait la brigade. La brigade qui demanderait confirmation. Et je savais aussi que ce serait inutile. Car il était trop tard, notre sort était scellé. Dans quelques minutes, tout le bon sens du monde, tous les hommes de bonne volonté réunis en conseil n'empêcheraient pas que se produise un massacre inutile, prévisible autant qu'évitable.

Le lieutenant Alfred Burrell n'ignorait rien de tout cela. Il savait aussi qu'il ferait jusqu'au bout ce qu'avec Kant il considérait comme un devoir. Et que ses chances de survie étaient si possible plus minces encore que les nôtres, nous qui le suivrions.

À ce moment, je sus que j'allais perdre un ami.

Car nous allions « franchir le parapet ».

Dans une sorte d'état second, je rejoignis ma section. Nerveux, le sergent Gillingham faisait les cent pas le long du boyau en se rongeant les ongles. Personne ne parlait. Devant Thiepval, les mitrailleuses crépitaient toujours. Tous, nous écoutions, silencieux, le son étouffé, assourdi de la canonnade qui pilonnait notre objectif final, une redoute située derrière le village, à mi-chemin de la ferme du Mouquet.

Loin, très loin derrière la colline.

Quand le capitaine avait reparu, la mine grave et le front soucieux, personne n'avait attendu l'ordre. Tout le monde s'était levé, avait soulevé son barda, vérifié son fusil, et s'était mis en rang. Ensuite, la compagnie avait gagné la première ligne où le sang des copains séchait déjà sur les planches et le jute des sacs de terre. Cinq minutes s'étaient écoulées. Avant d'y aller, on marmottait à la va-vite une dernière prière, jetait un coup d'œil aux lettres reçues la veille ou l'avant-veille, rappelait à l'ami l'engagement pris « pour le cas où ». Et pour le reste, on se taisait.

« C'est ta femme ? »

Gallagher sourit, me montra le portrait.

« Oui. Jenny, elle s'appelle. Elle est belle, hein ? »

Je changeai mon fusil de main, pris le cliché.

Le pied droit calé sur le premier barreau d'une échelle, le lieutenant Burrell surveillait sa montre.

« Très belle », approuvai-je.

Il récupéra la photo pâlie, la caressa du doigt.

« Et toi, Parsons ?

— Moi ?

— Ben oui… T'as vraiment personne dans ta vie ? »

Avec une précision maniaque, les Jerries visaient les meurtrières et les sacs du parapet. On entendait le bruit sec des impacts dans la terre meuble. Les balles qui rataient leur but ou ricochaient contre les troncs filaient ensuite dans le sous-bois avec de brefs cui-cui.

« J'ai eu quelqu'un. C'est du passé, maintenant… »

Soudain, j'eus envie de rire. Dans très peu de temps, quelques secondes peut-être, j'allais mourir pour quelqu'un qui ne m'aimait pas. C'était comique.

« D'ailleurs tu la connais, à mon avis…, repris-je.

— Ah oui ? »

J'avalai ma salive.

« Beatrice.

— Attends… Non ? Tu veux dire… »

Il arqua des sourcils incrédules.

« La fille Thorncroft ? »

Je fis oui de la tête.

Vrai, il y avait de quoi rire. À voir la mine perplexe de Gallagher, je comprenais enfin à quel point je m'étais trompé. S'il n'arrivait pas à y croire, comment l'avais-je pu, moi ?

« Ah bon, fit-il. Je comprends mieux. »

Mieux que moi, sûrement.

« Si ton patron avait su… »

Soulagé, il s'esclaffa.

« Il t'aurait cassé la gueule ! »

Ça m'aurait peut-être guéri, songeai-je. Mais pour cela aussi, il était trop tard maintenant. Je partirais avec mes regrets inutiles. Dans mon portefeuille, il me restait le premier billet de Beatrice, reçu pour la Saint-Valentin. Elle l'avait décoré de vignettes découpées dans une vieille édition de *Peter Rabbit* – l'une d'elles, montrait le lapin étourdi cherchant refuge dans l'arrosoir de Mr McGregor (ses longues oreilles dépassaient). J'en connaissais par cœur les trois phrases lapidaires, inscrites sur le bristol plié en deux.

« Dans ma vie, tu as apporté la chose la plus merveilleuse. »

Pour découvrir la suite, il suffisait de déplier le rabat.

« Toi. »

Signé. Avec la conclusion, au verso :

« Le reste, tu le devines. »

Étrange que même déçu, même trompé, au moment d'effectuer le grand saut dans l'inconnu, on puisse encore regretter ses illusions, porter le deuil de ce qui n'est plus. Je n'avais pas eu le cœur de déchirer ce billet. Tout à l'heure, il faudrait le détruire. Je ne voulais pas qu'on trouve ce message sur moi. C'eût été une forme d'humour posthume particulièrement malvenu.

« Fixez les baïonnettes ! »

Sorties des fourreaux, les lames cliquetèrent. D'une main tremblante, j'emboîtai la mienne au bout de mon fusil. Je me demandais si tout cela était bien vrai et, pour m'en assurer, passai en revue ceux qui m'entouraient. Devant moi, concentré, très pâle, le lieutenant Burrell. À ma droite, Danby et Portman, les inséparables commis de banque, puis le grand Gibson, Calthrop et sa tignasse blonde et enfin, plus fébrile que jamais, le sergent Gillingham qui se mordait la lèvre inférieure, crachait des chiques imaginaires. À ma gauche, les copains de la section : Gallagher, William, Evans, Bates. Et puis, perdus dans la masse indistincte des uniformes, tous les autres que je ne voyais pas.

« Tout le monde est servi ? »

Le caporal Berryman passait avec le cruchon de rhum presque vide.

J'avais la gorge sèche, la tête pleine de bourdonnements. Mon cœur battait la chamade, je croyais presque l'entendre. Dans la paume moite de ma main droite, la crosse patinée de mon fusil glissait. J'aperçus le lieutenant Caton-Jones. Accroupi sur la banquette de tir, il s'apprêtait à sortir en tête du peloton. Il avait embouché son sifflet, brandissait son stick et son revolver.

« Maintenant », murmurai-je.

Je regardai ma montre.

Huit heures. Zéro plus trente.

À nouveau, sur toute la longueur des lignes, les sifflets retentirent comme un concert de fifres. Burrell se retourna, me sourit puis, en souplesse, escalada l'échelle. Caton-Jones courait déjà. Je cherchai William des yeux.

« La poche gauche ! », criai-je.

Une grande clameur s'éleva, sauvage et entêtante.

« Salford Pals ! En avant ! »

Bates lâcha une dernière boutade.

« C'est pour la France, les gars ! »

Qui ne fit rire personne.

Et ce fut la ruée.

Gêné par le poids de mon paquetage, j'avais pris du retard sur le lieutenant. À peine avais-je posé un pied sur le parapet, que l'immensité vertigineuse du no man's land me donna, pour la première fois depuis longtemps, une sensation oubliée d'espace et de liberté. À mon tour, je me mis à courir. Plus question de marcher comme on nous l'avait commandé. Il fallait sauter par-dessus les cadavres et les blessés qui geignaient.

Le lieutenant s'était retourné pour voir si nous suivions. Il repartait déjà. À droite, des types avaient dû tomber, j'avais l'impression de courir tout seul. À gauche, Gallagher cavalait à fond de train, prenait de l'avance sur William. Décidément trop lourd, mon sac déséquilibrait ma course, me tirait à hue et à dia. Dans le vacarme assourdissant, je n'entendais que mon propre souffle. Les détonations claquaient avec un bruit mou, distancié. Les balles couinaient, frôlaient les oreilles, tintaient sur les casques.

Soudain, un poing invisible me rentra dans l'estomac, une de mes cartouchières éclata, répandant son contenu. Je dus m'arrêter, mettre un genou en terre. Derrière moi, j'entendis un « floc », puis un gargouillis. Un casque déchiqueté, taché de sang roula entre mes jambes.

« En avant ! En avant ! »

L'esprit vide, je m'élançai à nouveau, tâchai de rattraper le lieutenant. Gallagher avait ralenti. Le fusil à bout de bras, Bates courait plié en deux, William avait l'air de le poursuivre. Nous avions couvert une trentaine de yards. Une sangle de mon sac avait dû se desserrer, car mon barda me battait le dos comme le derrière d'un mauvais cavalier une selle de cheval. Je jetai un rapide coup d'œil à droite. Le sergent Gillingham avançait seul, la joue en sang, hurlant des ordres que personne n'entendait. Danby, Portman, Gibson et Calthrop n'étaient plus là.

Soudain, Gallagher tomba à genoux, lâcha son fusil. J'arrivais à sa hauteur. Il se tenait le ventre à deux mains. Un sang vermeil dégoulinait sur ses manches. Je voulus le relever. À ce moment-là, il fit un saut de carpe, partit en arrière, son casque s'envola, une matière blanchâtre jaillit de sa nuque, éclaboussa ma vareuse. Puis il s'écroula sur le dos, les yeux grands ouverts, exorbités.

« Gallagher ! »

Quelqu'un attrapa mon bras, m'entraîna. Je reconnus William. J'avais mal à la cuisse. De l'air froid entrait dans mon pantalon. Je voulus crier, me trouvai sans voix.

« Le lieutenant, pensai-je. Ne pas lâcher le lieutenant… »

Au-dessus de nous, des volutes vertes fleurissaient dans le ciel. Shrapnells. Je n'entendais pas les déflagrations, galopais comme un dératé. Au moment précis où j'allais le rattraper, le lieutenant trébucha. Avant que je ne pusse l'aider, il s'était relevé. J'entr'aperçus Bates couché au bord d'un entonnoir. Puis Evans, les bras en croix, la bouche pleine de sang.

En face de nous, la mitrailleuse se démasquait. On voyait nettement les casques des servants au-dessus des sacs de sable, et le petit plumet de vapeur du radiateur. Le lieutenant se retourna, me vit, sourit. Une de ses molletières défaites montrait un mollet ensanglanté. Il allait repartir de l'avant quand, d'un coup, ses genoux fléchirent. Pourtant il continua de courir, fonça vers les barbelés. D'autres balles durent le toucher. Il chancela, puis s'étala et ne bougea plus.

« Le remblai ! », hurla William.

Nous n'eûmes ni la force ni le temps d'atteindre l'ancienne route, où s'agglutinaient les survivants des deux bataillons mêlés. Un trou d'obus encore fumant s'ouvrit sous nos pieds. Nous y roulâmes cul par-dessus tête, semant autour de nous la moitié de notre équipement. À peine avions-nous touché le fond de l'entonnoir qu'à travers les shrapnells les gros calibres se remirent à lacérer le no man's land.

La bouche pleine de terre, je n'avais qu'une idée en tête : m'enfoncer dans la glaise molle, me faire tout petit. Pour ne pas mourir. Pour ne plus entendre. Car soudain je les entendais tous. Leurs cris, leurs plaintes montaient vers le ciel, rampaient au ras des trous. Ils ne comprenaient pas ce qui leur arrivait. Ils avaient oublié la raison de leur présence ici. Seules subsistaient la peur et la douleur. Je croyais reconnaître leur voix, toujours la même. Celle d'un petit enfant perdu, assis au bord de sa propre tombe, noire comme la nuit qui vient.

« Mummy !... Mummy !... »

Couché sur le dos, les mains crispées sur son fusil, les yeux écarquillés, William regardait ce ciel lisse et bleu de Picardie qui, sans doute, ressemblait à celui d'Angleterre.

Mais quelque chose me disait qu'il ne lui parlait plus. Et qu'il ne comprenait pas pourquoi.

« Qu'est-ce qu'on fait, maintenant ? »

Prostré, le regard fixe, William haussa les épaules.

« Qu'est-ce que tu veux qu'on fasse ? »

Nous nous tûmes. Le cri montait à nouveau.

« C'est Evans, dis-je. Bates doit être mort. »

Prudemment, William s'approcha du bord de l'entonnoir. Aussitôt, une rafale partit, fouetta les abords du trou. Une balle cabossa son casque.

« Inutile, Nickie. Encore un coup comme ça, et on va se faire repérer pour de bon. Faut attendre la nuit. »

Le gémissement reprenait, entre le grave et l'aigu.

« Nellie !… Nellie !… Nellie !… »

J'avais envie de me boucher les oreilles. Mais je ne le faisais pas. Je ne me sentais pas ce droit.

« C'est sa femme ? », demanda William.

Aucune plainte ne venait de l'avant. Ce silence m'obsédait. Et le lieutenant… ? Était-il mort, lui aussi ? Ou agonisait-il lentement, comme les autres ?

« Je n'en peux plus, Bill. Je ne peux pas rester ici. »

William soupira, regarda ses mains.

« Tu veux te faire tuer, c'est ça ? »

« Nellie !… Nellie !… Nellie !… »

J'avais oublié de remonter ma montre – à moins que la balle de shrapnell n'eût déréglé le mécanisme. Il ne devait pas être loin de cinq heures. La nuit tardait à venir. L'obscurité complète ne tomberait pas avant neuf heures. Malgré les fusées, nous aurions alors une chance raisonnable de regagner nos lignes, et de guider les secours vers les nombreux survivants incapables de se mouvoir.

« Nellie !… Nellie !… Nellie !… »

Evans ne tiendrait pas jusque-là.

« Il faut faire quelque chose, merde ! »

Les éléments s'étaient calmés. Au fond de notre trou, le

tumulte de la surface parvenait filtré, assourdi. Par contre, le moindre frisson de la terre nous traversait de part en part, faisait vibrer en nous les cordes d'une peur à la fois lucide et irraisonnée. Nous étions saufs parmi les morts et les mourants, mais nous étions captifs aussi, sans nouvelles du monde extérieur sinon celles que nous soufflaient les bruits et les rumeurs du no man's land.

L'offensive avait échoué, cela du moins était sûr. L'attaque semblait pourtant se poursuivre sur la gauche, vers la redoute Schwaben, dans le secteur des Ulstermen.

Malgré la présence de William, je me sentais perdu et abandonné, traqué comme Pierre Lapin au fond de son arrosoir. Mr McGregor me cherchait pour me tuer, et retournait l'un après l'autre les pots de sa remise avec une colère méthodique et froide. Pourtant, je n'avais touché ni à ses radis ni à ses salades. Dans son jardin ne poussaient que des croix de bois et des fils barbelés. Bientôt, il finirait par découvrir mon trou, et alors…

Mais nous n'étions pas dans un conte pour enfants. Ici, en bas de la colline, chaque obus représentait un Mr McGregor en puissance. S'il y avait beaucoup de pots et d'arrosoirs à retourner, il y avait aussi beaucoup de petits lapins à attraper. Tous, ils auraient dû rester à la maison comme Flopsy, Mopsy et Queue-de-Coton. Leur mère leur aurait servi pour souper du lait, du pain et des myrtilles. Et tous, comme Pierre, ils regrettaient leur maman, et la tasse de camomille qu'ils ne boiraient plus jamais avant d'aller au lit.

« *Mummy !… Mummy !… Mummy !* »

William dressait l'inventaire de nos rations. Mon sac s'était ouvert lors de la chute et le sien était resté coincé au bord du cratère, entre deux racines. Avec deux boîtes de bœuf en gelée et une douzaine de biscuits, nous avions de quoi tenir. Par contre, il nous restait à peine une demi-gourde d'eau tiède.

« *Mummy !… Mummy !…* »

« C'est le sergent ? », dis-je.

William leva la main, tendit l'oreille.

Esquissa une moue.

« Peut-être… »

Une mitrailleuse se remit à mouliner. Je n'en étais pas sûr, mais j'aurais juré que c'était celle qui avait fauché le lieutenant et toute la section. Ponctuellement, elle effectuait une petite tournée d'inspection, histoire de s'assurer sans trop de gaspillage que les morts étaient bien morts. Entre les rafales, plus secs, on entendait aussi les coups de fusil.

« Sur la droite…, dis-je. Ils achèvent les Tynesides. À l'heure qu'il est, doit pas en rester beaucoup…

— Saloperie… À leur place, je ne pourrais pas faire ça.

— Tu n'es pas à leur place… Après cinq jours sous les obus, ils prennent leur revanche. C'est facile et ça soulage…

— N'empêche, c'est dégueulasse.

— Cette guerre est dégueulasse. »

Tout à l'heure, j'avais pu entrevoir le secteur des Tyneside Commercials. Partis à l'heure zéro, les magasiniers de Newcastle s'étaient fait hacher menu, pire que nous.

« Nellie !… Nellie !… Nel-lie ! »

Evans déclinait. Il devait le sentir, forçait sa voix dans l'espoir absurde que là-bas Nellie l'entendrait, qu'elle viendrait le reprendre malgré l'espace, malgré le temps qui déjà commençait à les séparer. À cette heure, elle devait fermer son guichet à la poste d'Eccles, saluer le receveur, se disposer à rentrer.

« Cette fois, il s'en va », murmura William.

Je revoyais l'estaminet, le visage blanc d'Evans, près du calvaire. Le mégot de Bates, son point rouge dans la nuit.

Alors, brutalement, l'injustice de ce qui se passait ici me donna la nausée. Pourquoi crevaient-ils là-haut, alors que je me terrais dans mon trou ? Qu'avais-je donc cherché, en signant mon engagement ? Oui, qu'avais-je donc cherché sinon l'oubli de mes défaites et de mes illusions ? Qu'avais-je cherché sinon une forme de petite mort, en attendant la grande, la seule, la vraie ?

En me portant volontaire, en niant mon caractère, ma nature profonde, les aspirations de toute une vie et une part non négligeable de mon passé, n'avais-je pas engagé un immense pari contre moi-même, avec la certitude de le perdre quelle qu'en fût l'issue ? Mais eux tous, qui agonisaient sous le soleil de ce premier juillet, ils n'avaient pas eu conscience de jouer. C'étaient des esprits simples, des raisonneurs ou des idéalistes. Sous leurs uniformes, il y avait des rêves à portée d'homme, des ambitions grandes et petites, de la générosité.

Sous le mien, je ne sentais que l'amertume, la déception et une fidélité désespérée, privée de son objet. Non, ils ne méritaient pas de mourir, encore moins de souffrir ainsi. Et si quelqu'un devait risquer sa vie pour essayer de sauver la leur, je ne voyais pas meilleur candidat que moi.

« Pardonne-moi, papa », pensai-je.

Je débouclai mon ceinturon, ôtai mon équipement. Ensuite, je vidai ma musette. Elle me viendrait à point pour transporter les gourdes que je récupérerais.

William me regardait faire.

« Nickie ? Tu es vraiment sûr ? »

Il ne fit aucun commentaire, ouvrit une de ses cartouchières, inséra un clip dans son chargeur.

« Alors je te couvre. »

Je secouai la tête.

« Hors de question, Bill. Tu vas te faire repérer.

— C'est le but. Passe-moi tes grenades, aussi.

— Mais…

— Ta gueule, Nickie ! Fais ce que tu as à faire, et je ferai ce que j'ai à faire… »

J'hésitai. Je n'avais pas souhaité cela. Un mince sourire éclairait son visage souillé de terre et de sueur.

« Vas-y, maintenant. Avant que je ne change d'avis… »

Nous nous serrâmes la main.
« Bonne chance, Nickie. »
Le cœur battant, avec des prudences de Sioux, je me hissai jusqu'au bord de l'entonnoir. Couché sur le dos, à cinq ou six yards à peine, Evans ne bougeait pas. Vers la gauche, le sergent Gillingham paraissait déjà mort. Derrière Evans, l'homme étendu sous son barda ressemblait à Bates.
Assez tergiversé.
Au moment où je bondissais hors du trou, une explosion retentit, soulevant une gerbe de terre sèche. Aussitôt, la mitrailleuse d'en face balaya le point d'impact. William venait de jeter une première grenade – assez loin, car il était bon lanceur au cricket. Quand la poussière retomba, j'étais déjà allongé à côté d'Evans.
Une balle lui avait perforé le poumon droit. Il étouffait dans son propre sang. Quand il m'aperçut, il se mit à haleter, ses paupières battirent.
« Nellie !... Nell... ! »
Il ne lui restait plus qu'un filet de voix. Un liquide noirâtre lui coulait sur le menton et dans le cou.
« Du calme, John, chuchotai-je. Je suis là. »
Ses doigts grattaient le sol. Il voulait lever le bras, n'y parvenait pas.
« Bouge pas, John. Bouge pas... Ils n'attendent que ça. »
Dans ma musette, je cherchai la gourde, dévissai le bouchon, l'approchai de ses lèvres grises. L'eau coula sur sa joue, délaya le sang séché.
« Nellie !... »
Malgré la soif qui devait le torturer, la gourde ne l'intéressait pas. Il m'implorait du regard. Enfin, les doigts de sa main gauche agrippèrent ma manche.
« N... Nellie !... »
Il pleurait. De grosses larmes roulaient sur ses joues sales. Il redressa la nuque, puis sa tête retomba.

« Bouge pas, John… Je crois que j'ai compris… »

Sous sa vareuse, je trouvai le livret de solde. Le portrait était glissé à l'intérieur. Je le lui montrai.

« Nellie… »

Evans s'éteignit comme s'il s'endormait, un grand sourire aux lèvres. Il n'avait tenu que dans l'espoir de cet instant. Son chapelet pendait hors d'une poche. Je le serrai entre ses doigts froids, déjà raidis.

« Elle pense à toi, John. J'en suis sûr… »

Des mouches se baladaient sur les yeux vitreux du sergent, entraient dans sa bouche et en sortaient. Plus rien à faire de ce côté. Bates, maintenant. Au moins, je pourrais toujours récupérer sa gourde, à supposer qu'elle fût intacte. Plutôt que de ramper jusqu'à lui, je préférai franchir la distance d'un bond. Venu de Maison Grise, un tir de mortier providentiel força les mitrailleurs à s'abriter. William y ajouta sa note personnelle. Ce fut presque facile.

Bates était si possible encore plus mal en point qu'Evans. Un éclat lui avait sectionné le pied droit. Sa bottine traînait près du sergent, au bout d'un fragment déroulé de bande molletière. Avec le reste, il avait tenté de se faire un garrot. Accrochée à sa ceinture, sa gourde était pleine.

« C'est toi, Parsons ? »

Je sursautai. Il n'était pas mort.

« File-moi… à boire…. tu veux ? »

Je décrochai sa gourde, la lui présentai. Il but à longs traits, goulûment, avala de travers, s'étrangla.

« Putain de wombat, ça fait du bien… »

La douleur lui tordit le visage.

« Parsons… Avant de crever…

— Dis pas ça, Bates.

— T'occupe… Avant de crever… »

Il dut s'interrompre, se mordit la lèvre.

Une nouvelle grenade explosa. La mitrailleuse répondit.

« T'aurais pas une sèche ?... »

Je n'en avais plus. Pourtant je fouillai mes poches. Cela n'avait plus d'importance. Il avait perdu connaissance, geignait doucement. Il ne se réveilla pas. Même quand la mitrailleuse se remit à ratisser le secteur.

Il mit longtemps à mourir. Bien plus longtemps qu'Evans.

Dans la musette du sergent, je récupérai une gourde, deux paquets de pansements et une fiole d'alcool. Puis enfin, je décidai de changer d'air. William faisait tout ce qu'il pouvait pour attirer l'attention. Il avait épuisé notre stock de grenades. À intervalles irréguliers, variant les angles, il pointait son fusil hors du trou et lâchait un coup de feu, provoquant la riposte des mitrailleurs qui se prenaient au jeu.

Quand j'aperçus le lieutenant, la distance qui nous séparait me parut d'abord immense. Après être tombé, il avait continué à se traîner. Il gisait à quelques yards des barbelés allemands, immobile, couché sur le dos.

Il fallait que j'y aille. Il le fallait absolument.

Faisant toujours le mort, je tâchai de repérer le meilleur itinéraire. Le coup paraissait jouable : d'abord deux entonnoirs de faible profondeur, puis une sorte de large sillon, peut-être tracé par un *Jack Johnson* non éclaté. Le reste du parcours serait affaire de chance.

« Hé, vous ! Venez par ici, Bon Dieu ! »

Je ne les avais pas vus. Couchés à plat ventre, une poignée d'hommes s'abritaient derrière le remblai raboté de la route de Thiepval. Parmi eux, un capitaine me hélait.

« C'est un ordre, soldat ! Vous allez vous faire tuer ! »

Je fis l'imbécile, lui signifiai par gestes qu'ils étaient trop loin, que je n'entendais rien.

William venait de griller une cartouche. Je m'élançai.

Cette fois les mitrailleurs m'avaient repéré. Les balles passèrent très près. Je me mis à courir en zigzag, sautai dans le premier entonnoir, attendis.

Eux aussi attendaient. Ils ne seraient pas déçus.

Avec une souplesse que je ne me connaissais pas, je repartis de plus belle, roulai dans le second entonnoir, y guettai le « clac » de la bande vide, jaillis hors du trou, plongeai dans le sillon, fis un roulé-boulé et m'étalai près du lieutenant.

La mitrailleuse me cherchait ailleurs.

« Vous êtes fou, Parsons... Ça vous arrive, de tenir parole ? Foutez-moi le camp d'ici ! »

Rapidement, j'inspectai ses blessures. Ce n'était pas joli.

« J'ai suivi votre manège, murmura-t-il. C'est du suicide. Et dites à Salter d'arrêter son gaspillage de munitions... »

Avec les dents, j'avais déchiré un paquet de pansements. Deux balles lui avaient fracassé l'épaule, une autre la cuisse et une autre encore le poignet gauche.

« Laissez-moi, Parsons. Je suis foutu... »

J'ignorais comment panser une épaule. Aussi pris-je des compresses que j'appliquai au hasard sur les plaies, dans l'espoir que la vareuse les maintiendrait en place.

« Je vais vous ramener, mon lieutenant. Mais on va d'abord rejoindre le trou. Je n'ai plus de pansements... »

Sous sa poche de poitrine gauche, je remarquai une déchirure. Interdit, j'y portai le doigt. Je ne comprenais pas : normalement, cette balle-là aurait dû l'achever.

« Foutez le camp, Parsons, bafouilla-t-il. Vous m'avez déjà sauvé une fois. Deux, ce serait tenter Dieu... »

Je ne comprenais pas davantage. Il devait délirer. Mais sa main droite fit sauter un bouton, glissa sous la vareuse, amena au jour un livre mince, recouvert de papier gris. Incrusté au centre de la couverture cartonnée, le culot d'une balle luisait.

« Un bouquin, rien de tel pour stopper les pruneaux... Point de vue épaisseur, vous devriez écrire des romans, Parsons... »

La jaquette pendouillait.

« Ou devrais-je dire… *Parry ?* »

Je pris le livre. Incrédule, je reconnus l'édition de luxe de ma plaquette. Sur la page de garde abîmée, la dédicace était bien lisible. Je ne m'étais pas foulé :

« Pour Alfred Burrell, hommage de l'auteur. »

Sous la signature, la date et le lieu :

« Brighton, 11 octobre 1913. »

C'était étrange de revoir soudain la petite librairie du front de mer, la réglette en bois portant le carton calligraphié, les plantes vertes du jardin d'hiver…

« Je… Je ne me souviens pas », dis-je.

Je n'avais vu personne, ce jour-là. Rien que des masques et des silhouettes. Le malheur est une prison.

Il eut un petit rire douloureux, ferma les yeux.

« Pas étonnant… », murmura-t-il.

Sous les barbelés, une touffe de berces en fleur formait un mince rideau, dont j'avais bien l'intention de me servir. En l'absence de vent, les ombelles immobiles se chauffaient au soleil. Je me tournai sur le côté, demandai au lieutenant de passer autour de mon cou son bras valide.

« Elle vous a fait beaucoup souffrir, n'est-ce pas ? »

Je serrai son ceinturon dans ma main gauche, bandai mes muscles.

« Accrochez-vous, mon lieutenant ! C'est parti ! »

Il n'était pas bien lourd. La mitrailleuse crachait déjà. Mais j'avais décidé qu'elle ne m'aurait pas.

Le retour s'avéra plus pénible et surtout plus lent que l'aller. Après avoir cloué les Ulstermen dans Schwaben Redoubt, l'artillerie allemande se trouvait libre de nous témoigner sa sollicitude en battant le terrain avec tout ce qui lui tombait sous la main. Aussi les mitrailleurs se contentaient-ils de fignoler le travail. Quant aux tireurs isolés, ils s'entraînaient sur cibles fixes. Pendant un quart d'heure, la tête d'un caporal accroché par ses manches aux barbelés diminua sous les coups de feu d'une fine gâchette en quête de divertissement. Les morceaux de crâne et de cervelle tombaient non loin de nous. Elle finit par éclater avec un bruit mou.

Quand enfin, après un ultime bond, je m'engouffrai dans notre trou, le lieutenant avait perdu connaissance. Vexés, les mitrailleurs vidèrent d'abord une bande dans le paysage. Mais le pied gauche de Burrell dépassait de l'entonnoir. Presque aussitôt, la bottine éclata, une gerbe de sang jaillit, nous éclaboussa. Burrell hurla.

« Les salauds ! », pesta William.

À l'aveuglette, pour le principe, il tira un coup de fusil en direction du blockhaus.

Incapable de délacer la bottine, j'ouvris un nouveau paquet de pansements, ôtai les plus gros lambeaux de cuir et bourrai de gaze stérile la plaie sanguinolente. La balle avait emporté un orteil, transpercé la plante du pied.

Les yeux grands ouverts, Burrell suffoquait, sa bouche happait l'air, ses poumons sifflaient. Pour le soigner, nous ne disposions que de bandages, de charpie et d'alcool. Dans sa poche, je cherchai le petit flacon de rhum. Il était vide.

« Il ne va pas tenir longtemps… », chuchota William.

Burrell clignait des yeux. La lumière lui faisait mal.

« C'est vous, Salter ?

— Oui, mon lieutenant.

— Et Parsons ?

— Je suis là. »

Il se mit à tousser, longuement. Chaque secousse lui arrachait une grimace. Malgré le livre, la balle avait dû lui casser une ou deux côtes. La toux se mua en un léger râle.

« Nous n'y sommes pas arrivés…

— On a fait ce qu'on a pu, mon lieutenant.

— Sans doute, oui… Je boirais bien un coup. »

William lui tendit sa gourde.

« C'est bête… »

Il avait souri, toussé.

« Je ne saurai jamais…

— Quoi donc, mon lieutenant ? »

Son regard me parut lointain, absent.

« Ce qu'il y a *vraiment*, derrière cette colline. »

William fronça les sourcils. La tête du lieutenant retomba sur son bras. Il s'était évanoui.

Peu à peu, le soleil descendait à l'horizon, les ombres du no man's land se coulaient entre les cadavres, les agonisants, les paquetages défaits et les fusils abandonnés.

Plus la lumière faiblissait, plus les gémissements s'élevaient. Je pensai aux longs couloirs des hôpitaux où, derrière les portes blanches entrebâillées, la fièvre tourmentait les malades quand s'allumaient les premières veilleuses. Je n'y étais allé qu'une fois, après l'école, il y avait longtemps maintenant. Mon père me tenait la main. Je me souvenais de ses grands yeux humides. Son menton tremblait sous son bouc.

« Faut aider les autres », dis-je.

J'avais scrupule à laisser là le lieutenant, mais du moins ne risquait-il plus de se faire cueillir par une rafale ou la balle d'un tireur d'élite.

« On revient vous chercher, mon lieutenant. »

Il entrouvrit les paupières.

« Vous avez un papier ? »

Étonné, je fis signe que oui.

« Un crayon ? »

Dans ma poche, je pris le carnet, déchirai une page, plaçai le crayon entre ses doigts. Il se mit à écrire. C'était difficile. Posée sur la plaquette, la feuille bougeait. Des gouttes de sueur perlaient à son front. Il s'épuisait. Je tâchai de l'aider, maintins la feuille. Il lâcha le crayon, soupira.

« Merci… Vous pouvez y aller, Parsons… »

Je tirai une couverture sur ses jambes.

« Dès qu'il fera noir, on vous ramène, Alfred. »

Avant de sauter hors du trou, je vis qu'il pliait le papier en quatre, le glissait dans sa poche.

« Suis-moi, Bill ! »

La partie de cache-cache recommença, selon des règles différentes, choisies par nous. Au lieu d'une cible, il y en avait maintenant deux. Pour diminuer le risque, nous avions mis au point une stratégie : chaque fois que les balles me serraient d'un peu trop près, William se montrait, effectuait un petit sprint entre deux entonnoirs, puis se planquait ; de mon côté, je transportais les gourdes et les pansements, tâchais de mettre à l'abri les quelques survivants que je rencontrais. Ma sauvegarde dépendait de ma vivacité et, une fois l'objectif atteint, de mon aptitude à me faire le plus petit possible, à profiter du moindre écran – cadavres, sacs, bosses, herbes – susceptible de me dissimuler en tout ou en partie.

Tandis que je faisais ainsi toutes les chapelles du no man's land, je voulais croire que l'inconscience, l'ahurissante imbécillité d'une telle démarche ne pouvait que prendre à contre-pied des esprits logiques et sensés – au nombre desquels je comptais, d'autorité, les servants de la mitrailleuse. Absent à moi-même, j'étais devenu le spectateur éberlué de mes propres actes. À l'instinct, je zigzaguais entre les trous, plongeais derrière les monceaux d'équipements, m'allongeais parmi les paquets de morts sans qu'aucune pensée digne de ce nom me traversât l'esprit. Non, la vie tenait soudain tout entière en une succession d'images entrevues, d'obstacles à surmonter, de signes à interpréter, de décisions à prendre dans la seconde… Rien d'autre.

Sur mon passage, animés de brefs sursauts, les morts semblaient parfois reprendre vie. Mais quelques blessés, aussi, cessaient de souffrir pour s'être trouvés sur le chemin des balles qui me cherchaient. En quelques heures, je dus soustraire à la mitrailleuse cinq ou six blessés, que je tirai au fond des entonnoirs. Puis, changeant de tactique, je commençai à en amener d'autres jusqu'au remblai, où le petit groupe d'hommes qui s'y abritaient pouvaient s'occuper d'eux.

Le capitaine qui m'avait appelé tout à l'heure y organisait une sorte de minuscule poste avancé. Je ne le connaissais pas. Il était du *1st Pals*.

« Vous en avez fait assez comme ça, mon vieux. Croyez-moi : aujourd'hui, j'en ai perdu de plus courageux que vous, qui en ont fait beaucoup moins...

— Mais il y a encore plein de blessés, mon capitaine !

— Je suis au courant, figurez-vous. Si vous voulez sauver tout le monde, commencez par votre copain, là-bas. Dites-lui de nous rejoindre, ou il va finir par se faire descendre... »

À son contact, la fièvre retombait. Ses paroles pleines de bon sens rouvraient les portes de la raison, et avec elles celles de la peur, du désir de vivre malgré tout. Bientôt, si je n'y prenais garde, il serait trop tard : je redeviendrais ce que j'avais toujours été, un intellectuel frileux, incapable de se dépasser parce qu'incapable de croire en lui. Un être inutile dont personne ne voulait.

« Désolé. Je dois ramener mon officier », dis-je.

Le capitaine secoua la tête.

« Comme vous voulez. Je n'ai pas d'ordre à vous donner, mon vieux. Mais si vous étiez du 15e, je vous botterais le cul. Ça vous remettrait peut-être les idées en place... »

Je vérifiai le niveau de mes gourdes, en laissai une au capitaine puis, toujours à quatre pattes, m'apprêtai à regagner l'entonnoir. Je ne voyais plus William.

« Soldat... ?

— Oui, mon capitaine.

— Avant que vous ne vous fassiez tuer... Votre nom ? »

Il avait ouvert un calepin, léchait la pointe d'un crayon.

« Parsons, mon capitaine. Nigel Parsons.

— Parsons… Du 16e… Et votre copain ?
— Salter. William Salter.
— Du 16e aussi ?
— Du 16e aussi. »
Il referma le calepin, plissa les yeux, me dévisagea.
« Eh bien… Bonne chance, Parsons. »

Quand je m'élançai, je compris qu'en moi quelque chose s'était cassé. Je courais certes avec la même souplesse. Mais cette fois, c'était la peur qui me poussait. Paradoxalement, elle me faisait perdre toute prudence : je filais droit devant, sans dévier, vers l'endroit où mon souvenir situait notre trou d'obus. Au passage, j'entrevis William qui rechargeait son fusil abrité derrière un muret de sacs. Il me restait une dizaine de yards à couvrir.

La mitrailleuse demeurait muette.

Je n'entendis pas la première détonation, ni même la seconde. Une douleur fulgurante me déchira la main droite, me transperça le bras. J'eus l'impression que mon corps se disloquait. Emporté par l'élan, à la limite du déséquilibre, je continuai à courir. Une balle me frôla l'oreille, une autre ricocha sur le cuivre de mon insigne. Je m'étalai avant d'atteindre le trou, me relevai, donnai le dernier coup de reins. J'avais gagné. Les parois meubles de l'entonnoir freinèrent ma chute, et m'évitèrent de piétiner le lieutenant. William me suivit. Sa bottine vint taper contre mon casque.

« Ça va, Nickie ? »

Je ne répondis pas. La douleur me donnait la nausée.

« Ma main, Bill !… »

Je suais abondamment, je claquais des dents, j'avais froid.

« Montre-moi ça… »

Je n'osais pas regarder. Je sentais les doigts de William sur mon poignet, leur toucher tiède.

« Pas joli, mais ça devrait aller. Si on s'en sort, tu es bon pour *Blighty*[1], petit veinard… Attention, ça va faire mal. »

Pour ne pas crier, je mordis ma manche.

Il me banda la main, pas trop serré.

« Et le bras ? », bafouillai-je.

William grogna.

« Rien du tout. Comme ta cuisse. Une estafilade. »

Il ôta son casque, ébouriffa ses cheveux trempés.

« On a été vernis. »

Nous devions être les seuls. Au fond de l'entonnoir, le lieutenant avait l'air de dormir.

« Bill… Le lieutenant… ? »

Je n'osais pas prononcer le mot.

« Tu crois qu'il est… ?

— Attends, je vais voir. »

À quatre pattes, William se laissa glisser, posa doucement la main sur le front du lieutenant, palpa la carotide.

« Il tient le coup, mais c'est juste-juste… »

Enfin, j'osai regarder ma main droite. Ou ce qu'il en restait. Un sang rouge imbibait lentement le bandage blanc.

« Bill ?

— Oui, quoi ?

— J'ai encore tous mes doigts ? »

Il remonta la couverture sur les jambes du lieutenant.

« Mais oui…

— Tu crois qu'on va me la… ? »

Je pensais à Benjamin, à la manche vide de son veston.

« Mais non… », dit-il.

Dans sa musette, il prit un des traités.

« Tu écriras encore beaucoup de poèmes, Nickie. »

Il tourna une page, sourit.

« Tu as vu, sous les barbelés, les belles spirées ? »

J'aurais juré que c'étaient des berces.

---

1. *Argot troupier* : le pays.

À la surface, sporadique, la mitraillade continuait. Nous ne nous en alarmions plus guère. Le lieutenant dormait. Pour la première fois, j'eus l'idée de consulter sa montre. Il était sept heures. Le cadran circulaire semblait une réduction du ciel rond tendu au-dessus de l'entonnoir. Vers l'ouest, l'horizon commençait à rougeoyer, allumait des reflets sur les boîtes de singe et les douilles vides qui traînaient au bord du trou. À l'est, le bleu profond virait lentement au gris ardoise. Bientôt, les premières étoiles y perceraient leurs trous d'épingles. Quand la nuit viendrait, nous pourrions enfin songer à regagner nos lignes et une vie qui, vue d'ici, ressemblait à la normalité. En attendant ce moment, je rêvais au roi Saül défait, au champ de bataille de Gelboé couvert de dépouilles et de guerriers morts. Même dans ses moments de lyrisme les plus sombres, le révérend Watcombe n'avait pu imaginer pareille désolation.

Le lieutenant délirait, marmonnait des phrases incompréhensibles. Un instant je crus qu'il parlait de Chine, de canaux, de Manchester. Puis il se tut. La fatigue pesait sur mes paupières. Pourtant, à aucun prix, il ne fallait dormir

Autour de l'entonnoir, les gémissements montaient, comme un chœur lancinant d'âmes en partance.

« *Mummy... Mummy...* »

Cette fois, je me bouchai les oreilles pour ne rien entendre.

Ne pas dormir.

À aucun prix.

« *Mummy... Mummy...* »

Mon cœur cognait dans ma main.

Aucun prix...

CHAPITRE SEPT

Impossible de me lever. Sur tout mon corps pesait une inertie accablante, que la fatigue déguisait en fatalité. Pour réagir, secouer son étreinte, les forces me manquaient, et la volonté. Pourtant les infirmiers n'étaient pas de mauvais bougres. Réunis au pied de mon lit, ils hochaient la tête d'un air désolé. Ils auraient aimé s'excuser par avance de ce qu'ils allaient devoir faire, mais ils sentaient bien que cela ne m'aiderait pas. Alors ils se taisaient.

« Vous êtes vraiment sûrs ? »

C'était la scie qui me terrifiait, ses dents aiguës, luisantes, sinistres. Pourquoi voulait-on m'amputer puisque je n'avais plus mal ? Un ordre, ça se révoquait, tout de même ?

Après un examen aussi bref que superficiel, le médecin-major avait mis le cap sur une autre aile du bâtiment. Tandis qu'il inspectait ma blessure sans la toucher, avec une moue découragée, je ne lui avais posé aucune question. Son verdict était tombé, les infirmiers avaient pris acte, la scie était sortie d'une trousse. Le temps qu'il revienne, il serait trop tard pour défendre ma cause.

Dans la chambre flottait une obscurité duveteuse. Une lampe brûlait sur le palier. Je les voyais à contre-jour.

Pourtant, même ainsi, la blancheur de leurs vêtements parvenait à m'éblouir. Ils avaient dû enfiler des tabliers propres avant d'entrer. Derrière eux, en retrait, une silhouette sortait de l'ombre. Sous le voile de l'infirmière, je reconnaissais le visage lisse de Beatrice. Je n'en éprouvais aucun dépit, aucune douleur. La retrouver ici ne m'étonnait pas outre mesure. Ce type de charité professionnelle devait flatter son éternel désir de plaire et son goût théâtral pour l'abnégation.

Silencieuse et compassée, elle portait à bout de bras un large plateau ovale. Au milieu, à la place des seringues et des ampoules, très blanche sur fond grenat, une main tranchée baignait dans une flaque de sang caillé. Beatrice l'ignorait, me toisait d'un regard à la fois dur et infiniment distant.

« Tu es un sentimental, Nigel. »

Ses lèvres n'avaient pas bougé, mais j'avais reconnu sa voix – celle de Brighton, froide et résolue. La même lassitude qui me maintenait allongé sur le lit de sangles m'empêchait de lui répondre, de m'extraire des draps et de faire ce que, peut-être, je regrettais de n'avoir jamais fait : la gifler, briser l'indifférence plaquée sur ce visage comme un masque de plâtre, mettre à nu le vide effrayant qui béait derrière.

« Vous voyez bien, dit un des infirmiers. Ce n'était pas si terrible… »

Ils souriaient tous. Je ne comprenais pas. Je n'avais rien senti, rien vu. La scie avait disparu. Sur le plateau, c'était…

« Ma main ! Non ! Je ne veux pas ! »

Je voulus faire un geste, roulai en bas du lit. La lumière s'éteignit. Les tabliers blancs s'évanouirent dans les ténèbres.

J'ouvris les yeux.

Ma main droite était toujours là, au bout de ma manche. Insensible, elle ne me faisait plus souffrir. Sur le pansement souillé, raide de sang séché, la forme des doigts se dessinait.

Une poignée d'étoiles brodaient leurs motifs de perles sur le tambour de l'entonnoir. La nuit était tombée. Aucune doublure de nuages n'en lestait l'étoffe translucide. Échappée du fond de l'univers, une lumière aux reflets opalescents l'éclairait par-derrière, posait sur son brocart des clairières de moire où perçaient des promesses de matin.

Un silence étrange noyait le monde telle une bruine invisible et lente. Tout se figeait sous son toucher glacé. Je commençais à me demander si j'entendais encore quand, peu à peu, l'un après l'autre, les menus bruits qui composaient ce silence, en formaient à la fois le fil et le canevas se frayèrent un chemin jusqu'à ma conscience. Fasciné, j'écoutai le chant monotone des grillons dans les cultures, l'haleine du vent à travers les épis, le murmure des frondaisons basses au passage de la brise. La nuit n'était que souffles et murmures.

Rivé au ciel, mon regard enregistrait d'autres absences. Aucune fusée, aucun bouquet d'éclairs. Tout autour, la campagne dormait.

Pourtant il fallait me lever, quitter ce lieu. Je remontai ma manche pour consulter ma montre. Elle était arrêtée. Comment avais-je pu l'oublier ?

Alors seulement, l'exil apparent de toute vie, de toute chaleur ébranla mon apathie. Une angoisse sans nom me serra la gorge. Je voulus crier. Car soudain, intolérable, inimaginable, la certitude m'écrasait…

J'étais seul au fond de ce trou.

« Bill ? »

Contre le silence de la nuit, ma voix jouait perdante. Sur le moment, elle me parut fluette, ridicule – l'expression parfaite de mon impuissance. Comme je l'avais craint, personne ne répondit. Aussitôt, à trois pattes et un coude, je me mis à explorer l'entonnoir, remuant avec frénésie la terre qui s'éboulait sous mes pieds.

« Bill ?... Mon lieutenant ?... »

De la terre, de la terre, rien que de la terre, des racines et des cailloux avec, par-ci par-là, une douille orpheline, une boîte de conserve éventrée, une pièce d'équipement dépareillée. La panique m'empêchait de réfléchir.

« Bill ! »

Affolé, je n'osais pas crier.

William m'avait donc abandonné. C'était impossible. Tout bonnement impensable. Je n'arrivais pas à le croire. Non, jamais il n'aurait pu me faire cela. Mais alors comment expliquer sa disparition ? Avait-il entrepris de ramener seul le lieutenant ?

Puisque j'étais blessé, le règlement militaire m'autorisait à laisser sur place tout mon équipement. Je décidai toutefois de conserver fusil et musette. Je n'aurais su dire pourquoi. Peut-être parce que le fait de m'aventurer sans arme au cœur du no man's land risquait de me faire perdre la dernière identité à laquelle je me cramponnais encore, qui tenait pour une bonne part à un rang et un matricule ?

Avec la main gauche et ce qui me restait de la droite, je nettoyai mon fusil. Ensuite, je replaçai la baïonnette dans son fourreau, bouclai ma musette et me hissai jusqu'au bord de l'entonnoir.

Sous le ciel cristallin, la plaine s'enfonçait dans une obscurité opaque. Pour m'orienter, les repères faisaient défaut. Trop douce, la pente de la colline ne permettait d'en situer ni le pied ni le sommet – surtout quand on rampait le nez au ras des mottes. Du bois de Thiepval, les fûts semblaient s'être enfoncés tels des clous dans un paysage aplani par la nuit.

Plus que jamais, je regrettais l'absence de William. Sa compagnie m'aurait réconforté, et sa connaissance des astres serait venue bien à point pour lire la carte du ciel.

Au-dessus de moi, les étoiles parlaient en pure perte une langue que je ne comprenais pas.

Les cadavres, songeai-je alors. Les cadavres me renseigneraient. La majorité des hommes n'étaient-ils pas tombés face en avant ? Encore tournées vers la tranchée dont ils étaient partis, leurs semelles m'indiqueraient la bonne direction.

Je commençai à ramper. Ma main blessée me gênait. Partout, le même silence pesait sur le no man's land. Le moindre de mes mouvements produisait assez de raffut pour ameuter un régiment. Le fourreau de ma baïonnette cliquetait, l'eau de ma gourde clapotait dans ma musette, deux boîtes de singe tapaient l'une contre l'autre. De temps en temps, je m'arrêtais pour souffler et tendre l'oreille. Autour de moi, les ténèbres demeuraient muettes. À peine entendais-je frissonner les ramilles d'arbres invisibles.

Alors, pour la première fois depuis mon réveil, je remarquai l'odeur. Plus forte, plus capiteuse que l'humus bêché, elle charriait avec elle de lointains souvenirs d'enfance. Ainsi me revoyais-je gamin, traversant sac au dos les landes et les tourbières de Chat Moss, ou plus récemment, menant la livreuse vers Eccles et la ferme Thorncroft, pour un dîner dominical dans la salle à manger sombre, autour de la longue table familiale. Ce parfum en même temps aigre et sucré, je le humais chaque fois en traversant la cour, entre l'étable et le fenil. Non, je ne me trompais pas : cela sentait le purin, la fumure, les fanes coupées.

Depuis un moment, j'écrasais des plantes dont les feuilles rêches me chatouillaient les joues et le nez. Je marquai une nouvelle pause, arrachai une tige. Sauf erreur de ma part, j'étais en train de traverser un champ de betteraves.

Je n'y comprenais rien. Et ce n'était pas tout. Jusqu'à présent, aucun cadavre, aucun blessé ne s'était trouvé sur ma route. Or je devais crapahuter depuis une bonne demi-heure au moins. De même, le secteur semblait éteint et mort. J'avais vécu assez de nuits en première ligne pour savoir ce que la routine y comportait d'explosions subites et d'alarmes inutiles. Ici, rien de tel.

Mais au fond quelle importance ? Rejoindre nos tranchées : cela seul devait m'occuper l'esprit. Si d'aventure je sortais vivant de ce merdier, j'aurais la vie entière pour échafauder les théories les plus raisonnables ou les plus farfelues.

À force de ramper, je m'épuisais. Des crampes me tordaient les muscles. Mon corps endolori réclamait un répit.

J'eus alors l'idée. Absurde et simple. Tentante.

Pourquoi pas, après tout ?

Le cœur battant, je m'agenouillai d'abord, demeurai immobile, les sens en alerte. Toujours aucun bruit, aucun signe de vie alentour. Enfin, lentement, prenant appui sur mon fusil comme sur une canne, je me levai, attendis.

J'étais debout, en plein champ. Couverte de sueur, ma peau guettait la balle, sa morsure brûlante. À l'obscurité hostile, je lançais un défi insensé. J'attendais, j'attendais.

Rien ne se passait.

J'étais seul.

Même les morts m'avaient abandonné.

Je fis un pas, puis deux. La terre crissait sous mes semelles. J'avais saisi mon arme, posé le garde-main sur mon avant-bras droit. Les feuilles des betteraves cassaient avec un bruit mouillé de laitue mâchée. Une brise légère rafraîchissait mes tempes et mon front.

Puis soudain, tournant la tête, suspendu sur toute la hauteur du ciel, j'aperçus un gigantesque halo. Tout de suite, je pensai aux projecteurs que nous avions vus à l'œuvre du côté d'Étaples, quand nous y étions passés à bord du train venant de Boulogne, après notre débarquement. Leurs faisceaux blancs peignaient le ventre des nuages à la recherche de zeppelins ou de gothas. Mais ce halo-ci n'avait rien de comparable. Il imprégnait un ciel transparent et limpide. En un dégradé vaporeux, sorte d'énorme arc-en-ciel monochrome, la lueur allait se perdre dans l'immensité du firmament.

L'aube, me dis-je. L'aube se lève.

La lumière me montrait la voie. En moi la peur avait disparu. Je savais enfin où diriger mes pas.

Déjà vertigineuse, la voûte céleste paraissait grandir encore, étirer ses arches de verre, aspirer vers le haut les réverbérations laiteuses qui l'illuminaient. J'avançais. Le spectacle m'absorbait tout entier. Il était d'une beauté à couper le souffle.

Combien de temps marchai-je ainsi à travers champs, le fusil à bout de bras, le regard perdu au ciel ? Aux betteraves avaient succédé des épis de blé en houle pâle sous la lune. Les grillons se taisaient. Le vent me susurrait à l'oreille des confidences inachevées.

Parvenu à la limite d'un carré de seigle, je réalisai enfin que depuis le début, j'avais pris la mauvaise direction. La crête de la colline dressait devant moi sa croupe sombre. Le halo la coiffait d'un somptueux diadème, jaillissait pardessus un épais bouquet d'arbres. Une forme géométrique imposante, encore indistincte en prolongeait les cimes. Entre les ramures et les troncs enchevêtrés, de faibles lueurs rousses se faufilaient, clignotaient comme au fond d'une caverne.

J'aurais dû faire demi-tour, laisser ce lieu étrange. Mais une force me poussait à continuer, marcher vers la lumière.

Au-dessus des arbres, je distinguais maintenant une tour massive, au chef carré, dont les reflets accusaient les arêtes et les reliefs. Presque aussitôt je la perdis de vue. Je venais de pénétrer dans un sous-bois encombré de végétations basses – noisetiers, aubépines, ronces et liserons. Les branches me cinglaient le visage, agrippaient la bretelle de mon fusil. Les ronces accrochaient le tissu de mes vêtements, éraflaient le cuir boueux de mes brodequins.

Le sommet de la colline était proche maintenant. Libéré, le vent folâtrait dans les branchages, ouvrait çà et là des brèches parmi les frondaisons. Entrevu par ces écoutilles, le halo blanchâtre n'en paraissait que plus immense, plus pur.

Une haie fermait le sous-bois et dérobait à la vue ce que j'estimais être l'amorce d'un plateau. Je n'étais sûr de rien, et mes suppositions allaient bon train. Ainsi, la tour était-elle un vestige de l'ancien château ? Peu probable : les pilonnages intenses de ces derniers jours avaient dû n'en laisser que des pans de murs calcinés. Dès lors, se pouvait-il qu'on ne vît pas cette tour depuis nos positions ?

Au moment de franchir la haie, le bracelet de ma plaque d'identité accrocha quelque chose. La première frayeur passée, je discernai dans la pénombre un long trait fin et luisant. Du fil barbelé. Mais ici, rien de commun avec les réseaux denses que les corvées plantaient en avant des lignes. Non, c'était une clôture toute simple, plus propre à garder les vaches qu'à intimider n'importe quel assaillant, pourvu ou non de pinces. Impatient de dégager mon bras gauche, je tirai. Un peu trop fort. Le bracelet cassa net. Heureusement, la plaque n'était pas tombée dans les ronces. Je la ramassai, l'empochai avec le paquet de lettres.

Avant de me hasarder hors du bois, je sortis la baïonnette de son fourreau, la plantai en terre, l'en retirai – ainsi, aucun reflet ne me trahirait –, et la fixai au canon de mon fusil. J'écartai les fils, me glissai entre deux troènes.

Je ne m'étais pas trompé. Derrière la haie s'ouvrait un large espace qui faisait au ciel la part belle. Le vent y courait entre des alignements réguliers de pierres blanches.

Alors, brutalement, se dévoila un paysage devant lequel

je cessai d'être l'homme que j'avais été. La peur que j'aurais dû éprouver mourut avant de naître. Je quittai l'ombre où je me tenais encore, m'avançai lentement sur l'allée qui, entre les pierres, menait tout droit au Monstre.

Le mot s'était imposé à moi avec l'évidence d'une révélation. Il me semblait que je venais de l'inventer là, sous les étoiles, par cette nuit magique d'après l'horreur du jour.

Le Monstre.

Ainsi, en une langue forcément inadéquate, tentais-je en vain de traduire la démesure, la folie d'une telle construction. Dans ce qui me restait de conscience et de souvenir, j'évoquais pêle-mêle Babylone, Babel, le Pandémonium de Milton, les visions de saint Jean ou quelque toile outrancière de John Martin – comparaisons indigentes parce que livresques, nulles au regard de l'arche gigantesque mais bien réelle qui se dressait face à moi.

La tour quadrangulaire, dont le halo nimbait le sommet, reposait sur deux pylônes colossaux, eux-mêmes percés d'arches plus petites qui allaient décroissant, selon un plan régulier, jusqu'à former des portes dans les soubassements de l'édifice. De part et d'autre d'un parvis surélevé, deux escaliers donnaient accès à une esplanade. Sous l'arc principal et sa voûte à caissons, de vastes degrés menaient à un autel sur lequel brûlait un feu.

Les flammes chassaient sur les murailles des ombres veloutées. Leur lumière dansait sous les arches, tantôt creusant l'obscurité, tantôt sculptant les détails d'une architecture solennelle, pharaonique. En haut des piliers, je distinguais une floraison grise de couronnes votives, des alternances rythmiques de brique et de pierre en bandeaux.

J'approchai. J'avais baissé mon fusil. Ma baïonnette frôlait la pelouse rase qui courait entre les cippes de chaque côté de l'allée. J'arrivais au pied du monument. À présent, le mur de la terrasse dérobait les flammes du brasier, dont l'éclat ou la chaleur faisaient trembler la pénombre des travées. Debout sur le parapet, un homme se tenait immobile, minuscule vigie posée là comme un acrotère sur une balustrade. Peut-être n'était-ce qu'une statue ? J'étais trop loin. J'avançai encore.

En moi, la fascination gommait tout sentiment. Je n'étais plus qu'une paire d'yeux. Sous l'immense voûte principale, les couronnes de lauriers encadraient des échappées vers d'autres voûtes plus basses, d'autres passages sombres ouverts sur la nuit et l'écrin du ciel.

J'avais monté la rampe gazonnée. Plus écrasant que jamais, le Monstre se dressait devant moi, ses étages allaient se dissoudre dans les ténèbres. Je déposai mon fusil, tendis la main, caressai un grand panneau de pierre rugueuse enchâssé dans le mur de brique. Mes doigts reconnurent une surface plane, gravée de petites lettres.

L'escalier à double révolution m'invitait à poursuivre mon exploration. Je gravis les degrés un à un, d'un pas lent.

Parvenu sur la terrasse, je vis enfin l'homme. Toujours immobile, il regardait vers l'ouest, où s'étendait un paysage moucheté de points lumineux orange et blancs. Un silence de cimetière emplissait la vallée de bord en bord. Ici, au sommet de la colline, on n'entendait que les plaintes du vent entre les piliers et le doux crépitement du bois dans le brasier. Assises autour du feu, d'autres silhouettes se réchauffaient, indifférentes à mon arrivée. Leurs uniformes étaient maculés de boue. Je mis mon fusil à la bretelle.

« Te voilà enfin… »

Cette voix… Calme et lasse. Je m'étais arrêté.

« Je t'attendais. »

L'homme n'avait pas bougé. Il était nu-tête. La brise nocturne agitait une mèche de ses cheveux, avivait les flammes du brasier, derrière nous. Son profil émergeait de l'ombre, et je le reconnus.

Il ne souriait pas. Il avait porté une main à son front. L'autre reposait sur la boucle de son ceinturon.

« William ? »

Je fis un pas vers lui.

« William ? C'est toi ? »

Alors, lentement, il se tourna vers moi.

Pourquoi ne courais-je pas à sa rencontre ? À cause de ce regard profond, où joie et tristesse semblaient intimement mêlées ? À cause de cette main tendue, si claire, si lumineuse ?

« J'ai cru que tu ne viendrais plus… »

Le feu de branches mortes brûlait sur une sorte d'autel. Les hommes se serraient autour, silencieux, impassibles et lointains.

« William ? Où sommes-nous ? »

Ses yeux brillèrent. Un sourire éclaira son regard.

« Je suis content que tu sois là, Nickie. »

Nous nous embrassâmes. Mon bonheur n'était pas feint. Pourtant, au même moment, le soupçon se faisait jour en moi que cet édifice ne figurait sur aucune carte, et qu'il en avait toujours été ainsi.

CHAPITRE HUIT

De temps en temps, l'un d'eux apportait une branche morte et la posait sur le feu, où elle s'embrasait derrière un voile de vapeur légère. Puis l'homme allait se rasseoir avec les autres et, immobile, contemplait la danse des langues affamées sur le bois noirci. L'éclat changeant des flammes, l'air échauffé et tremblant animaient les visages graves, les regards à la fois sereins et ternes.

J'avais pris place parmi eux, le dos appuyé à la base d'un pilier. J'aurais pu tenter de nouer une conversation, mais le silence m'intimidait et confortait en moi le pressentiment que personne n'ouvrirait la bouche pour me répondre. Les hommes se taisaient, n'échangeaient entre eux aucun signe d'intelligence. Serrés les uns contre les autres, ils semblaient solitaires, immergés aux tréfonds d'eux-mêmes sans la moindre volonté de refaire surface. Ni la nuit, ni le vent, ni le monde alentour ne les inquiétaient. Non, le feu… Le feu seul accaparait leur attention et leurs pensées, s'ils en avaient.

« Le lieutenant, Bill ? Où est-il ? »

William fixait les flammes. Elles brillaient dans ses grands yeux clairs. J'avais l'impression qu'il m'écoutait à peine.

« Le lieutenant, Bill… ? »

J'aurais juré que sur tout son être pesait un poids invisible de songes jusque-là refoulés par la guerre et sa routine. Enfin libres d'entraves, ces rêves en rupture de ban nous séparaient, occupaient le territoire des veilles dont ils avaient été longtemps chassés. De mon côté, j'avais la tête lourde moi aussi – mais vide d'images et de souvenirs.

« Pas ici. »

Sa réponse me surprit d'autant plus que j'avais cessé de l'attendre. Ses lèvres avaient à peine remué.

« Pas ici ? »

Impossible d'en apprendre davantage. Je n'insistai pas. Mes pensées erraient, s'engluaient dans une lente stagnation. L'obsédant ballet des flammes, leur douce chaleur m'engourdissaient l'âme et le corps. Chaque seconde éloignait un peu plus une guerre irréelle, imaginaire, aux accents de vieille épopée pleine de sang, de fureurs et d'excès. Petit à petit, comme un lendemain de cuite, je me sentais gagné par une séduisante aboulie, à laquelle j'éprouvais bien du mal à résister.

« Où sommes-nous, Bill ? »

Il dodelina du chef, posa les coudes sur ses genoux. Parler lui était pénible.

« Je n'en sais rien, Nickie. »

Une branche de sapin pétillait. Les aiguilles vernissées, d'un beau vert sombre, se recroquevillaient avant de prendre feu d'un coup, embaumant l'air d'un parfum âcre et piquant.

« Et eux, ils savent ? »

J'en venais presque à regretter mon obstination. Elle me paraissait soudain déplacée, inopportune. William ne me fit pourtant aucun reproche, haussa les épaules et retomba dans son mutisme.

Lassé de ces dérobades, je renversai la tête, cherchai des yeux les voûtes du bâtiment. L'ombre et la lumière s'y livraient des combats feutrés. Sûre de la victoire, l'ombre ménageait ses forces, reculait devant chaque attaque, puis reprenait le terrain perdu. Encerclée, la lumière aux abois attendait le renfort d'une aube qui tardait à venir.

Le jour se lèverait-il ? Au sommet de la colline, le halo qui m'avait guidé s'était éteint. Seule une frange laiteuse traçait à l'horizon la frontière incertaine du ciel et de la terre. Une bise âpre soufflait du plateau. Enhardie, la lueur du brasier escaladait les murailles et les chapiteaux.

L'espace d'un instant, les majestueux arcs de brique et de pierre perçaient des tunnels sous la nuit. Les ténèbres refluaient, dévoilaient des fragments d'architectures arrachés à leurs abîmes. À la faveur de ces éclaircies, je relisais les inscriptions gravées au centre des couronnes. Représentaient-elles des noms de villages traversés au hasard de nos allées et venues entre l'arrière et le front ? Des haltes campagnardes à peine entrevues par les portes coulissantes des wagons à bestiaux ? Des cantonnements promis, jamais atteints ? Ou désignaient-elles des hommes dont la renommée s'était lentement éteinte sous le boisseau du temps ? Je les prononçais à voix basse, pour mieux en goûter l'étrange sonorité.

« Flers-Courcellette », « Morval ».

D'autres encore profilaient leurs lauriers contre le ciel de jaspe. Sous l'arche principale, j'en avais compté huit. On aurait dit des bouées de sauvetage accrochées aux parapets d'un pont – sur quel fleuve oublié, pour quelles noyades ?

Dessous, infiniment plus nombreuses, taillées en successions denses, d'autres lettres par milliers couvraient les faces des piliers. Elles formaient des mots, rangés à leur tour en colonnes. Un registre immense s'ouvrait devant mes yeux, longue incantation patronymique, énumération vertigineuse de noms de familles pour la plupart très ordinaires.

Rasant la pierre, la lumière du brasier creusait d'ombre

les lettres ciselées. La régularité des caractères les fondait en une masse de signes. Vus à distance, ils perdaient leurs attributs distinctifs, composaient un chant unanime, une parole énorme, totale, imprononçable.

« Tu as vu, tous ces noms ? »

William demeurait de marbre. Il se tenait le front à deux mains, paraissait réfléchir.

Je m'étais levé. Pour la première fois, je les regardai vraiment. Ils étaient une douzaine. Sur leurs capotes déchirées, imprégnées de boue, les insignes avaient presque tous disparu – ici ou là, sur une manche, on devinait la piqûre d'un galon décousu, la tache claire d'un écusson arraché. Pour tenter d'attribuer à chacun une origine et un grade, il fallait donc faire appel à l'imagination, scruter les visages sous les casques, interpréter les indices les plus ténus. Ainsi, cette tignasse rousse et bouclée était-elle irlandaise ? Et ce baudrier de cuir : appartenait-il à un capitaine ou un lieutenant ?

Je portai la main gauche à mon épaule. L'insigne de cuivre des *Salford Pals* n'y était plus. J'avais dû le perdre pendant l'attaque ou au cours de mes tribulations à travers le no man's land. Un instant, l'idée me vint de sortir ma casquette du fond de la musette – au-dessus de la visière, la grenade dorée des Fusiliers du Lancashire y était-elle encore ? – mais je renonçai à vérifier. C'était idiot. Il n'y avait aucune raison.

Où étions-nous ? Dans quel secteur du front ou de l'arrière avions-nous abouti ? Après tout, au-delà de la Somme et au sud d'Amiens, je ne connaissais de la France que ce que ses bons auteurs avaient pu m'en apprendre. Aucune de mes lectures, jusques et y compris le guide Baedeker, n'avait mentionné le formidable édifice qui aiguisait ma perplexité. Je m'en serais souvenu. Or son aspect singulier, encore renforcé par son apparente inutilité, aurait dû lui assurer une manière de célébrité propre à lui valoir quelques lignes dans un compte-rendu de voyage. Ma mémoire n'en gardait nulle trace.

J'avais laissé William et les autres, tourné le dos au feu. Je déambulais sans but entre les travées, descendais les marches de l'autel jusqu'à la terrasse où, posant mes pieds sur les motifs de brique, j'imaginais des parcours initiatiques. Entre autres symboles, j'y foulais pêle-mêle conques stylisées, cercles parfaits, labyrinthes concentriques.

Parvenu au bord de la terrasse, je montai sur le parapet. Sous le ciel étoilé, la campagne dormait toujours. Cependant, vers la droite, derrière un épais rideau d'arbres, des loupiotes blanches clignotaient. Intrigué, je sautai en bas du mur, m'accroupis, tâchai de percer l'obscurité sous les feuillages noirs, entre les troncs.

Je ne me trompais pas. Des lumières brûlaient.

Je décidai d'en avoir le cœur net. D'un pas énergique, je montai deux à deux les marches qui menaient au centre de la grande arche, récupérai mon fusil posé contre un panneau et me disposai à explorer les environs.

Autour du feu, personne ne s'inquiéta de mes préparatifs, pas même William. Le fusil à la bretelle, je dévalai les marches qui, de l'autre côté du Monstre, débouchaient sur l'obscurité du plateau. Ici, rien n'arrêtait le regard, rien n'émergeait de l'ombre. La bise ne secouait aucune herbe et, glissant sur le terrain plat, allait jouer entre les piliers du bâtiment où elle pouvait éprouver sa force et sa souplesse.

Je me retournai. Déjà, les silhouettes pelotonnées autour du feu paraissaient minuscules, sur le point de se dissoudre. On distinguait davantage leurs ombres portées sur les panneaux que leurs formes véritables. Sorties du néant, elles y retournaient malgré la lumière vacillante qui les retenait encore, personnages sans visage, gommés par l'architecte une fois son plan encré, mis au propre et définitif.

Soudain, de la pierraille crissa sous mes semelles. Je me penchai, ramassai une poignée de graviers. Dans la pénombre, j'entrevis alors une esplanade circulaire, dont la tonalité claire tranchait sur la noirceur du lieu. Les lumières aperçues depuis la terrasse brillaient au bout d'une allée. Partagé entre crainte et curiosité, je me dirigeai vers elles.

Derrière une charmille, un pavillon propret alignait ses fenêtres éteintes. Le crépi des murs ne portait trace d'aucun impact, la toiture avait conservé toutes ses tuiles et, même si aucun lustre ne brillait derrière les croisées, on devinait la maison habitée tant lui manquaient les signes habituels de déréliction, si familiers aux experts que nous étions devenus – le long des routes de l'arrière, vitres cassées, parterres ensauvagés, volets clos aux lattes disjointes, cadenas forcés formaient l'ordinaire du paysage et augmentaient à mesure qu'on approchait du front. Même dans les zones d'étapes, il était rare de rencontrer des pavillons en si bon état, presque pimpants, sans aucune trace de ce désordre que l'homme apporte partout avec lui.

Je dépassai deux autres maisons. Le silence persistait. Sur l'asphalte de la route, mes talons résonnaient sans qu'aucun chien sortît de son sommeil. J'avais armé mon fusil, guettais le grincement d'une porte ou d'un volet.

Des réverbères illuminaient le centre désert d'un village intact. J'allai me placer sous l'un d'eux. Plus que tout, leur forme m'intriguait. À l'intérieur de globes opalins, parfaitement sphériques, brûlaient des feux d'une étonnante fixité. Je n'entendais ni le sifflement du gaz ni le tremblotement familier du verre sous le souffle du vent.

Les réverbères éclaboussaient le portail d'une église. Je m'approchai, gravis les trois marches du parvis. Un gros cadenas verrouillait la porte.

Je fis le tour du sanctuaire. M'accrochant au grillage qui défendait une fenêtre de l'abside, je jetai un coup d'œil à l'intérieur. Derrière les vitraux, aucune lumière ne brûlait, pas même la veilleuse rouge qui, d'habitude, signalait la présence de Dieu près des autels.

Sur le côté de l'église, une petite maison à volets blancs se calfeutrait derrière une haie de thuyas et un petit verger. En l'absence de sonnette, j'abaissai mon fusil et toquai du canon contre un carreau. Aucun rideau ne bougea, aucune lampe ne troua les ténèbres. Entre deux voilages, je distinguai une table cirée, le reflet sourd d'un plat d'étain, un rayon de lune posé sur des tomettes.

Ce silence épais, lourd et envahissant, cette lumière blanche qui éclairait sans réchauffer, ces maisons creuses comme des caveaux... Brusquement, la peur me serra le ventre, je regrettai le feu qui brûlait entre les pattes du Monstre. Même muette, la vie y avait encore droit de cité. Pourtant, il eût suffi de tirer un coup en l'air pour réveiller ces demeures, allumer en cascade leurs fenêtres opaques, faire couiner sur leurs gonds portes et volets.

J'y pensai. Je m'en abstins.

La tour avait reparu au-dessus des arbres. J'avais retraversé l'esplanade et la pelouse au petit trot. Quand j'atteignis le sommet des marches, personne ne se leva pour m'accueillir. Un homme renifla. Un autre toussa. La tête posée sur ses bras croisés, le rouquin avait l'air de dormir les yeux ouverts. William demeurait silencieux.

Je m'approchai, tendis mes mains vers le feu.

« De quelle unité êtes-vous, Sir ? »

J'avais parlé à l'officier. Sans marquer le moindre étonnement, il leva la tête, me considéra d'un regard amène, sourit, hocha la tête. Derrière lui, un homme surgit. Il apportait une nouvelle branche. L'officier s'écarta. L'homme jeta le bois sur le feu. Une nuée d'étincelles poudroya.

« Et toi ? »

L'Irlandais m'ignora, poursuivit sa rêverie quelque part au-delà des flammes.

Je me retournai. William m'observait. Dans son regard, je crus lire une sorte de pitié douloureuse qui me déplut. Pourtant, il ne voulait que mon bien, je le sentais confusément.

« Qu'est-ce qu'on fait ici, Bill ? »

Il ouvrit la bouche, soupira, plissa les yeux.

« On attend, Nickie...

— On attend qui ? On attend quoi ? »

Une foule de questions me brûlaient la langue, mais je me ravisai. La fatigue me reprenait. J'avais mal à la tête. L'homme qui avait apporté la branche tisonnait le feu avec un long bâton. Les flammes montaient le long des murs.

Je le constatais à présent, les inscriptions couvraient également les faces latérales des piliers. Combien de noms portaient-ils ? Je levai la tête. Sur le panneau qui me faisait face, des caractères plus grands formaient deux mots :

LANCASHIRE FUSILIERS.

Suivaient des grades et, rangés par ordre alphabétique, des patronymes flanqués de leurs initiales. J'en lus quelques-uns, au hasard.

Soudain, mon sang se figea, je me mis à suer. J'avais failli ne pas le voir. Là, presque sous mes yeux, entre SALMON T. et SANDERSON F....

SALTER W.

Ma main gauche tremblait. Couchées par une bourrasque, les flammes se réfugièrent un instant au cœur du bois, sous les braises. Pour y voir clair, je dus patienter quelques secondes. Je cherchai les P. Là, entre PARRY O. et PARTINGTON W...

Pas d'erreur, l'initiale correspondait…
Incrédule encore, je dus relire le nom à haute voix.

Puis je tombai assis par terre, sur les dalles froides, le souffle court, le cœur battant et l'esprit en désordre.

CHAPITRE NEUF

À l'horizon défait, la lueur blanchâtre allait s'amenuisant. L'aube découragée rentrait dans la nuit de sa naissance. Autour du Monstre et du village, à travers les couronnes noires des arbres, le vent poursuivait ses cavalcades silencieuses. Les flammes saluaient chacun de ses passages en jetant sur la pierre des piliers leur chatoiement fauve et la démesure de silhouettes fantasmagoriques, aussi mouvantes que leurs propriétaires demeuraient immobiles.

L'esprit vague, faute de pouvoir répondre à aucune d'entre elles, je ne me posais plus de questions. J'avais capitulé. Comme par effet de vide, le feu aspirait mes dernières pensées et je les laissais partir, déserter une à une des positions ruinées, branlantes, désormais intenables.

Aussi avais-je repris place parmi les autres, dans la douce chaleur du feu, et joint mon mutisme au leur. Les hommes veillaient, se levaient parfois pour tisonner les braises ou chercher de quoi nourrir les flammes. Ils s'éloignaient alors, s'enfonçaient dans les ténèbres du plateau, en revenaient les bras chargés de bois mort, déposaient leur récolte au pied de l'autel, puis prenaient derechef leur faction morne. À l'économie des gestes répondait l'inertie du monde et des éléments. Loin de jeter une note discordante, les divagations du vent renforçaient, par leur impuissance à l'émouvoir, la fixité quasi minérale de l'espace et du temps. Dans cette harmonie austère, cette indifférence de tout et de tous, mes compagnons semblaient avoir trouvé une place, un rythme qui leur convînt. Et s'ils attendaient je ne savais quoi, je ne savais qui, c'était sans l'impatience, sans l'anxiété qui précèdent l'avènement de l'inconnu.

Leur sagesse m'était étrangère. Mais en m'asseyant auprès d'eux comme si c'était là chose naturelle, en acceptant de mettre en veilleuse tout ce qui excédait la perception immédiate de mes sens, il me semblait pousser la première porte d'un univers secret, bizarrement rassurant, où la parole superflue s'effacerait, s'émietterait mot après mot devant l'imminence d'une révélation.

Laquelle ? Pour le savoir, il ne fallait surtout pas chercher à provoquer son irruption. Pareille aux rêves, cette révélation viendrait d'elle-même ou, au contraire, demeurerait à jamais enfouie dans l'ombre des voûtes qui nous tenaient à la fois lieu de ciel et de caverne. L'attendre sans l'espérer ni même croire en elle, l'attendre sans exigence ni curiosité… Il n'y avait rien d'autre à faire.

J'attendais donc, et la paix que me procurait cette suspension de tout mon être faisait pièce à l'immense fatigue accumulée au long des années de guerre – et de toutes celles qui l'avaient précédée. Oui, il était doux de ne plus raisonner, de lâcher prise, de sentir son corps peser un poids juste, que n'alourdissait plus aucun fardeau physique ni spirituel.

Ce qui se passait ici défiait le sens commun. Cette certitude acquise et admise, j'avais tourné le dos aux piliers, aux noms gravés par milliers sur leurs faces et parmi lesquels, j'en étais sûr maintenant, se cachait celui de chacun d'entre nous.

Combien de temps passa donc ainsi sous l'arche du

Monstre, à perdre le fil d'une vie dans la danse des flammes, à y brûler désirs, souvenirs et velléités ? La sérénité des autres, leur apathie tranquille déteignaient sur moi, et je ne me défendais pas. Au contraire, j'accueillais à bras ouverts ce sentiment de reddition, je déposais les armes en rase campagne. Enfin je n'avais plus à poursuivre une destinée qui, d'erreurs en trahisons, de naïvetés en désillusions, m'avait toujours glissé entre les doigts. L'heure du repos avait sonné.

À l'instar de mes compagnons, j'entrais dans l'immense confrérie des vaincus philosophes, qui tôt ou tard cessaient de lutter et acceptaient leur sort. En moi se déliait enfin le nœud des devoirs acceptés, des serments déçus et des fidélités inutiles. Plus de sourires et plus de larmes, plus rien sinon la certitude diffuse que le désordre touchait à son terme, que l'univers rentrait dans ses gonds, et que je l'accompagnais dans ce retour à la vérité des origines.

L'obscurité resserrait son étreinte, les flammes peinaient à lui tenir tête. Faute de combustible, le feu allait bientôt mourir. Personne ne me demanda rien, personne ne me regarda. Simplement, je sus que mon tour était venu. Le froid tombait sur le plateau. Avec regret, je songeai à la capote que j'avais laissée au fond du trou et remontai le col de ma vareuse.

Cette fois, je descendis l'escalier de la terrasse, côté vallée. Après avoir longé les haies de pierre, je me dirigeai vers un bouquet d'arbres qui se serrait au bord de la vaste pelouse.

Parvenu sous les frondaisons, je me mis en quête de bois mort. Les branches que je ramassais me paraissaient tantôt trop petites, tantôt trop encombrantes, ou alors pas assez sèches. Aussi poussai-je plus loin mon exploration. On n'y voyait pas grand-chose. Tamis dressé contre le ciel, un entrelacs de traits noirs composait une forêt stylisée, anguleuse, géométrique. Sous mes pieds, l'humus tendre exhalait une odeur forte de pourriture et de moisi.

J'allais me pencher pour dégager ce que je croyais être un morceau de souche, quand sur ma main droite, la blancheur du pansement troua les ténèbres. Je vis ensuite les lacets de mes bottines, puis la manche déchirée de ma vareuse où pendait un bouton. Autour de moi, lentement, le tapis végétal sortait de l'obscurité, la moindre feuille accrochait un reflet pâle. Les troncs étiraient leurs ombres à travers la futaie, zébraient la marée laiteuse qui montait, envahissait le sous-bois, argentait les taillis.

Entre les arbres, j'aperçus les premières maisons du village et la tour de l'église. Sur la place, pourtant allumés, les globes des réverbères ressemblaient à des billes d'ivoire : la clarté venait d'ailleurs.

Je laissai la souche, oubliai le feu qui m'attendait, avançai vers la lumière. Au-dessus de ma tête, les ramures entrecroisées tissaient des voûtes graciles, brodées de feuillages dorés. Très vite, j'atteignis l'orée du bois, et la petite place que bordait une haie de charmille.

La lumière m'aveugla, je dus fermer les yeux. Avant d'oser les rouvrir, j'attendis quelques secondes. Sur le moment, l'absence de vision me permit-elle d'entendre ce qui, autrement, m'eût échappé ? Quoi qu'il en soit, d'abord ténue, la musique s'éleva. Sereine et solennelle, elle mêlait au soyeux des cordes les notes claires des vents. Pourtant j'eusse été incapable de préciser quels instruments jouaient, tant ils chantaient d'une seule voix, puissante, unanime.

J'ouvris les yeux, écartai mon bras. Toujours aussi forte, la lumière ne m'éblouissait plus – à peine devais-je plisser les yeux pour en soutenir l'éclat. Elle éclairait *a giorno* la totalité de la place et le parvis de la petite église, dont les marches tremblaient dans la blancheur.

Aussitôt, je m'immobilisai. Par paliers majestueux, avec des glissandos liquides, la musique changeait de nature, gagnait en volume et en ampleur. Plus que jamais, aucun instrument ne commandait l'ensemble – l'orgue, peut-être ? Une basse profonde enflait sur une polyphonie d'échos cristallins, répercutés à l'infini.

Les portes de l'église étaient ouvertes. En même temps que la musique, la lumière jaillissait à flots d'entre les battants, allumait les vitraux sur toute la longueur de la nef. Incapable d'esquisser le moindre geste, je demeurais cloué là, à la fois saisi d'effroi et envahi d'une étrange joie. Le temps n'existait plus. L'espace, à peine.

Puis, par gradations infimes, la musique décrut jusqu'à jouer presque en sourdine, épouser les inflexions du vent qui redoublait. J'eus froid. J'avais mal à la tête, mal à la main.

Soudain, au centre du foyer, dans l'œil lumineux de l'apparition, il me sembla voir flotter de lentes turbulences, un scintillement de feux multipliés qui se détachaient peu à peu d'une source unique. J'ôtai mon casque. J'avais la gorge sèche et le cœur battant.

Les lueurs se mettaient en mouvement, maintenant. Elles descendaient vers le portail, déroulaient devant elles un fragile tapis de pierreries. Je frissonnais, je transpirais.

« Ce n'est pas possible… »

J'avais parlé haut, pour me convaincre ou me rassurer.

Les formes se précisaient, gracieuses et mesurées. Bientôt l'une d'elles sortirait de l'église, foulerait les marches du parvis. Dans ma tête, la douleur refluait.

Je fis un pas.

La première silhouette s'était immobilisée au pied des marches. Les autres suivaient son lumineux sillage. La musique montait à nouveau. De grandes orgues invisibles grondaient, soulevaient telles des voiles les voûtes de la petite église.

La silhouette marchait à ma rencontre.

« Leurs cuirasses… », pensai-je.

Il n'y avait pas de canal, ici. Les canons s'étaient tus depuis longtemps.

« Leurs cuirasses étincelantes... »

J'allais tendre la main, avancer à mon tour. Mais quelque chose me retenait – quelque chose comme un dernier scrupule, une ultime peur, le sentiment confus qu'en embrassant la lumière je tournerais le dos à ma vérité, avant même de l'avoir connue, avant même d'avoir osé la contempler en face.

Je reculai, tâchai d'apercevoir le Monstre, de découvrir son sommet carré sous les étoiles. William me manquait. Et les autres. Et le lieutenant. Et le visage de mon père.

Ma volonté n'était pas en cause. Chaque pas vers la vallée me déchirait l'âme, m'arrachait une souffrance. La forme ne me poursuivait pas, elle me laissait aller, je quittais son aura, la paix qui émanait d'elle. Il eût fallu rester ici. Mon corps entier se rebellait, niait, refusait la fuite.

Un de mes talons accrocha un caillou, je trébuchai. Ce fut le déclic. D'un coup, le charme se brisa. Affolé, je me mis à courir à la poursuite de mon ombre qui gesticulait au bout de la route. Ma main droite me faisait à nouveau souffrir et, par moments, il me semblait ne plus y voir. Une migraine épouvantable me vrillait les tempes.

Pourquoi fuyais-je ainsi ? Pourquoi ?

La terreur me portait. Chaque foulée entraînait la suivante, je ne me contrôlais plus.

Alors, au moment d'aborder l'allée de graviers, je les vis.

Rangés en travers du chemin, debout dans la lumière qui me les révélait, ils avaient abandonné la garde du feu. L'officier se tenait en retrait, la casquette bien droite sur son crâne. L'Irlandais souriait, les mains enfoncées dans les poches de sa capote. À ses côtés, William clignait les yeux, regardait devant lui comme s'il ne me voyait pas.

Je titubais.

« William !… »

Il inclina la tête.

« William !… Il faut partir ! »

Son sourire se teinta de mélancolie.

« Viens avec moi, Bill !… Viens !… »

Je hurlais comme un possédé. Pourtant c'était à peine si j'entendais ma propre voix.

« Notre place… », balbutiai-je.

La parole, les mots m'échappaient.

« Notre place n'est pas ici… »

William ne bougeait pas, les autres non plus. La lumière modelait leurs visages souriants. Les formes approchaient, je sentais dans mon dos leur rayonnement.

« William… ? »

Alors dans son regard, je lus la réponse.

Je fuyais la lumière. Je courais vers le Monstre, vers la vallée, vers la nuit. Des escaliers filèrent sous mes pieds, je les gravissais sans effort malgré la douleur qui raidissait mes muscles. Sous l'arche, je dépassai l'autel où quelques brandons rougeoyaient dans la cendre tiède. En descendant le perron, je faillis rater une marche, rouler au bas des degrés.

Puis les pierres se dressèrent des deux côtés de l'allée gazonnée, en rangées régulières. Je zigzaguai entre elles au risque de m'y cogner les jambes, les franchis l'une après l'autre comme un coureur de steeple. Derrière moi la colline flamboyait, projetait des reflets clairs sur les pierres alignées. Gravé sur l'une des stèles, j'entrevis un nom puis, sur une autre, un matricule, ensuite une date, un autre nom, un âge…

Je courais dans un cimetière.

À la lisière d'un taillis, je butai contre un fil et reconnus le barbelé auquel, à l'aller, j'avais accroché ma manche. J'y déchirai une poche de ma vareuse et une jambe de mon pantalon. Immédiatement, tandis que je plongeais sous le couvert des arbres, une violente explosion ébranla la terre, des mottes volèrent, fouettèrent les feuillages et les branches basses.

Quand je sortis du bois, le ciel s'illumina d'un coup. Une fusée brasillait, semait des étincelles. Emporté par mon élan et la pente du terrain, je me mis à courir entre les entonnoirs. Les explosions en cascade secouaient le sol, un voile rouge flottait devant mes yeux.

La fusée s'était éteinte et je tombais maintenant dans les gueules béantes des trous d'obus. Chaque fois, la chute me coupait le souffle, et je perdais un instant toute notion d'espace. Je sortais d'une fosse pour basculer dans une autre. La puanteur des cadavres et les rats m'en chassaient aussitôt.

Partout, des mitrailleuses entraient dans la danse, toussotaient, les balles aveugles sifflaient dans le noir. Les salves d'artillerie prenaient le relais, déchiraient la nuit de leurs éclairs soufrés. À bout de forces, je me jetais à terre, me mettais à ramper. Malgré la douleur qui empirait, j'avançais, j'avançais, j'avançais…

J'avais perdu mon casque, oublié mon fusil contre un pilier du Monstre. Je n'étais plus qu'un corps en mouvement, une carcasse animée par le seul projet d'avancer, d'avancer encore, d'avancer toujours puisque la survie était à ce prix.

Soudain, des taches grises sortirent de l'obscurité. Je m'approchai. Sous la gangue de marne crayeuse, mes doigts reconnurent le relief des clous, l'arête des talons : c'étaient des semelles. J'en comptai plus de vingt. Tendant le cou, je distinguai alors dans la pénombre une section de tommies couchés côte à côte, face contre terre, les mains crispées sur leurs fusils. Sur les pattes d'épaule, l'insigne des Northumberland Fusiliers brillait par intermittence.

Des *Tyneside Commercials.*

Le visage tourné vers moi, un jeune soldat, presque un gamin, semblait rêver d'une autre guerre. Ses yeux vitreux, mi-clos, me considéraient avec une indifférence teintée de reproche. N'était-ce pas absurde ? Tout ce chemin parcouru depuis Newcastle pour venir crever là, le nez dans la boue de Somme, si loin de la mer, des entrepôts de la Tyne et du Quayside, dans un pays dont on ne comprenait même pas la langue ? Mourir là, en équipement complet, sans avoir eu le temps d'épauler, de griller fût-ce une cartouche, dès la première minute d'une attaque vouée à l'échec ? Tout ça quand on avait espéré « faire sa part de boulot » pour un petit roi barbu qui avait juré de ne plus boire jusqu'à la victoire, et un pays qui, bien à l'abri de l'autre côté de la Manche, croyait vivre la guerre par procuration ?

La mitrailleuse avait répondu. Il n'avait pas compris.

Ils étaient tombés en rang, distances respectées comme à la parade. Leur lieutenant devait être étendu quelques yards plus loin, son revolver à la main, le sifflet autour du cou. Sur les paquetages impeccables, on distinguait nettement les pelles et les rouleaux de barbelés neufs. Ils ne s'étaient ni débattus, ni traînés dans la boue : en les mouchant comme des chandelles, la mort ne leur avait pas laissé le temps de se salir. Elle les avait gardés propres pour le grand voyage.

Les obus corrigeraient cela avant longtemps. Ils éclataient de plus en plus près, ouvraient des cratères, en rebouchaient d'autres. Dans ma tête, la douleur devenait insupportable au point que soudain, il me fut égal de vivre ou de mourir. Il était temps d'en finir.

Alors je me hissai sur mes jambes et, poussant un cri sauvage, me mis à courir dans le no man's land.

L'obus qui me faucha ne me cherchait pas davantage que les dizaines, les centaines, les milliers de projectiles qui éclataient au même moment sur le front de Somme. Le ciel vint à ma rencontre tel le fond d'un puits. J'y plongeai la tête la première, dans les eaux noires d'un sommeil sans rêves où je sombrai bientôt, oublieux d'un monde qui, probablement, ne méritait rien d'autre.

Sur mes paupières pesait une obscurité solide, et sur mon corps une masse aussi écrasante que le fardeau d'Atlas. Mon cœur cognait contre mes côtes, je pouvais en compter les coups.

Mais surtout, il y avait ces vibrations sourdes montant du néant, ces frémissements de l'espace lourd qui m'enveloppait. Et la douleur qui revenait dans la foulée, lancinante, répétitive, têtue. Si j'avais eu la force de m'étonner, j'aurais peut-être douté plus vite d'un au-delà où les tourments physiques vous suivaient à la trace. Un bref instant, je revis les images de fourches, de chaudrons et de fourneaux ardents auxquelles, enfant, je n'avais jamais réussi à croire tant elles niaient jusqu'à l'idée d'un Dieu bon et compréhensif. Pourtant, dans la fosse où je gisais, veine après veine, os par os, la douleur redessinait la carte des chairs et des membres que j'avais cru brisés, disloqués, brûlés, dissous.

Imbibant les ténèbres, une lueur glauque filtra entre mes cils. Autour de moi, les vibrations se précisaient, devenaient roulements de timbales, adoptaient une cadence effrénée, irrégulière, une pulsation hachée d'extrasystoles.

Appelées à la surface par ces remous, des visions affleuraient, charriant derrière elles le souvenir informe d'horreurs, de hontes mal digérées. Pour m'en défendre, je voulus crier, cherchai à m'enfoncer dans la terre qui me protégeait.

Plus je voulais fuir la lumière, plus j'élargissais la brèche par où elle s'engouffrait. L'obscurité lézardée faisait eau de toutes parts. Et la peur revenait, celle d'une mort par noyade, sale, étouffante, reptilienne. Le poids qui m'écrasait avait bougé, la boue s'insinuait dans mes narines, dans ma bouche. Crachant et soufflant, je m'arc-boutai, poussai de toutes mes forces. La masse bascula d'une pièce, comme un couvercle. Une boule de feu éclata en silence, m'éblouit.

Alors, étonné, un peu déçu, je sus que je n'étais pas mort.

J'étais allongé au fond du trou. Je ne voyais plus les sacs défaits, les boîtes de singe ni les douilles vides qui en avaient jonché les parois. La boue recouvrait tout. Un barrage d'artillerie s'éloignait vers la droite. Chaque impact pelletait des tombereaux de terre qui retombaient en pluie dans les entonnoirs. Au-dessus de ma tête, éteignant les étoiles, une fusée tirait à travers la nuit sa traîne phosphorescente.

Je me mis à tâtonner.

« William ? »

Aucun son ne sortait de ma bouche.

Un obus tapa tout près. Machinalement, je cherchai mon casque. Ne le trouvant pas, j'enfouis mon visage entre mes bras. M'avait-il vraiment abandonné ?

« William ? »

Illusion de parole. J'avais happé une goulée d'air. Impossible de remuer les lèvres.

Ma main gauche accrocha un objet froid. Mes ongles grattèrent le cuir d'une semelle, puis l'empeigne d'un brodequin.

Une nouvelle salve ébranlait le secteur. Je n'y fis guère attention. Ma main remontait le long d'une jambe.

Je n'eus pas à le retourner. Je l'avais déjà fait.

Son visage cireux, aux traits creusés, gardait ce sourire apaisé, serein – le dernier qu'il avait eu pour moi, et qu'il me destinerait toujours. Au milieu du front, entre les sourcils gris de boue séchée, le trou rond percé par le shrapnell dessinait un troisième œil, le seul qui fût ouvert.

En se couchant sur moi, William m'avait sauvé.

Les larmes coulaient et je ne faisais rien pour les retenir. J'avais oublié mes blessures. Si j'avais pu, j'aurais crié, hurlé. Mais la voix m'avait quitté, j'éructais une sorte de feulement rauque. Alors je pleurai comme je n'avais plus pleuré depuis Brighton, sans bruit cette fois, en regrettant l'injustice de cette comparaison. À Brighton, je le comprenais maintenant, j'avais pleuré sur moi-même puisque j'étais déjà seul. William, lui, ne m'avait pas trahi. Non, la guerre nous avait réunis, la guerre nous avait séparés à jamais. C'était là, peut-être, la pire de ses cruautés. William était parti, emportant avec lui toutes les confidences remises au lendemain, les clins d'yeux et les fous rires que nous ne partagerions plus. Déjà, le son de sa voix me manquait, je craignais de ne plus l'entendre, de l'égarer parmi toutes celles qui s'étaient tues, toutes celles qui se tairaient encore. Et si je lui en voulais un peu malgré tout, c'était parce qu'en tirant sa révérence il m'avait laissé avec une dette désormais impossible à rembourser.

Pourquoi m'avoir sauvé, William, quand la mort eût tout résolu, tout simplifié ?

Ensuite, je cherchai le lieutenant. Sans succès. Des paquets déchirés de pansements neufs, différents de ceux qu'on nous avait distribués, me firent espérer qu'une patrouille de brancardiers l'avait emmené, nous laissant pour morts, William et moi.

Quand je voulus me redresser, je réalisai à quel point j'étais amoché. William avait eu beau encaisser à ma place la volée de shrapnells qui l'avait tué, les quelques balles restantes avaient suffi à me mettre hors de combat. Je retombai par terre, sur le dos, vaincu par la douleur. Ma cheville gauche devait être en compote, deux balles au moins m'avaient traversé l'épaule droite et surtout, un masque d'insensibilité me rétrécissait le visage, tendait ma peau sur les pommettes, à la déchirer. Une croûte de sang séché me couvrait les joues – je devais être horrible à voir.

L'aube approchait. Le ciel entrebâillé laissait filer sous lui un rai de lumière rose, dont les premiers reflets léchaient le bord du cratère. Il fallait faire vite, le pilonnage ne tarderait pas à reprendre. Quitte à devoir mourir, je préférais que ce ne fût pas au fond d'un trou sordide. Surtout, je m'étais découvert une vraie mission : en aucun cas, je ne voulais que William disparût, enterré comme un chien sous six pieds de boue mêlée de débris – d'autant plus qu'il avait perdu sa plaque.

Son nom, je le voulais sur une tombe.

Pas sur le pilier d'un monument.

Dans son sac en lambeaux, je récupérai son livret de solde et les deux traités d'horticulture miraculeusement intacts. Je fourrai le tout dans ma musette, où les gourdes crevées par la mitraille avaient vomi leur eau, collant les papiers qui s'y trouvaient et réduisant en bouillie bleuâtre les pages de mon propre livret. Son casque – il avait gravé son nom et son matricule dans le cuir de la jugulaire – était à peine cabossé. Je jugeai prudent de m'en coiffer.

Puisque je n'étais en état ni de marcher ni de ramper, je dus improviser une technique qui me permît d'avancer sur le dos. Avec nos deux ceinturons et les bretelles de nos équipements, je bricolai vaille que vaille une sangle que je passai sous les aisselles de William, puis derrière ma nuque. Ensuite, m'aidant de mon seul pied valide, enfonçant le talon dans la terre et poussant du mieux que je pouvais, j'entamai notre ascension vers la surface. Par chance, la glaise humide n'offrait pas trop de résistance. Tandis que j'avançais, la tête de William ballottait sur ma poitrine, je voyais ses mains grises, paumes ouvertes, glisser sur la boue comme des petits traîneaux.

Sortir du trou fut le plus dur. Après cela, une sorte d'énergie froide me soutint dans mon effort, cette lente progression à reculons vers un but auquel je tournais le dos. Chaque fois qu'une fusée illuminait le no man's land, je m'immobilisais, faisais le mort aux côtés d'un mort. Un mort que je serrais contre moi, qui continuait à me protéger. Un mort qu'il me fallait sauver coûte que coûte – de l'oubli, de la dissolution, du grand plongeon dans le noir absolu de l'anonymat.

Et j'avançai ainsi, seul à la face du ciel. J'avançai la nuit, j'avançai le jour. Franchir un yard prenait une éternité. À certains moments, j'avais l'impression de faire la planche sur un immense lac de boue.

Et j'avançais, j'avançais, avec la seule idée de ne pas m'arrêter, de continuer, peu importait pourquoi, peu importait pour qui. Parfois, je me réveillais en sursaut, avec la certitude affreuse d'avoir perdu William en cours de route. Puis la peur s'estompait, je reprenais ma marche de crabe. J'épuisais la peine, j'assommais la douleur. Rien d'autre ne comptait.

Et les nuits succédaient aux jours, et les jours aux nuits, avec leurs subits orages et leurs accalmies, leurs pluies et leurs astres. Je m'endormais entre deux cratères ou au fond d'un entonnoir. La douleur me réveillait, et je repartais après avoir écarté les rats qui nous accompagnaient.

Un matin ou un soir, je constatai qu'une résistance inaccoutumée freinait ma progression. Je ne fus pas long à en découvrir la cause : leurs rabats déchirés, les poches de ma vareuse draguaient des livres de boue. Aussitôt, j'en retirai mon paquet de lettres, le glissai sous la veste de William et, à coups de canif, achevai de découdre les pièces de tissu. Au premier coup de pied que je donnai ensuite, il me sembla que j'allais m'envoler. Cela me procura une joie tellement absurde que je me sentis porté par elle, prêt à me traîner quelques miles encore, jusqu'au bout du monde s'il le fallait.

Un soir ou un matin, un fil noir apparut dans le ciel blanc. Bientôt d'autres le rejoignirent, le recoupèrent, formèrent un lacis. En tendant la main, j'aurais pu les toucher. Je m'arrêtai, fermai les yeux, revis d'abord les câbles du tram sur Regent Road, leurs éclairs dans les nuits de gel, puis les cordes à linge tendues en diagonale dans l'arrière-cour de Myrtle Street, les draps blancs qui claquaient au vent. Derrière, une pince à linge entre les lèvres, ma mère fredonnait une chanson galloise, j'en reconnaissais la mélodie. Quand elle la chantait, je ne comprenais pas les paroles, mais cela n'avait aucune importance : c'était une chanson gaie. Derrière les draps, je devinais sa silhouette grise découpée à contre-jour chaque fois que le soleil venait baigner la cour. J'aurais voulu voir son visage.

Avant de perdre connaissance, je distinguai les pointes des barbelés. Avec un peu de chance, ce devaient être les nôtres. Mais au fond cela m'était égal. Quelque chose venait de prendre fin, irrévocablement – j'ignorais encore quoi. Et en moi, cette mort nourrissait un début de nostalgie dont, je le savais, j'aurais du mal à me défendre tant que je vivrais.

Pourtant, il me sembla que je souriais.

Sous l'auréole noire du casque, ses cheveux en désordre lui faisaient une couronne argentée. Le médecin-major penchait sur moi sa bouille ridée de vieux docteur à moustache, binocle et pipe d'écume.

« Ça va mieux, mon garçon ? »

Mes paupières battirent. Accrochée à un piquet, une lanterne sourde me blessait les yeux.

« C'est un quoi, Sir ? »

Derrière lui, un homme avait parlé. Je ne le voyais pas. Comme le médecin, il avait l'accent pincé des gens du Sud.

« Lancashire Fusiliers, marmonna l'officier. 15ᵉ bataillon. Ou 16ᵉ, c'est mal écrit… »

Entre ses mains, je reconnus le livret de solde. Il le feuilletait en plissant le front. Il avait l'air exténué. Des taches de sang souillaient les manches de son uniforme.

« Eh bien, Salter, vous êtes le dernier qu'on ramène vivant. Après sept jours dans ce merdier, c'est inespéré… »

Il referma le livret, le déposa sur la civière.

« J'ai soigné quelques Salter, à Maidstone. Des gaillards solides. Si vous êtes de la même trempe, pas de problème… »

Un soldat parut, masqua la lanterne. Je fixai la croix rouge sur son brassard blanc. Je luttais contre le sommeil.

« Votre copain est mort, poursuivit l'officier. J'imagine que vous le saviez. Mais n'empêche, l'avoir ramené, c'est chic de votre part. Les autres, ceux que les obus n'ont pas enterrés, Dieu sait quand on pourra les récupérer, si on peut. Ils commencent à sentir… »

Un homme alluma une cigarette, souffla de la fumée.

« Contre l'odeur, y a que ça d'efficace », grinça-t-il.

Le vieil officier haussa les épaules. De sa poche, avec deux doigts, il extirpa un petit objet plat.

« On a retrouvé sa plaque d'identité coincée dans un paquet de lettres… Ces bracelets ne valent rien. »

Il approcha la plaque de la lanterne, la frotta entre le pouce et l'index, rajusta son binocle. Pour un médecin, il avait des mains robustes de forgeron, aux ongles courts.

« Parsons… Voyons voir… Non, ça ne me dit rien. »

Un son rauque sortit de ma gorge. Le médecin s'accroupit, posa une main sur mon épaule, se lissa la moustache.

« N'essayez pas de parler, Salter. Les obus vous ont

secoué, vous n'êtes pas le seul. Des cas comme le vôtre, les hôpitaux de l'arrière en sont pleins. Et de toute façon, après tout ça… »

Il eut un geste désabusé.

« Il n'y a rien à dire, vous ne trouvez pas ? »

Sous moi, la toile de la civière se tendit. La couverture sentait mauvais, un mélange d'excrément et d'alcool camphré. Ma tête roula sur le côté. Dans la pénombre, j'entrevis une forme allongée sous une bâche. Deux brodequins dépassaient. La tête faisait une bosse à l'autre bout.

« Bonne chance, Salter ! La France, c'est fini pour vous. Du moins pour un sacré bout de temps. Alors ne guérissez pas trop vite, si vous êtes malin. Bon retour à *Blighty* ! »

La civière tangua, se mit en mouvement. Le dos noir d'un brancardier m'obstrua la vue.

« Veinard ! », grogna un type assis à l'entrée du poste.

La forme allongée avait disparu.

Ce fut la dernière fois que je vis William. Quand je m'endormis, une larme séchait sur ma joue.

« Vous allez mieux, m'assure-t-on ? »

Debout au pied de mon lit, avec un intérêt trop bienveillant pour n'être pas un peu forcé, le capitaine Tweed examinait la feuille de température fixée aux barreaux.

J'aurais pu dire oui. Mais je reculai devant l'effort qu'il me faudrait produire : je bégayais toujours horriblement. Pour toute réponse, je hochai la tête.

Le capitaine laissa la feuille, s'approcha de la table de nuit, un simple tabouret où il avait déposé sa casquette.

« Il fait beaucoup de progrès, confirma le chef de salle. Reste la mémoire qui nous donne du fil à retordre. Mais rien d'irréversible. Un cas courant, ces derniers temps… »

Malgré l'automne qui commençait, il faisait chaud dans la salle. Par la fenêtre entrouverte, je croyais entendre le murmure de la mer, au-delà des dunes. Entre les pavillons, le drapeau claquait au sommet du grand mât.

« Nous pensons le transférer bientôt, ajouta le médecin. Au pays, des spécialistes s'occuperont de lui. »

Le capitaine haussa les sourcils, pinça les lèvres, soupira. Pour dire ce qu'il avait à dire, il cherchait une inspiration qui ne venait pas. La présence des médicaux le gênait.

Dehors, le vent couchait les oyats sur le sable des allées. L'essieu d'une chaise roulante couinait. Les feuilles jaunies s'accrochaient aux branches noires des saules. Après l'indescriptible pagaille de juillet, l'hôpital d'Étaples retrouvait peu à peu un taux d'occupation moins éloigné des prévisions les plus pessimistes de l'état-major. Pourtant, on continuait à dresser des tentes derrière les baraques.

« Avant que vous ne rentriez à *Blighty*, Salter, j'ai une bonne nouvelle à vous annoncer... »

Le capitaine n'avait l'air qu'à moitié convaincu. Je me sentais un peu vaseux. La veille, un chirurgien de St Pancras bombardé major pour l'occasion m'avait réparé le nez et les pommettes. « Un travail d'artiste », selon les infirmiers.

« Le lieutenant Burrell ?... Vous souvenez-vous de lui ? »

Sous les bandages, le sang m'afflua au visage.

« Il vous a recommandé pour la *Military Medal*, et deux officiers témoins des faits ont appuyé sa démarche. »

Le capitaine en faisait partie, même s'il n'en disait rien. De sa poche de poitrine, il sortit un papier plié en deux, strié de coulures brunes, me le montra. Je reconnus la page arrachée au carnet de poèmes et, plus malaisément, l'écriture déformée du lieutenant Burrell.

« Votre distinction est officielle dès aujourd'hui. Elle a paru dans la gazette de ce matin. Mes félicitations !... »

Il ouvrit son portefeuille, en sortit un mince ruban de tissu tricolore, qu'il déposa sur la table de nuit.

« Les infirmières vous coudront ça… »

Je regardais le plafond.

« Et pas avec du catgut ! », plaisanta le médecin.

Derrière lui, l'aide-soignante gloussa.

Le capitaine, je le sentais fort bien, aurait préféré me parler seul à seul. Mais le commerce des héros, entiers ou abîmés, fascinait le corps médical dès qu'on s'éloignait du front.

« Quant à votre ami Parsons… », reprit-il.

Ma respiration se fit saccadée. Je suais abondamment.

« Il a carrément décroché la *Victoria Cross* ! »

Je n'y voyais plus bien. Il me semblait qu'au plafond les solives ondulaient, se couvraient de taches lumineuses. Les infirmiers échangeaient des murmures admiratifs.

« À titre posthume, précisa le capitaine. Un grand honneur pour tout le *2nd Pals*. Ça ne le fera pas revenir, malheureusement. Pas plus que le lieutenant Burrell d'ailleurs. Ni tous ces braves garçons qui sont morts là-bas pour presque rien. Et encore, Salter, nous avons eu une sorte de chance : à peu de chose près, le *1st Pals* n'existe plus… »

J'accusai le coup.

« L… Le… l… lieu… ? »

Le capitaine fronça les sourcils.

« Vous ne saviez pas ? Le lieutenant Burrell est mort avant-hier, à deux blocs d'ici. On a longtemps cru qu'il s'en sortirait. Grâce à vous. Un charmant jeune homme. Il va me manquer. Parsons et lui s'entendaient bien, je crois ? »

Il se disposait à partir. Un infirmier lui tendit sa casquette. Je n'avais qu'un mot à dire. Peut-être même un geste à faire.

Ce mot, je ne l'ai pas dit.
Ce geste, je ne l'ai pas fait.

Sur la table de nuit, le carnet de Nicholas traînait depuis quelques jours. J'hésitai. Puis, maladroitement, au risque de renverser le tabouret, je m'en saisis, l'agitai en l'air.

Le capitaine inclina la tête, m'interrogea du regard. Pour la première fois depuis mon arrivée au bataillon, je me demandai quelle profession il exerçait dans le civil. Je pariai pour avocat, ou professeur.

« Oui, Salter ? »

Une quinte de toux m'empêcha de parler.

« Vous voulez que je reprenne ceci ?... »

J'opinai.

Il ouvrit le carnet, lut le nom inscrit sur la page de garde.

« Ah ! C'est à Parsons... Intéressant... »

De l'index et du pouce, il tourna quelques pages.

« À son sujet, le lieutenant Burrell avait raison, dirait-on... »

Il coiffa sa casquette, glissa le carnet sous son bras.

« Soyez tranquille. Je le ferai parvenir à sa famille. Si cela peut vous apaiser, j'ai aussi expédié ses dernières lettres. Sans les ouvrir – tant pis pour le règlement... »

Au lieu de saluer, il me prit la main droite, la pressa sans la serrer – j'avais perdu un doigt, il le savait.

« Ça ne vous gênera pas, pour jardiner ? »

Je dus faire une moue qui le rassura.

« Au revoir, Salter. Vous compter dans mon unité fut une chance. À l'occasion, donnez-nous de vos nouvelles... »

Ma main droite retomba sur le drap.

« Et encore toutes mes félicitations pour votre médaille ! »

Dans la gauche, chiffonnée en boule, je serrai longtemps la page arrachée sur laquelle figurait *Before Going*.

Un jour peut-être, je finirais ce poème.

J'avais le temps, maintenant.

La porte se ferma sans bruit. Le médecin et les infirmiers raccompagnaient le capitaine Tweed, ce gentleman en uniforme qui repartait vers l'enfer en pensant aux hommes qu'il avait perdus, à ceux qu'il perdrait encore, à ceux qui mouraient en ce moment même.

L'entrevue m'avait épuisé. Avant de fermer les yeux, j'écoutai longtemps la rumeur des vagues apportée par le vent et, dans une chambre voisine, la chanson monotone d'un homme trop tôt vieilli, au regard vide, qui avait fui dans son enfance. Une infirmière lui parlait. Il ne l'entendait pas.

Thiepval, Somme, jeudi 1er juillet 1948

C'est quand même dur, cette fichue montée. Arrivé sur la place du village, je dois mettre pied à terre pour récupérer. Tout à l'heure, quand je regagnerai Authuille, une longue descente me portera, et je pourrai goûter la fraîcheur naissante du crépuscule. À part peut-être un troupeau de vaches rentrant à l'étable pour la traite, je ne croiserai personne. C'est bientôt l'heure du repas.

Au fond de la vallée, une rumeur s'élève, vibre, mesure l'espace de son léger battement. On croirait que l'Ancre s'agite, se brise en paresseuses cataractes. Encore invisible, le train de marchandises sinue le long des berges. Le convoi roule vers Albert ou, plus exactement, les usines de Méaulte. Dans quelques secondes, il dépassera la gare de Beaucourt et ses quais endormis. Les pèlerins s'y sont faits rares et depuis l'achèvement du Monstre, les matériaux de construction n'y transitent plus.

Je devrais appuyer sur les pédales, poursuivre ma tournée avant que tombe la nuit. Mais la respiration du train me propose un autre voyage…

Nous ne sommes plus en juillet, car les feuilles jaunissent sur les arbres et le vent secoue les branches. Non, nous sommes en novembre. Novembre 1932, je crois. Ou 33 ? Non, 32 – comment oublier cette date ? En tout cas, je revois l'Ancre British Cemetery qu'on vient de terminer, et où je mets la dernière main aux plantations avant le grand sommeil de l'hiver. C'est un prétexte, même si je me refuse à l'admettre. Je n'en travaille qu'avec plus d'ardeur. J'arrache les eschscholzias qui n'ont pas bien marché, et j'ausculte les soucis qui, eux, prospèrent contre toute attente.

La veille au soir, James Whitby, le père de Raymond, m'a prévenu – avant la guerre, il jardinait à Manchester pour les chemins de fer, ça lui manque, il rôde souvent près de la gare et connaît bien les cheminots. Bref, un contingent de pèlerins doit débarquer vers dix heures. Au programme, visite de Thiepval : le champ de bataille, les cimetières et le Mémorial, dont les piliers couverts de noms montent à l'assaut du ciel.

Pour y parvenir, le cortège emprunte la route d'Aveluy, coincée entre les rails et le talus. Il dépasse ensuite le cimetière où s'arrêtent certaines familles – pour beaucoup, c'est le premier qu'elles voient. Des autocars les attendent plus loin. Immuable rituel.

Je n'ai pas la tête à ce que je fais, ni les mains. J'arrache des plantes saines, j'épargne des cadavres. Plutôt que de poursuivre le massacre, je vais chercher le râteau dans la remise et commence à rassembler les feuilles mortes. Cette besogne mécanique me calme un peu. Depuis ce matin une petite bruine glacée tombe sans relâche, laquant les pierres blanches qui, partout maintenant, ont remplacé les croix de bois.

À tout bout de champ, je jette un coup d'œil à ma montre. Le temps semble figé, il n'avance pas. J'ignore si cela me désole, car je redoute autant que j'espère les minutes qui vont suivre. Le râteau va, le râteau vient, l'humidité leste les feuilles. J'oublie la pluie qui tombe maintenant à grosses gouttes, ruisselle sur mes épaules et perce la laine de mon pardessus.

Enfin, je devine le soupir rythmique de la locomotive, le chuintement flûté des roues qui patinent sur les rails. Au-dessus de la gare, derrière les arbres, le nuage de vapeur va rejoindre ceux qui, déjà, ferment le ciel à double tour.

Je laisse tomber le râteau, marche vers l'entrée du cimetière, son balcon qui surplombe la route. Malgré l'envie qui me taraude, je me retiens, refuse de courir. Pourquoi courir, en effet, quand il y a si longtemps qu'on attend ?

Les coudes sur le rebord du parapet, derrière la Pierre du souvenir qui, plus que jamais, ressemble à un autel nu, je surveille la chaussée. Vers la gauche, un bouquet de noisetiers masque le virage, les premières remises de la gare et leurs auvents de tôle rouillée. Là-bas, sans doute attendent-ils que cesse l'averse.

Mais non, les parapluies éclosent au bout de la route, avancent lentement. Sous leurs corolles retournées oscillent les pistils noirs des chapeaux, remue le feuillage terne des pardessus, des imperméables et des manteaux.

Le cœur battant, j'attends la tête du cortège que mène un officiel à col cassé, flanqué d'un gendarme en grande tenue. À présent, on distingue les décorations chamarrées qui barrent les poitrines, les broches des dames, les pochettes des messieurs. Et aux boutonnières, une profusion de coquelicots en soie ou en papier crépon.

À vue de nez, ils doivent être deux ou trois cents : l'effectif d'une grosse compagnie. Rien de comparable aux transhumances de juillet, avec ou sans le patronage des galonnés d'alors, qui persistent à vouloir mener quelque troupe à la mort – celle des autres cette fois, fils, maris, fiancés, camarades… Mais avec le temps, leurs rangs aussi s'éclaircissent. La paix leur est néfaste. Ainsi le maréchal Haig est-il mort il y a quatre ans, dans un lit que j'imagine jonché de lauriers. Comment faisait-il pour dormir ? Sa veuve l'a remplacé au pied levé pour le grand pèlerinage de 28. Parmi d'autres jardiniers, elle a failli me serrer la main.

Les premiers rangs dépassent l'entrée. Sous les parapluies luisants, on entend parler cette langue qui n'est plus vraiment la mienne. L'accent du Nord y prédomine, et l'irlandais, mais je peux me tromper. Un à un, je scrute les visages, ces taches claires qui apparaissent entre les manches des pépins.

Je le vois. Il est là.

Dès ce moment, l'émotion me submerge, j'agis comme ébloui, à l'instinct. Je ramène mon écharpe sur mon menton, rabats la visière de ma casquette, épingle sur mon pardessus la Military Medal extraite ce matin de son tiroir (rien de mieux pour passer inaperçu dans cette cohue recueillie). Puis je descends l'escalier monumental qui débouche sur la route. Entre les murs de brique, chacun de mes pas claque tel un coup de fusil.

Je me mêle aux pèlerins.

À force d'avoir vu passer leurs congénères, je les connais bien, maintenant. Le pittoresque côtoie le sordide, le chagrin authentique l'ostentation anxieuse. Ainsi cette veuve replète qui trimballe sur son opulente poitrine toute la quincaillerie de feu son époux – il n'en manque aucune, pas même les médailles en chocolat de l'après-guerre : Pip, Squeak *et* Wilfred. *Probablement un héros de l'arrière, rattrapé par la goutte et le regret d'avoir menti. Comment lui en vouloir ? Je préfère cette femme maigre, jeune encore, au regard fatigué. Un instant, je me prends à espérer que c'est elle, Nellie Evans. Chaque année, malgré le coût que doit représenter un tel voyage, elle vient déposer un petit bouquet de violettes au Connaught Cemetery. Jamais je n'ai pu la surprendre près de la tombe de son John. Ressemble-t-elle encore au portrait que j'ai vu, il y a seize ans ?*

Et puis il y a les autres, tous les autres : anciens combattants revenus saluer leurs copains de 16 ou de 18, et retrouver un peu de leur jeunesse morte ici même ; officiels chargés par leurs administrations de déposer au pied des mémoriaux des gerbes aussi symboliques que leurs chagrins de circonstance, allant de l'imitation sincère à la caricature appuyée ; et pire que les veuves, les mères... Les mères à jamais volées.

Nellie, je la chercherai une autre fois.

Ne m'intéresse que le dos noir de ce petit homme râblé, encore solide, sous son chapeau de velours brun.

Les pères ne parlent pas. Et s'ils pleurent, c'est en dedans.

Je marche à quelques pas de toi, papa.

Mais je ne peux te rejoindre.

Tu as vieilli, ton dos s'est voûté, tes cheveux sont plus blancs, ta barbiche est de neige. Sur la main qui tient le parapluie, cette main de costaud, de déménageur qui pourtant peignait si bien, les veines bleues dessinent de nouvelles rivières.

Je m'écarte un peu. Le bibi à voilette d'une veuve de général m'empêche de mieux te regarder. Dans une poche de ton manteau, ta main gauche serre un objet que je ne vois pas.

De toute façon, je ne pourrais rien voir, mon regard s'est troublé. C'est la pluie, me dis-je, cette tristesse qui soudain noie le monde. Je ne distingue plus que des formes floues, je n'entends plus que le martèlement désordonné des talons et des cannes sur la chaussée mouillée, les murmures de conversations à mi-voix, où rires et sourires sont bannis comme aux enterrements, les gouttes qui tambourinent sur les parapluies...

Toi, tu ne parles avec personne. Tu te tiens un peu à l'écart, soucieux cependant de ne pas marquer une distance qui, justement, te ferait remarquer. Tu réponds quand on te pose une question, avec toute la politesse qui convient et, si cela te coûte, en vrai timide tu n'en laisses rien paraître.

Au bout de la route, là où la chaussée s'élargit, des autocars attendent. Les moteurs tournent au ralenti. L'un d'eux prendra la direction de Lancashire Dump, les autres traverseront la rivière et passeront par Authuille. Je n'y monterai pas. Je m'use les yeux sur le dos noir de ton manteau, je voudrais en frôler la grosse étoffe qui, j'en suis sûr, fleure la pluie, l'automne, et peut-être même un peu l'air de Salford – à l'approche de l'hiver, il sent la fumée des cheminées où brûle le mauvais charbon des faubourgs.

Ce qui nous sépare, davantage que les chapeaux et les parapluies, c'est mince comme une vie, mince comme un rêve, mince comme une fiction. J'ai changé de train, papa. J'ai changé de nom, j'ai changé d'histoire. Je t'ai trahi, comme j'ai trahi les meilleurs de mes amis – Benjamin qui, dans ses Mémoires de guerre, *se demande encore si je ne me suis pas engagé à cause de lui, et Lawrence, devenu entre-temps lord et directeur du Post Office, qui a financé de ses deniers l'édition posthume de mes petits poèmes. Avait-il prévu que les universitaires se rueraient dessus ?*

Faut-il trahir pour vivre ? La fidélité est-elle seulement possible, dès lors que la mort existe ? Un jour peut-être, j'essayerai de répondre à cette question. Il est trop tôt encore. À présent, c'est une autre vie qui me réclame. J'en suis l'auteur et ne puis m'y soustraire. Elle m'est advenue sans que je la recherche et me vaut une sorte de bonheur, sans doute immérité.

Jacqueline est enceinte.

Tu as sorti la main gauche de ta poche. Une petite boîte brune repose au creux de ta paume. Tu l'ouvres, tu la regardes.

Dedans, il y a la Victoria Cross. *Non, autour de toi personne ne la porte. Pas même la veuve du général.*

Je ne vois pas ton visage.

J'aimerais que tu souries.

Je m'arrête sur le bas-côté. Mes souliers percent, j'aurais dû enfiler mes bottes. Les pèlerins me dépassent, aucun d'entre eux ne fait attention à moi, pas même cet invalide presque jeune qui, en queue de peloton, clopine sur sa béquille. Une infirmière le remarque, lâche le groupe, lui impose son aide. L'homme, je le sens, aimerait la chasser, mais il n'ose pas. Elle le gourmande néanmoins, comme un enfant. Et dans son regard mouillé, je sens la détresse de ceux à qui on vole tout, même la fierté. Devant, les gens montent déjà dans les autocars. Toi, papa, tu attends que les autres soient installés. Tu détestes jouer des coudes.

Moi, je m'enfuis. Je récupère mon vélo à l'entrée du cimetière, sous l'inscription qui remercie le peuple français pour le don éternel de ce lopin. En passant devant les bus, j'écrase les pédales. De la buée couvre les carreaux, brouille les visages des passagers.

Ce soir-là, Jacqueline, tu n'as jamais su pourquoi j'étais si triste. Tu écoutais Pierre qui bougeait dans ton ventre. Il y a des douleurs et des joies qui ne se partagent pas.

« Je ne te décevrai plus, papa ».

Cette phrase, je l'ai répétée aujourd'hui comme ce jour-là, sur le chemin du retour.

Pierre est né en 1933. Mon père ne l'a jamais su.

Pourtant, j'avais fini par faire le pas.

Ma lettre est revenue avec la mention « Décédé ». Grâce à James, qui lisait encore le Reporter *quand sa famille le lui envoyait, j'ai appris qu'il était mort en décembre 32, le soir de la Saint-Nicolas.*

CHAPITRE DIX

Certains matins, il me semblait qu'une révolution avait eu lieu. Dans les couloirs obscurs et les vastes jardins de l'hôpital, quelques rares soldats évoluaient au sein d'un peuple d'officiers. Diminués par leurs divers handicaps – l'absence de blessures apparentes aggravait leur malaise –, les gradés convalescents adoptaient un profil bas, à la limite parfois de l'humilité, où la honte de vivoter loin du front et l'inavouable crainte d'y retourner se mâtinaient d'une impatience mal contenue à démentir les jugements hâtifs qu'à tort ou à raison ils sentaient peser sur eux. Pour certains, l'injustice de la situation s'avérait intolérable. Mais plus ils prenaient sur eux, plus leurs attitudes martiales se brisaient en tremblements, bégaiements et tics nerveux irrépressibles. On fuyait les miroirs, à Craiglockhart.

La guerre sinon évacuée, du moins mise entre parenthèses, l'esprit militaire refaisait surface dans ce qu'il avait de routinier, et donc de plus déplaisant. Ma situation hybride – à la fois patient et jardinier – me mettait à l'abri des tracasseries ordinaires. Parmi la domesticité de l'hôpital, je faisais figure d'exception. Avant de me renvoyer au casse-pipe, un psychiatre en uniforme avait jugé opportun de vérifier sur ma personne la justesse de ses théories. La thérapie par le travail en faisait partie. Selon lui, en restaurant son ego et, par voie de conséquence, sa mémoire, le jardinier Salter retaperait mieux que quiconque le simple soldat du même nom. Pour des raisons fort différentes des siennes, je ne demandais qu'à le croire. Mon cas le passionnait – il avait donc effectué toutes les demandes nécessaires et signé mon ordre de marche pour la banlieue verte d'Édimbourg. La chance m'avait souri. Car tant de sollicitude n'était d'habitude réservée qu'aux seuls officiers.

Ce qu'ignoraient les médecins, c'était qu'au lieu de retrouver des gestes oubliés, je les découvrais. Pendant mon long séjour à l'hôpital d'Étaples, enfermé dans un semi-mutisme et l'immobilité forcée d'un corps en train de se refaire, j'avais potassé avec acharnement les deux traités d'horticulture. Depuis mon arrivée à Craiglockhart, armé de ce bagage, je m'échinais à transformer en plantations viables des fleurs d'encre et de papier.

Les végétaux sont plus conciliants que ne le croient les profanes. À chaque plante, il suffit d'appliquer la ruse spécifique qui combattra sa paresse ou sa discrétion. Le reste est affaire de calendrier. L'assurance vient ensuite.

En attendant, les conseils des vieux jardiniers me permettaient de sauver des apparences qui, à force d'erreurs et de tâtonnements, se muaient en vérités apprises. Je risquais peu dans l'aventure : mes nombreuses maladresses étaient aussitôt mises sur le compte d'une mémoire en chantier et dès lors, le moindre de mes succès se voyait fêté comme un pas supplémentaire vers la guérison, le retour à une mythique normalité perdue.

Jour après jour, bon gré mal gré, j'appris donc à devenir William. Prévenances ou sévérités, encouragements et corrections, tout me dirigeait vers cette identité.

Ainsi commençai-je aussi à borner mon monde.

Dans le temps, d'abord. Car la guerre, j'en étais sûr,

mettrait fin à mon imposture. En France et en Belgique, elle continuait sur le même rythme, avec ses saisons, ses marées montantes et descendantes, ses tempêtes et ses accalmies. En Angleterre, on la respirait sans la voir, elle flottait dans l'air, revêtait la forme d'un climat diffus, lointain, dont les communiqués reflétaient l'état du jour. Les listes de morts et de disparus, les proclamations de victoire ou de statu quo remplissaient un bulletin météorologique quotidien où les vies perdues montaient comme le mercure le long d'échelles graduées. Plus que jamais, les chiffres confirmaient leur action dessicative sur toute réalité. Égrenées au fil des dépêches, les villes d'Amiens, Cambrai, Saint-Quentin, Arras, Albert ou Ypres semblaient des noms d'observatoires, tandis que sur les cartes, les déplacements de positions évoquaient des fronts thermiques ou des lignes isobares.

Surtout, la guerre était éternelle. Une génération après l'autre, elle dévorerait l'Europe jusqu'à son épuisement. Il n'y aurait ni vainqueurs ni vaincus – rien que des morts. Tôt ou tard, elle aurait ma peau, ou alors le reste de ma raison, à l'image des épaves échouées ici, dont la nuit faisait résonner les cauchemars derrière les portes sans clefs de l'hôpital.

Je vivais donc au jour le jour, dans l'attente sereine du détail qui me démasquerait. Ce grain de sable pouvait prendre mille visages, gripper à tout moment la mécanique de ce que je prenais encore pour un caprice du destin. Je ne m'en inquiétais pas le moins du monde. Dans mon esprit, ce ne serait là qu'une nouvelle péripétie. Le sort qui m'adviendrait, je l'acceptais d'avance. De toute façon, j'en avais depuis longtemps identifié le terme. N'étais-je pas, en quelque sorte, déjà mort ?

Cependant, quand arriva de Salford la nouvelle que « ma tante » était décédée, me laissant un héritage modeste mais néanmoins respectable, un premier doute m'effleura. Ainsi donc, William Salter n'avait plus de famille. Sans que je fisse rien pour cela, les voies de repli se fermaient derrière moi. La confirmation, ensuite, qu'à mon retour au front je serais affecté au 15e bataillon – de protestation en démenti, l'erreur administrative avait acquis force de loi – acheva de me convaincre que, peut-être, se préparait une issue réfractaire à toutes mes prévisions.

Longtemps, je guettai aussi quelque lettre de cette femme que William avait dû aimer sans rien m'en avouer. J'attendis avec une curiosité anxieuse, qui peuplait mes rêves de visages, de voix et de corps féminins. Souvent, Beatrice profitait de cette brèche pour me rendre visite. Plusieurs fois, ruisselant de sueur, je m'éveillai en hurlant le prénom de celle que le vrai William n'avait pu connaître.

Heureusement pour moi, le réduit où je logeais, à deux couloirs de la piscine, échappait à la vigilance des infirmiers de garde. Mes cauchemars n'éveillaient d'autres échos que ceux des vieux murs. Une fois par semaine, quand ils n'oubliaient pas de me convoquer, les médecins se contentaient de me poser deux ou trois questions, auxquelles je répondais au garde-à-vous. La minceur de mon dossier en disait long sur l'importance qu'ils accordaient à mes déclarations. En juillet 17, j'avais retrouvé un usage de la parole proche de celui qu'on estimait normal pour un jardinier. Sur le plan physique, seuls subsistaient les tremblements des mains, la droite surtout, qui m'incitaient à la prudence quand je maniais le sécateur ou me versais une tasse de thé.

Ce fut vers cette époque que je le rencontrai pour la première fois. On était en septembre – je m'en souviens, car j'éliminais les gourmands des rosiers. Il faisait beau ce jour-là, un air vif picotait les narines et devant l'hôpital, les collines de Pentland ôtaient leurs étoles de brume, déroulaient au soleil leurs pentes de velours beige.

Les mains derrière le dos, nu-tête, les grands revers de son manteau prenant le vent, il marchait à pas lents. De taille médiocre, il avait des cheveux bruns, abondants, séparés par une raie, et une mince moustache qui, vue de profil, prolongeait comme une ombre le pli de ses lèvres. Depuis quelque temps, je l'apercevais souvent dans le parc, seul ou arpentant les pelouses en compagnie d'un autre lieutenant, un grand blond distingué au sujet duquel courait le bruit qu'il était pacifiste et pas fou du tout.

Tandis qu'il remontait l'allée, je me demandais quelle attitude adopter. Je finis par glisser le sécateur dans la poche de mon tablier et esquissai une sorte de garde-à-vous.

Étonné, l'homme s'arrêta, me sourit.

« Continuez, surtout. »

Dans ses mains gantées, je vis qu'il tenait un petit livre. Sur les revers de son col, les insignes du *Manchester Regiment* étaient épinglés de travers. Pourtant, il n'avait pas cet accent que je connaissais bien.

« Excusez-moi, Sir ? Seriez-vous de Manchester ? »

Il leva un sourcil, me considéra.

« Non, du Shropshire… De Shrewsbury, exactement. »

J'avais repris le sécateur.

« Vos rosiers sont superbes, dit-il.

— Merci, Sir. Mais je devrais encore les palisser. »

Le lieutenant s'approcha, toucha du doigt une tige, examina les pieds.

« Superbes, vraiment… À ce propos, savez-vous que j'organise une sorte de club naturaliste pour les autres officiers ? C'est amusant. On y évoque quantité de sujets ayant trait, entre autres, à votre spécialité. À l'occasion, si cela ne vous dérange pas, je pourrais avoir recours à vos services. Qu'en dites-vous ? Mr… ?

— Salter, Sir. William Salter.

— Enchanté, Salter. »

Il me tendit la main.

« Owen, dit-il. Wilfred Owen. »

À présent, je pouvais lire le titre de la plaquette.

« *The Old Huntsman ?* fis-je. Des poèmes ? »

Un instant, Owen demeura pantois.

« V... Vous... Vous conn... naissez ? », bégaya-t-il.

Pendant une seconde, peut-être deux, la guerre nous sépara. Mais il se reprenait déjà.

« V... Vous me s... surprenez, Salter... Vraiment vous me surprenez. Mais saviez-vous que l'auteur séjournait ici ?

— L'auteur ?

— Oui... Le lieutenant Sassoon. Un poète de haut vol.

— Le grand gentleman blond ? *Royal Welsh Fusiliers ?* »

Il acquiesça.

« Lui-même.

— On raconte qu'il a jeté sa décoration dans la Mersey...

— C'est vrai. Ce n'est pas votre cas, dirait-on. »

Interloqué, je baissai les yeux sur mon ruban.

« Pas de mal, Salter... D'ailleurs Sassoon m'a parlé de vous.

— De moi ? Sauf votre respect, il doit confondre...

— Faisons quelques pas, voulez-vous ? »

Je le suivis. Malgré les atroces épreuves qu'il avait traversées, l'enfance parlait encore chez ce jeune homme de vingt-quatre ans. Au plus haut degré, Owen possédait l'enthousiasme qu'en moi la vie avait tué. Pour les avoir abîmés, sa lucidité, son amertume n'avaient pas eu raison de ses rêves.

Assez vite, il m'avoua que notre rencontre n'avait pas été tout à fait fortuite. Car d'après Sassoon, dont les rapports décontractés avec les médecins trahissaient une sympathie de classe à laquelle Owen ne pouvait prétendre, on chuchotait que j'avais connu de près Nicholas Parry, le poète « fauché sur la Somme dans la fleur de l'âge ».

« Pour être franc, je n'ai jamais rien lu de lui. Mais Harold Monro m'en a dit énormément de bien… »

Je l'écoutais sans souffler mot.

« C'est singulier, remarqua Owen. J'aurais aimé savoir ce que peut éprouver un poète débutant, à l'aube d'une carrière… Comme Parry. Sassoon, c'est différent. Il est déjà une vedette. Mais Parry ? Ne vous parlait-il jamais de son travail ?

— Très peu », coupai-je court.

Nous nous arrêtâmes à l'ombre d'un rhododendron. Plus loin, en bras de chemise, des officiers jouaient au football sur un boulingrin. Ils criaient comme des gamins.

« C'est difficile, reprit-il. Moi-même, j'ai souvent bien du mal à croire en ce que je fais…

— Vous écrivez ? »

Il tourna la tête, sourit, me jaugea.

« Oui. On peut dire ça, je suppose. Ça ne date pas d'hier.

— Des poèmes ? »

Son regard erra sur la crête des collines. Derrière nous, l'hôpital dressait ses murailles de fausse villa toscane perdue dans les Lowlands.

« Si cela vous intéresse, j'en ai publié un dans la revue de l'hôpital. Mais peut-être l'avez-vous déjà lu ? »

À ma mine embarrassée, il comprit que poser pareille question à un simple soldat frisait l'affront.

« Excusez-moi, j'oubliais… Je vous en donnerai une copie, Salter. Sassoon a l'air de trouver ça bon… »

Midi approchait. Une odeur de cuisine voyageait sur la brise. Entre les branches du rhododendron, le soleil brûlait. Owen plissait les yeux. Pour m'occuper les mains, je jouais avec le sécateur.

« Moi aussi, il m'arrive d'écrire », murmurai-je.

Un long moment, j'espérai qu'il n'avait rien entendu.

« Vraiment ? »

Aucun scepticisme dans cette question qui n'en était

pas une. Juste cette note de surprise où, déjà, pointait l'intérêt.

« Oh, ce n'est pas grand-chose... »

Il se frotta le menton, empocha son livre.

« Par contre, m'empressai-je d'ajouter, je possède le recueil de Nicholas Parry. Dédicacé... Je pourrais vous le prêter.

— J'en serais ravi... Mais à une seule condition.

— Laquelle ? »

Un médecin-major passa à notre hauteur. Je me raidis. Les officiers se saluèrent.

« Que vous me montriez ce que vous faites, Salter ! »

Je n'avais dit ni oui, ni non. Conscient d'avoir commis une faute, j'avais détourné la conversation, aiguillé nos pas vers l'entrée du bâtiment. Chemin faisant, nous avions échangé des propos plus terre-à-terre. Owen posait beaucoup de questions. Les fleurs et la botanique piquaient sa curiosité. En juillet, il avait tenu dans le cadre de son club une conférence au titre pour le moins étrange : « Les plantes pensent-elles ? » Contrairement à ce que je craignais, il avait eu l'intelligence de ne pas solliciter mon avis sur le sujet.

Le soir même, glissé sous la porte de mon réduit, j'avais trouvé un numéro de *L'Hydre*, dont il assurait la direction. Au bas de la page 13, entre une nouvelle et un chapitre de roman à suivre, j'y découvris le poème dont il m'avait parlé, intitulé *Song of Songs*. Il n'était pas signé.

Je dois bien avouer que je fus déçu.

Un peu plus loin, la publicité d'un marchand de cannes à pêche me rappelait le lieutenant Burrell.

La canne Hardy. Cœur d'acier trempé. Corps de bambou.

Mais aussi, curieusement, Beatrice.

Ce soir-là, avant de me mettre au lit, je sortis de mon portefeuille la page de carnet pliée en deux. Le papier chiffonné portait encore des traces de boue et d'humidité.

Pour la première fois depuis un an, je relus les strophes inaugurales de *Before Going*. Ensuite, avec application, je taillai au canif la pointe d'un de mes vieux crayons. Quand je traçai la première lettre, ma main ne tremblait plus. L'absence de majeur modifiait mon écriture, qui me parut plus ronde que celle d'autrefois.

Ce soir-là, Nicholas vécut ses dernières heures. Il s'éteignit au petit matin, à la lueur pâle d'un soupirail.

Nigel, lui, était mort depuis longtemps.

Semaine après semaine, je différai le moment de revoir le lieutenant Owen. S'il ne m'avait pas oublié, il passait de longues heures en compagnie de Sassoon, dans le parc ou dans leurs chambres respectives, quand l'édition de *L'Hydre* ne le retenait pas à l'imprimerie.

Un matin d'octobre, avant d'aller pailler les rosiers, j'osai enfin traverser le grand hall désert, monter les escaliers et frapper à sa porte du troisième étage.

On mit du temps à venir ouvrir. Vêtu d'une robe de chambre, en pantoufles et les traits tirés, Owen me reconnut, m'invita à entrer, parut déçu quand je refusai.

« Le travail m'attend dehors, Sir. »

Aussitôt, je lui tendis la plaquette de Nicholas.

« C'est bien aimable à vous, Salter… »

J'allais me retirer. Il m'arrêta.

« Vous n'avez rien oublié ? »

Le sang m'afflua au visage.

« J'ai glissé le poème à l'intérieur », bredouillai-je.

Il tourna quelques pages, trouva la feuille.

« Si vous avez des commentaires… », fis-je.

Il lisait déjà.

« Comptez sur moi, Salter. Du moins si… »

Il referma le volume, le déposa sur son lit. À ce moment, j'aperçus la valise ouverte, les piles de chemises, l'uniforme repassé, étalé sur la couverture.

« Je passe aujourd'hui devant le conseil de révision,

dit-il. Mon séjour à Craiglockhart touche à sa fin, je le crains... »

De la main droite, il se lissa les cheveux.

« Mais je vous promets un avis. Votre titre est – comment dire ? – diablement à propos ! »

Nous échangeâmes un sourire un peu gêné.

Le lendemain, un infirmier me remettait la plaquette et une petite enveloppe scellée. Le lieutenant Owen s'y excusait de m'avoir raté. Il avait pris le train de nuit pour Londres, où il pensait loger chez Robert Ross.

Il avait lu *Before Going*, et porté sur la page, au crayon, des remarques que je lus avec avidité, même s'il me semblait que ce poème, un autre que moi l'avait écrit.

Deux mois plus tard, après un examen expédié en cinq minutes, les médecins militaires concluaient au plein succès du traitement et décidaient de me trouver une autre utilité. Je fus donc déclaré apte au service actif et renvoyé en France par le premier transport. Le capitaine qui contresigna mes papiers ne put cacher son étonnement devant l'indifférence que j'affichais. Elle n'était pas feinte. Retourner au front ne m'effrayait aucunement. De peur qu'il se ravisât, je m'efforçai de ne pas sourire.

Sur le bateau déjà, je pus constater à quel point, en deux ans, les choses avaient changé. Les derniers réguliers de 14 avaient disparu des rangs et les conscrits remplaçaient les volontaires. La crise des effectifs aidant, nombre d'entre eux étaient devenus sergents, voire même lieutenants. Dans le langage de certains officiers subalternes, on découvrait parfois avec surprise des inflexions propres aux faubourgs populaires des cités du Nord, et dans leurs attitudes ce que les membres de la gentry eussent qualifié de fautes de goût.

Quand je le rejoignis, mon nouveau bataillon cantonnait en arrière d'Ypres, non loin de Poperinghe, dans un conglomérat disparate de tentes et de baraques Nissen qui, pour d'obscures raisons, portait l'exotique surnom de *Pekin Camp.* À mon arrivée, les survivants du *Thiepval Day* se faisaient tirer le portrait pour une gazette de Salford. Tous, ils tenaient aisément sur une petite photo. (Je l'ai conservée. J'y figure en invité, un peu à l'écart, vers la droite.)

Les jeunes recrues nous considéraient avec un respect distant, mêlé de scepticisme et d'incompréhension. Le plus souvent dépourvus de cette exaltation candide qui nous avait portés, eux, du moins, savaient en gros ce qui les attendait, et ne voyaient aucune raison de s'en réjouir.

Oui, tout avait changé. Sur les routes de Picardie et d'Artois, on chantait d'autres chansons, *Mademoiselle from Armentières* ou *When this lousy war is over*[1]. La boucherie elle-même avait pris d'autres formes. À la longue, les états-majors des deux camps avaient fini par assimiler l'art de faire tuer un peu plus de monde en face que dans leurs propres rangs. En août 18, j'étais arrivé à point nommé pour le vérifier.

Avec tout cela, la mort persistait à se dérober. Ce n'était pourtant pas faute de prendre des risques. Durant les premières semaines de la grande percée, je ne m'en privai pas. Mais au Bois de Damery et dans les rues de Joncourt, je compris qu'en la provoquant, je condamnerais surtout les apprentis soldats. Anxieux de sauver leur peau, les bleus copiaient aveuglément les gestes des anciens. Mon âge et le bout de ruban cousu sur ma poitrine me conféraient un prestige d'autant plus grand qu'il prenait à leurs yeux valeur de garantie, voire même de gri-gri. Au moindre coup dur, les gamins me cherchaient du regard, me suivaient comme des canetons. À mon humble niveau, j'avais donc reçu charge d'âme et, d'abord à contrecœur,

1. Quand cette foutue guerre sera finie.

sans déplaisir ensuite, je commençai d'agir en conséquence.

En septembre, à Joncourt, je me distinguai lors de l'attaque d'un nid de mitrailleuses, qui me valut une citation. À Ors enfin, sur les berges du canal Sambre-Oise, j'ajoutai une barrette à ma décoration en dégageant avec mes hommes – j'étais entre-temps devenu caporal – une section de pontonniers prise sous un feu croisé.

Ce soir-là, près de Pont-à-Beaumetz, à la hauteur d'un carrefour, je vis de près mon premier Allemand vivant. L'homme avait jeté son arme et s'était rendu. Il manquait des boutons à sa capote grise. Le fusil à la bretelle, un jeune Gloucester ne faisait même pas semblant de le garder. Assis sur des caisses de rations vides, ils attendaient tous deux le passage d'une colonne de prisonniers.

Derrière ses petites lunettes rondes, l'Allemand me regardait. Il était mal rasé, noir de poil, et sa peau bronzée se souvenait de plusieurs étés.

« *Vous avez du tabac ?* »

Il parlait français. Je m'étais arrêté. Il avait souri. De ma poche, j'avais sorti un paquet neuf, l'avais ouvert.

« *Merci, Tommy...* »

Il n'avait pas d'allumette. Moi non plus. Le Gloucester en avait gratté une, s'était servi.

« *Vous venez d'où ?* », avais-je demandé.

La fumée montait en lentes spirales.

« *Hambourg... Mais j'ai longtemps vécu en France...*

— *On en est tous là... Vous vous appelez comment ?* »

Il avait repoussé son casque bosselé.

« *Michael.* »

J'avais ri.

« *C'est un nom d'ange...* »

Il avait ri à son tour. Il était heureux. Une compagnie de territoriaux passait sur la route de Landrecies. Ils chantaient.

Mademoiselle from Armentières parlez-vous ?
Mademoiselle from Armentières parlez-vous ?
She got the palm and croix de guerre
For washin' soldiers' underwear[1]
Hinky, Dinky parlez-vous ?...

On était le soir du 4 novembre 1918. Pour Michael – je n'ai jamais su son nom –, la guerre était finie.

Pour moi aussi, mais je l'ignorais encore.

Avant cela, il me restait une dernière tâche pénible à accomplir. Le passage du canal Sambre-Oise avait coûté à la brigade plus de six cents morts. Comme ç'avait été plusieurs fois le cas depuis Damery, ma section avait été désignée avec quelques autres pour procéder aux enterrements. Ainsi, par un petit matin morne, nous retrouvâmes-nous occupés à creuser des fosses dans le cimetière d'Ors, de l'autre côté de la voie ferrée. Des Manchesters amenaient les cadavres, qu'on empaquetait dans des toiles de tentes après avoir vérifié une dernière fois qu'aucun objet personnel ne traînait dans les poches des vareuses et des pantalons.

Je l'ai reconnu tout de suite.

Sa moustache paraissait noire sur sa peau grisâtre. On lui avait fermé les yeux, pourtant il n'avait pas l'air de dormir. Je m'approchai. Avant qu'un sergent ne rabattît la toile sur son visage, je sortis un peigne de mon portefeuille et rectifiai la ligne dans sa chevelure. Les hommes attendirent, personne ne souffla mot.

On enterra le lieutenant Owen entre H. Topping et William Duckworth, deux jeunes conscrits de mon ancien bataillon, que je n'avais jamais connus.

1. Elle a reçu la palme et la croix de guerre
Pour avoir lavé des sous-vêtements de soldats.

Il pleuvait. Les croix en fonte du cimetière civil dégoulinaient. Celles en bois des militaires luisaient faiblement dans la lumière trouble de ce matin d'automne. Avec le recul, quand je repense à ce moment, il me semble que la nature mettait en scène un des poèmes du lieutenant. Je ne le lirais que bien plus tard, comme le reste de son œuvre. Mais sur les visages des morts, la pluie déposait doucement *the eternal reciprocity of tears*[1].

Ce matin-là, je sus que j'avais manqué mon rendez-vous. Sans doute, la Mort était femme. Elle non plus n'avait pas voulu de moi.

Aussi abrupte qu'inattendue, fruit d'un authentique escamotage politique, la fin de la guerre n'avait pas eu l'air vraie. Quiconque l'avait vécue au quotidien ne pouvait comprendre qu'après avoir broyé des millions d'hommes et défiguré des provinces entières, une mécanique en apparence inexorable pût s'arrêter ainsi, d'un coup, sans autre forme de procès, par décision d'arbitres dont personne n'avait jamais aperçu les hauts-de-forme sur aucun champ de bataille.

Notre entrée en Allemagne dite vaincue s'était déroulée dans le même climat irréel. Il semblait que du jour au lendemain, l'ennemi de cinq ans se fût évaporé dans l'air humide de novembre. Les nombreuses absences qui trouaient les rangs n'en étaient que plus cruellement ressenties. Par moments, on était presque honteux d'en être sortis vivants. À mesure que nous avancions, nous traversions des villes intactes où le teint hâve des gamins, parfois accrochés à leurs béquilles, trahissait peut-être le passage récent d'une catastrophe naturelle ou l'existence de quelque honte nationale dissimulée derrière des façades et des volets clos.

1. L'éternelle réciprocité des larmes (*Insensibility*, dernière strophe, 1917).

Une fin si rapide bouleversait mes plans. Je n'avais pas prévu de rentrer si tôt. Au pays, la pénurie de main-d'œuvre avait très rapidement fait place au chômage, et Lloyd George regrettait déjà d'avoir promis devant témoins une Grande-Bretagne « digne de ses héros ». Quand on eut remercié les femmes dans les usines, il apparut que trop peu de places s'offraient aux tommies démobilisés, et qu'en attendant des jours meilleurs les héros chanceux de la Somme et des Flandres pouvaient toujours faire la queue devant les soupes populaires ou vendre des coquelicots en soie à l'entrée des églises – avec une médaille, c'était plus facile.

Aussi, dans un premier temps, préférai-je rempiler. Officiellement, personne ne m'attendait et pour un célibataire peu amateur de plaisirs mondains, la vie à Bonn n'avait rien d'insupportable. Surtout, je pouvais me fondre, me cacher dans le grand corps anonyme de l'armée où réfléchir constituait une activité secondaire, principalement nocturne.

J'y demeurai jusqu'en 1919, date à laquelle on m'expédia en Flandre avec quelques autres pour achever les opérations de « nettoyage des champs de bataille » – en clair, la recherche, l'identification et l'inhumation des cadavres que l'on déterrait par centaines dans les anciennes zones de combat.

À chaque période de labours, quand elles ne sautaient pas sur des obus intacts, les charrues des fermiers remontaient des escouades de macchabées. Pour retrouver le solde, des équipes de fossoyeurs volants arpentaient les friches munies de longues et fines perches, sondaient la terre comme des sauveteurs après une avalanche. Toujours fructueuses, leurs récoltes allaient garnir les cimetières en cours d'aménagement.

Ce fut à Ypres que je rencontrai les pionniers de ce qui allait devenir la Commission impériale des tombes de guerre. Tout de suite, ma qualité de jardinier suscita l'intérêt. Quand je rejoignis mon unité à la fin de l'hiver, j'avais en poche plusieurs recommandations et une liste d'adresses.

Quelques mois plus tard, le 15e bataillon des Lancashire Fusiliers était dissous, ses couleurs renvoyées au pays. Pour moi, l'heure du choix avait sonné. Muni de mon unique valise, je me disposai à regagner la Belgique. Ma première affectation civile m'y attendait. Mon premier cimetière.

Quand les feux rouges du camion eurent fondu dans la nuit liquide, et que je me retrouvai seul au bord de la route avec ma valise et les silhouettes noires des saules têtards, je compris que je n'irais pas plus loin.

Avant de me lâcher dans ce coin perdu, le chauffeur avait traversé des patelins endormis, oubliés du monde. Leurs noms résistaient d'autant mieux aux bouches anglaises que nombre de panneaux avaient disparu. Le dernier portait la mention *Coxyde*. Ici prenait fin la ligne de l'ancien front. Terminus. Au-delà des dunes qui bordaient la chaussée commençait la mer, patrie des poètes et des aventuriers.

Tandis que, pataugeant dans l'eau du fossé, je cherchais l'entrée et accrochais aux épineux les basques de ma capote, j'avais dressé l'oreille. Comme à Étaples, j'espérais sans y croire entendre la respiration des vagues. Comme à Étaples, je ne distinguais que le murmure du vent dans les bruyères. Il faisait froid. La pluie venait de cesser, mais dégouttait des branches dès qu'on les frôlait. Non sans mal, je finis par découvrir un sentier entre les fourrés d'aubépines et d'argousiers. La cabane solitaire se dressait au bout. Aucune lumière n'y brûlait, aucun cadenas ne verrouillait la porte. J'entrai, grattai une allumette, humai une odeur lourde d'humidité et de moisi, déposai enfin sur le lit de sangles ma valise et ma casquette.

J'étais rendu. Cette fois, j'avais atteint l'ultime frontière. Ne restait plus qu'à y installer mon univers entre les plantes, les morts et la mer. Pour me déshabiller, je ne pris même pas la peine d'allumer la lampe à pétrole. Ensuite, renonçant à trouver le matelas, je m'allongeai sur le sommier.

Fut-ce le vent, ou les vagues ? Je m'endormis bercé par un souffle léger. Un des carreaux de la fenêtre était fendu. Dehors, la nature apaisée sombrait elle aussi dans le sommeil.

Le lendemain, dès l'aube, je me levai, poussai la porte et reconnus mon nouveau territoire. D'après les documents qu'on m'avait fournis, je le partageais avec 1 506 colocataires silencieux, dont certains avaient fait partie de mes anciens bataillons. Creusées en lignes régulières, les tombes s'étageaient au pied d'une grande dune pelée. Les travaux d'aménagement avaient pas mal avancé, car six rangées de pierres toutes neuves s'alignaient parmi les croix de bois et les mémoriaux particuliers promis à la disparition. Vers la gauche reposaient une poignée de prisonniers allemands.

Mangée par les mousses, l'herbe était rare. Entre les sépultures, quelques arbustes isolés tentaient de briser la monotonie du paysage. Les fleurs languissaient dans le sol sableux. Bref, si j'en avais douté, il y avait du pain sur la planche.

Ensuite, ma première visite fut pour la mer. Je coupai par les dunes. Sur le chemin de la plage, je ne croisai personne. Il était trop tôt encore. Les pêcheurs avaient déjà gagné le large, et pour allumer leurs fenêtres, les villas vides de la digue attendaient les vacanciers de la haute saison.

Parvenu sur la grève, je marchai vers les vagues et leur ourlet d'écume. Sous les semelles de mes brodequins militaires, les ripple-marks dessinaient leurs rides dures.

J'écrasais par dizaines couteaux morts et pétoncles échoués.

Droit devant, la lumière rouge du soleil incendiait les flots, jetait sur l'eau une route de flammes. Si je m'étais écouté, j'aurais pris cette route, l'aurais suivie jusqu'à son terme, de l'autre côté de la mer, de l'autre côté du monde. Mon ancienne vie se cachait au-delà des vagues. Déjà, le flux léchait l'empeigne de mes bottines. Là-bas, mon père ouvrait peut-être le volet de la boutique, Lawrence et Ben s'étonnaient d'être toujours vivants, Beatrice se réveillait entre les bras d'un nouvel amant, songeait à le quitter.

Quand je regagnai le cimetière, le jour s'était levé. Le travail m'attendait.

À Coxyde, je passai les années les plus solitaires de toute mon existence. Les gens du cru parlaient une langue que je ne connaissais pas, et frayaient peu avec les étrangers. La faune touristique et commerçante, elle, s'aventurait rarement au-delà de la digue et des centres de villégiature. Situé en dehors du village, le cimetière jouxtait la grand-route de La Panne, où ne passaient jamais que des camions et, à la belle saison, les rutilantes limousines des vacanciers riches.

Les hivers, surtout, étaient pénibles. Quand mon poêle ne suffisait plus à réchauffer la cabane, je me réfugiais dans une chambrette au-dessus d'un café, que le tenancier me louait pour quelques francs. Avant d'y monter, je passais mes soirées devant une bière, à regarder la pluie qui tombait derrière la fenêtre tandis que dans l'arrière-salle, les joueurs de billard tournaient autour de la table en traînant leurs savates sur le carrelage. Le gazouillis du canari dans sa cage me rappelait parfois les fermes picardes. Personne ne me parlait, et je n'en souffrais pas.

Le reste du temps, seul maître à bord en mon domaine, j'apprenais le métier et, chaque jour davantage, en découvrais les menus plaisirs. Ainsi développai-je des sympathies particulières pour certaines plantes modestes, dont les beautés ne s'appréciaient pas du premier coup d'œil ou n'apparaissaient que bien longtemps après le geste qui les avait fait éclore. À Coxyde, bien plus que les roses ou les asters, les cornouillers me réjouissaient. J'en avais planté tout le long de l'interminable chemin d'accès. Vigoureusement taillées en mars, les tiges nues de l'hiver prenaient alors un rouge éclatant, qui évoquait pour moi de lointains souvenirs d'école – les planches anatomiques du cours de sciences, où les artères vermillon dessinaient sur les corps blancs, désincarnés, leurs deltas de sang.

À force d'y consacrer tout mon temps, le cimetière finit par porter ma marque. Plusieurs fois, j'eus droit aux félicitations des responsables du bureau d'Ypres. Pourtant, malgré toute l'affection que m'inspirait ce lieu, je refusais de m'y attacher. Car à Coxyde, j'attendais le moment, le retardais sans cesse. Mon séjour ici n'était qu'une répétition.

Puis vint le jour où l'on décida pour moi.

Par un beau matin de juin, je rentrais de la plage quand, sur la grand-route, j'aperçus le facteur qui s'éloignait. Je recevais peu de courrier et lorsque arrivait un pli, il s'agissait toujours de circulaires ou de notes administratives Glissée sous un pot de fleurs près de l'entrée, je découvris une enveloppe aux armes de la Commission. Avant de l'ouvrir, je préférai rejoindre la cabane.

Quand je lus à haute voix le nom de ma nouvelle affectation, mes mains tremblaient. Je dus tirer la chaise pour m'asseoir. Cette nuit-là fut peuplée de cauchemars.

Le lendemain pourtant, en bouclant ma valise, j'étais d'humeur égale, l'esprit tout occupé à composer un itinéraire.

À la gare, je demandai un billet pour Amiens.

Pour rallier Authuille, je verrais sur place.

C'était le 13 juin 1924. Un vent doux et salin soufflait

sur le quai. Je sifflotais une vieille chanson de marche. La cigarette au bec, un cheminot traversait les voies. Il me fit un large sourire. Je devais avoir l'air heureux. Officiellement, j'avais trente-deux ans. William m'en avait fait gagner six à l'état civil.

À Authuille, je fus hébergé par un fermier qui louait à la Commission deux chambres aménagées dans les combles de sa remise. James Whitby occupait l'une d'elles, mais préparait son déménagement. Il avait épousé Marthe, une fille du pays, et attendait la naissance d'un premier enfant. Nous avions vite sympathisé. En janvier 25, je devins le parrain de son fils Raymond. Tout le village fut invité.

Contrairement à Coxyde, la région fourmillait de cimetières à parachever et entretenir. J'y croisais donc presque autant de compatriotes que de locaux. Les pèlerinages généraient une forme de tourisme dont ces derniers ramassaient les miettes – les chauffeurs d'autocars et les hôteliers d'Amiens se taillant la part du lion. En outre, la construction annoncée d'un énorme Mémorial aux disparus de la Somme causait un surcroît d'activités. En effet, les architectes du projet avaient jugé inopportune la dispersion anarchique de certains cimetières dans le paysage environnant le lieu choisi, et préconisé leur déménagement avant le début des travaux.

Je m'occupais plus particulièrement de ceux d'Authuille, Lancashire Dump, Ancre British, Mill Road et Connaught. En plein bois de Thiepval, la sépulture de Nigel tombait sous la juridiction de James. J'allais souvent m'y recueillir. Bientôt, une section de fossoyeurs l'ouvrirait, rassemblerait ses restes, les mettrait en boîte et emporterait le tout à Connaught, où se préparait l'accueil des nouveaux arrivants À en croire James, quelques pèlerins bien mis laissaient parfois sur place, piqué d'un gardénia blanc, un carton ou un feuillet portant une strophe calligraphiée de *Holland Park*.

Un jour, c'était en avril 30, je crois, j'étais occupé à scarifier les pelouses de Connaught quand je vis approcher, venant du village, une femme à vélo. Elle portait une blouse claire et ses cheveux noirs mi-longs prenaient le vent. Je m'arrêtai, rabattis sur mes yeux la visière de ma casquette.

« *Bonjour… Je ne vous dérange pas ?* »

La jeune femme avait appuyé son vélo contre la clôture – la haie restait à planter –, et me regardait. Un sourire éclairait son visage aux traits fins, aux joues un peu creuses.

« *Pas du tout, mademoiselle.* »

Ce petit nez retroussé, il me semblait l'avoir déjà vu quelque part. Contre sa poitrine, elle serrait un grand carton vert, noué par des rubans.

« *À cette heure, je ne pensais pas vous trouver ici* », dit-elle.

Je repoussai ma casquette sur ma nuque, croisai les bras.

« *Vous savez, je viens souvent, quand vous n'êtes pas là…*

— *Ah oui ?* fis-je, étonné.

— *Vos fleurs sont si belles.* »

Comme pour vérifier ses dires, un peu gêné, je me retournai. Elle n'avait pas tort. Le long des tombes, les primevères semaient leurs taches violettes ponctuées de jaune.

« *En fait, j'aime bien dessiner les fleurs. C'est ma passion. Alors chaque fois que j'ai le temps, je passe… Ils ne sont pas tristes du tout, vos cimetières. Les nôtres sont tellement sinistres…* »

J'aurais dû m'approcher. Mais en moi, la vieille méfiance déterrait des souvenirs enfouis.

« *On se connaît, vous savez.*

— *Il me semble*, dis-je. *Mais…* »

Elle baissa les yeux.

« *À la communion de Raymond, le mois dernier… Vous ne vous souvenez pas ? Je m'appelle Jacqueline. La cousine de Marthe…* »

Malgré moi, je me sentis rougir.

« *Eh bien… À vrai dire…* »

Jacqueline avait des yeux bruns, un peu mouillés.

« *C'est moi qui servais les apéritifs. Mais je suis rarement là, c'est vrai. Je travaille à Albert, alors…* »

Pourquoi lui ai-je posé cette question ?

« *Vous n'êtes pas institutrice ?* »

Le « *au moins* » ne passa pas mes lèvres. De justesse.

« *C'est un beau métier. Mais non… J'ai un emploi à la poste.* »

Sur mes pommettes, les cicatrices cuisaient.

« *Ce sont vos dessins, là ?* », improvisai-je.

Aussitôt, elle plissa les yeux, des fossettes se creusèrent aux commissures de sa bouche.

« *Oui… Voulez-vous les voir ?* »

Elle n'attendit pas ma réponse, enjamba la clôture, accrocha le bas de sa jupe à un piquet.

« *Zut !* »

Il faisait beau, les pelouses étaient sèches, un peu trop même. Elle s'assit dans l'herbe à côté de moi, ouvrit son carton sur ses genoux, farfouilla parmi les croquis.

D'abord sceptique, je demeurai bouche bée. Ce que je voyais me prenait de court. Non seulement les dessins à la plume et au crayon montraient une précision extrême, un sens hallucinant du détail, mais surtout, les couleurs posées à l'aquarelle avaient la fraîcheur qui manquerait toujours aux plus riches herbiers du monde. Tandis que le soleil caressait ses cheveux noirs, Jacqueline me parlait de chaque fleur avec un enthousiasme qui métamorphosait le moindre crayonné en authentique portrait. Sous sa plume et son pinceau, les fleurs acquéraient une personnalité. Elles vivaient.

Et sous son regard…

Nous discutâmes longtemps assis sur la pelouse, ce matin-là. Je n'avais pas à chercher mes mots. Elle écoutait comme elle parlait, avec une sollicitude teintée de gravité, et le désir évident de ne rien perdre de ce qui se disait. Autour de nous, les morts devaient se réjouir de cette intrusion. Elle changeait à coup sûr leur ordinaire. Car si, au sens conventionnel du mot, Jacqueline n'était pas d'une beauté irréprochable, il émanait d'elle une fraîcheur et un charme piquant propres à faire fondre les plus réticents.

Quand elle se leva, lissa les plis de sa jupe et noua les rubans de son carton, il me sembla qu'une raideur inaccoutumée m'ankylosait les joues. Je manquais d'exercice. Il y avait tant d'années que je n'avais plus souri ainsi.

« Au revoir, monsieur Salter… »

Je pris la main qu'elle me tendait.

« Au revoir, mademoiselle… ? »

Elle hocha la tête.

« Caubert. Mais appelez-moi donc Jacqueline. J'habite à Thiepval, la petite maison blanche pas loin du carrefour… »

Je recoiffai ma casquette. Nous aurions pu en rester là. Après tout, n'avais-je pas témoigné du minimum de savoir-vivre requis en pareille occasion ?

« Vous prononcez bien mon nom, dites-moi…

— *C'est rare, n'est-ce pas ?* dit-elle en riant.

— *Plutôt.*

— *Oh, à vrai dire je n'ai aucun mérite. J'ai appris ça toute petite. Mon grand-père a logé pas mal de soldats anglais, pendant la guerre. Il a fait contre mauvaise fortune bon beurre, si j'ose dire. Mais c'était dans un autre village. »*

Elle avait enfourché son vélo, tardait à s'en aller.

« Monsieur Salter ? »

Au moment d'appuyer sur les pédales, Jacqueline s'était retournée, avait mis pied à terre.

« Je pourrai vous montrer d'autres dessins ? »

Je baissai les yeux, contemplai la pointe de mes souliers.

« Pourquoi pas ? Vous savez où me trouver. »

Déjà, je m'en voulais d'avoir répondu cela.

« C'est gentil. Je reviendrai. Vous savez, ils sont rares, ici, les gens qui savent regarder… »

Longtemps, je suivis des yeux sa silhouette qui remontait la route, entre les champs verts.

Le soir, en refermant derrière moi la porte de ma chambre, je m'appliquai à ne penser à rien. Après avoir soupé d'une boîte de corned-beef et d'un verre de piquette, je me couchai avec un vieux numéro du *Daily Sketch*, que je lus du début à la fin sans omettre une publicité.

Je passai une nuit agitée, traversée de fantômes. Après une longue absence, Beatrice revint me hanter, et Brighton. Je revoyais notre chambre d'hôtel, le réverbère qui brûlait dans la cour, le visage fermé, dur, de celle qui prétendait m'aimer. Une de ses paroles lasses passait et repassait dans ma tête comme un vieux disque griffé : « On peut se marier quand même. Plein de gens font ça. »

Le lendemain matin, ma décision était prise. Dorénavant, quoi qu'il pût m'en coûter, j'éviterais Jacqueline. S'il le fallait, je demanderais mon transfert en Flandre, dans la Marne, en Italie, voire même à Gallipoli.

Car les femmes que j'avais connues m'avaient appris à espérer peu et rêver beaucoup. Jacqueline, je le savais, n'était qu'un rêve de plus. En outre, j'avais bien trop de mémoire pour prétendre un jour être heureux. En moi, Beatrice avait tué la confiance. J'avais trop souffert d'avoir cru en elle pour risquer encore la moindre forme de loto sentimental. Et puis, si mes calculs étaient exacts, Jacqueline devait avoir un peu plus de vingt ans. Même en trichant sur mon âge, j'aurais pu être son père. Non vraiment, ça n'avait aucun sens.

En catastrophe, je modifiai le semblant de calendrier qui, peu à peu, s'était mis à régler mes allées et venues dans le canton. Cependant, sans m'assiéger le moins du monde, Jacqueline finissait toujours par me retrouver. Elle connaissait les plantes presque aussi bien que moi. Les fleurs nous réunissaient mieux que n'importe quelle entremetteuse.

J'avais beau afficher une politesse froide, Jacqueline ne se lassait pas de ma compagnie. Elle me montrait ses nouveaux dessins, sollicitait mes avis, parvenait toujours à me tirer l'un ou l'autre sourire sans pour autant user des moyens dont elle disposait à mon égard – et dont, j'en étais sûr, elle n'ignorait rien.

Petit à petit, de semaine en semaine, malgré toutes les défenses que je dressais entre nous, Jacqueline m'apprivoisa. Pourtant, je détestais ce mot. Beatrice aussi avait cru m'apprivoiser. Question de vocabulaire.

Non, à aucun prix je ne voulais revivre cela. Après Beatrice, j'avais découvert qu'on pouvait être veuf d'un sentiment, à défaut d'un être encore aimé. Je m'étais installé dans ce veuvage.

Jacqueline eut la patience, ou l'aveuglement. Elle eut raison de mes doutes, de mes scrupules et de mes peurs. De mes dérobades et de mes réticences. Bien malgré moi, j'ai dû la faire beaucoup souffrir.

Un soir de septembre, quelqu'un frappa à la porte de ma chambre. J'avais entendu ses pas sur l'escalier à claire-voie. J'étais seul, mon propriétaire rendait visite à l'un de ses parents. La pluie tombait dehors, de grosses gouttes constellaient les carreaux de ma fenêtre. Un vélo de dame était rangé contre la grille de l'entrée.

Quand j'ouvris, elle attendait sur le palier, les bras

croisés sur la poitrine, une épaule contre le chambranle. Ses cheveux noirs étaient trempés, elle grelottait.

« William, je… Il faut que… »

Elle tournait la tête vers le mur, fuyait mon regard. J'avais entrevu ses yeux rouges, ses traits défaits. J'entendais son souffle court, un peu rauque. Pour venir, elle avait dû rouler vite. Sous sa robe percée, ses petits seins se soulevaient en cadence. J'ai posé ma main sur ses lèvres, ma main calleuse et grise de jardinier.

« Tu vas dire une bêtise, Jacqueline… »

Alors j'ai vu la larme qui coulait sur sa joue.

« Tu viens trop tard… », ai-je murmuré.

Doucement, elle a baisé ma main. Je l'ai laissée faire.

« Beaucoup trop tard… »

Ses bras minces ont glissé sur mon torse. Elle s'est approchée, m'a serré contre elle, n'a rien dit.

Elle pleurait en silence. Je crois bien que moi aussi.

Ce soir-là, en cette minute d'éternité, j'ai compris que le corps de l'être aimé est le plus beau voyage. Et que ce qui me restait de cœur, je le lui donnerais.

Ce n'était pas grand-chose. Ce n'était pas assez.

Pourtant, elle ne me demandait rien d'autre.

Nous nous sommes mariés au printemps 32, dans l'église reconstruite de Thiepval, sur la petite place aux réverbères. Il n'y avait pas grand monde, mais cela ne nous gêna pas. On nous prit en photo sur le parvis. Non loin de là, au sommet de la colline, les travaux du Monstre touchaient à leur terme.

Avec l'argent légué par ma tante, j'avais acheté le corps de logis de la vieille ferme, près du cimetière d'Authuille. Jacqueline se proposait de le restaurer. Nous nous y installâmes bientôt pour ne plus le quitter.

Longtemps, je vécus dans la certitude qu'un jour Jacqueline me quitterait. D'avance, je m'en étais fait une raison. Cela m'épargna les tourments d'une jalousie que rien, jamais, ne justifia, et pour laquelle je n'avais d'ailleurs aucune disposition. Quand Pierre naquit, je dus enfin me rendre à l'évidence : Jacqueline m'aimait pour ce que j'étais – un rêveur impénitent, parfois mélancolique, heureux parmi les fleurs ou le nez enfoui dans ses cheveux noirs.

Jamais je ne lui ai montré le dessin d'enfant que depuis des années, je tiens plié en quatre dans mon portefeuille. La faute d'orthographe la ferait sourire.

Vraiment, elle dessine mieux les fleurs que les soldats.

Thiepval, Somme, jeudi 1er juillet 1948

Les pneus crissent sur les graviers. Me voici arrivé. Je laisse le vélo près de l'entrée, ôte ma casquette. La lumière décline, le monument découpe sa silhouette noire sur un ciel de nacre. Dans les haies, des merles sifflent. C'est l'heure la plus belle, quand le soleil flamboie entre les piliers de l'arche, puis s'enfonce derrière la forêt d'où, trente-deux ans plus tôt, nous sommes tous partis. Les noms sont arrivés, les corps sont restés en bas, la terre les a pris. Soixante-mille tués et blessés en un peu plus de dix heures…

Chaque fois que j'approche ainsi du Monstre, sur les pelouses rases où jouent les ombres, le même frisson me parcourt l'échine. Ensuite, j'ai l'impression curieuse de rentrer à la maison.

Vu de loin, le Mémorial des disparus suscite toujours les mêmes commentaires. Quiconque l'aperçoit pour la première fois lui trouve une lourdeur rébarbative, aux limites du grotesque. Impression trompeuse, mais normale. Car ainsi juché au sommet de la colline, l'édifice domine toute la région, dont il forme un repère familier. Et de la sorte, il remplit une partie de sa mission. En effet, pour peu qu'ils aient le temps, quelques touristes intrigués quittent la route de Bapaume et mettent le cap sur cette ziggourat inattendue, que la plupart des guides passent sous silence. Le détour est minime : la cathédrale d'Amiens attendra bien.

À mesure qu'on s'en approche, le monument ne perd rien de son mystère, mais dévoile une surprenante nature protéiforme. De mastodonte, il se mue bientôt en arc austère et solennel puis, peu à peu, au gré des angles, en une gigantesque porte béante, ouverte sur le ciel de Somme.

Quand enfin, au détour d'un virage, le voyageur débouche au pied de l'édifice, le jeu savant des volumes et des symétries l'intrigue d'abord, puis le fascine. D'un coup, il se sent à la fois écrasé et enlevé – double mouvement, vers le bas, vers le haut, contradictoire et complémentaire. Alors seulement, dans la faille créée par cet écartèlement, la présence invisible se manifeste. Le vent chuchote, les branches murmurent mais ils sont là. *Un long cri silencieux vibre sous les voûtes et au-delà d'elles, monte vers l'éther, n'en finit pas de mourir.*

Et on se tait.

Et on l'écoute.

Nul besoin de comprendre, il suffit de sentir.

À cette heure tardive, plus personne ne traîne alentour. Le lieu est rendu à ses véritables propriétaires, fantômes légers, voix sans visages. Sur l'escalier, la brise du soir chasse une fleur en papier. D'un pas lent, je gravis les marches qui mènent à la Pierre du souvenir. Le verset de l'Ecclésiaste disparaît presque sous les couronnes de coquelicots.

THEIR NAME LIVETH FOR EVERMORE [1].

Au hasard, je déchiffre la légende de l'un ou l'autre ruban – les formules classiques : amicales d'anciens, autorités militaires, municipalités, représentant du préfet, British Legion, etc.

1. Leur nom vivra à jamais.

Puis, comme chaque fois, je gagne le pilier 3, face C. En ce lieu où les lettres s'accumulent, envahissent l'espace et composent plus de 73 000 noms, je dois bien être le seul à ne pas chercher un patronyme. Moi, je viens vérifier deux absences.

Je lève la tête, embrasse du regard le panneau des Lancashire Fusiliers. Simples soldats... Voilà... Lettre P... Oui, Partington W. suit toujours bien Parry O. – étrange homonymie. Lettre S, maintenant... Après Salmon T., Sanderson F. Tout est en ordre. Parfait.

Pour un rien, je douterais.

Depuis longtemps, je ne me demande plus ce qui se serait passé si, cette nuit de juillet 16, j'avais été incapable de nous sortir de ce fichu trou. Nous serions probablement restés là, tous les deux, et nos noms se seraient retrouvés sur ce panneau, quinze lettres gravées dans la pierre parmi des milliers et des milliers d'autres.

Je déplace une couronne de coquelicots en papier, m'assieds sur les dalles fraîches, le dos contre le pilier. Sur l'autel, le feu ne brûle plus, il se consume à l'horizon. Les rayons roux caressent la pierre, l'ombre encre le creux des lettres. Ici, le souvenir a son imprimerie.

Dans une ferme du village, un chien aboie. J'écoute sa plainte têtue, monotone. Personne ne lui répond.

Au-dessus des piliers, les couronnes de pierre alignent leurs noms de batailles – il faudrait plutôt dire : tueries, cloaques, charniers.

Morval... Flers-Courcellette...

Et je me souviens de Charles, le tailleur de pierre.

Il me doit toujours une bouteille.

C'était vers la fin des travaux, en 32. Sur les panneaux, fraîchement taillées, les listes de noms s'allongeaient. Charles, lui, s'occupait des légendes à graver au centre des couronnes – seize en tout. Depuis le début, j'avais suivi pas à pas la progression du chantier. Une fois la gigantesque assise de béton coulée dans un sol miné de galeries, de sapes et d'abris, l'édification avait suivi un cours sans surprise. Pour moi, chaque élément neuf s'insérait parfaitement dans un puzzle déjà complet. L'un après l'autre, les bâtisseurs remplissaient les aplats blancs d'une figure à colorier. Le Monstre était en moi, ils ne faisaient que le copier.

Ce jour-là, perché au sommet de son échafaudage, Charles devait attaquer les médaillons des piliers nord-ouest. De mon côté, je commençais quelques plantations en contrebas, dans le cimetière anglo-français. Quand j'arrivai sous l'arche, il prenait son repas de midi.

« Salut, Charles ! »

Heureux de ma visite, il me fit signe de monter. J'aimais la perspective qu'on découvrait depuis les étages du monument. Aussi ne me fis-je pas prier.

« Ça va, l'artiste ? »

Pour toute réponse, Charles m'offrit un coup de piquette.

« Beaucoup de boulot ? »

Il s'essuya la bouche, désigna les couronnes.

« Ces deux-là. J'ai fait le tracé. Y a plus qu'à graver. »

Je m'approchai. Sur le granit clair, il avait porté les lettres au crayon noir, en belles romaines. Mais quelque chose me gênait.

« Dis donc, Charles ? »

Le petit homme vida son verre, nous resservit.

« Oui ? Quoi ?

— Tu es sûr, pour les noms ? »

Il s'était levé.

« Sûr de quoi ? »

Du doigt, je désignai la couronne de gauche.

« Tu as écrit Morval, *là… »*

Puis celle de droite.

« Et Flers-Courcellette, *ici… »*

Intrigué, Charles m'avait rejoint, se grattait le front.

« Ben oui, et alors ? »

Suspendue dans le vide, une palette de briques brunes

oscilla un instant devant l'échafaudage, puis disparut. Plus haut, les maçons terminaient les entablements.

« Ce ne serait pas l'inverse, des fois ? », dis-je.

Ses grosses lèvres esquissèrent un sourire.

« L'inverse ? »

Il avait déposé son verre, rebouché la bouteille.

« Tu me fais marcher, ou quoi ? »

Je ne répondais pas. Mon silence l'inquiétait.

« D'abord comment tu le saurais ? »

Je haussai les épaules.

« J'ai laissé le plan en bas, dit-il. Je vais vérifier. Mais bon sang, si c'est une blague… »

Pressé d'en avoir le cœur net, il empoigna le dernier barreau de l'échelle et descendit en maugréant. Quelques instants plus tard, sa voix rebondissait sous la grande voûte.

« Ah ben merde alors ! »

Je me penchai par-dessus la rambarde. Au pied de l'échafaudage, sur une caisse vide, Charles avait étalé un plan.

« Je te dois une bouteille, William ! »

Je suis assis au même endroit. Les légendes sont à leur place. J'attends que le soleil se couche sur la forêt. C'est un prétexte. À mi-voix, je récite trois vers de Before Going.

The sun's drowning in its own blood
And slow flames glare in the eyes
Of those who will not mourn their lot[1].

Ai-je bien fait de l'envoyer à Lawrence – pardon, Lord Enderway – sous le couvert de l'anonymat ? C'était si facile. À Bonn, au bureau du bataillon, traînaient tous les formulaires et enveloppes officielles nécessaires à ce petit

1. Le soleil se noie dans son propre sang
Et de lentes flammes brûlent dans les yeux
De ceux-là qui ne porteront pas leur deuil. *(Trad. B. Dussert.)*

mensonge. J'ai recopié les strophes sur une feuille vierge. Un papier retrouvé par hasard dans une cantine ou dans le portefeuille d'un camarade, je ne sais plus ce que j'ai inventé… Le tampon du capitaine et sa signature pour authentifier le tout…

Lawrence n'a pas douté un seul instant de son authenticité. Du moins faut-il le croire, puisque le poème a aussitôt trouvé place dans la deuxième édition revue par ses soins et ceux de Benjamin. Certains critiques y voient le sommet de l'œuvre. Je n'ai pas d'avis sur la question, mais sans doute est-ce l'exhumation de ce texte qui a fait reconnaître en Nicholas Parry un émule de la « sainte trinité » – Sassoon, Owen et Rosenberg –, même si d'aucuns, à cause de Holland Park, *lui trouvent des affinités avec John McCrae, ce qui me laisse perplexe.*

Le soleil se noie comme alors.

Attendrai-je la nuit ?

Au fond de la vallée, des lueurs jaunes avancent. Elles sinuent dans l'obscurité, lentes, hiératiques, silencieuses. Je me prends à rêver. Mais non, ce sont des phares de voitures.

J'attendrai la nuit une autre fois… Il est trop tôt encore. De toute façon, il y a des rendez-vous qu'on ne peut que retarder.

Quand le moment sera venu, je vous retrouverai tous.

Toi d'abord, papa, que je pourrai enfin serrer entre mes bras. Toi qui, j'en suis sûr, comprendras. Vous aussi, mon lieutenant, vous qui savez déjà ce qu'il y a derrière la colline, alors que moi, j'ai pris peur sur le seuil. Et vous, mes amis d'avant, dont la fidélité fut si mal récompensée. Peut-être même toi, Beatrice, que je ne puis ni haïr ni pardonner.

Et puis toi, William, mon frère, qui m'as offert bien plus que tu ne le sauras jamais. À ton intention, je tiens en réserve un cadeau bien dérisoire sans doute, mais dont j'ai la faiblesse de croire qu'en temps voulu tu l'apprécieras. Après ma mort, il suffira que Jacqueline ouvre le tiroir du secrétaire.

Une chaîne de vélo grince dans l'allée. Je me redresse. Caché à l'angle d'un pilier, je surveille l'esplanade.

C'est elle. Surtout, il ne faut pas qu'elle sache que je l'ai vue, que je l'observe. Elle s'inquiète, évidemment. Pourtant, elle détesterait que je la surprenne. Car elle aime ma fierté. Aussi prends-je bien soin de rester dans l'ombre.

Elle a vu mon vélo, contre le mur. Rassurée, elle va repartir. Il ne faudrait pas que le dîner brûle. Elle hésite juste un peu, défie le Monstre du regard.

Alors je fais ce que je n'ai jamais fait auparavant. Je sors de ma cachette, lui adresse un grand signe de la main.

Surprise, elle reste sans réaction. C'est trop neuf, cela.

Pourtant, j'en suis sûr, elle est heureuse.

Moi aussi, sans doute.

Voilà, elle me répond. Je marche à sa rencontre. Elle m'attend.

À l'horizon, le soleil s'est couché. Au loin, le chien s'est tu.

Oui, j'attendrai un autre soir.

Sur la place du village, les réverbères demeurent éteints.

Et pour cause : ils n'y sont pas encore.

Dans quelques années, sûrement…

APPENDICE

Authuille, 8 mai 1996

Cher Monsieur Dussert,

La semaine dernière, j'ai trouvé votre envoi dans ma boîte aux lettres, et vous en remercie. Malgré le temps qui passe, chaque souvenir de mon défunt mari m'est plus précieux que vous ne pourriez l'imaginer. Vos traductions de Nicholas Parry sont très belles. Et l'article[1] que vous consacrez, entre autres, à son amitié pour mon William, dans cette magnifique revue pour gens instruits, lui aurait fait plaisir.

De mon côté, vous m'en excuserez, mais je ne peux pas dire que j'ai tout compris. Même si j'adore lire, je suis, voyez-vous, une fille de ferme, et votre texte contient plein de mots savants ou anglais un peu difficiles pour moi.

La théorie que vous défendez, je la connaissais puisque je vous connais. Elle n'est pas neuve. Déjà, il y a des années maintenant, un professeur de Manchester avait cherché à rencontrer William pour lui poser des questions

1. BARTHÉLEMY DUSSERT, « Variations sur l'amour *light* – Les acrostiches de Nicholas Parry, poèmes pré-brightoniens ? », in *Revue germaniste*, décembre 1995, p. 80-98. *(Note de l'éditeur.)*

à ce sujet. Mon mari a toujours refusé de le recevoir. Je crois savoir pourquoi. C'est étrange mais j'ai toujours eu l'impression qu'entre Nigel et lui le dialogue ne s'était jamais rompu. D'en être exclue, j'ai parfois souffert, je peux bien vous l'avouer. Mais voilà, je n'ai jamais pu marchander mes sentiments. J'aimais mon mari, M. Dussert, malgré cette différence d'âge que je n'ai jamais ressentie et qui lui faisait si peur.

J'ai presque quatre-vingt-dix ans maintenant, je suis vieille et j'attends le moment où je reverrai William. Le temps des secrets sera fini, alors, et je saurai ce qu'il y a à savoir. Pourtant je ne suis pas curieuse. Quelle que puisse être la réalité de son passé, je sais que je l'aimerai toujours. La mort ne me fait pas peur, puisqu'elle me le rendra.

Mais je vous écris pour une autre raison.

Avant-hier, avant de quitter Authuille pour m'installer à Péronne chez mon fils et ma belle-fille, j'ai fait le tri des vieux papiers qui traînaient à la maison. En vidant le secrétaire de William, sous le papier d'emballage qui tapissait le fond du tiroir, j'ai découvert quelque chose qui, peut-être, vous intéressera. Il y avait d'abord une carte décorée d'images découpées – des petits lapins –, écrite en anglais. Une sorte de déclaration d'amour très brève mais très passionnée. C'est signé « Beatrice ». Glissé dedans, j'ai trouvé un petit portrait comme on en faisait quand j'étais gamine. Il représente une jeune femme en robe noire. Elle n'est pas franchement jolie – non, bien sûr, je ne suis pas jalouse ! –, mais elle a du chien. Si William l'a gardée, c'est que pour lui, cette femme a dû représenter quelque chose de très fort. Quand je regarde ce portrait, je me dis qu'elle avait sur moi beaucoup d'avantages, le genre distingué des filles de la ville et des beaux quartiers. Dans le milieu d'où je viens, on gagne en franchise ce qu'on perd en belles manières. (Je m'égare, là.) Peut-être les silences de William sur son passé tiennent-ils à ce portrait ?

Avec le métier que vous faites, peut-être pourrez-vous en tirer quelque chose. Je vous envoie le tout, même si je n'ignore pas que ce billet et cette photo versent de l'eau à votre moulin. Car moi aussi, voyez-vous, j'ai lu Nicholas Parry. Entre la Berenice des poèmes et cette Beatrice, il n'y a que trois lettres de différence...

Peu importe. Si William m'a menti sur le détail, il avait ses raisons. Je l'ai aimé et il m'a aimée. J'ai été heureuse avec lui et j'ose croire que, même tard, je lui ai offert ce bonheur auquel il ne croyait plus. Le reste est accessoire. S'il existe, comme vous, des policiers qui traduisent des poèmes, pourquoi pas des poètes-jardiniers ? Je ne serais pas surprise.

Car oui, votre théorie me convainc presque. À ce sujet, dans le secrétaire, j'ai encore trouvé un papier assez troublant, dont vous tirerez le parti qu'il vous plaira. Je le joins à cet envoi, ainsi qu'une vieille lettre de mon mari.

Un jour prochain, si Dieu me prête vie, j'irai dans votre pays avec mon fils. La Belgique, c'est près de chez nous, et je me sens encore capable d'affronter ce genre de voyage. En fait, j'aimerais voir ce cimetière près de la mer dont William s'est occupé avant notre rencontre.

Si vous désirez m'écrire, veuillez noter ma nouvelle adresse au verso de l'enveloppe. Vous lire sera pour moi un grand plaisir. Dans l'attente, recevez mon meilleur souvenir. Merci de ce que vous faites pour William et son ami Nigel. Quoi qu'il puisse arriver, leur amitié leur survivra.

Signé : Jacqueline Salter-Caubert.

Institut national de Criminalistique et de Criminologie
Laboratoire central

Bruxelles, 10.6.96

Réf. : –
Concerne : –

Mon vieux Dussert,

Tout arrive… Je ne pensais pas qu'un jour tes marottes littéraires me feraient boulonner au labo, un week-end qui plus est – et en catimini, encore bien…

Mais en reconnaissant que la Science pouvait voler au secours des Lettres, tu m'as bien eu, mon salaud… Avouons-le, tes histoires de poètes angliches m'intéressent (faudra d'ailleurs que tu me files tes traductions, je pourrai comparer avec les originaux). Bref, grâce à toi, je me suis amusé comme un petit fou. J'ai passé ton papier au crible de nos appareils tout neufs. Le graphologue m'a aussi donné un coup de main. Ce qui me permet de passer aux premières conclusions :

1° – Le papier en question provient d'un carnet à feuilles lignées, de production courante et plus que probablement anglaise. L'analyse chimique en situe la fabrication au plus tard vers 1910. Il porte des traces d'humidité, et d'une boue crayeuse correspondant, entre autres, au type de sol qu'on trouve dans le département français de la Somme (je t'épargne le cours de géologie) ;

2° – Il contient :

(a) le texte complet de *Before Going*, mais avec de

légères variantes par rapport à la version imprimée de 1922 (tu dois les connaître, alors je passe). Le premier tiers du texte (25 lignes) diffère des deux tiers restants (42 lignes) par le type de crayon utilisé, la deuxième partie s'avérant nettement postérieure (d'au moins deux ans) ;

(b) un bref commentaire au crayon léger, porté en bas de la page et signé W.E.S. Owen. L'écriture ayant déteint, j'ai reconstitué le texte, que je traduis au vol :

3 novembre 1917

Mon cher Salter,

Désolé de ne pouvoir vous le dire de vive voix, mais vous êtes un poète ou je me trompe fort. Dès ce soir, je repars pour Londres. Si j'en ai l'occasion, je vous écrirai de chez Robert Ross, entre autres pour vous répéter combien j'ai aimé votre Before Going – *au point de le préférer à ce que faisait ce pauvre Parry… Il y a bien, çà et là, des maladresses et de fâcheuses répétitions, mais rien qui compromette la solidité, la vérité de l'ensemble. Nous en reparlerons, si vous le désirez. Demandez l'avis de Sassoon, aussi. J'espère vous revoir. En France, qui sait ?*

Votre W.E.S. Owen

3° – Les deux « parties » du poème se caractérisent par des écritures différentes. À ce sujet, le graphologue note une étrange et indiscutable parenté entre des mains… pourtant a priori distinctes ! En tout cas, la deuxième partie est sans nul doute de William Salter – la comparaison avec la lettre que tu m'as passée est probante.

4° – De même, une comparaison avec les fac-similés autorise à penser que le mot d'Owen est authentique.

Voilà, cher inspecteur… La Science a parlé.

Mais si je peux glisser un mot, et si les dates ne mentent pas, il y a gros à parier que ce poème-là et, pourquoi pas ?, ceux du recueil posthume, c'est Salter qui les a écrits, en tout ou en partie. Pas mal, pour un jardinier ! Peut-être faudra-t-il rendre à Parsons ce qui est à Parsons, et à Salter ce qui lui revient. Enfin, tu connais mieux cette histoire que moi. À toi d'en tirer les conclusions. Ne manque pas de m'en faire part.

Signé : Willem Pussemiers
Chef laboratoire PJ

P.-S. : Des boulots comme ceux-là, c'est quand tu veux… J'aime mieux ça que tes habituels macchabées. Fais la bise à Verhaert de ma part.

Woluwe-Saint-Pierre – Malonne (Namur)
Juillet 1997 – Janvier 2000

Les cimetières

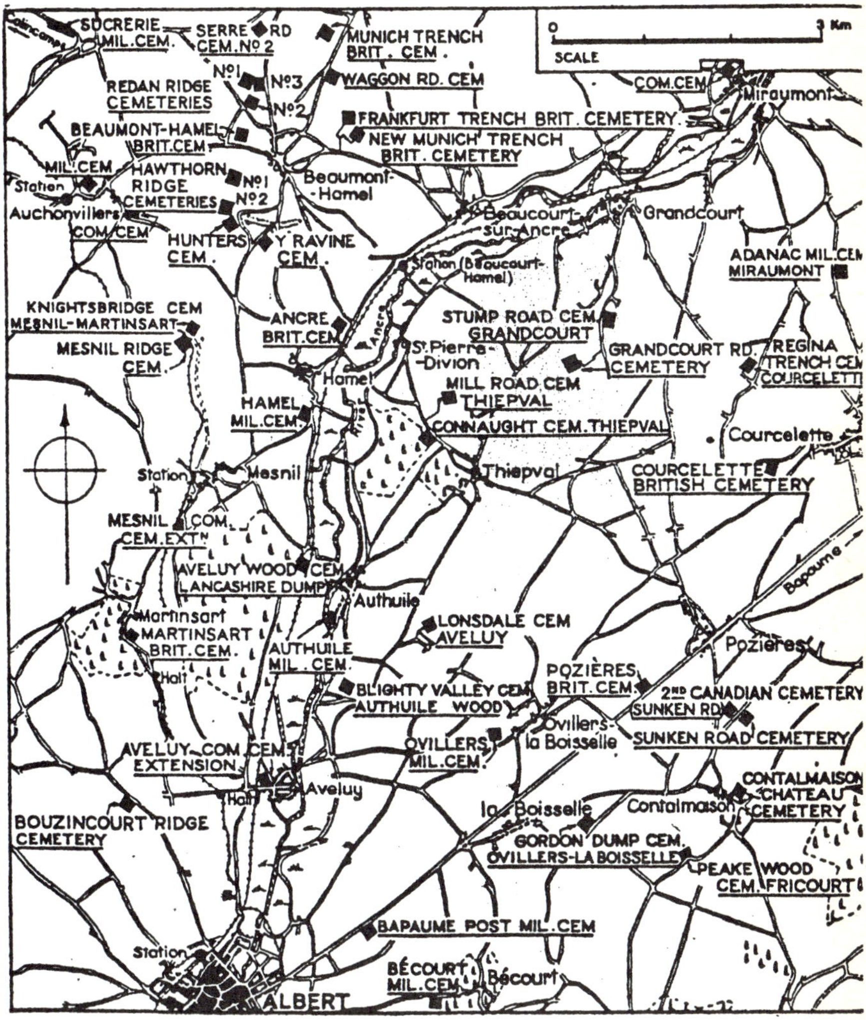

Carte de la CWGC (Commonwealth War Graves Commission) montrant l'emplacement des cimetières dans la zone de Thiepval.

Achevé d'imprimer en septembre 2000
sur presse Cameron
par ***Bussière Camedan Imprimeries***
à Saint-Amand-Montrond (Cher)

N° d'édition : 3680/02. N° d'impression : 003868/1.
Dépôt légal : juin 2000.

Imprimé en France